燕雲在望

龚静染 / 著

"永久黄"西迁往事
1937—1952

商务印书馆
创于1897　The Commercial Press

商务印书馆（成都）有限责任公司出品

序

写完《燕云在望:"永久黄"西迁往事 1937—1952》,我有很长一段时间觉得自己还在一张"网"中,像只茫然的蜘蛛。虽然写"序"无非是讲讲书的缘起和经历,却感到这张"网"铺得太大,千头万绪,竟不知如何说起。

这是一次比较特殊的写作过程,前后持续了近二十年,在材料的准备上就花去了很长的时间。而且个人际遇也左右其间,创作时断时续,这确实是一件让人感慨的事情。说实话,我从不坚信能把它写出来,这本来就不是一个人能完成的事情,所以我无数次地犹豫过,想停下来去做其他事。就像面对一座大山,艰难的跋涉让人畏惧和退缩。但是这部书终于还是写完了,如同登临山顶,其间所经历的一切也就可以隐于书后了。

很多人对"永久黄"(也称"永久黄"团体,为简便起见,下文均称"永久黄")这个名字并不熟悉,它其实是民国时期永利碱厂、久大精盐厂和黄海化学工业研究社的简称。1924 年投产的永利是中国第一家纯碱厂,1914 年创办的久大是中国第一家精盐厂,1922 年成立的黄海社是中国第一个化学工业研究机构,这三个"第一"不仅是中国近代化学工业的标志,也是 20 世纪三四十年代"吾国惟一化学命脉"。

"永久黄"是由实业家范旭东先生创办的,这个人堪称中国工业史上的传奇。就是在他的带领下,"永久黄"奠定了中国化学工业发展的基础。其艰难的历程和辉煌的成就,足以写成一部大书,《燕云在望:"永久黄"西迁往事 1937—1952》所反映便是其中最为重要却鲜为人知的一段历史。最初吸引我的就是这点,但写作的甘苦伴随了追寻这段特殊历史的全程,种种曲折注定了这是一次艰难的写作。

随着抗日战争的爆发,"永久黄"于 1937 年决定西迁入川。从此筚路蓝缕,开荒辟地,艰苦创业。经过多年的奋斗,一个崭新的工业中心出现在世人眼中,这就是由范旭东亲自命名的复兴基地"新塘沽"。但遗憾的是,这一段历史却沉没于岁月长河中,近乎声销迹灭。其中的原因很复杂——当时处在抗日战争时期,仓促西迁,又慌乱东还,接着是大时代翻天覆地的改变,人事在历史狂潮中沉浮,很多人物踪迹难觅,连重大历史事件的记录都模糊不清,遑论细枝末节。直到四五十年后才有人意识到文献档案史料的重要,可惜已经遗失大半,亲历者也纷纷离世,令那一段往事更难寻觅。

针对"永久黄"历史的研究始于 20 世纪 80 年代,大连的陈歆文先生是其中最突出者。他曾是《纯碱工业》杂志的主编,也是《中国化工史》的写作班底成员之一,"永久黄"自然就成了他的研究对象。他有幸采访过一些当时尚在世的当事人,如李祉川、刘嘉树、许滕八、石上渠、魏文德、谢为杰等,也在化工部档案室、天津碱厂资料馆等地查阅了大量珍贵的档案史料。陈老后来写出了不少有关"永久黄"的专著,可以说是国内研究"永久黄"出成果最多的学者之一。

但是,陈歆文先生的著述中也有遗憾之处,就是对战争时期的"永久黄"研究相对较弱。我在 2007 年前后与他有过联系,他也直言由于地域之隔,以及经历了特殊时期的颠沛流离,相关史料极为稀缺,导致了他在这块的书写上稍显单薄。但他把一些史料来源告诉了我,其中一部分就成了我后来重要的参考文献。

在公开的档案资源中,不得不说的是 2009 年出版的《"永久黄"

团体档案汇编》，它给研究者们提供了丰富的史料，我也从中获益匪浅。这套书是由南开大学赵津教授领衔主编的，一共是三种五册，比较全面地整理了"永久黄"从创建之初到20世纪50年代公私合营这一期间的历史档案，无疑是"永久黄"历史档案资料中最为重要的一种编撰成果。但是，跟陈歆文先生的研究相似，这套书中所收录的"永久黄"西迁时期的档案也是寥寥，还有不少空白有待弥补。

史料的捉襟见肘是我面临的最大难题。事实上，因为史料严重不足，又没有任何经费支持，我的写作难以推进，数度陷入困顿之中。但这是一段不能缺失的历史，或者说是一段必须找回的历史。"永久黄"的价值太大了，一己之力固然微弱，但放弃了肯定后悔。我一直认为，在抗日战争时期值得称道的群体中，教育要讲西南联大，文化传承上要讲李庄，而在科技和实业这块就一定要讲"新塘沽"。寻觅这段历史的机缘确实是值得且应该等待的。

在写作过程中，我一直把重心放在乐山五通桥，"永久黄"的西迁历程始终是与这座川南小城联系在一起的。1938年，"永久黄"在五通桥道士观购地千亩建设"新塘沽"，因为有了这块复兴之地，才有了壮怀激烈的"燕云在望"。抗日战争胜利后，一部分人陆续东还，川厂的大量设备也被拆运到了南京的永利𨱍厂，援助其恢复生产，这时人们才意识到"新塘沽"在艰苦环境中所积聚的，正是"永久黄"能够延续发展的物质和精神能量。当时仍然还有不少技术人员、工友及其家眷留在了当地，黄海社的科学家方心芳是在1951年才从五通桥去的北京，他是最后走的一批人之一。也就是说，"永久黄"在四川的时间长达13年之久。后来去支援四川化工厂建设的许滕八、鲁波等人，他们最后干脆就留在了那里，安家落户。在如此艰苦且漫长的时间里，"永久黄"做出了卓绝的贡献，为中国化工事业保存了火种，留下了技术和人才。如果说还能够在其他领域中找到与"永久黄"创业史相似的样本,但就战争中的非凡经历和成就而言,"永久黄"堪称独一无二,值得被讲述、被记住。

那么,故事的发生地"新塘沽"也就成了寻找这段历史的关键所在,我相信"永久黄"的历史就藏在那一片带着盐卤气息的土壤之中。在研究"永久黄"历史方面,我的优势就是对五通桥的熟悉——它是我童年生活的地方,也曾以它的盐业史写过《花盐》等作品,所以我对"永久黄"的西迁落址选择有一些认识。可以说正是历史地理的交汇,才促成了中国企业史上一次悲壮而影响深远的西迁。在写作过程中,家乡父老也给了我无私的帮助,提供了不少方便,这是其他研究者很难具备的条件。我先后在乐山市五通桥区档案馆、乐山市档案馆、犍为县档案馆、原五通桥盐厂档案室、原东风电机厂(永利川厂原址所在地)档案室等处查阅,史料搜集得以进入纵深阶段。这是一个非常重要的过程,档案馆里的史料大大丰富和重塑了我的历史认识,这是任何书籍都无法替代的。同时,我也展开了对见证者的口述史记录,踏访旧址,寻找故人,十多年下来累积愈丰。

在这个过程中,值得一说的是漫画家方成先生。2009年我在北京见到方先生的时候,他已经九十多岁了,是我见到的年龄最大的亲历者,也是一位和蔼可亲的长者,对过去的经历还记忆犹新。方成将一本速写册和一段恋情献给了他待了四年的小城,也为我提供了一个鲜活生命的历史在场记录。

"永久黄"创办的《海王》旬刊也需一说。《海王》创办于1928年,排印精美,内容丰富,企业的重大新闻、各类信息、生活琐事等在上面均有反映。进入战争年代后办刊殊为不易,在印制和通信条件都严重落后于天津办刊时期的情况下,《海王》仍然坚持出版,难能可贵,也为我的作品注入了大量鲜活的细节。《海王》从1939年到1946年在乐山办刊的7年时间中,每年正常出刊36期,但是保存下来的极少,坊间难觅，我曾多年寻之而不得。幸运的是，在天津的吕健和王晓亮两位先生的帮助下，我查阅到了大量的《海王》杂志，一扇紧锁之窗得以打开，遥遥写作之旅仿佛又进了一程。

2023年4月，我去位于南京的中国第二历史档案馆查史料，顺道又去了位于卸甲甸的永利铔厂旧址，实地感受当年"永久黄"创业初期的场景。至此，在材料的准备上就感觉基本到位了，我做了力所能及的事情，也终于等到了收官时刻的来临。本书从搜集史料到写作完成是一段漫长的时光，也是一个不断发现、整理、认识、融汇的过程，所涉人物之繁、线索之散、细节之碎都超过了我之前写的任何一本书。为了这本书我不敢说是呕心沥血，但也真的是从青丝熬到了白发。

《燕云在望："永久黄"西迁往事1937—1952》是一部非虚构作品，延续了我追求朴素、简洁、准确的叙事风格。我一直认为历史写作不能擦脂抹粉，本来面目虽然不见得讨人喜欢，但华丽的修辞更容易产生欺骗。本书体量达三十万字之巨，一气读完不易，且在阅读过程中可能因史料过多或不事渲染而感到沉闷和压抑，也许正与那个时代的气息相近，我们不妨有一点儿容忍——史实要比讲述更重要。需要特别说明的是，书中所引部分民国时期文献中有个别不符合现代汉语规范的词汇或表述，如"念九日""霉雨期""要不比"等。本着遵从文献原貌、保留时代特征的原则，不做修订处理。另外，写作者的诚实和良知可以赋予文本以美德，也许这样才能去呈现一个可信的历史面貌，这是我一直在不断努力的方向。

写到这里，就应该收笔了，却突然感到有些意犹未尽。好吧，我就把它留给应该感谢的朋友们。首先我要感谢的是刘玥妍和杨林蔚，这本书因为有了她们的精心策划和编辑，才有了出色的呈现；其次是郑重的坦诚相助，她对我的工作关心备至，出力甚多；最后我还要感谢罗国雄和曾剑，他们为我这一次马拉松式的写作旅程给予了无私支持，愿我们的友谊地久天长。

  当然，我还要感谢每一位出现在我书里的"永久黄"同人，他们是这一段跌宕起伏历史的奉献者。他们的伟大在于，身处艰难困厄之中，也发出了哪怕是微弱的生命之光。

2024 年 3 月 18 日于成都

目录

引　子／1

第一章　战乱／7

中国需要硫酸铔／7

侯德榜远赴美国／14

化工的另一只翅膀／21

沦陷前夜／31

铔厂之厄／39

困守卸甲甸／44

第二章　西迁／51

寇中脱险记／51

南北两厂沦陷／56

长夜来临／62

从汉口到重庆／68

流落山城／75

意外的订单／80

第三章　寻路／87

缪秋杰之邀／87

遭遇抵制／94

难产的造纸机／102

自流井生死劫／106

筹措救命钱／111

不坠的"海王星"／116

第四章　考察／123

犍乐盐场 / 123

初到道士观 / 128

冰心和冰叔 / 134

调查之夏 / 140

二坝之选 / 145

用上枝条架 / 150

第五章　定址／157

蓝图初绘 / 157

逆行者 / 162

开发嘉阳煤矿 / 168

定址五通桥 / 173

翁文灏考察记 / 179

两千万贷款 / 183

第六章　生存／191

荒庙来客 / 191

庙产之争 / 195

官契一纸 / 199

沸腾的工地 / 204

人在异乡 / 211

石油沟取经 / 216

第七章　建设／221

　　　　　开发水运 / 221

　　　　　探索深井 / 226

　　　　　王怀仲之死 / 230

　　　　　《海王》相伴 / 235

　　　　　康行日记 / 242

　　　　　留下李悦言 / 247

　　　　　外籍工程师 / 254

第八章　使命／261

　　　　　千万里追随 / 261

　　　　　黄海社有了新家 / 267

　　　　　小城里诞生的杂志 / 276

　　　　　菌学的世界 / 281

　　　　　根除"疤病" / 286

　　　　　特殊的纪念日 / 290

第九章　生死／297

　　　　　基地初成 / 297

　　　　　唯一的通道 / 304

　　　　　滇缅抢运 / 309

　　　　　惨烈的运输线 / 315

　　　　　煤炭和硫黄 / 320

　　　　　小厂之兴 / 324

第十章　困境／331

　　　　抵御米荒／331

　　　　开办农场／335

　　　　共存之地／340

　　　　侯氏制碱法诞生／347

　　　　前方和后方／354

　　　　"十厂"计划／360

第十一章　动荡／367

　　　　战地归去来／367

　　　　范旭东骤逝／372

　　　　复工大潮／377

　　　　熊十力的"哲学部"／384

　　　　孤岛时光／390

　　　　看见黑卤／394

第十二章　守望／399

文献征引目录／413

塘沽之忆（代后记）／417

引 子

1921年，年仅17岁的黄汲清到了天津，在北洋大学读书。

这年寒假期间，黄汲清与同学一起坐船去了塘沽，参观了建设中的永利碱厂，这给他留下了非常深的印象。这个从四川偏远地区来的孩子，还是第一次见到如此雄伟的工厂，感到非常震撼。也是在那里，黄汲清第一次听说了范旭东和侯德榜的名字，他们共同创下的事业让他心存崇敬之情。

黄汲清出生于四川仁寿县青岗乡的一个耕读人家，父亲是个开明的教书先生，在当地开办了同化小学，他就在这个学校里读书。小学毕业后他去了成都的省立第一中学，学习非常勤奋，成绩优异，读了六个学期，有五个学期都是第一名。就在那里，他第一次对地理产生了浓厚的兴趣。1924年，他读完北洋大学预科后，因为参加学潮而放弃在该校继续深造，转而考入了北京大学地质系。

1928年4月，在大学的最后一个学期里，黄汲清在北平地质调查所所长翁文灏的带领下，去了热河北票煤矿实习，用了一个多月的时间绘制地质图。黄汲清对翁文灏的印象颇为深刻："面目清瘦，无须，戴眼镜，双目有神，与人谈话总面带笑容，令人感到和蔼可亲。"①翁文灏对他的印象则是极好，黄汲清也愿意投在其门下，于是毕业后就去了北平地质调查所工作。他一入职就被翁文灏安排到了自己的办公室里，两人面对面坐着。"在所长的眼皮下办公，我的尴尬心情、局促不安可以想见。"②

实际上这是翁文灏器重黄汲清的表现，认为他是可造之材。黄汲清确实是个聪明且勤勉的年轻人，28岁时就已经出版了六部学术专著。后来翁文灏还支持他去欧洲留学，推荐他到瑞士浓霞台大学攻读博士，师从世界著名地质学家埃米尔·阿尔冈教授。黄汲清没有辜负翁文灏的栽培，在国外的几年中奠定了扎实的学术基础。

1936年学成归来之后，黄汲清先去了南京，见到了翁文灏。后者在日记里写道："黄汲清自美国到京。"③此时的翁文灏已是中央地质调查所所长，兼任国民政府实业部资源委员会主任委员，是蒋介石智囊团中的一员。两人相见，分外兴奋，翁文灏顺理成章地把黄汲清留在了身边作为助手。1937年4月，翁文灏陪同孔祥熙去英国参加英王乔治六世的加冕典礼，黄汲清即被任命为代理所长。从这时开始，黄汲清实际上已经成了翁文灏的"接班人"，当时他年仅33岁。

此时的翁文灏整天忙忙碌碌，不仅要负责资源委员会的一摊子事，还担任了经济部长，主管战时工业生产及经济建设，可谓重任在身。他由一名学界名流转为政治精英，也就在这一时期。由于冗务繁多，分身乏术，他只得于1938年11月辞去了中央地质调查所所长一职，由黄汲清正式接任。

翁文灏虽然不再插手地质调查所的具体事务，但他对地质研究的

---

① 黄汲清：《我的回忆：黄汲清回忆录摘编》，北京：地质出版社，2004年。
② 同上。
③ 1936年1月14日，《翁文灏日记》，北京：中华书局，2010年。

关注从来没有松懈过,这确因是对地质学情有独钟。他是从海外留学归来的第一个地质学博士,绝对算得上是中国近代地质学界的大人物。虽然黄汲清足以独当一面,但他还是常常要接受翁文灏的督导。翁文灏就是他头顶上的一个"紧箍咒",经常对他说"你什么时候来""我什么时候见你"①。

翁文灏太重视地质调查所了,对黄汲清也给予了很高的期望,但这对黄汲清而言则是种压力。1937年,战争乌云已笼罩国内。黄汲清刚从苏联考察地质归来还没几天,翁文灏就给他寄了一封明信片,上面写着"个人享受不宜过分,工作必须尽力"②,意在鞭策他在国难当头之时不要太沉溺于个人生活。当时,黄汲清正与陈传骏谈恋爱。

在这封明信片寄出的两天前,翁文灏就给时任资源委员会副主任委员的钱昌照发了一封电报,请他转告地质所同人要安心工作。两个月后,南京已危机四伏,翁文灏又亲自起草了《告地质调查所同人书》③,制订迁至长沙的计划。南京沦陷后的12月21日,他又草拟了一封《再致地质调查所同人书》,并函告黄汲清着手安排下辖各科室的主任人选。显然,翁文灏在极力稳定军心,使人员不致流散。当中央地质调查所迁到重庆北碚后,他又勉励同人"研究学术始终不倦,诚信感孚,正己率人,学用兼资,励精奋发"。④

翁文灏对地质调查所关怀备至,所有工作仍在他的掌控之下。但黄汲清并不想亦步亦趋、活在翁文灏的影子里,他还想干出点自己的东西出来。在欧洲留学的那几年中,他对大地构造理论和陆相生油理论有了新的认识和见解,认为在中国能够找得到石油和天然气。既然

---

① 黄汲清:《我的回忆:黄汲清回忆录摘编》,北京:地质出版社,2004年。
② 1937年8月11日,《翁文灏日记》,北京:中华书局,2010年。
③ 1937年10月20日,《翁文灏日记》,北京:中华书局,2010年。
④ 1938年11月3日,《翁文灏日记》,北京:中华书局,2010年。

地质调查所迁到了重庆，虽为时势所迫，但也可以因地制宜搞研究。黄汲清本就是四川人，对当地的风土人情极为熟悉，于是他就想"要在这方面努力一番"①。这就与范旭东和侯德榜的想法不谋而合了。

不过，在讲他们的故事以前，我们先来说说黄汲清为何会有这样的想法，而这又不得不谈到1929年黄汲清在四川的一次地质考察中得到的启发。

当时，黄汲清已经在北平地质调查所工作了一年，离家也长达八年之久，思乡心切，打算回家探亲。于是，他便去跟翁所长请假。调查所正是用人之时，翁文灏本来有些犹豫，但转念一想，不如干脆组一个调查队去四川，既可以满足黄汲清探亲的愿望，也可以趁机翻越秦岭对四川盆地做一次考察，岂不是两全其美。

于是，这年3月中旬，黄汲清、赵亚曾等三人就从北平出发了。他们直赴秦岭脚下，翻山越岭在6月初到达成都。之后又去了自贡、宜宾等地，接着到了川滇黔三省交界的地区进行地质考察，最后又去了贵州一带。这次考察历时15个月，过程非常艰苦，还发生了最悲伤的事情——赵亚曾不幸遇匪被害，死时年仅30岁。赵亚曾比黄汲清稍长几岁，是位年轻有为的地质学家，在野外科考上有丰富的经验。地质调查所的首任所长丁文江闻此噩耗后大哭了一场，说"赵亚曾之死是中国的大损失"②。不过，此次考察确实有不少收获，让黄汲清对四川的地质条件有了更深入的认识。他与赵亚曾合著的《秦岭山及四川之地质研究》还成了区域地质学的重要著述。

8年之后，黄汲清又回到了四川，新的机会就在眼前。这次他与西迁到四川的永利终于产生了联系，此时离他第一次去天津塘沽的永利碱厂参观已过去了17年之久。如今天津的工厂已被日本人占领，永利

---

① 黄汲清：《我的回忆：黄汲清回忆录摘编》，北京：地质出版社，2004年。
② 同上。

被迫西迁，新的工厂才刚刚开始建设。黄汲清后来回忆了这段经历：

> 1938年秋我约同岳希新、赵家骧，好像还有许德佑、李悦言和何春荪一道，先到自流井工作一段时间，然后到五通桥，再转大渡河铜街子、沙湾、嘉定一带进行路线地质考察。野外工作时得有机会与永利碱厂的负责人范旭东、侯德榜、傅冰芝、孙学悟等专家相识。[①]

永利西迁四川后，要选址建厂，重建化工中心，必然要考虑到地质条件，这也是首先要搞清楚的问题。中国当时科研水平最顶尖的地质调查所正是永利合作的对象，它需要这所机构为其提供准确的科学论证，确认有充足的地质资源可供今后使用。可以说永利找到黄汲清是必然的。

当年那个在塘沽被永利的工厂震撼到的少年绝对猜不到数十年后自己还会与其产生联系，而此时胸怀大志的青年科学家也未必想象得到后面将要发生的一切，所有的因缘际会都伴随着那个激荡的时代接踵而至。

---

① 黄汲清：《我的回忆：黄汲清回忆录摘编》，北京：地质出版社，2004年。

第一章 战乱

中国需要硫酸铔

1936年,永利铔厂的各项建设工作告竣。在正式投产之前,《海王》旬刊头版头条刊登了一篇叫《淡气工业的缩影》(淡气即氮气)的文章,为该厂的产品做宣传。文中主要讲了氮气到底有用处,以及永利为何要发展氮气工业。文章言简意赅,直指要义,称建设永利铔厂的目的就在两个方面,即农业和国防。

文中写道:

> 中国当前的急务,谁都知道是国防建设和农村复兴……淡气工业是满足这两项要求的工具,也可以说是一种基本工具。
> ……生齿日繁,地力日竭。复兴农业,必先培养地力,化学肥料是培养地力的要素。
> ……烈性爆炸物,是掌握大战胜败的致命关键,淡气工业是烈性爆炸物的母体,中国如其终究不要国防则已,否则急需淡气工业。①

---

① 《海王》第8年第30期,1936年7月10日。

构筑氮气工业的核心就是生产硫酸铔（即硫酸铵）。首先利用空气中的氮气与氢气发生化学反应，得到安摩尼亚（即氨气），再经过加工得到硫酸铔。此物质是化肥的主要成分之一，适用各种土壤和作物；还可用于纺织、皮革、医药等产业中。

兴办硫酸铔厂是近代中国的一件大事，是1931年南京国民政府公布的十项实业计划之一。中国虽然是农业大国，但当时的农业生产力水平相当低下，基本仍靠刀耕火种。"吾国产业落后，百不如人，以农立国，而肥料素不讲究，农民终岁勤动，不得一饱。"[①]

化肥在农业生产中的作用非常重要，在当时的一些有识之士看来，化肥之重要性足以左右国家兴衰。范旭东在给时任实业部长的孔祥熙的信中一直在强调这点。他举例说，日本这样一个小小的岛国竟然足有13家化工厂，每年生产的合成氨不下70万吨。而中国的耕地面积是日本的30倍，却没有一家合成氨工厂。他寄望政府能够大力推动这件事，并大声为之鼓与呼："深盼于国家存亡呼吸之顷，毅然以全力促成，非仅现代亿兆农民拜受鸿施，且为中国存万祀千秋之命脉也！"[②]

要制造化肥，就得发展氮气工业。在永利公司准备兴建硫酸铔厂的时候，永利的总工程师侯德榜讲过这样一段话："硫酸铔即是肥料之一种。普通一般人以为我国地大物博，天然肥料很足用，人兽所排泄者，复归我农田，所谓取之于土者，复归于土，循环不绝。其实天然肥料因挥发而损失甚多，故土地经栽种久，日见衰瘠，必需人造肥料补充之，硫酸铔即供此用。"[③] 接下来他进一步谈到了硫酸铔的重要性。该化工产品不仅能用在农业上，还可以生成军火的主要原料——硝酸。20世纪初，德国化学家弗里茨·哈伯（Fritz Haber）和冶金学家兼工程师卡尔·博

---

① 黄海化学工业研究社：《创立淡气工业意见书》，1931年9月1日。

② 同上。

③ 侯德榜：《永利承办硫酸铔工厂的经过情形》。

施(Carl Bosch)前后研究和完善了合成氨法,史称哈伯－博施制氨法。这个发明的意义太重大了,"德国因有此法,乃敢与英法宣战,此1914年欧战发生之起因也"。①

范旭东　　　　　　　　　　侯德榜

范旭东也早就看清了这点,他认为兴办硫酸铔厂可以在"平和时代为农田肥料之泉源,一旦国有缓急则改造军火以效力于疆场"②。1932年4月,在国民政府刚刚成立硫酸铔厂筹委会时,范旭东就给陈调甫发去一封电报,其中说到"淞沪败因,厥惟军火,抗日工作本厂之筹设亦其基本"③。他是非常清醒的,而这也促成了永利"公司事业一重

---

① 侯德榜:《永利承办硫酸铔工厂的经过情形》。
② 1931年9月7日,范旭东致孔祥熙函,《"永久黄"团体档案汇编——永利化学工业公司专辑》,天津:天津人民出版社,2010年。
③ 1932年4月5日,范旭东致陈调甫电,天津渤化永利股份有限公司编《范旭东文稿》,2014年。

大转化"[1]。

其实,政府也有筹办硫酸铔厂的打算。早在1928年北伐战争胜利之时就想办硫酸铔工业,但当时只能走中外合办的路子,因为不具备独办的能力。翁文灏从一开始就参与了此事。1931年夏,南京国民政府实业部牵头组成筹备委员会,任命徐善祥、邹秉文、刘荫茀、王百雷、翁文灏和陈调甫等六人为专门委员,负责硫酸铔厂的原料筹备和厂址勘测。他们到了长沙、湘潭、常宁、株洲等地,考察黄铁矿和煤炭等资源的储藏与分布。

1929年11月25日,徐善祥(右二)视察永利碱厂,与范旭东(左二)、侯德榜(左一)、陈调甫(右一)在厂前区合影

---

[1] 1934年3月10日,范旭东致公司股东公开信,天津渤化永利股份公司编《范旭东文稿》,2014年。

位于南京的中国第二历史档案馆存有 1932 年 5 月实业部组织专人去湖南调查后结算各项花费的报告函件:

> 由钧部指派各专员前后赴湘鄂皖等处考察,现在初步调查业已完竣;所有各该专员之调查旅费及英德专家在京时之招待用费俱已整理完毕,缮具报告,总计此次调查费用截至本日止,计国币七千四百九十七元六角二分九厘。①

当时湖南省政府对此事极感兴趣,大力支持,希望工厂最终落地在湘。1932 年 3 月,筹备委员会主任委员徐善祥到达湖南后,备受礼遇,省政府主动为他的调查活动补贴了 6000 元经费。同年 6 月,实业部技正王百雷和地质调查所研究员王恒升前往湖北调查煤硫原料,汉口商品检验局不仅热情接待了二人,还为其垫支旅费。这些足见当时人们对这件事的重视。

但折腾了一年多,事情并无进展。一来技术为外商垄断,二来难筹措相关资金,导致政府在筹办过程中举棋不定,办事不力,延成僵局。侯德榜对此颇为不满,在书信中常有抱怨:"硫酸为中国目前最重要一化学工业,中国有碱无酸乃一憾事,实业部屡声扬举办,毫无实际成绩。"②

当时外商提出的合作条件极为苛刻,要求签订技术垄断协议,其结果必然是将国内市场拱手相让,这对中国化学工业长远的发展极为不利。所以,范旭东对此坚决反对,他主张硫酸铔厂应由中国人自己

---

① 1932 年 5 月 21 日,《实业部硫酸铔厂筹备委员办事处致实业部函》,原件存中国第二历史档案馆。
② 1932 年 11 月 7 日,侯德榜致范旭东信,《"永久黄"团体档案汇编——永利化学工业公司专辑》,天津:天津人民出版社,2010 年。

来办:"如此基础工业,关系民生国计至切,安可假手外人。"①他四处奔走,决定为"中国再奋斗一番"②。他为了争取自办,可以说是绞尽脑汁,甚至采取了一些"非常手段"。像是把永利子弟黄汉瑞推荐给实业部长陈公博当秘书,通过他获得了不少重要信息。

黄汉瑞同永利的渊源从其父黄大暹就开始了,黄大暹与范旭东相识于日本,关系甚笃。回国之后,范旭东有很长一段时间就寄居在黄大暹在北平的家里,那时黄汉瑞尚年幼。黄汉瑞从小就对范旭东有很深的印象:"每当我和弟弟们跑到前面花园里去玩,便常见着他,那日本型的装束,那湘音的谈话,都使童稚感觉新奇。尤其是,他常在前院廊沿下架起'机器','变戏法'最招引孩子,忙得他够应付。原来那正是他在做实验,久大的种子从此种播下了。"③ 1914 年范旭东筹建久大精盐厂,黄大暹积极支持并出资 5000 元,比范旭东本人出得还多。

1917 年,黄大暹在军阀混战中不幸被害,黄汉瑞随叔父迁往天津生活。此时范旭东已在当地开始创业。1929 年,22 岁的黄汉瑞进入永利公司,范旭东相当器重他。黄汉瑞本人也颇讨喜,相貌堂堂且很有才华,《海王》旬刊还将他"推荐为永久团体一九三六标准汉"。④

1933 年 12 月,永利终于获得了硫酸钍厂的承办权。这在下面这封函件中反映得非常清楚。

  查本会前奉令成立筹备硫酸钍厂事宜,对于该厂之原料及厂址等问题,业已大致办理就绪,惟嗣以与英德两公司磋商

---

① 1934 年 3 月 10 日,范旭东致公司股东公开信,天津渤化永利股份公司编《范旭东文稿》,2014 年。
② 1934 年 11 月 21 日,范旭东致永利公司同人电报,天津渤化永利股份公司编《范旭东文稿》,2014 年。
③ 黄汉瑞:《回忆范旭东先生》。
④ 《海王》第 8 年第 35 期,1936 年 8 月 30 日。

合作办法，久无成议，致该厂事项遂未能继续进行。现在此项硫酸铔厂业经钧部提出，行政院会议通过准由商人范锐等自行集资承办，期限成立在案；是本会与英德公司所磋商筹设之厂，可以暂缓进行。所有筹备事宜，自应即予结束。①

成功来之不易，范旭东写道："几经波折，渐得各方同情，资金有着……请当局辞谢外商，决由自办。"②

范旭东在这场"为国家保留利权，为公司新辟生路"③的竞争中，战胜了外商，大获成功。

按照永利的规划，从建厂到投产要用3年时间，年产硫酸铔5万吨，厂址设在长江边上的卸甲甸。这时的永利不仅有在天津的碱厂——其规模、质量和品牌都已经做到了中国第一，还要在南京建硫酸铔厂，在政府和财团的大力支持下，实力渐渐雄厚，前景一片光明。范旭东曾自豪地说："基本化工之两翼——酸和碱已成长，听凭中国化工翱翔矣！"④

1934年3月24日，国民政府实业部下达正式批文，意味着硫酸铔厂项目可以启动了。仅仅隔了两天，永利便在南京卸甲甸划定了建厂范围。"在关门桥江边，王氏宗祠后、团山后潘姓塘侧和八霸沟出口靠砖瓦窑边立厂界角桩4根，均竖有'硫酸铔厂地界'标志。"⑤

翁文灏非常关心硫酸铔厂的建设过程，这在他的日记中多有反映。1936年4月4日他就写道："永利氩厂采用Habor-Bosch Process，可用

---

① 摘自1934年1月5日硫酸铔厂筹备委员会刘荫茀致实业部函。原件存中国第二历史档案馆。
② 黄汉瑞：《回忆范旭东先生》。
③ 1934年3月10日，范旭东致公司股东公开信，天津渤化永利股份公司编《范旭东文稿》，2014年。
④ 李金沂：《范公旭东事略》。
⑤ 《南化志》，北京：中华书局，1994年。

中兴焦，每月百吨以上（中兴拟每月产焦二百吨）。氨水每月产 80 吨，最高可达 107 吨（每吨洗煤含氨 1.2%）……"①

在这一天的日记中还记有两件非常重要的事：一是"见蒋，面陈中德借款合同"，二是"谈各省购军火事"。这两件事显然比永利办厂重要得多，然而只有寥寥几字。相比之下翁文灏对永利的事却不吝笔墨，这在他一向简略的日记中并不多见，可以看出他对此事的重视。

永利在选择生产技术方面极为谨慎，经过多方论证、比较，最后确定采用哈伯-博施制氨法，这就是侯德榜认为是"1914 年欧战发生之起因"的那个重大发明。可见在建厂之初就有将硫酸铔作为军火原料的打算，凸显了范旭东的高瞻远瞩。翁文灏在日记中专门记下永利采用哈伯-博世制氨法一事，其实非同小可，有其特殊的时代背景。

当然，更重要的是，兴办硫酸铔厂关系到了"全国人心对近代工业之趋向"②，这是中国工业史上的一件大事。永利承担此项建设任务，按范旭东的话来说就是"前途荆棘，尚待刈除，负责至重"③。

侯德榜远赴美国

船离开横滨码头后，船上的人与岸上的人以彩纸相牵，以寄别离缠绵之情。那些彩色的纸带在风中飘扬，五光十色，让人目眩。直到船越行越远，纸带断开飘落在海中，人们才依依不舍地离去。

这一幕让人想起芥川龙之介的短篇小说《开船》中的场景，那是

---

① 1936 年 4 月 4 日，《翁文灏日记》，北京：中华书局，2010 年。
② 1937 年 2 月 19 日，永利总管理处致南京永利铔厂函，永利历史档案资料"铔厂创建至开工卷"。
③ 1934 年 11 月 21 日，范旭东致永利公司同人电报，天津渤化永利股份公司编《范旭东文稿》，2014 年。

在距今更久远一点儿的横滨码头，人们举起帽子不停地挥动，向对方告别。而此刻的景象让人恍惚，它仿佛是文学中的描述，深陷于文学的某一段时光中。

当日的天空有些灰暗，下着绵绵细雨，更增添了别样的愁绪。侯德榜站在船上，从上海出发后到横滨已经过了几天，但到了此地后，他的心里愈加感觉到了一种孤独。那些纸带已经完全落在了海水中，离岸后风浪渐大，船体开始剧烈地摇动起来，侯德榜突然感到"我亦天涯沦落一人"[1]，不禁有些黯然神伤。

这天是 1934 年 4 月 13 日，侯德榜一行人要远赴美国，开启一段漫长的工作和生活。待多久？没有人能够回答，他们只知道会很久，要以年来计。到底是一年还是两年，是两年还是三年，却不得而知。他们此行的目的是要完成南京硫酸铔厂的设计、设备采购和技术培训任务，工作量巨大。他们要建的是中国第一座硫酸铔厂，对侯德榜团队来说也是第一次肩负如此艰巨的使命。

那一夜，"晚间仍风大，船欹斜颇多"[2]，侯德榜一直不能入睡。

此次永利派出的是"娴熟技术专员"六人，除了侯德榜外，分别是张子丰、章怀西、许奎俊、杨运珊、侯敬思，称得上是精兵强将。张子丰有博士学位，是黄海化学工业研究社（简称黄海社）副社长；章怀西、许奎俊和杨运珊是永利"成绩最优者"；侯敬思则是侯德榜之胞弟，毕业于美国普渡大学机电系，他这次去要接受高压电焊的技术培训。这队人马由侯德榜带队，从上海动身一路开赴加拿大、美国，也就有了此节开头的一幕。

一路舟车劳顿，他们终于在一个月后到达了美国。侯德榜在一封

---

[1] 侯德榜：《海外见闻日记》，《跨越元素世界》，天津：百花文艺出版社，2011 年。

[2] 同上。

1934年4月，侯德榜（前排左三）、侯敬思（前排右三）、张子丰（前排左二）、章怀西（前排左一）、许奎俊（前排右一）、杨运珊（前排右二）等人去美国前的合影

信中写道："途中风候甚佳，同人尚无晕船者，聊以告慰。"① 一安顿下来，他们就迅速展开工作，来不及休整片刻。他们争分夺秒地进行实地考察、设计图纸、签订合同，把采购到的设备源源不断地发回国内进行安装调试，争取早日完成任务。

在工作过程中，国内外形势日趋严峻，这让团队成员们备感重任在身。张子丰在信中写道："我在此一切初安，所感觉者任重道远，时间总不足分配。……连日阅报知国势日危，华北已名存实亡，精神颇受刺激。……如仍不图速自振奋，埋头苦干，国家前途真不堪设想也。"②

工作是枯燥的，也许只有给亲友写信是唯一的乐趣。《海王》旬刊的"家常琐事"栏目中报道："杨运珊先生自到美国后，常寄信回国，

---

① 1934年4月14日，侯德榜致李烛尘信，《海王》第6年第23期，1934年4月30日。
② 《海王》第8年第20期，1936年3月30日。

对于沽上同人拳拳致意，写来如数家珍。"① 杨运珊是个活泼的年轻人，热衷体育运动，但工作内容却是审查钡厂设计和采购设备，对他来说无疑是一种煎熬。

长时间的海外工作同样令侯德榜苦不堪言。1932年年底，侯德榜曾赴美国为塘沽碱厂购买设备，途中鼻炎发作，鼻腔严重堵塞，只能张口呼吸，一度痛苦到夜不能寐。对侯德榜来说，那是一段极为糟糕的经历，"羁旅异地，贫病交加"②。

这次，侯德榜再次赴美为硫酸钡厂采购设备，果不其然鼻炎又犯了。他在给范旭东的信中写道："弟刻自本月始'花草寒'Hay Fever 之病又作，日夜鼻流涕、眼流泪、喉痛、头眩，此病在美无医，患者只有离开该处土地。幸饮食尚平常，只有夜间不能睡觉耳。"③ 两个月后，侯德榜的鼻炎依然没有好转："弟在美两月来患 Hay Fever 甚剧……夜间鼻不能呼吸，眼不能入睡，由此因失眠致白日精神疲惫。"④

其实，鼻炎还不算是最困扰他的，在这段时期内母亲去世而不能回国奔丧，令他十分痛苦。他在给范旭东的信中写道：

> 弟实欲赶行结束回国。先母定下月中旬安葬，弟在美国因各事未了竟至愆期，不能返矣，故前日私人致舍弟一电，请其务必届时返闽。因舍下仅余两妇人与一小孩，乏人主持。情实难堪。昨日接内人来信，报知舍下失盗，家中被窃去物件颇多。乡野不安，人民流离失所，盗贼充斥。中国之大，竟无一片

---

① 《海王》第7年第18期，1935年3月10日。
② 1932年11月27日，侯德榜致范旭东信，永利历史档案资料"招聘技术人员卷"。
③ 1935年8月27日，侯德榜致范旭东信，《跨越元素世界》，天津：百花文艺出版社，2011年。
④ 1935年10月14日，侯德榜致范旭东信，《跨越元素世界》，天津：百花文艺出版社，2011年。

干净土，伤心哉！接兄来电询何日返国已有四次矣。①

从 1934 年 4 月到 1935 年 10 月，侯德榜一行已经在海外待了一年半。此次旅程虽然漫长，但工作上并没有丝毫的松懈。6 个人先到加拿大，在 16 天里马不停蹄地参观了十多家工厂。等辗转抵达美国纽约时，已经过去了 32 天。"六人均疲惫万分，盖此行如走马灯。'白日看工厂，晚间坐火车'，至此成为可怕之事，然吾人甚知此机会难得。"② 一到美国后，他们就随即展开了同各大公司的谈判。永利最终选择与美国氮气工程公司进行技术合作，引进哈伯－波希制氨法。此后他们的工作更是异常忙碌，直到 1936 年年初才算基本完成。

对这项工作，范旭东有极高的评价："此番设计，在美国亦认为重大，全厂图样共七百余种，由设计之公司代发问价及工作说明之信件，不下三万余封，中国化学工业史上，堪称空前盛举。"③

侯德榜旅外工作日久，范旭东希望他尽快回国，因为国内还有一大摊子事等他处理。但杂务猬集，侯德榜纵有三头六臂也无奈，只有通宵达旦地工作，无暇他顾，"历来每星期工作七日，更兼七晚"④。连母亲去世都无法回国，只好委托弟弟回福建代为处理丧事，这让侯德榜心中充满了苦闷与悲伤。但他已下定了决心，甘冒不孝之名，"只有前进，赴汤蹈火，亦所弗顾"⑤。侯德榜之所以这样拼命，是因为他清楚地明白在中国做成一件事实在是太难了，"未敢抱有丝毫乐观，只知责任所在，拼命为之而已"⑥。

---

① 1935 年 10 月 14 日，侯德榜致范旭东信，《跨越元素世界》，天津：百花文艺出版社，2011 年。
② 侯德榜：《海外见闻日记》，《跨越元素世界》，天津：百花文艺出版社，2011 年。
③ 1934 年 9 月 28 日，范旭东为创办硫酸锌厂致蒋介石函。
④ 1935 年 10 月 14 日，侯德榜致范旭东信，《跨越元素世界》，天津：百花文艺出版社，2011 年。
⑤ 同上。
⑥ 同上。

就在回国前两个月，侯德榜接到美国氮气工程公司的工程管理人员蒲柏（Pope）发来的一份报告，里面提到永利在新厂建设中存在很多问题，如组织散漫、效率不高、督办不力、不按设计施工，等等。声称他们在世界各地接办的 22 个工程项目中，"从未见有永利铔厂之坏者"①。侯德榜为此极为气愤，认为"不仅我公司之羞，实我民族之大耻"②。他在给范旭东的信中写道："我以肝胆示兄，我对此事业，并未存何意，我死可也，不能见此事业失败。"③此时的侯德榜虽然早已归心似箭，但还是坚持亲自上阵，确保工作最后顺利收尾。

1936 年 2 月 24 日，在美国待了近两年后，侯德榜同解寿缙、侯虞簏一同乘坐"加拿大皇后号"返抵沪滨。他的回国，对永利来说是一件大事。陈调甫、李㑇夫、严志伟、侯敬思、杨俊生、杨仲孚等人早已等候在黄浦江边。"侯博士虽风尘劳动，但精神奕奕，面色似更丰腴。博士云，久已放弃肉食，每餐惟食蔬菜，佐以面包牛乳而已"。④江边还有耍猴戏的，令猴子做出种种滑稽动作，令观众发噱。有人就跟侯敬思开玩笑："它也是府上派来欢迎的？"⑤

侯敬思本是旅美团队的成员，因罹患慢性盲肠炎，便提前回国医治。此时他出院才三天，正应静卧休养。但听说哥哥即将抵沪，兴奋万分："虽创口尚未平复，亦力疾赴沪迎候，以图快晤。"⑥

当晚，侯德榜下榻在新开张不久的新亚酒店，此处临近外滩，风光极佳，曾被胡适称为"沪上唯一高尚酒店"。酒店共有九层，当日第五层被永利全包了下来，范旭东、陈调甫、何熙曾等老友也陪同入住。

---

① 1936 年 1 月 14 日，侯德榜致范旭东信，《跨越元素世界》，天津：百花文艺出版社，2011 年。
② 同上。
③ 同上。
④ 《海王》第 8 年第 20 期，1936 年 3 月 30 日。
⑤ 同上。
⑥ 同上。

晚宴极为隆重，杨子南、李侗夫、严志伟等人又张罗在"梅园"为侯德榜接风洗尘，范旭东还谦虚到只敬陪末座。宴席上，两大桌人挤得满满，觥筹交错，欢声笑语，异常喜悦。也就是在这次接侯德榜的过程中，原在通成煤矿公司做事的何熙曾决定入职永利。永利招入这员猛将，被描述为"等于刘备借荆州"①。

远在南京的铔厂同人在得到侯博士回国的消息后，也极为欢欣鼓舞，准备举行热烈的欢迎仪式。永利总管理处秘书李滋敏用大斗湖笔写下了巨幅欢迎标语，并将其悬挂于厂门口。当侯德榜步入工厂时，铔厂员工夹道欢迎，还放了十万响的浏阳鞭炮。

范旭东（后排右二）、侯德榜（前排右二）及家人合影

---

① 《海王》第 8 年第 20 期，1936 年 3 月 30 日。

永利同人的热情实为真诚的表达，而侯德榜也堪称受之无愧。范旭东对侯德榜这两年的辛苦工作有极高的评价："他卒至凭着献身的精神，克服了一切，劳苦功高，在中国工业史上，永久不会磨灭的。"①

也许在此时，侯德榜的漂泊之心才略感抚慰，但他也知道铔厂艰难的创业才刚刚开始。

化工的另一只翅膀

永利铔厂的厂址选在长江边的卸甲甸。

卸甲甸原属于江苏六合县（现南京市六合区）管辖，相传是项羽渡江卸甲歇马之地："六合为自古战争要冲之地。昔楚项羽统兵于此，是后与汉一战，不能见江东父老，而逃于乌江以自刎。"②

当时的卸甲甸就是个尚未被开发的荒郊，芦苇遍地，飞禽走兽时有出没。但这个小镇蜿蜒居于万里长江之东岸，江上时常有往来于扬州和南京的轮船，水路交通颇为便宜，甚至可以停靠万吨海轮。而且距离津浦铁路仅20余公里，只要修好与之相连的一段乡间公路，陆路也会变得非常顺畅。用电也比较方便，首都电厂就在对岸下关。还有非常关键的一点就是这里农户稀少，地价低廉，可以大规模收购。

其实永利还有其他选择，如上海、马鞍山、株洲等地。综合了各种因素之后，卸甲甸最终胜出，因为它有一个最大的优势：与当时的国民政府所在地南京城隔岸相望，是南京水上交通之门户。

1934年3月，永利碱厂委派张英甫和李滋敏二人到卸甲甸负责购地工作。张英甫个子不高，得了个外号叫"小老头儿"。《海王》旬刊的文风向来生动活泼，他也成了描写的对象之一："小老头者，其实并

---

① 范旭东：《创建硫酸铔厂本末》，《海王》第12年第31期，1940年7月20日。
② 滋：《六合拾遗》，《海王》第8年第20期，1936年3月30日。

不老,言动之烂漫天真,有类孩童。"①张英甫办事非常机敏,这也是永利重用他的原因。李滋敏则是个"人气王",善于与人打交道,永利的同事结婚多是请他去当司仪。他就曾为刘克勤先生与郑兆恺女士主持过婚礼,那是他首次登台,据说现场效果相当不错,"嗓音特别宏亮,态度从容,即老于此道者,亦不过如此。"②

二人能否完成征地1200余亩这个棘手的任务呢?所征之地涉及宅地、田园、矿田、沙地、街市、道路、河流、沟渠、池沼、墓冢等多种土地类型,补偿方式也各不相同,头绪万端,且要在一个月内办成。

他们首先找到了六合县的县长,但一见此人,心先凉了一半:"面黄牙黑,一个大滑头。"③拆迁时的种种情状,也让人心烦意乱:"丈量时有女人哭泪,不欲丢离古传之屋土,而因苦贫无处搬移;再恐后首评地等价必有争闹,暨迁移房坟必延迟不舍。"④

其间免不了要发生一些纠纷。某次丈量完土地后,当地人不满结果,一位姓邹的和一位姓王的科长被乡民堵在路上,拖曳下骑,"一时乌合声达云霄"⑤。幸好军警及时到场弹压,才解了一时之急。还有一次,一船建筑材料运到卸甲甸后,卸货时被一百多人阻挠,竟在水上停了三天之久。原来是卸甲甸的砖瓦窑被人垄断,卖家坐地起价,同样的东西卖给别人是70元,卖给永利就要88元,且不准外来货物入内。

虽遭遇种种不利局面,但幸有张英甫和李滋敏联手,两人不负众望,运筹精妙,办事果断,首先解决了难缠的拆迁问题,"盖原主百余

---

① 梅侣:《小老头传》,《海王》第7年第18期,1935年3月10日。
② 《郑刘婚礼纪略》,《海王》第8年第20期,1936年3月30日。
③ 1934年4月24日,张英甫、李滋敏致范旭东函,永利历史档案资料"勘选锤厂地址函卷"。
④ 同上。
⑤ 1934年5月28日,永利公司致陈公博函,永利历史档案资料"创办锤厂前后经过卷之二"。

户,限期迁移,殊难一致,今竟于八月杪,费一二日功夫解决之,机会运用,水到渠成"。①

土地问题一解决,建设马上拉开。1935年9月18日,铔厂公事房落成,永利高层决定就在这一天正式入驻办公。

当天,范旭东邀请了南京国民政府实业部、建设委员会、国防设计委员会、兵工署、金城银行等十多个部门和企业的头面人物来参加启动仪式。这群人坐船经过八卦洲到卸甲甸时,被眼前的景观震住了:"铔厂新公事房,雄踞江岸,赭瓦青墙,远远寓目。渐近已见码头工程,凸出江干,毛竹编篱,环绕厂界,不下十里,气象之新,令人心壮。"②在新修的公事房前合影留念时,范旭东说:"今日九一八,吾辈在此摄影,伫候东北四省光复时,再共摄一影。"③

这一天,忙碌了一年多的张英甫也露面了,他瘦了很多,"貌略清癯,盖于工程上昕夕劳心所致也"④。

公事房建成后,不断有人来参观并在此摄影留念。如在1936年3月1日,"范总经理偕同翁文灏、蒋廷黻、陶孟和诸先生到厂参观,并在江边公事房留影以作纪念"⑤。

除了厂房、码头、办公楼、住宿楼、礼堂等建筑外,还有5幢小洋房也是在这一时期修建的。如今这几座西式别墅仍在,基本还保持着旧貌,造型别致,风格典雅。楼前面还有一排大梧桐树,树干已两臂不能抱,浓荫掩映,颇为壮观。

---

① 李锽:《铔厂近情与九一八纪念》,《海王》第7年第3期,1935年10月10日。
② 同上。
③ 同上。
④ 同上。
⑤ 《海王》第8年第19期,1936年3月20日。

南京永利铔厂在 1936 年为聘请的外籍工程师修建的洋房（龚静染摄）

当年，永利请来的外籍工程师就住在这些洋房里。永利在聘请人才上可谓不惜重金，有的美国工程师甚至能拿到高达 1200 美元的月薪。这让侯德榜很肉痛，称之为"高大薪水"。一向节俭的他总希望"在建筑时期，工厂能早一日完成，公司即省一日高大之薪水"[1]。他在美国时也天天挂念着国内工程建设的进度，千方百计节省资金。但铔厂的技术和设备多赖外国提供，外国工程师自然必不可少，如"高压部 Bergens 君，德国人，于六月十一日到厂，专事安装压缩机，工作进行甚速"[2]。

氮气合成器由美国运抵卸甲甸是铔厂建设的关键点，因为这意味着铔厂最重要的设备就要入厂安装。但如何把这个庞然大物弄下船却是对铔厂最大的考验。当时既无专门的起重设备，也无操作经验，要

---

[1] 1934 年 6 月 21 日，侯德榜致范旭东函，永利历史档案资料"为创办硫酸铔厂侯德榜赴美往来函卷"。
[2]《海王》第 8 年第 31 期，1936 年 7 月 20 日。

把一个重达几十吨的东西吊装到位，是件极为困难的事情。1935年9月22日，永利用自己设计制造的起重机，成功地把笨重的氮气合成器从轮船上吊装上岸。此举创造了当时中国重大机件的起重之最。

在码头上吊装南京永利铔厂重型设备的场景

　　铔厂两件最大法宝，九月二十二日下午四点钟已运到一件。它有六十四吨重，七十多尺长，本厂自制之起重机，初次使用，大显身手，只有三个钟头全部卸下，绿眼黄发，惊叹不置。①

　　这个氮气合成器，非常值得一说。因为它是最为核心的生产设备，有了它，铔厂便如有了心脏。那么，它到底是个什么东西呢？

---

① 《海王》第8年第4期，1935年10月20日。

合成器是用一筒整块的特殊钢,硬打出来的,外形像一尊大炮,体重将近一百吨,这是集近代冶金、铸造、机械工程的大成,耐得高压高温,异常严密。合成器是空的,墙壁有八寸厚,里面构造复杂,有一部分装满了媒介剂,专替淡气和轻气,执媒妁之劳。由气柜将配好的淡气和轻气导入合成器,两气就生化学变化,这里面放出的臭熏熏的气体,变成了安摩尼亚了。①

侯德榜回国后被任命为永利铔厂的厂长兼总工程师,傅冰芝任副厂长,黄汉瑞任效能技师。

1936年,建设中的南京永利铔厂硫酸车间

侯德榜更忙碌了。他仿佛就是来加速的,甚至有些迫不及待。他对铔厂员工发表过一次重要的演讲,其中提到:"只要财政与时局不生

---

① 《淡气工业的缩影》,《海王》第8年第30期,1936年7月10日。

问题，再有几个月，应能达到完成目的。此次钾厂如能得到圆满结束，则以后办其他之化学工业自较容易。"①听得出，他的话里有一种紧迫感，其实也是一种危机感。

不只是侯德榜，在工厂的建设过程中，紧迫感锁住了每一个人。"钾厂同人办公时间，天明而始，天黑而终……暂以吃饭睡觉工作三事为限，此外没有第四事。因钾厂一切创立伊始，不得不采苦干的办法。"②

当时有张英甫、周自求、李滋敏、杨国柱等9名骨干人员驻厂督建，掘土和筑路工人计280人，瓦匠木工计120人，昼夜不停施工。由于工作繁忙，职员回趟家颇为不易。李滋敏夫妻一个待在厂里，一个住在南京城中，虽只有一江之隔，却一个月才能见次面，如牛郎织女。钾厂那几座洋房修成后，他便带夫人先"体验"了一下，还被《海王》旬刊借机调侃："钾厂江边别墅业已落成，李滋敏先生之宝眷，月初特自京寓来此避暑，鹣鹣鲽鲽，追随于清凉世界中，其乐岂是为外人道矣。"③

这一时期钾厂的工作人员也在不断增加。下面是《海王》记录的三条信息，可以反映当时的一些人事和建设情况。

> 钾厂工事紧张，新添同事陶显墀、林秉南、张恩赐、陈建屏、陈培荣、林文彪、吴维正、陈葭生、黄羽吉诸君。④

> 杨运珊先生因钾厂工程事于本月十三日到沽，随转唐山，十七日又离沽南下，来去匆匆，足见钾厂工作之紧张。⑤

---

① 《范侯二先生报告钾厂工作》，《海王》第8年第24期，1936年5月10日。
② 《海王》第7年第3期，1934年10月10日。
③ 《海王》第8年第32期，1936年7月30日。
④ 《海王》第8年第31期，1936年7月20日。
⑤ 《海王》第8年第32期，1936年7月30日。

铔厂工作紧张，同人辛苦异常，太太们心焉不忍，特组织慰劳团络绎到厂，现已报到者三十余家。①

1935年，建设中的南京永利铔厂煤气车间

工厂就是在这样争分夺秒的紧张状态下建成的。这期间，有美国氮气工业设计专家到卸甲甸参观铔厂，盛赞厂房宏大，选址适宜，"前途未可限量"。

---

① 《海王》第9年第8期，1936年11月30日。

1937年1月,就在新的一年刚刚来临之际,永利铔厂的建设也进入尾声,开工的各项准备工作已全面启动。新年出版的第一期《海王》杂志上刊登了《民国二十五年的回顾》一文,对未来的国内形势做出了乐观的判断。特别是1936年农作物丰收,让永利看到了化肥市场的旺盛前景。文中写道:

> 民国二十五年,这一年,中国在国际普遍不安的情形下,却享受了自建国以来未曾有的经济繁荣。……全国因各地米麦丰收,一般国民的购买力异常发达,尤以多年穷困的农民,显有余谷。……多年兵匪盘踞的四川,据说今年输入的留声机唱片,超过了中国前五年销数的总额,这岂非去年经济状况好转的表现。[①]

这篇文章明显是在鼓舞士气,营造良好的投产氛围。

但就在1936年12月,黄海社的张子丰、区嘉炜、吴炳炎三人去西安搞资源调查,不幸遭遇了12日突发的政变(西安事变),被迫滞留多日,被军警重重戒严的阵势给吓得不轻。他们终于在15日打电话到天津报告平安,才让大家放下心。但这件事毕竟让民众心生忧虑,时局不靖已显露无遗。

一切工作仍在紧锣密鼓地推进,时值隆冬,铔厂里却有股暖洋洋的气息。为了配合铔厂投产,永利公司采购部奉令迁入上海办公,做好销售产品的准备。从1月4日起,铔厂的技师、技术员和技工均分成三班轮值,提前进入生产状态。由于铔厂工友日多,永利开始逐步开展教育培训,培养合格的工人。

---

① 吉羊:《民国二十五年的回顾》,《海王》第9年第12期,1937年1月10日。

员工新村也已经落成,通过公开抽签来分配房屋,现场气氛极为热烈。一个叫王季华的人抽得甲种第一号,"报号者大呼头彩,道贺之声,历久不绝"①。

1937年2月5日,耗资1200万元的永利铔厂正式投产,永利公司对外发布了第一条官方消息:

> 永利化学工业公司在江苏六合县卸甲甸筹设硫酸铔厂,工事进行,将近三年,规模宏壮,为国内最大之化学工厂。现在工程业已完竣,开工制造,于一月二十六日下午五时出硫酸,一月三十一日夜十点出合成安摩尼亚,二月五日下午三时产硫酸铔。②

永利铔厂高压部

---

① 《海王》第9年第12期,1937年1月10日。
② 《海王》第9年第17期,1937年2月28日。

"连云江上,气象森森,环顾诚壮观焉!"①范旭东写道。

确实,南京永利铔厂矗立在长江岸边,极目远眺,气势撼人。中国最大的化工厂就此诞生了。

范旭东在给国民政府实业部的信函中讲到了工厂投产的过程:"一月廿七日,硫酸厂先诸厂开工,炼水厂、锅炉房、焦气厂亦随而发轫,而氧气部、精炼部、合成铔厂亦相继工作,总计七八部程序,相互联络,夜以继日,循环于气态、液态、固态三种化学变化之间,而列强争雄之合成铔高压工业,在中华于焉实现矣。"②

在铔厂的建设过程中,有个人最先入场,并自始至终都在一线,直到看见第一桶硫酸铔被生产出来——他就是张英甫,所以有人称他是铔厂的"催生婆"。出货之时,范旭东与《海王》的主编阎幼甫都在现场,两人激动不已,热泪纵横。孙学悟博士当晚也在吉祥饭店请客,庆祝铔厂投产成功。他放开肚皮,与朋友们举杯相庆,"咕咚咕咚,直贯而下,两人的上唇都染白了,好像圣诞老人的白胡"③。

沦陷前夜

三月十六日午后一时,武穴号汽船由铔厂码头运走硫酸铔四百吨至广东,同人至码头欢送,喜形于色。④

铔厂投产后的第一批大宗商品就远销广东,这是永利值得庆贺的一天。

---

① 1937 年 3 月 30 日,范旭东致国民政府实业部函,永利历史档案资料"永利案卷顺序号 522"。
② 同上。
③ 《海王》第 9 年第 17 期,1937 年 2 月 28 日。
④ 《海王》第 9 年第 21 期,1937 年 4 月 10 日。

此时的永利上下正处在大功告成的氛围中,范旭东写道:"中国化学工业的初基,到这里总算粗有轮廓,我们的头顶,个个都放光了。"①

人们期待着产品旺销,而积极的推销工作是必要的。1937年3月10日,《海王》上刊登了第一条硫酸铔招商广告:"全国各大埠,除自设经理处外,并招请商号经销。如蒙赞同,愿担任经销者,请赐函或驾临接洽是幸。"②

永利"红三角牌"纯碱广告

当时中国市场上的硫酸铔全为代销的外商产品,并在由英、德、荷等国把持的"铔联"监督下进行销售。永利决意冲破这个垄断,推出了独家代理、数家代理、分店自营等多样化销售模式,奖励销售业

---

① 范旭东:《一个过来人所述的永利化学工业公司事迹》。
② 《海王》第9年第18期,1937年3月10日。

绩优秀者；还采用了在报纸上刊登广告、立露天广告牌、在乡村墙壁上刷印大字、派送传单等宣传方式。产品的市场反响良好，销售网络已逐步深入到了湖北、安徽、广东等地区。

1937年4月10日出刊的《海王》上刊登了《给农友的一封公开信》，文中写道：

> 亲爱的农友们：
>
> 　　你们快要春耕种地了，买永利化学工业公司的出品，红三角牌肥田粉作肥料，不单是品质优良，能增加你们的收入，而且保证是完全国货，价格亦比较低廉。你们要想使自己的收入增加，同时也要爱国，惟一的办法，只有购买永利公司的肥田粉……①

文字很诚恳，但其实这是一篇很好的广告。永利在产品营销上经验丰富，早年就在精盐和纯碱的销售上有过不少成功案例。如在"海王星牌"久大精盐的广告策划上，常常匠心独运，新意迭出。当年的《国民周报》是久大的宣传阵地之一，久大精盐曾在上面做过不少广告，其中有三条颇为经典：

> 久大精盐，新法制造。洁净干爽，宜于烹调。腌腊制酱，尤为佳妙。物美质良，价格公道。诸君一试，方知非谬。

> 久大精盐化在水里，是透明的。普通粗盐化在水里，立刻变成黑汤。诸君，出同样的价格买盐吃，自然是吃久大精盐

---

① 《给农友的一封公开信》，《海王》第9年第21期，1937年4月10日。

合算并且卫生！

吸新鲜空气，吃久大精盐。

这样的广告语让人耳目一新，感染力极强，收效甚佳。如今钅厂的产品一出，自然也要有一番精心的宣传推广。"永久黄"人才济济，常常是新招迭出。

久大的林受祜是一位知名票友，常与平津的名角们往来，研究行腔咬字，功夫颇深。当年他被派去常德开设新店，遭到的阻碍很大，一度经营不下去。后来他便去唱了一回戏，当地的商人便对他另眼相看，慕其才而愿与之结交，商品销路自然便打开了。林受祜手腕灵活，居然以唱戏打开销路，这一招制胜之法，实在叫绝。

一切都是新的，工作充满了希望，工友们的状态轻松而愉快。"春光荡漾，人面昭苏，李滋敏先生吟兴大作，一夕成游春词四十韵"。[1]《海王》旬刊上还刊登了他的一首诗：

甲戌过金陵乌衣巷

北客南来一豁胸，六朝如梦问春风。

当年王谢乌衣巷，剩有斜阳脉脉红。[2]

钅厂职员住宅区也相继修建完成，被称为"永利第一村"。同时又添筑了饭厅和俱乐部，这件事是由黄汉瑞和刘竹云两人促成的。工友们陆续入住后，为了联络感情、提倡社交和发挥自治精神，他们成立了"家庭福利会"。福利会做的第一件事也颇为有趣——举办了"住宅

---

[1] 《海王》第8年第18期，1936年3月10日。

[2] 李滋敏：《甲戌过金陵乌衣巷》，《海王》第8年第19期，1936年3月20日。

房屋布置比赛",看谁能用最经济、最卫生及最艺术的方式来布置新居,胜出者将获得奖励。

永利铔厂旧址上仍有一幢保存完好的三层楼房,它就是专门为工厂职员修建的公寓。当时能住在这里的一般都是技师或技术员这种级别的员工。周边环境优美,适合休闲:

> 铔厂职员宿舍前坪,浅草成茵,油绿可爱。近时天气炎热,于坪中置大小藤椅及圆桌等,同人于日夕工作之余,身坐其中,顿觉凉爽,宛如夜花园。①

2月投产后不久,春天就来了,万物复苏,风和日丽。为了美化工厂环境,铔厂开始组织工人植树。1937年春,在农场、新村和马路两旁遍栽松柏,"他年绿荫葱茏,盖不仅为铔厂风景之助也"②。与绿树相搭配的,是铔厂职工草绿色的工作服,他们统一着装,厂区到处是绿色景象,焕发出勃勃生机。

为了丰富职工们的业余生活,厂里又修建了篮球场和网球场各两处,并在北边空地上辟了一块足球场,黄汉瑞是这个足球场上的常客。永利有良好的体育传统,高手不少,还经常请一些国手来点评和比赛。永利的乒乓球队实力一度雄冠天津,黄海社的啦啦队也颇具特色,是"洋歌洋调之啦啦",据说是张子丰把美国最摩登之助兴法舶了来,"颇有哈佛球队之精神"③。

铔厂医院也盖起来了,这是永利建设中的一项重要内容。永利办厂医院也是高标准,医生多为留洋回来的博士,医疗水平高,药物也

---

① 《海王》第8年第34期,1936年8月20日。
② 《海王》第9年第21期,1937年4月10日。
③ 《海王》第9年第5期,1936年10月30日。

从国外采购，周边的百姓都乐于到此看病。铔厂医院落成之日，还请了协和医院的刘瑗大夫来剪彩。

工厂还专门辟出了一块地，用来种植各种蔬菜水果。在1936年夏天时，他们的瓜地就丰收了，员工享受到了又甜又沙的大西瓜。不仅如此，他们还养牛，"铔厂农场荷兰种母牛初下犊，刻下牛乳丰富，群争取饮"①。

铔厂的年轻员工居多，那些刚进永利不久的青年们，在工厂建设顺利的情况下也要考虑自己的小日子了。有不少人把家眷接到厂里居住生活，准备长期扎根工厂；未婚的也开始谈婚论嫁，筑造小巢。1937年2月15日，解寿缙的妻子从天津来到了厂里，从此结束了两地分居的生活；2月18日，黄汉瑞与李韫子结婚，他们有共同的体育爱好；2月25日，鲁波的妻子在厂里顺利生下一女；3月8日，刘克勤与郑兆恺在浣花川菜馆举行婚礼；4月9日，黄海社的周寒璋与傅秋仪结婚，还有许滕八、张寿祺又各得一千金，等等。谢为杰于1935年7月才到永利，之前在美国攻读博士，这年已满29岁，也趁这段时间在南京认识了一位女子并决定订婚，"对方为金陵女子大学高材生，芳名李文玲，弹得一手好钢琴。闻喜期不出三月之内"②。

王子百是性情中人，人缘儿好，酒量也豪，那段时间是忙得不亦乐乎。"余府喜宴，王先生敬上亲一连喝了十多杯，每杯大约三两；又敬蒋先生毛小姐各四大杯，其余敬人及回敬又饮了二十多杯。"③

年轻夫妻相聚后，卸甲甸便多了不少"风景"。夫人们穿戴光鲜，也学会了都市里的时尚，如"小胖太太，她品貌端妍，天足短发，旗

---

① 《海王》第8年第35期，1936年8月30日。
② 《海王》第9年第17期，1937年2月28日。
③ 《海王》第8年第25期，1936年5月20日。

袍革履，可称十足的摩登，绝不是刚从婺源山中出来的人物"①。而厂里的男人们也变得人模狗样，不得不讲究起来，"湘先生新做质料名贵、式样摩登之大衣一袭，费四十老洋"②。也发生过尴尬的事，被人当成笑料："王希华先生一日起床甚早，著了太太的袜子上班，被缺德鬼瞥见，当众宣扬。"③

陈调甫是永利碱厂的创始人之一，对范旭东的事业帮助很大，就是他把侯德榜带进了永利，所以范旭东称赞他"荐贤有功，应受上赏"。后来陈调甫的妻子不幸去世，多年后他与路女士再婚。据《海王》旬刊言，有人曾探得两人的情路秘史，是陈调甫发出情书三通，用词缠绵，才敲开了路女士的心扉。婚礼那天，证婚人徐善祥在致辞时以安摩尼亚做比，引发了现场的欢声笑语。他是这样说的："陈路联姻，好比铔厂制造的安摩尼亚，陈先生态度大方，好比淡气；路女士轻飘若仙，好比轻气。这两种气本来都是悠游自在，但经过一番结合，就变了安摩尼亚，从此可产出硫酸铔、硝酸铔等。"④陈调甫再婚引出的趣谈正如轻松活泼的工厂氛围一样，让人们感到愉悦、振奋，充满了希望。

铔厂的人一多，教育问题也随之而来。"永久黄"在天津经营的二十多年里，积累了不少教育方面的经验，曾设有八大教育机构：明星小学校、永利艺徒班、怀瑛幼稚园、工读班、外国文补习班、妇女补习班、联合儿童补习班和成人义务教育学校，可以说是形成了一个针对不同层次和不同对象的完整教育培训体系，南京铔厂只需把天津碱厂的经验拿来使用即可。铔厂首先开展的是小学教育，因为工厂以青壮年为主，其子女的教育是首要问题。负责这项工作的是训育主任茅

---

① 《海王》第 7 年第 18 期，1935 年 3 月 10 日。
② 《海王》第 8 年第 9 期，1935 年 12 月 20 日。
③ 《海王》第 8 年第 5 期，1935 年 10 月 30 日。
④ 《陈婚佳话》，《海王》第 9 年第 5 期，1936 年 10 月 30 日。

仲英,他也负责工人的培训。

1937年2月21日,铔厂子弟小学正式开课。但因为时间仓促,暂时没有聘到专职教师,便请了一些知识女性来兼职:"由陆献侯夫人黄治文、罗新誉夫人郑业端、王文澜夫人舒九英,暨宋芝宇四女士担任教员。"[1]

铔厂的正常生产和生活逐步展开,就像塘沽碱厂一样,把一块荒芜之地慢慢变为人间景象。一颗种子种下去,然后生根、发芽、开花、结果,这是承平年代中最为普通的事,也是1937年春天永利铔厂的缩影。

铔厂的建成不仅是"永久黄"的再次成功,也是中国化工业的一大进步。即便从小的范围来说,它也改变了区域的工业生态,本是荒野的卸甲甸成了南京的大厂区,直接影响了后来百年间的城市格局发展。

但是,仍有一部分清醒的国人并没被眼下的太平所麻痹,他们知道中国面临的真实处境。在"永久黄"中就有人把这些年如履薄冰的状态称为"笑啼俱不敢",可见其危机感之深重。1936年9月,正值《海王》旬刊创刊九周年,其头版的纪念致词中就写道:"岁月不居,山河破碎,把笔为辞,诚有不知涕泗之何从者!……若以当前之环境言,海王第九年之前途,或不免有不容吾人为之十分乐观者在。"[2]

1937年4月,形势愈加严峻,战争乌云密布,著名军事理论家蒋百里的《国防论》一书适时出版,轰动一时。书中以日本为假想敌,最早提出了全面抗战和打持久战的思想,仿佛是在为即将来临的暴风雨做准备。战争一触即发,再昏沉的人也该闻到硝烟的气味了。

4月18日,侯德榜与许滕八、美籍工程师李佐华等人从南京出发,

---

[1] 《海王》第9年第19期,1937年3月20日。
[2] 《海王第九年开始致辞》,《海王》第9年第1期,1936年9月20日。

在当天下午 4 时到达塘沽。他来不及休息就在明星礼堂召开了全体同人大会，做了一次极为重要的演讲。他谈到铔厂面临的严峻现实，阐明团体的前途固有无限之光明，但同时也有异常之困厄，需要同人齐心合力去征服。他说："国事现已弄到这步田地，吾人只有不管环境之危险与事业之困难，埋头苦干，个人身体之健康尽可置之度外。"①

作为一名科学家，侯德榜虽能深切感知时局的变化，却无法去改变。时局变得越来越糟，这也许是此时他心中最绝望和无奈的事情。当天的演讲催人泪下，全场感奋。

永利铔厂可谓生不逢时，投产仅 6 个月后便爆发了七七事变，淞沪会战随即在上海打响。1937 年 8 月，卢作孚接到国民政府的电报，令他急赴南京出席国防会议，草拟全国抗战总动员计划。他当时就住在莫干路 11 号范旭东的私宅里，两人彻夜深谈。

硝烟四起，永利已经步入了沦陷的前夜。

铔厂之厄

日飞机炸毁永利硫酸铔厂。②

1937 年 10 月 21 日，翁文灏在日记中这样写道。仅此一句，却格外醒目。

就在头一天，翁文灏深感战争形势急遽恶化，起草了《告地质调查所同人书》，准备尽快将地质调查所迁到长沙。永利铔厂被炸令翁文灏深受打击，因为他想要继续发展中国硫酸铔产业的计划恐怕难以实现了。这年 4 月，他参加了由孔祥熙带队的欧洲考察访问团。一行人

---

① 《海王》第 9 年第 23 期，1937 年 4 月 30 日。
② 1937 年 10 月 21 日，《翁文灏日记》，北京：中华书局，2010 年。

先去了英国，5月1日与雷尼尔（Rainier）谈了与Arhold公司合作办硫酸铔厂的事。5月4日又到位于主教门的渣打银行，与雷尼尔再谈硫酸铔厂的事；5月10日就有了初步的合作意向："硫酸铔厂全部创业费一千万元，国内用借款约七百万元，六年还清，日产硫酸铔一六六吨，工程二年半完，陈聘丞为厂长。"①

此事说明中国将进一步扩大硫酸铔的生产，不仅政府对此极为重视，国外商家也极为看好中国的市场。不过对方也提出了一个很尖锐的问题：如日货降价竞销，中国政府是否要提高关税？翁文灏回答："弟不能预告，但仍盼早成。"②

这一次的考察时间特别长，在七七事变爆发那天，翁文灏还在俄国境内参观试验室。他本打算在8月中旬再去英国，并将此消息告诉了雷尼尔，期待再商硫酸铔厂的事，但此时天津已经沦陷，他的家眷也全部迁到了上海，他只好放弃去英国的念头而坐船辗转到了香港。等他回到南京已经是9月5日，长达五个月的海外旅行才到此宣告结束。他与Arhold公司的谈判也不了了之，因为没有公司会在一个处在战争中的国家进行投资。

实际上在翁文灏回国的一周前，永利铔厂就已遭受了一轮空袭。1937年8月21日一大早，6架日机突然飞临铔厂，投下5枚炸弹，幸而都落在了江中。空袭过后，范旭东马上给工厂发去了电报："吾辈当以最大忍耐与信心，克服一切困难，为祖国化工尽瘁至敌人屈服而后已，幸毋悲愤，仍当努力恢复工作。"③

一个月后的9月27日上午，9架日机再次轰炸永利铔厂，16枚

---

① 1937年5月10日，《翁文灏日记》，北京：中华书局，2010年。
② 1937年5月14日，《翁文灏日记》，北京：中华书局，2010年。
③ 1937年8月21日，范旭东致永利铔厂电报，天津渤化永利股份公司编《范旭东文稿》，2014年。

炸弹从天而降，铁工和木工两车间瞬间被炸毁大半，主厂房幸得无恙。范旭东又迅速给工厂发去慰问电："敌机轰炸本厂早在意中，诸君立于国防工业第一线，悲壮胸怀可歌可泣。"①

但永利铔厂仍是日军的目标之一。10月21日正午，多架日机飞临铔厂，扔下18枚炸弹，巨大的爆炸声响彻江岸。厂房毁损严重，一片狼藉。翁文灏在日记中记录的铔厂被炸就是这一次，也是最惨重的一次。

在三次空袭中，永利铔厂共受弹数十枚，转化瓦斯储槽、电动空气送风机、给水吸筒室等九处关键设施受到重创，生产被迫中断，"厂方宣布时局紧张，开始疏散"②。

1937年11月16日，范旭东从南京乘"公和号"轮船赴汉口。11月20日，南京国民政府发表《国民政府移驻重庆宣言》，政府机关和学校纷纷迁往内地，一场大迁徙开始了。

第二天，永利铔厂第一批职员共计80人离开南京。22日，傅冰芝带领第二批职员搭船西迁。侯德榜是最后一批走的，负责殿后。他要用最大的努力尽量带走永利那些来之不易的家当。12月2日，侯德榜带领二十多人经过两昼夜的拼命拆卸，将一部分设备装在了太古公司的轮船"黄浦号"上，并于5日抵达汉口。此时，留下来守厂的只有李滋敏、杨春澄数人而已，其他人基本都撤出了卸甲甸。

在拆迁期间，范旭东曾到厂检视过一次，见到侯德榜还在厂房里东摸摸、西看看，恋恋不舍。这些设备很多是侯德榜精打细算买下来的，现在却要被日本人占去，让他极为难受。范旭东最知其中的艰难，"我们资金有限，还要打算盘，处处非省钱不可。这个条件，确把负责的

---

① 1937年9月27日，范旭东致永利铔厂电报，天津渤化永利股份公司编《范旭东文稿》，2014年。

② 《南化志》，北京：中华书局，1994年。

侯先生苦透了"①。

12月8日,范旭东派林文彪、寿乐、周自求、王杰如、张镛、程秀标等六人坐船从汉口出发,打算潜回工厂,再搬走一些设备。但形势急转直下,12月10日,日军对南京发起总攻。两天后南京卫戍军司令长官唐生智下达撤退命令,南京迅速沦陷。此时因为多地已为日军占领,六人只好绕道长江北岸,从六合县徒步经马鞍山、和县一带迅速逃出战地。

几天后,日本海军的"出云号"停靠在了卸甲甸码头边。该舰是日本利用《马关条约》拿到的巨额赔款在英国订造的装甲巡洋舰,体积庞大,日俄战争期间曾立下赫赫战功。后来退为二线战舰,在淞沪大战前又被再度起用,并担任领舰,成了从海上进攻中国领土的罪魁祸首。当时中国空军为了消灭这只"头狼",在8月中旬曾对其进行了猛烈的攻击,以打击日本人的嚣张气焰。"出云号"虽一度被炸得摇摇晃晃,但并没有被炸沉;后来中国海军又用鱼雷去炸,可惜仅损其尾部,让它再次侥幸逃脱。

12月中旬,"出云号"出现在了长江南京段的北岸。舰上的日本兵登上了卸甲甸码头,以占领者的姿态进入了永利铔厂,并开始大肆搬运物料和机件。虽然永利在决定西迁之时就开始拆卸各种物件,但在不到一个月的时间里,并不能搬走多少东西,特别是大型设备根本无法运走。而日本人来后,"厂内材料机件运去不知多少,库房几空"②,就连钢筋、石子儿、水泥都被搬走了,损失难以计数。被搬得最狠的是硝酸厂,全套设备都让运到了日本九州,共计1482件。其中有不少机件非常值钱,如做催化用的铂金网就价值4万美元,被东洋高压株式会社横须贺工厂毫不客气地拿去用了。

---

① 范旭东:《创建硫酸铔厂本末》,天津渤化永利股份公司编《范旭东文稿》,2014年。
② 1938年2月7日,杨春澄致何熙曾信,原件存乐山市五通桥区档案馆。

永利铔厂投资巨大，设备精良，觊觎者大有人在。战争之乱给这些人带来了可乘之机，一些敌占工厂为了恢复电力供应，干脆直接派人到永利来找设备，随意挑选，任意掠夺。无论大小贵贱，只要看上就掳去，连停靠在码头边的一条旧船也被拖走。

1938年3月，在大肆搜刮了一番后，"出云号"开走了。但很快又来了另外一艘日舰——"安宅号"。留守人员杨春澄的心中不禁一阵悲凉，他知道来者不善，狼走了，狮子又来了。

但"安宅号"舰长秋本的作风与"出云号"上粗暴野蛮的日本兵完全不同，此人居然显得彬彬有礼，同他"与谈甚洽"①，甚至还送来了一些饮食，这让杨春澄颇为不安。

首次见面，对方并未明火执仗，而是和颜悦色，这就太奇怪了。秋本没有派人来继续搜刮，而是下令不准再搬东西，也承诺手下的士兵不会入驻永利第一村，似乎想要表达出一种维护工厂的"善意"。几天后，"安宅号"上的人再次来到了永利铔厂，封锁了工厂的各个大门，并贴上了几十张告示。

秋本的这一招，让杨春澄多少有些迷惑。他之前每日都小心翼翼、胆战心惊地与各方周旋，被恐吓、威胁是常事，小命也有不保之虞。秋本究竟是何居心，他全然不知，更加惶惶不安了。其实，秋本这番看似"保护"工厂的举动，其用心更为险恶，是想要充分利用铔厂为战争服务。

留守人员此时完全失去了与永利总部的联系，也不知道外面的情况，困守在卸甲甸。平日里除了防盗之外，杨春澄无事可做，只好躲在永利第一村中。"弟自首都失守后，至今烟酒戒除，身体加重，幸厂内有书可看，以资消遣耳。"②

---

① 1938年3月17日，杨春澄致何熙曾信，原件存乐山市五通桥区档案馆。
② 1938年2月7日，杨春澄致何熙曾信，原件存乐山市五通桥区档案馆。

李滋敏也是留守人员之一，但他藏身于附近一个偏僻的小镇上，一般不出面，怕被地痞流氓纠缠。而杨春澄唯一盼望的就是见到李滋敏，为他解一时的忧愁。但每次李滋敏来，总是行色匆匆，不做停留。"因滋敏兄在厂多年，地方无聊人及失业工人找他太多，实为麻烦，故不能长住"[1]。

有一天黄昏，李滋敏突然出现，这让杨春澄很是激动，他们已经有半个月没有见面了，有很多话要讲。但看到对方蓬头垢面、失魂落魄的样子，让杨春澄颇为泄气。

第二天李滋敏一直躲在新村的屋里，第三天一大早就走了。杨春澄建议他与其成天东躲西藏，不如潜到汉口与公司联系上，再做长远之计。"弟与之商妥，与其困在竹镇集，不如设法回汉，以供公司得悉厂内一切详情；再由汉设法来厂，以供厂方亦得明了汉上情形。"[2] 但冲破日本人的层层封锁确非易事，要冒很大的风险。

这个时候，原来那个能说会道、热情洋溢的李滋敏仿佛变了个人，整天沉默寡言、愁眉苦脸。无奈之下，杨春澄仍然坚持与公司联系，不断地写信，哪怕只是得到外面的一点儿消息也好。他在信中哀求道："外间究有无办法与希望否，请速设法示给一二，不胜盼祷。"[3]

困守卸甲甸

杨春澄留守铔厂其实是个意外，他并非铔厂的人，一直在塘沽碱厂工作。那么，他是怎么到了南京，又是如何被困在铔厂的呢？

杨春澄曾在日本仙台高等工业学校学过采矿，回国后便到了塘沽

---

[1] 1938年4月4日，杨春澄致何熙曾信，原件存乐山市五通桥区档案馆。
[2] 同上。
[3] 1938年2月7日，杨春澄致何熙曾信，原件存乐山市五通桥区档案馆。

碱厂上班。1937年9月他被派出去押运矾土到铔厂，在路上时还觉得这是件美差，"因得睹淮上风光，颇为舒适"①。

但事情渐渐不妙起来，等他把矾土送到铔厂后，枪炮声已四处响起，他之前路过的地方纷纷沦陷，他不得不滞留在六合县城里。天津一时是回不去了，这就拖到了11月。永利原料部的负责人何熙曾当时正在连云港一带视察久大的两个盐厂，那里还储存了一千多吨盐要赶紧运走，但敌机每日威胁不断，厂长唐汉三已经撤退到了湖南。何熙曾想去南京与众人会合，商讨解决办法，当即在扬州坐黄包车到了六合县城，再骑小毛驴到了永利铔厂。他到后一看，厂里已经空了，只有秘书李滋敏一人在应对残局，一副惊魂未定的样子。何熙曾便想到了杨春澄，让他去协助李滋敏。杨春澄"即诺之"②。

杨春澄想的是："偌大新兴工业岂可因敌未取而骤然舍去？"③当时南京尚未沦陷，国军仍在奋力抗战，他觉得此时决不能弃厂而逃，必须坚守到最后一刻。他很快就去了卸甲甸，但万万没有想到局面居然如此复杂和险恶，这需要有赴汤蹈火的决心。

杨春澄于12月2日到了铔厂，最后一批人正好在那天离开，眼前的景象格外慌乱和萧瑟。负责守厂的只有李滋敏，他是范旭东指定的留守负责人，也是杨春澄唯一可以联络的人。但此时李滋敏已躲去几十里外的竹镇，不敢轻易抛头露面。

……弟于去岁十二月二日来厂，至八日即避往乡间，十六日又来厂，已凌乱不堪，始着手维持。初尚平静，近因外人

---

① 杨春澄：《寇中脱险记》。
② 同上。
③ 同上。

搬运过多，以致内部亦不可收拾。①

杨春澄刚到卸甲甸没几天，南京就被日本人占领了，城中宛如人间地狱。铔厂虽然地处一片荒郊中，与南京城还隔着一条江，但每天的枪炮声都能清晰地传来，让人胆战心惊。

留在厂里的永利员工，除李滋敏外仅有两人，一个叫陈毅民，是个老实的中年人；另一个叫陈玉龙，性情豪爽，为人仗义。这两人便成了杨春澄的助手。

杨春澄本是来帮腔的，没想到自己却成了唱戏的主角。但他茫然呀，三个人要守住一个占地千亩的大厂，这可能吗？在南京局势最恶劣之时，杨春澄还去乡下躲了几天，等他回来时厂里已经发生了巨变，一片狼藉，"弟在第一村五号住，村内各家什物前被乱民、溃军强窃几尽"②。

杨春澄想逃，但他不能逃，如果连他都走了，铔厂可能就全毁了。在永利艰难创下的巨大产业面前，个人的安危好像变得没那么重要了。但在员工已经全体撤退的情况下，只留他一人独撑局面，还不知留在北方的妻儿老小是否平安，他心中的惶急和悲愤难以言表。

既然留下来了，杨春澄并没有消极以待，而是马上行动起来，他想做一些力所能及的事情，尽力挽救工厂。他首先想到的是雇一些本地临时工来守厂区，不然厂里的东西迟早会被洗劫一空，"白天有日人装运，夜有贼人移偷"③。他很快就招来了五十多个健壮的乡民，并把厂里剩余的碱粉和麻袋变卖了，用来支付雇工的酬劳。有了这些人看门放哨，盗贼也不敢太明目张胆进厂来偷窃。

他又想法子修补了工厂四周的篱笆，"此篱笆已经三载，俱已腐

---

① 1938年2月7日，杨春澄致何熙曾信，原件存乐山市五通桥区档案馆。
② 1938年3月17日，杨春澄致何熙曾信，原件存乐山市五通桥区档案馆。
③ 同上。

朽"①。他在信中自嘲道:"如若不修,则厂无从守起;修好了亦不过腹内空空,傻人做傻事无有逾此者!何时是了,傻子心里知道了时吗?仍是补着补着。"②

所谓"腹内空空",其实就是说篱笆形同虚设,既拦不住盗贼的暗夺,也挡不住日本人的明抢。杨春澄的处境非常尴尬,"内偷外抢,心里怆然"③。

位于南京市卸甲甸的永利铔厂旧址石碑(龚静染摄)

杨春澄的主要联络人是何熙曾,他是永利的关键人物之一,与范旭东同在日本留过学,"交谊甚笃"④。何熙曾回国后在金城银行老板周

---

① 1938年2月7日,杨春澄致何熙曾信,原件存乐山市五通桥区档案馆。
② 1938年3月25日,杨春澄致何熙曾信,原件存乐山市五通桥区档案馆。
③ 1938年2月7日,杨春澄致何熙曾信,原件存乐山市五通桥区档案馆。
④ 何熙曾:《对老同学李烛尘的点滴回忆》。

作民手下做事，拿的是高达 600 元的月薪，日子过得非常舒服。范旭东很欣赏他的能力，铔厂缺人时就力邀他到永利，但每个月只能给他开出 500 元薪水——这已是能够给出的最好条件。何熙曾感到盛情难却，且周作民也是永利的股东之一，便跳槽到了永利。杨春澄来南京就是何熙曾安排的，解铃还须系铃人，现在他能联系也只有何熙曾。从 1937 年 12 月下旬到 1938 年 4 月，杨春澄给何熙曾写了十多封信，全部石沉大海，没有收到过一封回信，这让杨春澄大为失落：

> 弟自去岁十二月初来厂后，计在南京未失守以前曾发信五次，报告危急情形。失守以后，至今已近四阅月，共发信十数次，内有以前数次不通退回。但自通邮以来已一月有余，何以未见公司信到，殊为不解。现在南京、上海俱已通邮，由南京往汉口之信仍走六合，弟亲遇信差，并云卸甲甸不日开办。弟以前各信俱收到否？弟写信至淮阴探问一切，亦得不到回信，不知是何原因。①

在这段时间里，杨春澄动了很多脑筋。他怕铔厂的对外联络被人为截断，就把通信地址改为六合县民张商之的住处，"张商之先生七十余岁，甚为热心，邮电均可收到"②。后来他又曾托人带信给上海一个叫林大中的人，仍然一无回音。他一直抱着希望，一封又一封地写信，可是信被一次又一次地退回来。在几乎每一封信中他都表达了这样的情绪："弟在此不明外事，终日坐等，真是闷人！"③"弟在此数月，如

---

① 1938 年 4 月 4 日，杨春澄致何熙曾信，原件存乐山市五通桥区档案馆。
② 1938 年 2 月 7 日，杨春澄致何熙曾信，原件存乐山市五通桥区档案馆。
③ 同上。

在鼓内，真是闷人！"①

"真是闷人"是杨春澄的真实心声。其实何止闷人，厂中危机四伏，他还要担惊受怕，绞尽脑汁应对随时可能出现的险情。"现在厂中各处几空，弟在此费尽心力，暗藏于各处之物料，长此恐亦不能保。厂外则遍地飞盗，昼间须对付日人，夜间又须防盗，所得安静者不过每早晚数小时。"②

就在快要绝望的时候，他突然收到了一封电报。

电报是何熙曾发来的，这让杨春澄欣喜若狂。电报中称"永久黄"已经西迁到了汉口，但简短的电文中透露的信息极为有限，他仍然不知道接下来怎么办，更加迷茫了。此时对他而言，是进是退，何去何从，都需要得到明确的指示。

抗战前"永久黄"骨干合影

---

① 1938年3月17日，杨春澄致何熙曾信，原件存乐山市五通桥区档案馆。
② 1938年3月25日，杨春澄致何熙曾信，原件存乐山市五通桥区档案馆。

实际上永利的大队人马到了汉口后，也在寻找出路。如1938年3月5日，侯德榜就在给时任湘潭中央钢铁厂经理程中石的信中透露："弟近来川南有旬日之逗留。"①同日给时任久大营业部长、永利汉区营业处经理范鸿畴的信中也写道："弟于日昨随旭东兄由成都乘飞机返此，一路平顺。"②从这两通信函中可以看出，范旭东、侯德榜等人已经深入四川考察和寻找出路了，他们无暇顾及沦陷中的永利铔厂，杨春澄只能自救，不然就坐以待毙，别无他法。

这封电报之后，通信又断了，就像黑暗中闪出了一道亮光，随即又陷入了更长久的黑暗之中。

是坚守，还是放弃？杨春澄不敢擅自决定，他必须要得到明确的答复，才能有下一步的行动。险象环生中，杨春澄唯一能够做的就是不断地写信求助，不停地写，苦苦地写。此时他仍然处于孤立无援的境地，宛如大海中快要被吞没的一只小舟，每天听到的只有日本人的宣传。亲人在哪里？工友在哪里？军队在哪里？国家在哪里？他全然不知，不由得发出这样的感叹："近来凡日军所过之地，一切民众方悉有了国方有家，此是一番大经验，胜过标语口号也。"③

杨春澄的压抑和苦闷，无人能知，也无人抚慰。他在给何熙曾的信中写道：

> 弟在此心情唯有白居易词一首可以代表："汴水流、泗水流，流到瓜州古渡头，吴山点点愁。思悠悠，恨悠悠，恨到归时方始休，月明人倚楼。"算了罢，亡国调子不要唱了。④

---

① 1938年3月5日，侯德榜致程中石信，原件存乐山市五通桥区档案馆。
② 1938年3月5日，侯德榜致范鸿畴信，原件存乐山市五通桥区档案馆。
③ 1938年3月17日，杨春澄致何熙曾信，原件存乐山市五通桥区档案馆。
④ 1938年4月4日，杨春澄致何熙曾信，原件存乐山市五通桥区档案馆。

第二章　西迁

寇中脱险记

一转眼就到了春天。

春天里的卸甲甸是什么样的呢？久大总经理李烛尘曾有一番诗情画意的描述："绿荫夹水，石桥横连，淡日烘天，软茵铺地，菜花黄灿，幽鸟时鸣。"① 但经年之间，面对同样的春天却已然是不同的心境，明显有物是人非之况味了。

1938年3月中旬，三井洋行的人突然出现在了卸甲甸。三井在日本代销过永利碱，双方一直合作到了战争爆发前，因此对永利的家底非常熟悉。

实际上秋本给永利铔厂贴封条的目的就是等待他们的到来。看到三井的人出现在铔厂，杨春澄这才猛然醒悟，秋本之前的一派和气都是伪装，现在才露出了虎狼的面目。"近两日来方虑日人前此来厂，将各处封钉，禁止搬运，事因彼资本家派人来厂详细调查，故做出竭力保护姿势，以引诱彼资本家速于着手。"②

但仅仅过了几天，一伙日本陆军也来到了铔厂，他们一看门上的

---

① 李锺：《铔厂近情与九一八纪念》，《海王》第7年第3期，1934年10月10日。
② 1938年3月25日，杨春澄致何熙曾信，原件存乐山市五通桥区档案馆。

告示，便下令将之全部撕毁。杨春澄又迷惑了，怎么日本的陆军同海军打起架来了？"陆军人将海军告示毁去，可见彼政令不一，对于彼资本家亦在欺骗中。"①

突然来这么多日本人，杨春澄顿感不妙。但他相当沉着，上前与之交涉。"予当询以此举系合作究系没收？彼等解释甚为含糊。"②不仅如此，他还要求日本人不能进驻永利第一村，说那是私有财产。这一天中，杨春澄仍然是以主人翁的姿态在与日本人周旋，对方竟然也是彬彬有礼的，并无强词夺理之态。

但第二天杨春澄就得到消息，永利铔厂已被日本海军强行没收："上午又来海军舰长官多人，现出狰狞面目，平日一切假面具俱已撕开，各兵士亦自由行动，予已知其最后关头到来。"③

永利铔厂的一切合法权利均被剥夺，作为留守人员的杨春澄自然就成了被严加监视的对象，其处境更为艰难。一日，有个日本兵来盘问他，两人对答颇为荒唐。

  问尔在厂许久，亦曾写信于公司否？
  予答以予来此人地生疏，出厂外遍地是匪，再远则有便衣队等类，出厂即危险，故从未执笔。
  该酋点首云，我想亦无法出去。④

在此之前杨春澄一直都在想方设法为工厂多保留一些财产，事到如今才知道所有的努力都是徒劳："厂内各剩余之物日在埋藏，并将焦

---

① 1938年3月25日，杨春澄致何熙曾信，原件存乐山市五通桥区档案馆。
② 同上。
③ 同上。
④ 同上。

煤厂、硫磺厂作围墙，并拟各厂门用砖堵塞，以免沦陷。"① 从此刻起，那些财产也不再属于永利了，这场战争的本质就是侵略，而侵略就是要剥夺对方的财产甚至生命。

此刻，杨春澄突然想起了一年前在《海王》旬刊上读到的一篇文章，名叫《奇特可怜之现象》，里面描写的正是他此时正在经历的。他还记得其中一段：

> 有广土，有众民，有富饶之天产，有数千年之文化，宜其国家称雄于世，为他民族所敬慕。却受人凌侮，日削月割，危亡之祸，逼于眉睫，岂非天地间最不可解之事乎？②

文章发表才一年多的时间，就不幸言中现实，杨春澄不禁悲从心起。一个好端端的工厂，费尽千辛万苦才建起来，仅仅在一日之间就被人强掳而去。亡国之痛，非到亡国之时不能言。下面的这段文字更让他深有同感：

> 纵有资财，有知识，翼作高等之亡国民，而为人所奴，欲生不能，欲死不得，无国之痛苦，虽悔已无及矣！③

一切皆晚矣！此时杨春澄唯一要做的事情就是逃跑。

当时驻守永利铔厂的有一个日本兵小头目，姓鹿毛，是舰艇上的特务长。其家族曾在九江和上海居住经商，故而讲得一口流利的中国话。鹿毛对杨春澄总是横眉楞眼，他似乎发现这个中国人并非顺民，

---

① 1938年4月4日，杨春澄致何熙曾信，原件存乐山市五通桥区档案馆。
② 秉志：《奇特可怜之现象》，《海王》第9年第9期，1936年12月10日。
③ 同上。

藏有叛逆之心。

杨春澄的一举一动都被监视了起来，这让他的逃跑行动颇为困难。此时，他只能从三井洋行派来的技师七海和主任日野身上想办法。这两人是技术方面人士，不像日本兵那样蛮横，且初入永利铔厂，也想借他了解工厂的情况。

为了获得两人的信任，杨春澄灵机一动，把他与"安宅号"的舰长秋本的合影拿出来给他们看，以示自己与军方的交情。七海和日野对此深信不疑，以为杨春澄是"自己人"。凡有日本兵来骚扰时，杨春澄就拿七海他们当挡箭牌。

比如某日，鹿毛对杨春澄左右看不顺眼，言谈之中总是恶语相向，眼神也更加狐疑、凶狠。"（鹿毛）年少气盛，与予感情恶劣，予当始告七海，何必令予难堪。"[①]但他这样做相当于在弈棋中动用了对手的棋子，一旦被对手识破，恐临极危之境地。七海和日野虽然帮杨春澄说话，但条件就是他要尽快开始为三井洋行服务，并马上搬到三井处去住。

永利铔厂最终还是落入了三井洋行之手。[②]三井入驻当日，就派人来告诉杨春澄，如果他接受三井洋行之聘，就可以在工厂担任要职，享受高薪待遇。杨春澄迫于对方淫威，只好表面答应了下来，以做缓兵之计。

为了赢得逃跑的时间，杨春澄心生一计，称要遣散之前雇用的几十名工人，得与他们结算完工钱，才能去三井报到。日本人信以为真，勉强答应。

当晚，杨春澄先将数十包纯碱分给工人充当工钱，又将之前保存的

---

① 杨春澄：《寇中脱险记》。
② 日据后的永利铔厂改名为永礼化学工业株式会社浦口工业所硫铵工场，东洋高压工业株式会社是第一大股东（与汪伪国民政府实业部持同等股份），三井物产株式会社是第三大股东。据1940年《永礼化学工业株式会社经营报告书》，原件存中国第二历史档案馆。

变卖之款交给三名同事，以备逃亡之需。事情办完后早已天黑，只能听到远处传来的稀稀疏疏的狗叫声。杨春澄摸黑儿潜出厂门，准备逃走。

但天公不作美，刚一出门，就下起了雨。杨春澄看不清路，跌了几个筋斗，摔得浑身是泥，只好到两里外的镇上投宿，准备第二天一早穿过数里外的葛塘，以绕过日军的封锁线。

经过一天的折腾，杨春澄早已是疲惫不堪。夜渐深，四周安静了下来，镇上的人家早已关门闭户，准备吹灯入梦。就在此时，住处突然传来一阵急促的敲门声，这让杨春澄心中一紧。

来人是他手下的一个工友，平日相处不错，被视为亲信。这人神色慌张，原来是急着来告诉他此时正有一群当地流氓闻风而来——他们得知永利铔厂今日被日本人没收，猜测杨春澄势必要携带大量钱财逃跑。此等发财机会岂可错失，于是杀气腾腾追赶到此。杨春澄一听，大惊失色，当即捡取衣服数件，裹成一包，从后门仓皇而逃。

护送杨春澄走的是另一个工友，名叫陈玉龙。他们在黑夜中一刻都不敢停留，跌跌撞撞，搀扶而行，直到走出危险之地。惊魂一夜过去，两人在葛塘外抱拳告别，悲愤难耐，泪如雨下。

杨春澄到南京纯属偶然，未想其后几月居然深陷其中，还有了可能是他人生中最离奇，也最刻骨铭心的一番经历。直面生离死别，他感慨万千。命如草芥，本不足惜，无奈却背负着国仇家恨；而在流亡路上，也有患难真情，只是在此情此景之下，也只能各道珍重了。

  黑夜执手，某君声嘶泪下，以一幼子相托，其余则此后行迹不定，誓竭个人生命以报此仇，亦云惨矣！①

---

① 杨春澄：《寇中脱险记》。

南北两厂沦陷

杨春澄逃离后,意味着南京永利铔厂彻底沦陷。而此时,远在天津的永利碱厂又是怎样的一番景象呢?

位于塘沽的永利碱厂一角

七七事变标志着日本开始发动全面侵华战争,平津地区首当其冲地成了交战的焦点。位于天津的永利碱厂被迫停业,迁到上海仅半年多的永利公司总管理处给各经理处发去了函告:"卢沟桥事变,已演成中日全面战争,各业停顿,公司沽厂适在战区,于本月七日久、永两厂被迫全停;华北、上海均在战时状态,无营业可言;久大淮厂、永利铔厂虽勉强维持开工,然运输阻滞,势难维护工作。"①

---

① 1937年8月19日,永利致各区域经理处函,永利历史档案资料"日敌侵占前后的措施等卷"。

这一纸函文，明白无误地说明永利已经陷入了巨大的危机之中，而碱厂的情况最为糟糕。7月30日天津沦陷，8月7日碱厂停业，距卢沟桥事变刚好一个月。

停业后的永利碱厂不得不采取紧缩财政的办法，从8月开始，所有上海职员的月薪，除50元以下者照常发给外，其余皆减成发给。同时，"如时局到下月仍无澄清之望，则各支店职员薪资自亦应与在战区之同人采取同样措置"①。

减薪难免造成员工情绪震荡和人员流失，停业造成的负面效应也在扩大，营收断流，工人失业，工厂闲置。有人开始趁机侵占工厂外围的土地，范旭东对此的态度非常明确：厂外的土地被占难免，但不能租或者卖，工厂的机器绝对不租，"无庸议，请婉拒"②。

战争形势虽然严峻，但此时的范旭东还心存一丝希望，他认为企业作为私有财产不应该遭受侵占，在国内外各方势力的斡旋之下，也许还可以争取一些合法权利。但南京铔厂被日军轰炸后，一切幻想被彻底打碎。

不久，永利公司就收到了长芦盐务管理局的一纸训令：

> 兹派产销科科员最首喜久三、加藤登志男、小山田忠男等会同前往天津久大精盐公司及永利制碱公司调查营业状况暨其他重要事项。③

长芦盐场的范围横跨河北省和渤海湾沿岸，是中国三大盐场之一，海盐产量为全国之首。永利的盐碱产品之原料均赖此地供应。

---

① 1937年8月19日，永利致各区域经理处函，永利历史档案资料"日敌侵占前后的措施等卷"。
② 1937年9月24日，范旭东致李烛尘电，永利历史档案资料"日敌侵占前后的措施等卷"。
③ 1937年11月10日，长芦盐务管理局致永利训令，永利历史档案资料"永利与日人交涉卷"。

长芦盐务管理局的前身是北洋政府下辖的盐务稽核所之长芦稽核分所，实际是袁世凯"善后大借款"中以盐税为担保、在全国各大盐区设立的还款征税机构之一。稽核所的管理结构很奇怪，虽然是中国人任经理，但协理一职均由洋人担任。因为盐税均需存入外国银行，每一分钱都必须得洋协理签字后才能支付。说白了经理就是个陪衬，实际操控权在洋人手里。日本人郑永昌曾任长芦稽核分所的协理，其子郑梅雄在1935年接替父职。长芦稽核分所改为长芦盐务管理局后，郑梅雄摇身一变成了副局长，继续掌控长芦盐务。也就是说，整个长芦盐场大部分时间都在日本人的控制之下。

前面的那个训令就是由郑梅雄签发的，日本人对永利早已虎视眈眈，所谓调查不过是幌子而已。派出的科员最首喜久三、加藤登志男、小山田忠男全是日本人，司马昭之心路人皆知。

果然，一家名为"兴中"的公司很快就出现了。这家公司的背景颇值得玩味。它于1935年12月在天津成立，是一家由日本政府授意组建的、国家垄断资本财团性质的机构，主要对中国进行经济侵略。兴中公司声称以"华北开发"为己任，但到了1937年9月，日方便提出了《兴中公司组织改正草案》，委托该公司经营其占领的铁路、矿山、公路、盐业等行业。两个月后又发布了《管理华北中国工厂、事业场等事务之通牒》，兴中公司已然赤裸裸地变成主导侵略活动的一分子。日军占领天津后，直接进驻了塘沽碱厂，兴中公司便随之粉墨登场。

永利碱厂是投资明晰、股东结构严密的法人团体，在国际上也颇具影响力，盛名在外。日本人刚开始时还不敢轻举妄动，先是与永利谈判，搞"日中亲善"，名义上说是折价收购或者租赁经营。但这只不过是一种冠冕堂皇的借口而已，一旦与其签订合作协议就等于将永利的经营权拱手相让，范旭东当然不会同意。他的态度非常明确：宁为玉碎，不为瓦全。

实际上，在侵略者面前永利完全处于弱势，根本无法把控局面。当时工厂的一部分技术人员已经跟随范旭东去了汉口，另一部分从天津到了上海准备去香港，厂里处于停工状态。一些闲汉便借机去公司闹事，身在上海总经理处的李㑇夫每日提心吊胆："天津公司既闹得乌烟瘴气，上海亦不能不防，弟已将门口招牌撤去……这种局面是能保一日算一日也。"①

兵荒马乱，人心惶惶。在前途问题上，永利内部有一些分歧。李㑇夫认为永利势必会被日本人侵占，与其白白被夺去，不如卖掉，还能多少拿回一点儿钱。他曾在信中写道："租卖两途弟则主卖，彼此势力悬殊，如何能够合作，不如拿笔现钱另作打算。"② 但范旭东坚决不卖。1937年7月19日他离开天津时便委派李烛尘留守，他们对时局的判断和对应是一致的。

李烛尘是"永久黄"的元老之一，也是范旭东事业上的坚定支持者。1918年，他从日本东京工业大学毕业回国，通过给《盐政杂志》投稿认识了主编景学钤，又被介绍给了湖南老乡范旭东。两人一见如故，当时范旭东刚在天津创办了久大盐厂，李烛尘便被聘为技师。盐厂创办之初举步维艰，但李烛尘工作仍是勤勤恳恳，一年后就当上了厂长。但范旭东的真正梦想不仅仅是生产精盐，而是打造更大的盐碱化工产业，他认为这才是中国化学工业的希望所在。于是他召开董事会，决定兴建一座年产7万吨的制碱工厂，这就是后来的永利碱厂。当时要做成这事需要很大的魄力，也需要背后的支持力量。但李烛尘当时人微言轻，不是久大的股东，没有话语权，无法参与重大决策活动。范旭东视李烛尘为知己，专门送了他5000元股票，把李烛尘直接送进了董事会。

---

① 1937年12月21日，李㑇夫致李烛尘函，永利历史档案资料"往来私函卷"。
② 1937年12月6日，李㑇夫致李烛尘电，永利历史档案资料"往来私函卷"。

李烛尘

李烛尘在"永久黄"中是有名的斋公,平日只吃馒头蔬菜,不近肉味,对钱财也不看重,是个淡泊名利之人。他待人和蔼,处事公道,被同人亲切地称为"李老太爷",可见其威信和地位之高。在危难关头,范旭东能够倚重的自然是身边最信任之人了。

留守期间,李烛尘做了严密部署。先是安排年轻职工把守厂房。当时他有一个湖南永顺的同乡,叫黄叔眉,早年从家乡逃出来投奔他,就留在了永利碱厂工作。黄叔眉在销售上是一把好手,后来成了永利碱厂驻唐山办事处的主任。关键时候,他又派上了用场,成了最后7个留下来守厂房的人之一。其实,他们所做的并非守,而是"毁"——他们把护厂用的30支驳壳枪全部扔进了水塘,并将厂内的17条管道全部堵死,让机器无法运转。

另外,李烛尘又吩咐员工处理好重要的技术资料。负责这件事的是李祉川,他带人执行了一次极为惊险的"非常行动"。李祉川后来回忆道:"他(李烛尘)派我带人将厂内的一部分蓝图,集中在烧碱炉内烧毁，不留任何痕迹，避免泄密，落入日寇手中。塘沽大约是 8 月 10 日沦于敌手，日本军队迅即在塘沽市区内布岗放哨，不过还没有进入永利碱厂。烛老组织我们十几位技术人员在天津永利总管理处整理图纸资料，准备入川，为后方建设碱厂做准备。"①

其间，李祉川等人还悄悄干了三件事：一是拆掉了石灰窑顶的分石转盘及遥控仪表，二是拆除了蒸馏塔顶温度传感器，三是拆毁了碳化塔的部分管线。这些要么是结构精密、极为重要的设备，要么是花费了不少心血的新技术，都是永利碱厂引以为傲的技术机密，自然不能留给日本人。

经过了三四个月的秘密工作，李祉川等人整理出了永利碱厂的全套图纸资料。在李烛尘的精心策划下，他们把资料分为八份，让李祉川、李仲模、萧志明、郭保国、张燕刚、蔡伯民等人分头携带。众人乔装一番后于 12 月 12 日登上英国商船"岳州号"去香港，然后又转道广州、武汉，历时长达半月，最后到达重庆。

就在李祉川等人逃离天津后没几天，日本人刀根、小守川等人就来到了碱厂。

刀根是兴中公司的代表，他已草拟好了一份合同，要"租赁"永利工厂。租约中有这样两条：一、永利将工场租与兴中公司，其租金另定之；二、永利现有之原料材料凡兴中公司所需者由兴中买收，其价格另协议之。② 这分明就是"霸王条款"。范旭东在回电中，只说了四个字——不能理他。

但是刀根等人岂会善罢甘休，他们从刚开始的不断催促、穷追不舍，到后面的强令签字，目的就是尽快拿下碱厂。永利唯一的策略是

---

① 李祉川：《缅怀李烛尘先生》。
② 1937 年 12 月 14 日，天津银行团致永利函，永利历史档案资料"银行团募永利公司一千万元卷之四"。

拖延，以永利系股份公司，其经营决策权本在董事会，现在时局未定，各董事散处四方难以协商为由来与其周旋。

南京沦陷后，日本人认为时机已到，便凶相毕露。1937年12月中旬，刀根等人又到永利碱厂，这回不是继续租赁谈判了，而是直接接收。"兴中公司迭次派员前来租赁公司塘沽工厂，最近并出示冀东特务机关长公文，嘱将该塘沽工厂委托兴中公司办理，并将派员来该公司接收公事房等。"[①]

过去，永利碱厂的产品每年大量出口日本，仅以1935年3月的数据为例：共出口纯碱227吨，洁碱3吨，烧碱1467吨。[②] 拥有如此强大生产能力的永利，日本人对它是垂涎已久。

12月22日，永利碱厂被日军强行占领。范旭东早有思想准备，他于26日由汉口发急电到天津："久、永为完全商业性质，万无被没收之理由……可听其自便不必再商。"[③]

此时，李烛尘是无法再待下去了，便准备逃离。他想方设法买到了几张英籍轮船的船票，乔装打扮后持假证件上了船。据说在临上船时还差点儿露馅儿——他的皮箱上还留有写着"李烛尘"三字的标签，幸好被旁边的同事及时发现，一把撕去，才躲过了盘查，只虚惊一场。

长夜来临

先把时间拨回到1935年。2月的一天，李偑夫在位于天津英租界

---

① 1937年12月14日，天津银行团致永利函，永利历史档案资料"银行团募永利公司一千万元卷之四"。

② 参见《海王》第7年第18期，1935年3月10日。

③ 1937年12月26日，范旭东致永利碱厂电，《钩沉："永久黄"团体历史珍贵资料选辑》，2009年。

的家里举办了一场家庭同乐会，邀请了一些亲朋和同人参加。这个家庭聚会反映了永利高层职员的私生活场景。

聚会是在李宅客厅举办的。此时客厅变为舞台，舞台右侧放了一架钢琴，墙上缀有彩纸，空中闪耀着彩灯，室内光线迷离而绚烂。饭厅较宽敞，可容三十余人，还设有点心台，餐点非常丰富。来宾人手一页节目单，上面竟列有三十多个节目。

李侗夫的大女儿擅长弹奏钢琴，"二小姐之忠实，三小姐之清逸，四小姐之艳丽，五小姐之活泼，六小姐之伶俐，七小姐之憨态可掬"也展现在人们面前[①]。当日来宾中有一位沈大夫，是久大附属医院的一位年轻医生，也即兴唱了一首英文歌曲。聚会结束之时，人们在优雅的钢琴声中，祝福天下太平、幸福安康。

每个人的脸上都洋溢着喜乐，只有李侗夫看起来心事重重，严峻的形势让他不得不忧虑这样的生活到底还能过多久。李侗夫位居永利高层，他当然希望日子平平静静，而有这种想法的远不止他一个。

余啸秋与李侗夫是同乡，同为"永久黄"的重要人物之一。他的个头儿算中等，略胖，圆脸，戴一副圆眼镜。在公司里人们都称他为"大管家"，这是因为他主管着永利的财务、经营和对外关系，可谓位高权重。余啸秋的大儿子余国琦结婚时上海滩名流齐聚，证婚人还是中国银行总经理（次月改任国民政府交通部长）张公权，引来沪上报纸竞相报道。[②]

余啸秋比范旭东小 5 岁，两人的相识比较偶然。1913 年余啸秋去美国芝加哥大学商学院学习，毕业后在长沙人李国钦创立的华昌贸易公司里做事。后来回国，在华昌的上海分公司里从事财务工作，1921年又任天津分公司经理。当时永利正需要高级管理人员，余啸秋就被

---

① 黄二：《李宅小公民休闲生活的所见》，《海王》第 7 年第 8 期，1935 年 3 月 10 日。
② 参见《海王》第 8 年第 6 期，1935 年 11 月 10 日。

李国钦推荐给了范旭东，开始主持永利总管理处的会计工作，后任公司总稽核、营运部长等职。余啸秋的英文极好，口才也佳，对外商业谈判全靠他，范旭东对其极为赏识。

顺带讲一讲李国钦与永利的渊源。李国钦原是同范旭东之胞兄范源濂相识，范源濂辞去北洋政府教育总长一职后，到美国考察西方教育。中途得知弟弟有创办碱厂的想法，大加赞赏，认为"前途希望何可胜量，自当共赞盛猷，以促厥成"①，便把在美国经商的李国钦介绍给了弟弟。李国钦为永利碱铔两厂的设备采购提供了很大的便利，侯德榜团队在1934年去美国筹备铔厂物资时，甚至干脆就住在华昌公司。李国钦还为永利推荐了一批人才，余啸秋就是其中的一位。范旭东曾称赞李国钦是永利公司最忠实的老友。

话说回李烛尘离开天津之后，就剩下余啸秋一人独撑门庭。

此时已临近年关，一些被迫失业的工人开始纠集起来寻衅滋事，要求厂里解决他们的生计问题。但此时工厂早已停工，管理人员也已悉数西迁，留下的余啸秋自然就成了众人的目标，被认定为代理人。"弟旧历年前为塘沽工友纠缠逾周，私匿在家避与见面，大不自由，直到除夕前一日。"②

此时的余啸秋跟因守南京的杨春澄处境很相似——得不到总部的任何指示，所有问题只得独自面对。内忧外患之下，余啸秋极其苦闷："弟现在此，感觉局面异常险恶。"③

来找余啸秋的不只失业工人和流氓地痞，日本人刀根也对他紧盯不放。余啸秋对付其他人尚且可以一躲了之，唯独惹不起这个日本人。

---

① 1918年9月29日，李国钦致永利公司函，《钩沉："永久黄"团体历史珍贵资料选辑》，2009年。
② 1937年12月21日，余啸秋致李侗夫函，永利历史档案资料"往来私函卷"。
③ 1938年2月10日，余啸秋致李侗夫函，永利历史档案资料"往来私函卷"。

"刀根屡欲晤弟，弟不离津，即须与晤，单托外出或拒见，不独难久，且恐惹事。"①

余啸秋每次见到刀根，都只得采取诉苦的方式与之周旋，一直声称自己没有决定公司大事的权力，就是个无足轻重的小人物。"弟仅一小职员，如此'合作'大事，何能代表公司谈什么？"②"弟一再声明，弟系维持残余局面下之一会计。"③但刀根哪里肯信，他打算逼迫余啸秋联系范旭东，让范旭东提出"合作方案"。

余啸秋就这样熬过了三个月。但到了1938年3月12日，处于日本人操控下的"冀东政务移交办事处"突然发来一纸通知，称准备"收买"永利公司在塘沽的产业，并"饬令该公司董事长知照"。也就是说，日本人不愿再等了，要强行接收永利。

实际上在此之前，天津的报纸上就已经登出了永利要"出让"的消息。2月中旬余啸秋就看到了一则无中生有、信口雌黄的新闻报道，但却无可奈何："今日《庸报》凭其单相思，有一种登载，附以寄阅，相与一笑。让渡虽无，而强夺与停顿则实。"④

1938年7月3日的《满洲日日新闻》上出现了一条醒目的新闻标题——《塘沽永利化学工业工厂开工》。新闻中称永利碱厂已经由兴中公司收购并经营，7月中旬即可出货，日产纯碱80吨。不仅如此，被收购的永利和久大均由兴中公司盐业部管理，还成立了两公司之财产价格委员会。日本人准备在所谓的"华北盐业公司"成立后将其划归所有，彻底侵吞。

---

① 1938年3月1日，余啸秋致李俰夫函，永利历史档案资料"往来私函卷"。
② 1938年2月10日，余啸秋致李俰夫函，永利历史档案资料"往来私函卷"。
③ 1938年3月1日，余啸秋致李俰夫函，永利历史档案资料"往来私函卷"。
④ 1938年2月10日，余啸秋致李俰夫函，永利历史档案资料"往来私函卷"。

当年,"永利的事业是中国唯一新事业"①。永利碱厂那座13层的工厂大楼,号称是华北第一高楼,也是这一事业的象征。它足有40米高,气势恢宏,让人过目不忘。这幢高耸的大楼也成了一个标志性建筑物,海河轮船进出港时远远就能看到。为此人们还专门在楼顶安装了一盏灯,以利航行。雨雾天里仍可见明灯闪耀,令旅人尤感亲切。灯光照耀下的"永利"两个字也显得格外亮丽与璀璨。

永利就如一颗明珠,闪耀在华北的土地上,也闪耀在富饶而广阔的渤海湾边。但永利同时也地处平津地区的咽喉地带,历来是兵家必争之地。随着九一八事变爆发,东北大乱,永利所在的那块土地便愈加不安稳起来。其实早在1931年以前,天津的局势就开始动荡,塘沽的社会环境也因此变得非常复杂,"日宪兵队特务员,曾有被厂开除之工人前去充任"②。日本人只要察觉到任何风吹草动,就开始四处抓人,黄汉瑞就遭遇过一次。"特务队到联处查黄汉瑞之职务及住处,恐其对黄仍有非法之举,黄即仓猝去津。"③李烛尘为此忧心忡忡,在给范旭东的信中写道:"塘沽安靖与否,动关大局,盖此地如不安,即北方大局不可收拾之日,届时整个中国将成问题,则此间事业更为沧沧一粒也!"④

工厂时时处于外部的军事威胁之中,其内部也非一块净土。范旭东有个妻侄名叫许杏村,也在永利工作。此人生活一贯奢靡,挪用公款投资又失败,情急之下竟去投靠日本人,向对方透露了永利的生产成本秘密。余啸秋写信给范旭东揭发他:"许卖国、卖厂、卖人一至于

---

① 《永利是高明的灯塔》,《海王》第1年第2期,1928年9月30日。
② 1934年11月23日,余啸秋致范旭东信,永利历史档案资料"关于军阀日伪骚扰之私函卷"。
③ 1936年11月18日,李烛尘致范旭东信,永利历史档案资料"关于军阀日伪骚扰之私函卷"。
④ 1931年11月27日,李烛尘致范旭东信,永利历史档案资料"关于军阀日伪骚扰之私函卷"。

此，真料不到，根本对他应想办法，不然必走汉奸一途。"①范旭东得知后大怒，将许杏村逐出了永利。

1932年年初，天津发生了数起日军行凶的事件，李烛尘就写信给范旭东，直言塘沽的危机："时局如此，实在用不着冒险也。基本工业，根本上不能在此。"②

有此认识的不只李烛尘，《大公报》的记者王芸生也深知"永久黄"的处境，他认为永利是"孤臣孽子的事业"，注定命运悲壮。"我们在北方，或竟无国防可言，但我们有一群孤臣孽子在那里撑持。"③

在一块极危之地办实业，忧患意识一直伴随着永利，管理层甚至购买了兵险。这在当时是一笔不菲的支出，但他们想的是虽然要承受一定的经济压力，但毕竟可借此保住大宗财产。"股东一年不分利，同人一年不分红，再加一年不发双薪及奖励金等似可弥补也。"④试想，在和平时期，谁会去购买兵险？但处在战争乌云密布的塘沽，兵燹之灾随时可能降临，所以这件事永利是咬牙办的。永利400万的财产需保费65,000元，而且保期只有6个月。

与此同时，久大也落入了日本人之手。日本人早就对它觊觎已久，到手之后马上就为其所用——当年春天，日本由于气候不佳导致盐田减产，便通过久大生产并向其国内运送了5000吨精盐，大大纾解了盐供应紧张问题。日本人得到久大后便开始大肆扩张，想永久性地霸占这一优质资产。

不久，余啸秋撤至香港，又绕道云南去了重庆。他后来回忆了这段经历："初尚力图挣扎，继见势无可为，乃追随国策全体撤退，誓死

---

① 1934年11月23日，余啸秋致范旭东信，永利历史档案资料"关于军阀日伪骚扰之私函卷"。
② 1932年1月13日，李烛尘致范旭东信，永利历史档案资料"关于军阀日伪骚扰之私函卷"。
③ 王芸生：《怀塘沽》，《海王》第9年第5期，1936年10月30日。
④ 1933年1月5日，李烛尘致范旭东信，永利历史档案资料"碱厂初期财务成本函卷"。

不与敌人作任何周旋。"①

李侗夫此时也已退避上海，作为永利上海办事处的处长，他一直留在当地处理善后事务。天津的家是不能回了，那场让人难忘的家庭同乐会是再难重现。

久大精盐厂、塘沽碱厂和南京铔厂相继沦陷之后，范旭东异常悲愤，但他并没有因此一蹶不振。1938年1月21日，范旭东在汉口给侯德榜写了一封至为重要的信，信中写道：

> 此番国难，本公司二十余年事业基础彻底崩坏。铔厂自首都危急，随同倾复，碱厂亦于上月二十二日被敌强占，二千数百万资产荡然无存，而同事员工流离失职，尤极痛心。为保存事业命脉，弟固不辞一切艰辛，力求复兴，惟际兹大势，何时能做到几分成功，尚属疑问。
>
> ……目前形势之严重及复兴责任之重大，各尽其能，勿稍懈怠，准备工作能加厚一分，将来即能减少一分困难。同人与弟休戚相关，谅具同感。②

不屈与抗争，这是永利唯一的选择。虽然复兴之路遥遥无期，但范旭东还是坚定地站了起来，即使前途多险，也要勇往直前。

从汉口到重庆

七七事变爆发后不久，范旭东便想法子乘坐津浦铁路停运前的最后一列车去了南京，对时局的担忧使他不得不做更为长远的打算。塘

---

① 余啸秋：《塘沽之今昔》，《海王》第15年第31期，1943年7月20日。
② 1938年1月21日，范旭东致侯德榜信。

沽碱厂若保不住,那就在南方筹设一家碱厂。

碱厂停工后,善后办法也随即公布。主要内容是所有驻津工人,8月份和9月份的工资照发,就地临时解散;所有公司职员,愿意回老家者可拿到9月份工资,再发三等车船票,而不愿回老家者,再发薪3个月,之后公司便不再负责,自谋生路。

冷冰冰的布告,尽显永利的无奈。此时的范旭东在几经辗转后已经到了汉口,此地离南京已是千里之遥。从天津、青岛、南京等地会聚来的职员、工人及其家属等千余人,也已经慢慢会集到了这里。这支"流亡大军"是打定主意要跟着永利一起去奔生的。

时任国民政府资源委员会副主任委员的钱昌照曾如此评价范旭东:"范旭东对企业有雄心壮志,科学管理企业,在当年企业中是先进的。对于职工福利十分重视,实行八小时工作制,团结职工,培养职业道德,所以职工稳定,这方面优于吴蕴初的企业。"[①]他拿吴蕴初来对比,证明了永利员工对企业的认同感和归属感还是很突出的。

范旭东又怎么舍得放弃这些永利的员工?他第一次到塘沽时是在一个异常寒冷的冬天,北风呼啸。在他看来,此地实在是太荒凉了,远近只有几间土房,路上少有行人,心里顿时凉了半截儿。这时,他看到了一个行动艰难的跛脚小孩儿。他走上前去问路,小孩儿热心地给他当了临时向导,这让他非常感动。工厂建起后,他让那个小孩儿当了艺徒,一直在工厂里工作,顺顺当当地结婚生子,从此改变了他的人生。这样的经历,范旭东难以忘记,当时的情景仍历历在目。

"卒将一个兵燹后的破落村庄,改变成为了近代工业区。"[②]塘沽二十多年中的变迁,既是永利的创业史,也是同人的奋斗史,每一个员工都流下过辛勤的汗水,范旭东怎么可能背弃他们?此时他唯一想

---

① 钱昌照:《钱昌照回忆录》,北京:东方出版社,2011年。
② 范旭东:《我们初到华西》,《海王》第12年第8—15期(1939年11月30日—1940年2月10日)。

的就是如何把他们留下来，要让永利不死，也要让塘沽复兴。

在汉口，范旭东召集侯德榜、李烛尘、孙学悟、范鸿畴、傅冰芝等人，连续数日都在讨论"永久黄"的前途问题。意见产生了分歧，一部分人认为公司财务支出困难，只能削减人员，让他们自谋生路；另一部分人主张把人员全部留下，重新寻找家园，尽快复兴永利。范旭东显然是站在后一种立场上。但是，新的家园在哪里？如何复兴？靠什么来复兴？

夜深人静的时候，范旭东才感受到那一刻的孤独和悲凉："流光如失，一切不堪回忆。二十五年来国事的溃进，宛如隔世。我们随着潮流振荡，不由自主。"①

二十多年的艰辛创业路，在一夜之间就仿佛走到了头。这种创伤有多深，也许只有范旭东才知道——"罹此浩劫，这是万分惆怅的。"②

在汉口期间，善后和重启工作同时进行。善后工作主要分三块：一是遣散和输送青岛永裕的人员；二是安排李滋敏和杨春澄暂时留守永利铔厂；三是让何熙曾设法将久大海洲二厂的1000多吨盐运出。重启工作则是将工作人员和家眷全部迁往重庆，当地只留几十个人来协助运输和联络。李烛尘担任"永久黄"迁川负责人，唐汉三任久大迁川负责人，何熙曾任永利碱厂和铔厂迁川负责人。

永利的西迁直到这时才算真正拉开了序幕。

从汉口到重庆主要是通过长江航运，此时正是枯水季节，水浅滩急，不利运输。永利只好计划在1938年3月中旬前完成西迁任务。

要西迁的工厂不只永利，仅从上海迁往武昌的就有114家，包括华生电器厂、华成电器厂、大鑫炼钢厂、龙章造纸厂、上海机器厂等。

---

① 范旭东：《我们初到华西》，《海王》第12年第8—15期（1939年11月30日—1940年2月10日）。
② 同上。

内迁已经形成一种潮流,"迁厂气氛,已弥漫武汉"[①]。

"永久黄"的职员在西行的民生轮船上

前线硝烟四起,后方迁移繁忙。刚开始人们以为武汉一带就是终点站了,国民党的百万大军怎么也能阻挡一阵。但自打南京沦陷后,感觉武汉也危在旦夕。此地仅能作为一个中转站,工矿企业还得想方设法往更后方走,也许只有大西南的崇山峻岭才能有效阻挡侵略。但是仓促之间并没有找到清晰的目标,西迁大军在混沌、焦灼中行进着,哪里能逃出战争的魔爪、哪里有生存的空间,就往哪里去。一幅中国史无前例的工厂流亡图卷正在铺天盖地展开。

---

① 林继庸:《民营厂矿内迁纪略》。

早在 1937 年 11 月 23 日,范旭东就曾经在汉口与翁文灏讨论过迁移的目的地,当时他最看好湖南,这在翁文灏的日记中也有印证:"与范旭东谈湖南工业。"① 永利计划是将碱厂和盐厂设在四川,因为四川产盐;铔厂设在湖南,因为湖南有煤,也处于经济腹地;黄海化学工业研究社则搬到长沙水陆洲。

在几天之后的 11 月 30 日,范旭东又与翁文灏见面,谈的仍是永利今后的发展问题。国民政府资源委员会当时已有了一个初步的"三年计划",即准备在湖南建设氮气工厂,年产硫酸铔 5 万吨。其实,实业部在 1937 年年初还派人到日本考察硫酸铔生产。"日本研究硫酸铔之各种问题,极有心得,颇足借镜,拟派中央农业实验所技正并本所技正戴弘赴日调查。"② 不仅如此,实业部也与永利有很多合作,如中央农业实验所就与永利合作试验土壤地力及肥料效用,派张乃凤、姚归耕任技师。③

相对而言,黄海化学工业研究社的搬迁要稍微轻松一点儿,只需转移小型设备和人员。他们就在长沙水陆洲定下新社址,并盖起了新屋,调查和分析两部门相继恢复工作。而盐厂、碱厂和铔厂的重建要复杂和困难得多,绝非数月之功。战事的发展也太过迅速,几个月之后,战火便烧到中原,危及湖南,范旭东之前的计划宣告破灭。

此时四川成了抗战大后方,中原和湘楚一带已不适合再做停留。与永利同样处境的工矿企业有不少,"由外埠迁汉工厂此时离汉再迁者有永利化工、久大精盐等化学工业及铁工冶炼、造船、电焊、电器、医药等工业合共 170 余家"④。

---

① 1937 年 11 月 23 日,《翁文灏日记》,北京:中华书局,2010 年。
② 1937 年 2 月,实业部致驻日中国大使馆函,原件存中国第二历史档案馆。
③ 1935 年 7 月 25 日,实业部中央农业实验所致实业部函,原件存中国第二历史档案馆。
④ 林继庸:《民营厂矿内迁纪略》。

但在那个时候,永利仍然不知道到底迁到哪里,只是有了个大方向——先入川再说。当时国民政府已经将重庆定为陪都,以长江作为战略中心,以四川作为后方基地,实现其战略纵深。永利决定先去山城重庆,站稳脚跟后,再图后续发展。

1938年2月14日,已任经济部长的翁文灏在武昌举行晚宴,邀集范旭东、侯德榜、卢作孚、经济部工矿调整处副处长兼财务组长张丽门、经济部钢铁管理委员会主任委员李景潞、金融界显贵寿毅成等人,"谈经济建设宜知重要及互相合作"①。长江运输、政府支持、金融合作等方面举足轻重的人物悉数到场,可见这是翁文灏专门为永利安排的饭局,用意就是要帮其渡过难关。

入川主要靠水上航运,在运力极为紧张的情况下,永利得到了民生公司和金城银行的很大帮助。这不得不说到范旭东与卢作孚的交情。其实他们相识不过几年时间,第一次见面可能是在1934年卢作孚的华北之旅途中。1936年6月,民生公司与金城银行合作接办上海中华造船厂,范旭东参与投资并当选为董事,以示对民生公司的支持,两人从此建立了长久的友谊。

此时正是枯水季节,运输异常艰险。由于水位下降,轮船无法航行,只能采用木船运输。加之逆流而上,且急滩常有,需尽一两百纤夫之力拉船,号子呼喊声震天,每日也行不到五十里。读过陆游《入蜀记》的人无不感慨入蜀之难,与当下情景对照,就会发现即使千年过去,此情此景也几无变化。

林继庸时任经济部工矿调整处业务组长,当时还有个临时职务叫"工厂迁移监督委员会主任委员",主要就是协助上海和南京一带的工矿企业迁移。他在《民营厂矿内迁纪略》一文中讲述了川江西迁过程

---

① 1938年2月13日,《翁文灏日记》,北京:中华书局,2010年。

中的见闻:

> 耳听水声如雷,有如万马奔腾,往下看,巉岩数百尺,石尖如剑,石蹲如虎,一叶危舟在急流中旋转不定。一二百个纤夫,迎着锋利而寒冷的江风,汗流满背,血往上涌,口嘘腾腾热气,同声嚷着不成调的短促而苦痛的歌声,往往半小时的挣扎而不得前进半尺。一般要经二三小时的努力,才能拉过一滩。每逢夜间停船,念及一路的艰苦困难,静听江水滔滔,心中充满着遭侵略的冤仇血恨。

1938年3月16日,李烛尘、唐汉三、何熙曾三人乘飞机到达重庆,他们是负责殿后的,这意味着永利职员已经全部迁走。正巧就在同一天,翁文灏约了沈宜甲和杨继曾面谈。

沈宜甲是比利时华侨,是一位机械发明家,还是徐悲鸿最好的朋友之一。他曾经专程去孙多慈家帮徐悲鸿提亲,结果却被轰出了门。此时他刚回国不久,准备在广东开办工厂以支持抗战。杨继曾当时则是兵工署技术司的司长,开战后经济部与兵工署合并成立钢铁厂迁建委员会,他是主要负责人。他们谈的内容关于永利:"谈范旭东四川硫酸厂拟购广东机械,予之。"[①]这里面包含了两层意思,一是永利已准备在四川设硫酸铔厂,二是翁文灏与沈宜甲聊了机械设备方面的事,已经考虑到了接下来的合作。可以看出,翁文灏对永利是不遗余力地相助。此事也说明,永利已经进入到了一个新的发展时期。

---

① 1938年3月16日,《翁文灏日记》,北京:中华书局,2010年。

流落山城

> 好个重庆城,山高路不平。
> 口吃两江水,笑贫不笑淫。[1]

1936年7月,黄海化学工业研究社研究员范维一到重庆,就听到了这样的民谚,颇感新奇。他从未见过这样的山城,北方的城市多是一马平川,而这里到处坡坡坎坎,气候、地貌、物产、民俗均与平津一带有不小的差异。

范维先去了小什字,永利的重庆经理处就设在那里,办公室在一个经营五金的商号楼上。他看到了"墙上挂的地图及永利碱在巴拿马赛会的奖证及职员照片,还得到了一本新近的《海王》一读,好像才与塘沽接触了一下"[2]。范维这次远游是为黄海社的一个科研项目收集材料,他最后到了成都,对这两地之别有了亲身感受:"回顾高山峻岭,又感身落平原。"[3]

范维不远千里到四川调查,一路辗转,前后共花了两个月时间。他的见闻后来陆续刊登在了《海王》旬刊上,将蜀道难的传闻转换为真实的图景,让更多人了解了一个陌生的地域。

永利产品入川最初是从重庆开始的,因为重庆在光绪年间就已开埠,此时已成为川东商业重镇。永利重庆经理处的首位主任是龚畅之,他于1936年2月抵达重庆,刚到就开始了解市场,并及时向天津总部反映情况:"我碱在川中销路,经连日之调查观察,颇有进展之望,只

---

[1] 范维:《湘川调查经过》,《海王》第9年第12期,1937年1月10日。

[2] 同上。

[3] 同上。

要努力一番,当可获得良好结果也。刻正计划一切,积极进行。"[1]这封信让塘沽的同人颇为欣喜,这个偏僻的省份一下变得不再遥远。

永利早就对偏居西南一隅的四川产生了很大兴趣。陈沧来是开路者之一,身为盐业专家,他在1929年出版过《中国盐业》一书,也是永利最早去重庆开展业务的人之一。陈沧来是1935年10月到的重庆,比范维和龚畅之都要早。除了联系业务,也顺带对沿途的四川社会经济文化情况进行考察。所见一切,皆让他感到惊讶,因为四川实在太落后了:"二十四年秋,为处理重庆销碱事须入川一行。……川省目下尚谈不到实业两字,已有之工业,其幼稚似较他省所有者为甚。"[2]

但他也感到了四川人对发展的迫切要求,之前爆发的"保路运动",实际上已经反映了当地对连通和融入外部世界的渴望。陈沧来也认为四川的交通条件必须要得到改善,这是发展的大前提:"此时欲以实业开发四川,恐非致川湘铁路完成以后,及川省本地铁路有所建筑以后,难望达到目的。"[3]

总体而言,陈沧来对四川当时的状况持偏消极悲观的态度,他认为开发的时机未到,实业环境还不成熟,"盖云开发一地,必须能剋服环境,征服天然。如自揣力量不足,结果必被环境所制服,则只有先向环境投降"[4]。

当外地人还对四川充满各种想象和疑虑的时候,永利的人马已经到达重庆,并且要在四川复兴塘沽的事业,这可能是两年前的陈沧来没有想到的。

到重庆的第一批人由傅冰芝带队。傅冰芝是永利的元老之一,最

---

[1] 《龚畅之先生到川后之第一信》,《海王》第8年第20期,1936年3月30日。
[2] 陈沧来:《川游纪闻》,《海王》第8年第12期,1936年1月10日。
[3] 同上。
[4] 同上。

早是学机械的,在日本留学时与范旭东还是同窗,"自幼同学,知交最深,其在日本中学大学亦多相处"[①]。但他留了两次级,最后与低两级的何熙曾一起毕业。从日本回国后他去了江南造船厂,后又去了福州马尾造船厂,但都待得不甚愉快。1916 年,傅冰芝发奋考上了官派留学生,到哈佛大学去学造船。恰逢当时美国要造两艘航空母舰,正在遴选设计工程师,他去应聘被顺利录取,成了当时世界上最大的航空母舰的设计者之一。就是在这个过程中,范旭东对他有一些影响——"后以范先生之劝,谓船乃海上建筑物,应兼习岸上建筑物,冰兄遂兼习房屋建筑"[②]。回国以后,傅冰芝加入永利,主持铁工厂的工作,还负责永利碱厂的部分建筑设计,"新村甲乙两种房屋,及其他职工宿舍,设计、绘图、建造,兼由冰兄主持"[③]。

傅冰芝

[①] 侯德榜:《哭傅冰芝兄》,摘自《跨越元素世界》,天津:百花文艺出版社,2011 年。

[②] 同上。

[③] 同上。

在何熙曾的印象中，傅冰芝"不善应付"；在侯德榜的眼中，此人"谦逊寡言"。但他其实是个性情中人。九一八事变后，他常常在深夜里抄录岳飞的诗句，"读罢而哭，哭罢复读"①。特别是在永利南北两厂沦陷后，损失惨重，他"疾愤至极，彻夜难眠，痛苦几致双目失明"②。

傅冰芝体态清瘦，显得有些病弱，但他的业务能力很强，是"永久黄"中的一员大将，西迁的开路先锋。当年专门把他从天津调到南京铔厂任副厂长，可见他的分量。傅冰芝本来也想大显一番身手，哪知道仅仅几个月之后厂房就被日本人占领，他只好带领员工辗转到汉口。而此时他又带领先发队到重庆打前站。1938年元月，傅冰芝已经站在了重庆的朝天门码头上。

到了重庆后首先要解决的是住宿问题。重庆成为陪都后，各方人马云集山城，租赁费因此高涨，一房难求。好在永利在重庆早有经理处，设有栈房，尚能接应一二。但地方毕竟有限，安置不了多少人，还得另觅房屋。创办重庆南开中学的张伯苓与范旭东的私交甚好，铔厂投产后，他还专门去厂里做过一次演讲，说过"永久团体事业与南开宗旨相同，正好合作，相信前途发展无限"这样一番话③。此时张伯苓颇为慷慨，借出一大排教室，又匀出几间宿舍来安置永利人员。

住的问题解决了，但范旭东仍然焦虑——放任几百号人不工作、不生产，非得把企业拖死不可。前阵子侯德榜就迫于经济压力把一套日产500桶水泥的设备卖掉，所得40万元全用来补发员工薪金。所以，永利必须尽快恢复生产，自力更生，获得生存的空间。当然，于抗战而言，工作和生产也是对前线的支援，"时间在这紧要关头，是万万空费不得的，战时的后方，能够多增一分生产，于前线不止增加十分战

---

① 傅冰芝书法作品题识，《海王》新年特刊，1934年1月1日。
② 天津渤海化工股份公司编：《钩沉："永久黄"团体历史珍费资料选编》，2009年。
③ 《海王》第8年第33期，1936年8月10日。

斗力"①。

于是,永利高层制订了一个"兵分两路"的计划:一部分人出去搞调查,寻找复兴基地;一部分人留在重庆搞生产,办一个临时铁工厂。

为什么要先建一个临时铁工厂呢?这就不得不说到永利在塘沽的铁工房。模型、铸工、车镟、镶配、锻冶、铆工等部门齐全,设备先进,管理严密。它是专门为碱厂服务的,一般不对外。

在当时,制碱在世界化工领域都属于高精尖技术,各国都极力保守工艺秘密。永利也不例外,有很多设备是自己研发设计的,必须要铁工房来配合制作。永利自开办以来,独自摸索了十多年,在机器的调试和改造、设备的应用和添制上均依赖铁工房。它是保障碱厂正常运转的体系中的重要一环:"在今日工业不发达之中国,各种机器,更非由铁工房自制不可。"②有了铁工房,碱厂如虎添翼,更别提它还有不少"独门秘籍"和"看家本领"。铁工房的先进设备是永利颇为自豪的地方。一般车床的车刀用的都是普通碳素钢,而铁工房的车刀却是用高速钢打造的,工作效率比别家高了一大截,这就是"工欲善其事,必先利其器"。当时的铁工房完全是一间现代化工厂:"室内空气流通,光线充足,由机器室直通铸工房,安装二十吨天车两架,铸工房所铸之笨重铸物,运往车床室车镟,顷刻可至。又地上铺以轻便铁道,制有轻便小车,凡工厂大件物品出入,均用小车推运,堪称捷便……"③可以说,铁工房虽然是永利碱厂的配套部门,却是极为重要的部门。在西迁中,铁工房的设备转移得最齐全,因此它得以第一个恢复运转。

永利在嘉陵江西岸的沙坪坝租了一块空地,不久就在其上建起了一个铁工厂,竹篱茅舍,工作条件与塘沽的铁工房那是天壤之别。此

---

① 范旭东:《我们初到华西》,《海王》第12年第8—15期(1939年11月30日—1940年2月10日)。
② 力夫:《永利铁工房年来之进取》,《海王》第7年第31期,1935年7月20日。
③ 同上。

一时彼一时,铁工厂虽然简陋,但在流亡期间能够迅速恢复生产已属不易。他们选择此地的原因也是为了服务于搬迁到东岸的金陵兵工厂(后改称 21 厂)。1939 年 1 月,金陵兵工厂生产出了汉阳造步枪,支援了前线作战,应该说这其中就有永利的功劳。

意外的订单

重庆的永利铁工厂是 1938 年 5 月正式投入生产的。一开业就有生意上门,而找上门来的居然是远在乐山的嘉乐造纸厂。

嘉乐纸厂的大门

王怀仲是嘉乐纸厂的厂长,他早年曾经留学法国,是造纸方面的专家。这家厂开办于 1925 年,地点在四川乐山徐家扁,旁边就是岷江。参与创办这家厂的还有"丝绸大王"陈宛溪,以及创作了长篇小说《死水微澜》《暴风雨前》《大波》的实业家、作家李劼人,他们都是四川大名鼎鼎的人物。嘉乐纸厂是四川的第一家机器造纸厂,这也算是在四川工业史上开先河的事情。但创办之初,嘉乐纸厂的效益并不好,靠着一台花3万元购置的二手造纸机,勉力支撑了13年。抗日战争爆发后,国内各大出版和教育机构云集四川,纸张一度供不应求,纸业市场由此兴旺了起来,嘉乐纸厂股东们的心思就开始活络了。

这一年3月,嘉乐纸厂召开了股东会,李劼人当选为董事长,经理陈子光和厂长王怀仲负责具体经营;也扩了股,募集了大量的资本。有了钱后,要做的第一件事就是增加一台造纸机,准备扩大生产。他们听说永利的铁工房已西迁重庆,有制造各种高端机械设备的能力。于是王怀仲立刻动身去重庆,与傅冰芝见了面。

永利公司其实对嘉乐纸厂早有耳闻,因为造纸工业与制碱有很大的关系。1935年11月10日的《海王》旬刊上就刊登了徐善祥和顾毓珍撰写的长文《四川碱业之调查》,他们对彭山同益曹达碱厂、乐山嘉裕碱厂、嘉乐纸厂进行了实地考察,得出了川西碱业有相当发展前景的结论。其实,这三家企业之间的渊源也颇深,乐山嘉裕碱厂是嘉乐纸厂早期的股东,嘉乐纸厂后来又是彭山同益曹达碱厂的大股东,李劼人在其长篇连载小说《天魔舞》的开篇就写到了这个彭山同益曹达碱厂。

两人相见甚欢,王怀仲也参观了铁工厂,颇为满意,当即确立合作意向。铁工厂虽然条件简陋,但拥有从天津和南京带来的不少精良机件,生产常规的机器问题不大。两人商定由永利派人同王怀仲一起回乐山的造纸厂,开展前期工作。

但就在这一过程中却出了个小插曲。因为交通不便,车票难买,王怀仲只好与永利派出的一位陈姓和一位马姓技术员分头走。永利为王怀仲先买好了到成都的车票,陈、马二人随后赶到,再一起去乐山。

王怀仲于5月30日到了成都,一进旅店就立刻写信给傅冰芝,告诉对方自己在城守东大街33号等候。但他苦等了两天,却没有见到永利派来的人,只好再写一封信给傅冰芝,称公务繁忙不便久等,要先行回乐山。

冰芝先生大鉴:

在渝幸得识荆,殊深景佩。敝厂添置机器,承以代大众谋利益之心,允为代造并请陈、马两先生远道莅敝厂绘图、打样,尤感热心。惜弟一再爽约,不及将车票办好,使陈、马两君同行旷时坐候,以无益害有益,言之增惭。弟合贵公司助力买车来蓉,一路顺利,昨日到车站守候,未见陈、马两君,今午亦然,不知二君何日起身?弟未便久候,决明辰返嘉守候,肃此布达,即请筹安。①

王怀仲直到6月8日才将两位技术员等来。原来他俩还在成都耽搁了三天等行李。但没有见到转运来任何物件,不好继续拖延,只得人先到乐山。此间还换了人,原定的陈、马二人变为陈、刘二人,陈即陈辉汉,马先生换成了刘嘉树。

虽然姗姗来迟,但是二人立马就投入工作。天津永利的技术人员要来乐山这件事早在当地传开了,附近的工厂闻风而动,纷纷派人来参观,都希望能得到永利的帮助。王怀仲在信中也提到了当地人求贤若渴的情景:"此间尚有其他厂家亦欲藉重贵公司代为解决困难问题,甚望台端大愿,所在多所福利。"②

---

① 1938年6月4日,王怀仲致傅冰芝信,原件存乐山市五通桥区档案馆。
② 1938年6月10日,王怀仲致傅冰芝信,原件存乐山市五通桥区档案馆。

其实，永利也很想将此次合作当作一份样板。既能证明铁工厂可正常生产，又可创造一定的利润，对动荡时期的永利来说无疑是好的开端。一台造纸机的价格在 5 万元左右，而当时的 1 元钱至少可以买 10 斤大米，所以永利对嘉乐纸厂的这单生意非常重视。傅冰芝给王怀仲回信称，希望通过此次合作还能吸引一些新的业务："承告贵处尚有其他厂家，亦欲敝公司效劳一节，查敝公司来川设厂，原在服务社会，如有所命，自当竭诚从事，藉尽绵薄，尚祈代为转达为荷。"①

其实，永利派去的技术员刘嘉树当时才 28 岁，到塘沽碱厂不过 4 年时间，还是个见习技师。而且是学化学工程出身，但永利内部并没有造纸方面的技术专家，他也就只能硬着头皮上阵。好在年轻，学习能力也强，他与陈辉汉仅用 20 天时间就把造纸机的设计图纸完成了。1938 年 6 月 28 日，二人离开乐山，准备坐船回重庆。

王怀仲期盼他们回去后尽快落实制造事宜，早日见到机器，"制造期间尤盼从速"②。嘉乐纸厂对这件事极为重视，可以说是举全厂之力促成此事，其未来发展就靠这台新的造纸机了。送走陈、刘二人后仅过两天，嘉乐纸厂又以重庆办事处的名义再给傅冰芝发去了一封函，希望积极推进此事："盼贵公司早将价格估计，敝厂得到估价信后，王怀仲君当再赴渝，面为接洽。"③开战后物价飞涨，可能仅仅一月之隔，价格就是天壤之别，这就是嘉乐纸厂希望永利铁工厂尽快报价的原因。

但西迁到重庆的永利也面临着纷乱的局面，除了在重庆经营好铁工厂、寻找新的复兴基地之外，还有一件当务之急，那就是"永久黄"的基础产业之一久大盐厂也要在四川落地生根。

久大被视为中国精盐之鼻祖，永利的事业正是靠久大而起，是"伟

---

① 1938 年 6 月 13 日，傅冰芝致王怀仲信，原件存乐山市五通桥区档案馆。
② 1938 年 6 月 28 日，王怀仲致傅冰芝信，原件存乐山市五通桥区档案馆。
③ 1938 年 6 月 30 日，嘉乐纸厂重庆办事处致傅冰芝函，原件存乐山市五通桥区档案馆。

业之发轫"①。久大创办于 1914 年,资本仅仅 5 万元,年销售才 5 万担,经历了很多艰难困苦。但到 1934 年时,久大的资本已经扩大到了 200 多万元,年销售 40 余万担,实力大增。有了久大打下的基础,才有了后来的永利。永利诞生后,"纯碱产量大增,销路推广,其输出日本者亦不下万吨,创中国化学工业上未有之先例"②。如此之局面,自然有久大的功劳,范旭东的事业真正做大也就始于此。"久大永利,同连理枝。永利之荣,即久大之誉也。"③

1920 年,久大成立了久大化验室,这就是黄海化学工业研究社的前身。黄海社后来成为塘沽工业之"神经中枢",才有了"永久黄"三足鼎立的局面,而这样的布局确实是出自范旭东的手笔,永利在塘沽的工业基地也才有了大气象。

1923 年,久大依靠从日本人手上收回的青岛盐田和制盐工厂,经营起了永裕盐业,这是久大新的机遇。这里面还有一段与国史相连的曲折经历。1914 年,日本取代德国,强占中国青岛,当地的盐业成为其经济压榨的主要对象之一。一战结束后,北洋政府要求收回之前被德国侵占的领土和资源,其中就包括青岛盐田。1922 年,中日两国签订了《解决山东悬案条约》及《附约》,其中规定日本要将青岛盐田交还中国,但中国要给对方经济补偿。北洋政府国库空虚,拿不出钱来,遂让国内盐商出资来解决。于是,久大与青岛永裕盐业等公司联手,最终收回了盐田 6 万余亩,制盐工厂 19 所。

在"永久黄"中,久大处在"老大哥"的位置,"饮水思源,不有久大,何来二永"④;同时也担当了忍辱负重的角色,"每每逼到山穷水

---

① 南郭:《祝久大二十周年纪念》,《海王》第 7 年第 31 期,1935 年 7 月 20 日。
② 《久大精盐公司二十年来之回顾及将来之展望》,《海王》新年特刊,1934 年 1 月 1 日。
③ 同上。
④ 南郭:《祝久大二十周年纪念》,《海王》第 7 年第 31 期,1935 年 7 月 20 日。

尽时光，就指着久大挹注"[1]。在日军的铁蹄下，"永久黄"的产业几乎全部沦于敌手，要东山再起，久大自然又要担负起带头的任务。

久大的目标很明确，就是要迅速利用四川的井盐资源重新布局，首先看中的是四川的大盐场——自流井。

---

[1] 《海王团体上古史中的资源流通篇》，《"永久黄"团体档案汇编——久大精盐公司专辑》，天津：天津人民出版社，2011年。

第三章　寻路

缪秋杰之邀

李烛尘在 19 年前就考察过四川的盐。

1919 年李烛尘加入到久大任技师，那是他从日本东京工业大学毕业回国的第二年。当时他已经 38 岁，性格沉稳，颇有大器晚成的气质。也就是在这一年，他被派去四川考察盐业，这次旅行带有很强的开拓性质——创业 5 年后，久大的事业小有所成，便想扩大生产和经营的区域。

李烛尘是秀才出身，但时移世异，他最终选择了新学，投身科学的世界。不过旧学的功底还在，在去四川的途中他诗兴大发，创作了不少作品。其中一首就写到入川时江中之所见："大江日夜向东流，我独扬帆上益州。巫峡银涛腾逸马，新滩换练缓牵牛。复舟逐岸知江险，列炬联村识匪忧。动魄惊心念九日，青天难上蜀难游。"[①] 这首诗证明了他是坐船入川的，一直漂流到了成都，前后总共花了 29 天时间。

在这一次考察中，李烛尘对四川的盐业状况有了亲身体会，对自流井和五通桥尤为关注——在明清时期，它们代表的是四川的两大盐场，即富荣盐场和犍乐盐场，到民国时仍然是川盐的主产区。他发现这两地的产量均高于其他地方，将其定为今后拓展的目标。回到天津

---

① 李烛尘：《初次入川调查钾盐》。

后，他还专门写了考察报告，对此行的见闻做了一次较为详细的分析。但是，当时的久大还在发展初期，虽有跨越千里的远瞻，却无暇长手去施展，那纸报告也只得束之高阁，尘封多年。

岂料时隔近二十载，李烛尘的那份已经快被遗忘的考察报告竟然再度被翻了出来。"永久黄"要在四川复兴，必然要依赖当地的盐业资源，他之前的辛苦没有白费，居然有了沾溉后人之用。

李烛尘应当感谢当年的考察之旅，回来后不久他便被任命为久大精盐厂的厂长；两年之后，又当上永利碱厂的厂长，同时兼管久大，重任在身。也就是说，在四川经历了"动魄惊心念九日"后，李烛尘迎来了人生转折，开始步入事业佳境，四川可谓是他的福地。此时李烛尘已经57岁，德高望重，人皆呼其李老太爷，可见岁月之倏忽。

"永久黄"在重庆设了驻渝办事处，李烛尘任主任，但他这阶段的工作重心还在久大那边。与此同时，范旭东也将目光投到了自流井。他虽然没有去过那里，但在永利的发展版图中早有将之纳入的计划。在南京尚未被日寇占领之前，永利已有在自流井建一个食盐电解厂的打算。范旭东给卢作孚的信中便提出了粗略的构想：

作孚先生左右：

闻台从业由渝回京，长途往还，辛苦可知，尚希稍息。关于食盐电解厂之筹备，此次在京，曾与敝同人商洽，均极为赞成。惟虑敝钰厂万一不免为敌机摧残，此项计划，只得中止，否则当无问题。已可决定者有数事：

实收资本暂定六十万元，永利可担负三十五万元。

厂址设在自流井。

日产烧碱十公斤，所产氯气全部改制漂白粉或液化氯气，其量以市需为准。

电解厂全部设备，如电池及碱锅等，皆可由永利自造。

自流井地方所拟设之发电厂，必须与本厂协力进行，该厂有一部分技术上之调度，应许本厂参与。

自着手施工，预定两年可完。

……

本厂之工程计划及成本计算，均已拟定，一俟调查报告寄到，重加订正，即可奉寄。①

卢作孚对此项目也极为看好，有参与共建的想法。可惜的是，此事尚未深入推进，南京铔厂就已经沦陷，开办食盐电解厂的计划就此落空。但范旭东对自流井一定不陌生，他心中或许还有诸多遗憾。

1938年2月26日，范旭东从汉口飞抵重庆，不久就见到了川康盐务管理局的局长缪秋杰。他们这一见，对久大的影响至深，可以说直到后来仍留余响。

缪秋杰，字剑霜，国字脸，中等身材，略显清瘦，行事老道干练，是一位在盐业界颇为传奇的人物。有人曾这样评价他："在盐务三十多年，办事有识见，有魄力，精明练达，老成稳健，且长于肆应；累膺繁剧，皆能应付裕如，且有建树，为旧时全国盐务'四大金刚'之一。"②

缪秋杰是江苏江阴人，从税务学堂毕业后就在盐务稽核总所任科员，很快就成为丁恩的秘书和翻译。这个丁恩为苏格兰裔，是将英式管理引入中国盐政的第一人。他主理印度盐政多年，到了该返乡养老的年纪，又在莫礼逊的推荐下到中国当了盐政顾问，1913年又在五国银行的委任下担任盐务稽核总所会办。缪秋杰与他相处了五年之久，一起考察了中国各大盐区，辗转于险阻偏僻之地，共历沿途的风霜雪

---

① 《卢作孚书信集》，成都：四川人民出版社，2003年。
② 陈况仲：《盐务稽核所纪略》，《自贡文史资料选辑》第14辑，1984年。

雨,"本人与该员等亲历艰难,故感情甚为密切"①。

1938 年时的缪秋杰(孙明经摄)

缪秋杰之幸在于他刚走上盐务之路时,就接触到了丁恩这样的专家,这对他后来的人生和事业影响巨大。1922 年,缪秋杰曾参与过青岛盐业的调查,与永裕多有交集;1930 年他开始主政两淮盐务,做出很大功绩,被誉为"泽被淮鹾"。他是强硬的改革派,办过多起盐务大案,在盐商、军阀和地方势力之间斡旋,经历过被排挤、降职、罢黜、扣押、暗杀等事件,可谓是出生入死,名列"四大金刚",那是实至名归。

1935 年 11 月,缪秋杰改任四川盐务稽核分所经理和四川盐运使。1938 年四川盐务稽核分所改制为川康盐务管理局,他任局长。在四川的这几年中,缪秋杰继续推进盐务改革。

---

① 李涵等著:《缪秋杰与民国盐务》,北京:中国科学技术出版社,1990 年。

缪秋杰对范旭东的到来颇为期待，他对久大非常熟悉，当两淮盐运使时曾经到塘沽参观过久大精盐厂，这在《海王》旬刊中还有记录："（1935年3月）六日，长芦曾运使、两淮缪运使到沽厂参观。"[1] 范旭东曾说："缪先生关怀公司事业，亦属昔日相知，约往自流井参观。"[2]

对缪秋杰而言，这是一次成功的招商引资。作为川鹾大员，他身负重任——政府要求四川大力增产，因为沿海盐场悉数沦陷，军供民食均依赖大后方的产盐区。当时四川井盐的年产量在700万担左右，为了满足当下需求，要提升到1200万担。陡然增加近一倍产量肯定困难重重，因为"旧有生产方式，不足负此巨艰"[3]。

川康盐务管理局为此专门成立了川盐改进技术委员会，计划改良炭灶；还要在自贡的张家坝成立一家"模范盐厂"，以推广先进工艺，增产添效。但实施起来却有不少困难——受战事影响，办厂场地虽已经圈定，所购机器却一直没有运到，也难觅优秀人才。正在一筹莫展之际，久大出现了。

久大对川康盐务管理局递来的橄榄枝，自然也是求之不得。正值范旭东"二十余年受负托之经营，尽为敌有，心境惨然"[4]之际，缪秋杰之邀于他而言犹如绝渡逢舟，欢欣鼓舞。

关于自流井，这里略做介绍。自流井地处川南，行政上原属富顺县管辖，是富荣盐场的一部分。后因盐成邑，从富顺脱离出来，成为自贡市（1939年建市）。

自流井地处丘陵地带，土薄硝重，不宜种植，唯独井灶兴盛。自

---

[1] 《海王》第7年第19期，1935年3月20日。
[2] 1941年2月24日，四川自贡自流井厂创办经过汇报函件，久大历史档案资料"四川自贡盐厂卷之一"。
[3] 同上。
[4] 同上。

清朝中期凭借盐卤迅速崛起，成为盐业重镇。1940年的《旅行杂志》上刊登了张心雄写的一篇游记，提到了当时自流井的景象："井灶散布山腰，盐槎满挤溪间。吾人将近自流井时，即可遥睹楼架与烟突林立，几疑吾人所趋之目的地为通商大埠中之工厂区域焉。"①

1938年的自贡盐场井灶（孙明经摄）

游记中所描述的，与范旭东第一次去自流井目睹的情景应是一样。

范旭东到张家坝的"模范盐厂"参观时，缪秋杰兴致勃勃地为他介绍，久大未来的蓝图仿佛就在眼前徐徐展开。

这里离本地盐场仅十余华里，有公路可通，沿着威远河，交通尚可。盐厂的烟囱，已经砌了几尺，现在停工了，堆积

---

① 张心雄：《川滇井盐概述》，《旅行杂志》，1940年3月。

的建筑材料,也都没有动用,战事影响深刻到如此,为之怅然。

缪先生说:"久大如其能来设厂,最好就利用这块地,比临时圈购省事很多。"热忱溢于言表,我们但望能不负他的期望。①

范旭东知道,缪秋杰是四川省盐务上的最高长官,有他的支持,重建的事情会顺利很多。当然,双方还有更深层次的需求。川盐虽有千年凿井煎灶史,但因循守旧,故步自封,生产工艺极为落后。而久大历来以改良中国盐业为己任,推广科学制盐,与创设"模范盐厂"的思路不谋而合。

在参观了自流井的一些井灶和制盐作坊后,范旭东、李烛尘与缪秋杰在自贡与盐业界人士进行了座谈,会上气氛热烈,言语殷殷,人心振奋。李烛尘表达了十足的诚意,承诺公开久大的制盐法,欢迎同行仿效,并在技术方面予以支持。甚至在购买机件材料上,也愿意代劳。"在坐同业,均表欢迎,情谊异常融洽。"②

会谈迅速产生了积极、明朗的结果:"决由敝公司出资赶急在自流井创立一模范盐厂,以资观摩,设将来果然成绩优良,尽量供同业仿效,徐图推及全省各场。"③

这可能是七七事变以来范旭东心情最好的一天了。不久他就去汉口见了孔祥熙,并给缪秋杰发了一封电报:"孔部长闻久大在自流井设厂极为赞许,面嘱急进办。"④此时的范旭东信心大增,甚至有点儿雄心勃勃:"但望从此川省制盐技术划一新纪元,于战时之国课民食有所贡

---

① 范旭东:《我们初到华西》,《海王》第12年第8—15期(1939年11月30日—1940年2月10日)。
② 同上。
③ 1938年3月14日,范旭东致同人信,久大历史档案资料"四川自贡盐厂卷之一"。
④ 1938年3月21日,范旭东致缪秋杰电,久大历史档案资料"四川自贡盐厂卷之一"。

献，是则无上之荣幸也。"①

遭遇抵制

到自流井打头阵的是杨子南、唐汉三和钟履坚，人称"久大三杰"。

杨子南是贵州人，早年留学日本，曾任久大大浦②分厂的厂长，首倡设立久大化验室也是他。1935年10月被调往上海，任久大驻沪办事处的处长。此时正值冬季来临之际，精盐的销售开始旺盛，正是打开市场的绝佳时期，人们都期待他能有番大作为。他觅定房屋，把一家七口都迁到了上海，并在梅白克路祥康里口租了办公场地，准备在此长久工作生活下去。杨子南的人缘儿极好，离开工作了七年的塘沽时，很多人去送他，"离亭惜别，同人都有黯然销魂之感"③。没有想到仅仅两年时间，他又被调往了川南一个从来没有去过的地方，这次大概是更让人伤感了。

唐汉三是湖南新化人，毕业于日本东京帝国大学采冶系。回国后，他一直在湖南的矿上做事，在水口山锡矿、平江金矿等地担任技师，也在湖南大学任过教。1931年范旭东邀请他加盟"永久黄"，他欣然答应，后到久大历任技师长和厂长。1936年他被范旭东派到江苏连云港创办久大的大浦分厂，在任期间首创了一种"斜式螺旋洗盐机"，可产出大粒精盐，深受市场欢迎。唐汉三爱弈棋，《海王》旬刊曾记有一趣事："唐汉三先生有一晚到久大宿舍下棋，让六子，尚杀得魏谢两位弃甲曳兵而逃。"④

---

① 1938年3月21日，范旭东致缪秋杰电，久大历史档案资料"四川自贡盐厂卷之一"。
② 大浦，旧称大浦港，地处今江苏连云港。因兼有海、河运输之便，为淮盐集散地之一。
③ 《海王》第8年第4期，1935年10月20日。
④ 《海王》第8年第17期，1936年2月30日。

钟履坚是浙江余姚人，时任久大协理，他的经历颇有些传奇。1921年他从北平盐务学院毕业后到上海盐运司工作，不久后便任湖北盐务稽核处会计主任。因为读书时他在《盐政杂志》上发表过一些文章，主编景学钤对其极为赏识，1924年聘请他到南京《盐政杂志》工作。两年后钟履坚就接替景学钤当上了主编，此时他不过26岁。但他并不愿意只是个书生，希望投身实业，当时身为久大董事长的景学钤又推荐他去当了久大精盐公司驻南京代表。他对酱业生产新技术也极感兴趣，还兼任了上海酱业公司的顾问。1934年，他创办南京酿造厂（后改名全华化学工业社），从事酱油、调味品和酒类生产，久大也入了股。全华在他手下经营得相当不错，成为当地一个著名的饮食调料品牌。

三人之中，钟履坚最小，生于1898年，而唐汉三最大，生于1889年，两人相差9岁。他们在久大都是骨干，此次联袂进军自贡，开辟新地，又会有什么样的故事呢？

1937年9月，久大海州工厂告急："日本飞机每日越厂窥视，厂长唐汉三惊魂不定，已急急回湘。"[①]大浦分厂虽尚未被日本人占领，但情势已十分危险。1938年2月2日范旭东就令唐汉三着手西迁，先抢运一部分存盐和机器设备到川。一个多月后的3月16日，唐汉三与李烛尘、何熙曾一起飞抵重庆，一行人刚落地即与钟履坚乘车去了自流井。4月12日他们接收张家坝模范盐厂，故事就从这里开始了。

钟履坚被任命为久大驻自贡办事处主任，负责对外联络。他一到自流井，就有些水土不服："近日伤风颇烈，大约因冷热变化太多，抵抗力太弱之故耳。"[②]不过他并没有因此耽误工作进度，4月18日，他在给驻渝办事处财会负责人刘尔毂的信中写道：

---

① 何熙曾：《"永久团体"杂忆》，《文史资料选辑》第80辑，北京：文史资料出版社，1982年。
② 1938年4月18日，钟履坚致刘尔毂信，原件存乐山市五通桥区档案馆。

别将一旬,甚念。未知久永办事处房屋有否觅妥,顷得四月十五日手示,详悉种切,诸劳清神,心感莫名。各款均请代为保存。兹有数事奉托如左:

久大驻自贡办事处地址为自流井石塔上街五十一号,电挂号为7767,请转知久大、永利驻渝办事处为感。

坚与子南先生在陕西街王永康做西服一套,共计两裤一衫,请代付四十九元,该衣如有便人,设法代为带井,以便应用。①

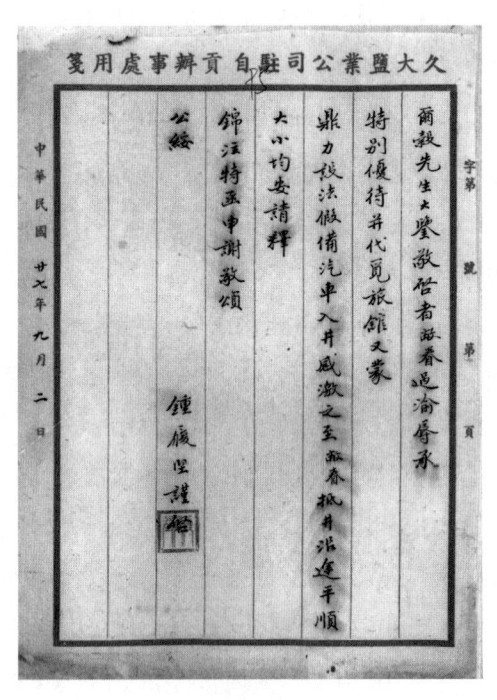

1938年9月,钟履坚写给刘尔毂的信

十天后,钟履坚定制的那套西服被刘尔毂取走,并托人带到了自

---

① 1938年4月18日,钟履坚致刘尔毂信,原件存乐山市五通桥区档案馆。

贡。他另做的一条黄色短裤和刘尔毂帮他修理的一支钢笔也一并收到。像这等芝麻小事还得托人在重庆办理，可见他确实是人生地不熟。很快就到了 5 月，天气热了起来，钟履坚反而又拜托刘尔毂把短裤换为长裤："黄裤请换取长的，因为自流井的蚊虫太厉害，不易对付也。"①

得到了川康盐务管理局的大力支持之后，久大犹如吃了定心丸，打消了种种顾虑，建厂的工作开始紧锣密鼓地展开。唐汉三先去自流井的一些井灶考察了一番，一眼就看出了问题所在，他在到此地第一天的日记中写道："自贡盐厂最大之缺点，成本太高。"②他心里其实早已在盘算，如何去降低成本。

此时，远在重庆的久大驻渝办事处虽还在"打游击"，但已经着手开展各项工作，一边从汉口定制钢板、角铁和五金材料等建厂必需品，一边抢运从大浦分厂拆下来的机器。

从 3 月下旬开始，也就是在范旭东刚离开不久，久大要在自贡设厂的消息很快就在整个盐场传开。看起来令人振奋的形势竟急遽变化，反对者蠢蠢欲动，与之前的欢迎场面判若冰火——"自贡同业，反对之声，甚嚣尘上"③。

这是怎么回事？

原来是很多盐商怕"狼来了"。下面是自流井盐商的一纸电文：

> ……久大精盐公司经理范旭东来井，经缪局长介绍，谓素怀倡导，并无专利野心。厂人求才正殷，竭诚延聘乃不特见，却甚拒合资。而厂方原有模范盐厂基施彼诱让，遂设钢板平

---

① 1938 年 5 月 7 日，钟履坚致刘尔毂信，原件存乐山市五通桥区档案馆。
② 唐汉三：《在井六年》，《海王》（纪念久大三十周年专号）第 16 年第 31 期，1944 年 7 月 20 日。
③ 1941 年 2 月 24 日，四川自贡自流井厂刨办经过函件，久大历史档案资料"四川自贡盐厂卷之一"。

锅二十余口，筹煎碳盐计年产一百数十万担，与两场全部瓦斯所制相等。消息传播，舆论哗然，咸谓增产方始，而业务已兆鲸吞……①

大意是说盐商本来是非常欢迎久大加入的，把模范盐厂的地基都转让给了对方。但看到久大的平锅后就傻了眼，其产能足以覆盖整个富荣盐场，这不是要抢了本地盐商的饭碗吗？电文中言辞激烈，质疑"范氏一人之挟资谋利之关系，而置富荣数十万工商生计于不顾"，并要求"严令范旭东将盐厂交由场商接办"②。他们给久大定的罪状是："见利忘义，谋取厂基，蓄志侵吞，私囊独饱。"③

这封电文被誊写了很多份，同时寄到了重庆、成都、自贡的政府管理机构，当时中国最有权力的几个人——林森、蒋介石、汪精卫、于右任、孔祥熙、朱庭祺等——也看到了。

这次告状事件是由自贡盐商李秉熙、王绩良、陈仲宣、刘圣基等人联合主导的，他们在当地有相当的势力。他们还派出了熊作周、颜心畲、杨泽寰、黄象叔等人赴蓉请愿，见到了四川省政府主席王缵绪和川康绥靖主任邓锡侯。自贡当地的小报也连篇累牍地刊登造势文章，推波助澜。一时间闹得沸沸扬扬，满城风雨。

一面四处告状，一面极力抵制。盐商们打出的标语是："井不出租，地不出佃，坚壁清野。"④

久大在自贡开办新厂，自然有到此谋生存的目的。但久大同样也

---

① 1938 年 5 月 11 日，李秉熙等盐商致国民政府各要员电，《"永久黄"团体档案汇编——久大精盐公司专辑》，天津：天津人民出版社，2011 年。

② 同上。

③ 1938 年 5 月 24 日，富荣场商公会致四川盐务管理局函，久大历史档案资料"四川自贡盐厂卷之一"。

④ 1938 年 5 月 23 日，唐汉三致范鸿畴信，久大历史档案资料"四川自贡盐厂卷之一"。

是站在民族工业最高处的企业,有远大抱负,其眼光与胸怀远非一般商家可比。他们到四川,客观上对川盐发展起到了促进作用,并非来抢市场的。

在范旭东看来,川盐"拘守陈法,未暇计及效能"[①]。他有过一个比较:"川盐品质,寻常认为佳良,其实所含杂质至多,石膏一项,有多到百分之十者,因其色白,固非化学分析未由辨别。至于巴盐,则色黑如泥,其不纯净颇骇人听闻,采取新法,成色自然提高,裨益民食,自非浅鲜。"[②]

范旭东所说的"新法"是什么呢?很简单——"只采用钢质平锅,新式炉灶,以煎造花盐为主,随时将花盐之一部分,利用机器压成一定重量之巴盐,以便外运。经过此初步改良,成本当可望减轻若干,盐质亦必比旧法优美,殆无疑义"[③]。

这段话里有两个关键点,一个是这样仅仅为"初步改良",采用钢质平锅和新式炉灶便可取得立竿见影的效果,品质大为提升;另一个是他所说的"巴盐",其实是用机器压制出来的砖盐,与传统的巴盐是两回事。

有利于民食,岂非好事?但商人喻于利,当地盐商认为久大来了就是跟他们争利,要侵占他们的市场,将他们吃掉!其实,久大与自贡盐商的根本区别在于新旧之分,久大是新盐商,而自贡的则是旧盐商。当年久大与淮商也有过相似的矛盾,在技术、产能和产品质量上,新盐商远远胜于旧盐商,在市场上具有很大的优势,最后变为了利益多寡之分。

6月,彭九生从上海到了自流井,主持焊制平锅的工作。这个从前

---

① 1938年4月4日,范旭东致缪秋杰函,天津渤化永利股份公司编《范旭东文稿》,2014年。
② 1938年3月14日,范旭东致同人信,久大历史档案资料"四川自贡盐厂卷之一"。
③ 范旭东:《我们初到华西》,《海王》第12年第8—15期(1939年11月30日—1940年2月10日)。

喜欢到海边钓鱼的书生,如今日日大汗淋漓地在山沟里干活儿。8月,平锅全部顺利制造完成。

用于制盐的平锅有90平方米大小,主要用钢板铸造,表面上看并无特异之处。当地盐商一开始对此还颇为不屑:"仍用煤炭煎制,既无所谓科学方法,更无所谓制造改良,不过变旧锅之凹状为矩形而已。"[1]但是,钢质平锅的盐产量是传统锅望尘莫及的,缪秋杰准许久大投产二十多口钢质平锅,每年可产100多万担盐,为自流井总产量的三分之二。这个数据实在是太恐怖了,自贡盐商感觉被"鲸吞"也是情理中事。

即使遭遇了抵制,久大自贡新厂的建设工作还是在马不停蹄地向前推进。厂址就在张家坝,因为是现成的厂基地,省却了议价、立约等烦琐手续,还顺理成章地接手了之前置办的家具和剩余建筑材料。与此同时,久大也在召集制盐能手,李烛尘发电报给久大员工张锡庚,让他从沦陷的塘沽秘密地把工人们带出来。但这一消息竟走漏了,引起了日军的注意。本来他要带走二十名工人的,但仓促之下只有制盐师傅徐公起、徐公岭、李金明、郭成囤、张德胜等八人成功转移。他们先在天津法租界藏了一个多月,然后乘坐英国籍轮船到了香港,再从广州北上汉口,接着经长江到四川,最终抵达自贡张家坝。这些人就成了久大新厂最初的员工。

树欲静而风不止,当地盐商的抵制行动愈演愈烈。唐汉三作为新上任的久大自贡模范制盐厂的厂长,态度反而比较坦然:"他们尽管胡闹,我们是力持镇静,既入虎穴,只得如此。"[2]他在给范鸿畴的信中不无自嘲:"先把厂屋盖好,炉灶修好再说,到那时如没有卤,休息些时

---

[1] 1938年5月24日,富荣场商公会致四川盐务管理局函,久大历史档案资料"四川自贡盐厂卷之一"。

[2] 1938年5月23日,唐汉三致范鸿畴信,久大历史档案"久大汉区销盐业务往来私函卷"。

又待何妨,我乐得到嘉定、峨眉去玩玩,岂不更妙。"[1] 钟履坚的态度则更具讽刺意味:"川商对吾方攻击甚力,轰轰烈烈,如能拿这副精神对抗日寇,必可增加抗战力量不少。"[2]

久大从创办至今已经历过二十多年的风雨,这样的事情见得太多了。当年久大倡导制取精盐,长芦盐商就曾经极力反对,称之为"病国害商,违背盐法"[3]。他们嘲笑所谓精盐就是个噱头,不过是用了一部洋机器,在盐滩上多熬炼了一次而已,虽然盐变白了,但"纯美之盐"成了"质轻味苦之盐"。不难发现,这与自贡盐商的言论如出一辙,实质是触动了他们的利益。旧景恍若重现,唐汉三不禁感慨万千:"久大的招牌太大,二十余年来也不知伤了多少旧商的脑筋!"[4]

面对盐商的围攻,久大不可能无动于衷,他们也在积极应对。很快,杨子南到成都设立了久大驻蓉办事处,以便疏通同大小衙门的关系;又聘用了当地有名的士绅"范二公"(范裕民)、吕柄奎等人当顾问,出面与当地盐商斡旋;还利用四川政要邓锡侯之子在自贡经营盐灶的情报,想方设法拉拢关系,化解矛盾,争取支持。

何熙曾在给李烛尘和傅冰芝的信中强调要稳住脚跟,不要轻举妄动,应从长计议。他提出了三点建议,颇具前瞻性。

> 自井、犍乐一带之古老思想及办法,终必被淘汰。我方既已来川,为长期抗战计,决不可畏难苟安,徘徊歧路,必须具以下之决心:

---

[1] 1938年5月23日,唐汉三致范鸿畴信,久大历史档案"久大汉区销盐业务往来私函卷"。
[2] 1938年5月26日,钟履坚致范鸿畴信,久大历史档案资料"四川自贡盐厂卷之一"。
[3] 1920年10月16日,长芦盐商致长芦盐运使函,《"永久黄"团体档案汇编——久大精盐公司专辑》,天津:天津人民出版社,2011年。
[4] 1938年5月23日,唐汉三致范鸿畴信,久大历史档案资料"久大汉区销盐业务往来私函卷"。

一、自井之煮盐打井，均应积极参加改良，工人待遇尤应改善。

二、减轻川盐成本与改革川盐盐制，必须同时促其实现。

三、俾用盐工业得因盐本减轻而获发展。①

那段时间中，钟履坚不断往返于成都与自贡，积极展开公关，他采用的是"忍耐含默，认定目标，向前迈进"②的策略，经过多方努力，情况总算有了一点儿改观。但形势仍是复杂多变、扑朔迷离。钟履坚在给范鸿畴的信中写道："坚还在周旋中。"③

久大初来乍到便遭遇此等局面，还是让范旭东深为感叹："公司在盐业混了二十余年，阅历颇多。照例我们一有新计划，不论态度如何鲜明，总归要惹起风波，好像宿命注定。"④

难产的造纸机

且说回陈辉汉和刘嘉树到嘉乐纸厂绘制了机器图纸并带回重庆，但一个多月过去了还没有什么下文。接下来要做的其实就是将造机器的成本详细核算出来，作为报价参考，但遇到了前所未有的困难——原材料一直在涨价，费用根本无法核定。

如果不能准确报价，双方又怎么能签订协议呢？

1938年7月11日，嘉乐纸厂为此事给永利驻渝办事处去函催促：

---

① 1938年6月1日，何熙曾致傅冰芝、李烛尘信，原件存乐山市五通桥区档案馆。
② 1941年2月24日，四川自贡自流井厂创办经过汇报函件，久大历史档案资料"四川自贡盐厂卷之一"。
③ 1938年5月26日，钟履坚致范鸿畴信，久大历史档案资料"四川自贡盐厂卷之一"。
④ 同上。

"纸机图样事,亦请从速整理,早将价格估出,一并刻日着手制造。"[1]他们对原材料价格飞涨的行情也是提心吊胆。除了造纸机之外,他们还要委托永利造一台打浆机。考虑到现实情况,他们在同一封信函中写道:

> 承制打浆机价格,因各项材料飞涨、变更,除木样、生铁铸品、黄铜铸品、打铁、车工、打磨诸项价格已蒙仍照旧外,其熟铁材料一项须照原估价加251元。此事敝厂早有决定,想所需各项材料,事前必然购备齐,关于市价之变动,则望贵公司予以克己,更望赓即着手起造,其价得能照旧,尤为感激。[2]

这封信函的最后,还专门做了个声明:"此缄即作为决定委托贵公司定造之证据。"可见嘉乐纸厂诚意十足,处事也慎重,但急迫之情已然浸透在字里行间。他们对市场行情非常担忧,反复叮嘱要提早备齐材料,否则物价飞涨的后果不堪设想。言犹在耳,7月19日嘉乐纸厂就接到永利发来的电报,说生铁价又涨了。

王怀仲对此事颇为不快:"定造机器一事,事前在渝面谈即请先将铁料代为买定,以免缺涨,何以今日一再加价?"[3]

其实永利也颇为委屈,涨价并非主观造成,在回信中也做了解释,以求理解。

> 查敝公司代贵公司制造机器所定价格,完全依照成本估算,绝无利润。计今日下五金材料,上涨不已,敝公司匆匆迁

---

[1] 1938年7月11日,嘉乐纸厂致永利驻渝办事处函,原件存乐山市五通桥区档案馆。
[2] 同上。
[3] 1938年7月20日,王怀仲致傅冰芝函,原件存乐山市五通桥区档案馆。

川设厂，所需材料，均须现购，故成本不能不根据当时市价而定。此次一再加价，事出无奈，情非得已，幸祈赐予鉴谅。①

永利为了尽快解决问题，让嘉乐纸厂先汇3000元定金，免得再节外生枝。在此基础上，永利保证"三个半月当可完工，其交货地点，在沙坪坝敝四川铁工厂嘉陵江边码头"②。

这几封往来函文，从一个侧面也反映了抗战时期物价飞涨之烈，给企业的生存带来了严峻的挑战。

王怀仲给傅冰芝的信是7月20日写的，哪知对方在第二天就来了乐山。

其实是傅冰芝为永利川厂建设之事去了五通桥，办完事后途经乐山，一时兴起便顺道去了嘉乐纸厂。当时与傅冰芝同去的还有孙学悟和黄汉瑞，他们受到了王怀仲的盛情接待。

双方当场达成了协议：永利铁工厂为嘉乐纸厂代造制纸机1部、打浆机1部、机碾2部、转动轴1根。王怀仲是个爽快之人，对永利提出的打浆机6165元的报价一口答应，并交了3000元定金。这次见面极为愉快，之前的顾虑一扫而空，这让王怀仲"得罄胸臆"③。

傅冰芝在这里也感受到了一种新气息。第二天，傅冰芝坐上嘉渝间刚开通的"水上飞机"回到重庆，这才收到王怀仲之前写的信，当即回复：

怀仲先生台鉴：

日前在嘉拜观贵厂一种苦干之精神，令人钦佩！承先生与

---

① 1938年7月22日，永利驻渝办事处致嘉乐纸厂函，原件存乐山市五通桥区档案馆。
② 同上。
③ 1938年7月26日，王怀仲致傅冰芝信，原件存乐山市五通桥区档案馆。

陈经理盛宴相招，尤为感谢。昨回渝获读本月二十日大教，除已面谈外，兹嘱敝设计部赶将造纸机价估出，不日专函报闻。①

王怀仲也很快给予了积极的回应：

窃思贵公司表示原代敝厂造此机器，系出于扶助工业热忱，而敝厂信赖贵公司代制亦极诚心，既然势在必行，则请先将材料征求完备，一经交定，期其必成，不可使有万一之说。此等情形，星期六台驾还渝必已考虑清楚，切盼回示，即作定凭。敝厂希望（一）全部机器价值早估定；（二）第一次定金3000元作全部定洋；（三）完成期内从速，能缩至两个半月最好。②

9月4日，永利终于给出了造纸机的报价，总价12,794元，其中工价为4656元，材料费占了剩下的三分之二。其间王怀仲还专程去了一趟重庆，与具体负责人进行了沟通，意在推动工作进度。

但到了10月23日，永利又给嘉乐纸厂发去一函，说委托设计的Edge bunner（机器内膛）一部，图已绘好，工料造价为3274元，但"现因材料涨价，与日俱增，此项估价在十日内尚属有效，逾期即当另估"③。

又生变动，预估的价只在十天内才有效，物价飞涨之剧让人胆战心惊！

这时嘉乐纸厂就想由自己备料，这样能减少一些成本，至少在涨价风潮下掌握一点儿主动权。王怀仲就问傅冰芝："敝厂照所示价定造

---

① 1938年7月24日，傅冰芝致王怀仲信，原件存乐山市五通桥区档案馆。
② 同上。
③ 1938年10月23日，永利驻渝办事处致王怀仲函，原件存乐山市五通桥区档案馆。

似嫌价值过巨，拟请贵公司代为准备熟铁材料及生铁材料，由敝厂供给，请烦开示需要生铁若干斤？格外工价若干？如此全部价值或可核减若干？"①

永利很快就回复了："按267元一吨估价，倘由贵厂供给，则约可照原估价减120元。"②

除了涨价，其他问题也逐渐暴露了出来。12月初，王怀仲再次去了重庆，意在解决打浆机的制造问题："各种零件事属必需，图中未绘，谅系遗漏，应如何添配为宜，弟拟下月初赴渝，届时再行面商可也。"③

客观来分析，永利也想把事情办好，但遭遇的情况确实比较复杂。一是初到重庆不久，对当地的材料市场不熟悉；二是仓促西迁，所携带的加工设备不齐全、不配套；三是永利毕竟不是专门生产造纸机的，有些技术还需要摸索。而这些问题的根源，都在于永利正处流寓状态。因此永利一边为嘉乐纸厂生产造纸机，一边还要处理更为重要的工作，那就是必须要找到自己的复兴基地。

自流井生死劫

久大在自贡设厂一事依旧阻力重重，艰难地向前推进。

缪秋杰一直坚定支持久大，他手下的川康盐务管理局为久大提供了很大的便利，迅速将申办呈文提交给了盐务总局批示，仅用了两周时间就办好了建厂手续，这在过去是无法想象的。

但盐务局毕竟是官方机构，并不能解决实际的生产问题。此时的久大新厂急需备好两样东西：一是盐卤，二是燃料。这都是制盐必不可

---

① 1938年11月2日，王怀仲致傅冰芝信，原件存乐山市五通桥区档案馆。
② 1938年11月8日，永利驻渝办事处致王怀仲函，原件存乐山市五通桥区档案馆。
③ 1938年11月24日，王怀仲致永利驻渝办事处函，原件存乐山市五通桥区档案馆。

少的原材料，且只得就近寻找，别无他途。

首要是要确保有充足的盐卤供应。由于现有盐井都被自流井的大小盐商占据，新凿盐井又不太现实，只得从盐商中寻找愿意合作的，但在抵制久大的大环境下，这件事并不容易做到。直到5月中旬，钟履坚仍然在为盐卤的来源发愁。本来看似有希望合作的盐商，突然变得畏首畏尾，生怕成为众矢之的；而存心抵制久大的人，也在费尽心机地掐灭任何合作的苗头。

但在坚持不懈的努力下，微弱的希望还是出现了。5月底，钟履坚在信中写道："虽各井屡得屡失，终可得到几口，此坚之所希望者也。"[1]

他所说的"可得到几口"是怎么回事？它们又是怎么来的呢？

自流井是川中大盐场，有大大小小的盐商数百户，盐井数千口。盐商之间也存在竞争和矛盾，这就为久大寻找突破口带来了机会。加之川康盐务管理局坚定地站在久大一边，积极从中斡旋，盐卤供应很快就有了眉目。

转机来自一个叫张筱坡的盐商，这个人在自贡工商界中有较好口碑："能乘政治风云，拓产销之业，胆识过人，为盐场对外之代表者，乡人每推张氏。"[2]

张筱坡出生于盐业之家，父亲张天爵以橹船运输井盐起业，后佃井煮盐，家境逐渐富裕起来。张筱坡在十八岁那年就考中了秀才，因通晓文墨、会打官司而闻名乡里。他也曾是个热血青年，参加过同盟会，还一度在讨袁运动中身陷囹圄，是自贡近代政治舞台上的活跃人物。1922年时，张筱坡当上了浚川源官银行自流井分行的行长，同时也是"拥有火圈灶300口的盐场大户"[3]，可谓是游刃有余地在政商两界

---

[1] 1938年5月26日，钟履坚致范鸿畴信，久大历史档案资料"四川自贡盐厂卷之一"。
[2] 罗成基：《盐场风云人物张筱坡》，《自流井盐业世家》，成都：四川人民出版社，1995年。
[3] 同上。

来往。至抗战爆发前，张筱坡已拥有卤井2眼、火井1眼、合办与租推卤井各1眼，月产卤水约5万担。

但张筱坡的财路并不平坦，虽经营过济海井、煜海井、天龙井等盐井，但均因管理不善、用人不当而获利微薄，甚至还出现了连年亏损的情况。所以张氏虽有名望，却未能跻身豪商之列。1938年时张筱坡已年届花甲，盐灶都交与后人经营，自己多在重庆居住，准备颐养天年。久大来后，他敏锐地看到了其中的商机。

正当众商排挤久大、闹得沸沸扬扬之时，张筱坡却站了出来，突然发声："为什么不能接纳新事物？久大的技术能够为当地盐业带来进步，这不是好事吗？"盐商们想不到内部竟然有人支持久大，且此人身份举足轻重，没有人敢忽视，事情开始变得微妙起来。钟履坚信中反映的就是这一时期。最终在张筱坡的斡旋下，自流井盐商与久大达成折中协议。

不能不说张筱坡洞若观火，借助久大急欲求生的时机而得到诸多实惠，经营全盘皆活；而久大能够迅速走出缺卤困境，突围成功，也确实借助了张筱坡的老谋深算。

但对这件事，何熙曾持审慎的态度，他怕中间藏有猫儿腻，毕竟江湖水深。"在井自租井事，大家都认为有必要，熙恐泥淖过深，不太合算，故未赞成。"[1]

不过他的疑虑很快就被打消了。1938年6月5日，正在五通桥考察永利川厂建设的何熙曾见到了刚刚从自贡回来的缪秋杰，二人共进晚餐。席中，缪秋杰告诉何熙曾，自贡方面大有进展，这让他欣喜万分。第二天，何熙曾就写信给李烛尘和傅冰芝，称"自井久大用卤已有办法"[2]。

虽然在张筱坡的支持下，久大买盐卤有了眉目，但自流井的盐商

---

[1] 1938年5月17日，何熙曾致傅冰芝、李烛尘信，原件存乐山市五通桥区档案馆。
[2] 1938年6月6日，何熙曾致傅冰芝、李烛尘信，原件存乐山市五通桥区档案馆。

们仍然没有停止抵制。这在何熙曾给傅冰芝和李烛尘的信中反映得非常清楚:"今日有黑、黄卤水之主席①再三与履坚言,要求将来不销边、计两岸,情况甚急。"②

盐商们知道如今已经无法彻底阻止久大进行生产,那就得在别的环节制造障碍。他们想出的办法就是卡住久大的销售渠道。盐自古以来都是专卖品,四川当时实行的是"引岸制",也就是说每个盐场有固定的销售配额,每户盐商也是根据手中井灶的多少来定出货量。盐商们的诉求就是久大不能瓜分自流井原有的销售配额,必须把盐拿到其他地方去销售,不能抢他们的饭碗。

这样一来,不就是断了盐的销路吗?这可比断卤水那招还要狠,张筱坡在这上面也帮不上任何忙。六年之后,唐汉三回忆这段经历时仍然耿耿于怀:"在井六年,备受艰苦,无不由于盐卤之不能自给。当时既早见及此,何以虚度六年,毫无成就,自食其报,夫复何言!"③

在久大建设新厂的过程中,还发生过更为极端的事情。曾有一群当地盐工冲进工地,试图纵火焚烧新建的房屋。唐汉三、钟履坚、肖建安、彭九生等人被团团包围起来,眼睁睁地看着火苗上蹿,却束手无策。危急关头幸亏军警及时赶到,才避免酿成更恶性的事件。

经过这些事后,久大同人感到心灰意懒,萌生退意:"精神上万分痛苦,同人中有主张撤退者,惟范先生及履坚、九生力主奋战到底。"④后来,重庆行营到自流井进行调解,久大与自贡盐商的关系才慢慢缓和了下来。

---

① 黑卤的浓度高,出盐多;黄卤的浓度低,出盐少。自流井曾有黑卤行会和黄卤行会,由业内重要人士任主席。
② 1938年5月18日,何熙曾致傅冰芝、李烛尘信,原件存乐山市五通桥区档案馆。
③ 唐汉三:《在井六年》,《海王》(纪念久大三十周年专号)第16年第31期,1944年7月20日。
④ 同上。

在当时的自流井，盐务局的功能就相当于政府。过去是靠自贡商会来管理盐场，但随着盐场不断发展，商会已无力驾驭这个年产300万担盐的大盐区。1935年，行署委员、富荣东西两场知事和缉私营营长均由同一人兼任，同时四川盐运使署移驻自流井。这年7月，川南盐务稽核所、川北盐务稽核所和重庆盐务稽核所三所合并，成立四川盐务稽核分所（后改为四川盐务管理局），也移驻自流井。这样一来，盐务就成了当地的主要政务，盐务机关起到了政府机关的作用。1939年自贡建市，盐务局就是主要的筹备机构。

在川康盐务管理局的主持下，久大与自贡盐商达成协议，其主要内容是久大每年的产量不能超过60万担、战时济销于非川盐销区、战后专做工业用盐以及公开生产技术等。

这些规定虽然仍是在维护自贡盐商的利益，但也给了久大生存下去的希望。对于久大而言，在自流井办厂并非图利，而是为了保存火种，给流亡中的"永久黄"一个生存的空间。

张筱坡自然成了最大的赢家。他同久大也签了一份协议：由张家供卤，久大制盐，但纯收益的60%归张家；久大为此购置的机车锅炉及配件，到约满时不再收回；久大要给经营不善的椿泰灶（张家自营的盐灶）的工人赔付遣散费；张家派两人驻久大学习会计和制造，久大负责食宿……

这明显是一份"不平等协议"，但在唐汉三看来，久大入川的目的是求生，为的是维持职工生活，保存技术力量，不必拘泥于眼下的得失。

1938年7月20日，正值久大成立二十五周年之际，范旭东到自贡出席庆祝大会，对此时的境遇感触良多。他寄语久大员工，"受到种种束缚和虐待以后，千万莫要悲观"，因为"二寸厚的，千斤重的，二十四小时出不了二担盐的铁锅，是莫有人相信它不应改良，更莫人相信它是合乎今日的时代"。他有获得最后成功的信心，"原始的工业绝不能将近代的工业打倒",而且"长夜漫漫终有一旦"。①

筹措救命钱

永利在四川艰苦创新业的时候,天津和南京的老工厂又是怎样一种景象呢?

日据时期,永利改称永礼化学工业株式会社,大股东是东洋高压和三井物产。永礼公司的专务董事名为玉置丰助,这个日本人从一开始就介入了侵占和瓜分永利铔厂的行动中。中石化南化集团的厂史陈列馆有一份手稿档案,其中就出现了他的名字:"(1938年)四月廿日,午饭后向浦口工厂出发,驱逐舰'莲'号停靠与工厂前,担任保护,派遣团一行五十一名。……四月廿二日,驱逐舰'莲'号下午从事搬运家具等,本日、廿日一行人等来到浦口工厂,玉置所长回到南京。"② 直到1945年抗日战争结束,玉置丰助一直是永礼的实际管理人。

在南京中国第二历史档案馆的公共档案中,存有一份与永礼公司相关的文件。那是一份年度营业报告书,其中比较详细地记录了生产经营的状况。经营报告书中显示,永礼在1939—1940年度盈余1,317,175元,在1944—1945年度盈余3,768,077元。③ 永礼生产的化肥和其他化学制品被日本侵略者卖到了沦陷区、日本本土及海外市场,累计获利达千万之巨。日本人还与汪伪南京政府实业部结成同盟,冠冕堂皇地称侵占为"合办"。针对此事,永利在《大公报》和《中央日报》

---

① 1938年7月20日,范旭东在庆祝久大成立25周年大会上的讲话,《因盐设市记录》,成都:四川人民出版社,2009年。
② 《永礼化学工业会社史志》手稿,原件存中石化南京化工集团公司厂史陈列馆。
③ 以上数据来自1940—1945年《永礼化学工业株式会社经营报告书》,原件存中国第二历史档案馆。

连续三天刊登声明:"敝公司在河北省天津、塘沽及江苏省六合所建工厂及所置产业,自抗战军兴即为敌人所侵占。近据密报敌人意图勾结汉奸,以合办形式取得法律根据,殊属荒谬之极。设敢订立任何合约,敝公司概不承认,并保留责令赔偿一切损失之责。"①

永利在二十余年中创下的所有资产,在半年之内基本都被日本人掠去了。永利西迁能够带走的仅仅是少量的轻型机件。要靠这些重新起家,实在是太难了,何况还有一千多号员工及其家眷跟着西迁四川,每天的生活费可是不小的支出。永利要活下去,必须找到资金上的支持,不然就面临崩散的危险。实际上,在七七事变后不到一月的时间中,管理层已经深感时局必将发生巨变,塘沽的资产行将不保,必须要做好下一步的打算。

1937年8月1日,范旭东给国民政府实业部(1937年11月后改为经济部)的部长吴鼎昌发去了一封长信,称"华北激变,中国唯一国防基本化学工业行将毁灭,恳赐维护以存命脉事"②。这样大的事情,必须得呈送至最高层,于是他又恳请吴鼎昌将此信转交军事委员会委员长蒋介石。范旭东在信中写道:

> 纯碱制造,在工业先进国已感举办不易,公司苦斗十余年,投资数百万,始告完成,世界同业叹为奇迹。"九一八"以还,备受威逼利诱,苦心支持,仅免丧失,今后愈不易为力矣。碱厂机器设备多属本厂创造,数十专门员工,皆由公司自力养成,处境如此,人各自危,势必陆续星散,纵暂时不遭意外,亦必无法维持工作,殊堪忧虑。吾国国防建设刻不容缓,设已著成效之事业听其毁灭,熟练之技工听其改业,

---

① 《永利化学工业股份有限公司启事》,《大公报》,1943年6月17日。
② 1937年8月1日,范旭东致吴鼎昌文,天津渤化永利股份公司编《范旭东文稿》,2014年。

损失重大无过于此。①

他在信中也提到了保住"永久黄"的方案，就是投资 800 万元建设一个新厂，其中公司自筹 500 万元，政府补助 300 万元。

那么，工厂准备建在哪里呢？他们设想的是安徽芜湖附近。范旭东此时认为日军仅在华北一角活动，华东一带则相对安全。"为策安全并兼顾食盐来源"②，考虑把厂建在安徽。

在补助金一事上，反映出范旭东对局势判断的保守。他认为这 300 万元只是借用，以后可以按年摊还。当然，前提是天津的工厂可以保住，继续经营："万一沽厂能维持至三年新厂出货之后，不生根本变化。"③

说到底，兴建新厂仅仅是补救之策，其意义在于让化学工业的"命脉不至中断"④。

仅过了几天，形势便急转直下。8月6日，日军占领汉沽盐区，战火直接烧到了塘沽附近；8月7日，永利、久大两厂被迫全部停工。也就在这天，国民政府决议抗战。8月11日，永利居然得到了一个好消息：实业部批准拨给永利 300 万元补助金，每年 100 万元，分三年支付。在特殊时期，政府部门能有如此高的办事效率实属罕见。

正是人心惶惶之际，补助金申请获批绝对是雪中送炭，起到了稳定军心的作用。很多年后，余啸秋回忆起这段经历时说："当年作战政府经济确有大困难，其独于我公司仍然照拨以如此巨数者，纯然出自政府一种爱护化工热情，否则我川厂根本无法进行，后方毫无基础，

---

① 1937 年 8 月 1 日，范旭东致吴鼎昌文，天津渤化永利股份公司编《范旭东文稿》，2014 年。
② 同上。
③ 同上。
④ 同上。

碱铔两厂一般高级技术人员势必纷纷星散，从何而有今日之永利？”①

1938 年 4 月 21 日，永利先拿到了财政部通过汉口中国银行拨付的 40 万元。此时永利已经西迁四川，办事处设在重庆，正在加紧考察和落实新的厂址。与此同时，久大在自贡新设模范盐厂，黄海社刚落脚长沙，每一家都需要资金支持才能运转起来，这 40 万元用起来还是捉襟见肘。

从永利发展二十余年的经验来看，资本的积累堪称艰辛。1919 年年初创时募集的资金不过 4 万多元，5 年后才增到 50 万元。一度靠借贷维持运转，经营的风险上又加了一条绞命绳。“愈要开支，愈无人恳缴股款，不得已重利称贷，以济一时，实等于饮鸩止渴，渴止毒发，生命行不保矣。”② 在 1924 年的第四届股东会议上，范旭东就曾感慨地说：“在今日之中国，举办工业，规模不拘大小，地域不论南北，所最感痛苦者，莫若资本一事。”③

1937 年南京永利铔厂建成，永利的股本已经增至 550 万元。这一年实业部不仅批准了永利提出的免税保息案，还一次性给予 20 万元的奖金。政府又特许永利逾额发行公司债，可以说是大开绿灯。不得不说范旭东确实是运作资本的高手，但举债的问题仍如倒悬之剑：“巨额债券之消纳，又谈何容易。”④

40 万元的补助算是解了永利的燃眉之急，但是这钱并不好拿。因为政府不是单纯补助，而是想要借此机会入股：“领款后不久，公司即接经济部训令，略以关于永利在川设厂一案，经行政院决议，可以一次拨足三百万元作为官股。”⑤

---

① 余啸秋：《国民政府三百万元补助经过》，永利历史档案资料“三五反及肃反运动卷”。

② 范旭东在永利制碱公司第四届股东会议上的报告。

③ 同上。

④ 同上。

⑤《抗战时期伪政府补助永利伪法币三百万元案清查报告》，永利历史档案“清产核资资料卷”。

说白了，永利就是在毫无预兆的情况下被国家征用了。战时一切以国家利益为重，铔厂能转化生产军工产品，如今正是出力之时，根本就不需要事先征得永利的同意。

但永利毕竟是股份制公司，此事涉及众多股东的利益，必须要经过股东大会讨论。1938年4月这一个月中，范旭东与翁文灏在汉口就见了三次面。4月2日，翁文灏"访曾养甫，并与曾同访范旭东"①。曾养甫后来任交通部长，督办滇缅公路的修建，这就跟永利有了关联。这次见面后不久，范旭东就去了香港。但在香港又接到了翁文灏电召，当即"赴汉面洽"②。这在翁文灏的日记中也有记录——4月29日，"下午，接见徐景唐、伍琚华、范旭东、宋子良、张景文等"③；4月30日，"接见黄荣华、范旭东、A.Biand Calder"④。这两次范旭东与翁文灏的面谈，毫无疑问是关于300万元转为官股的事情。

见面之后，范旭东迅速做出判断，不能答应政府的要求，并如实说明了"暂难照办情形"⑤。但政府方面已经通过了决议，毫无商量余地。翁文灏即便身为经济部长也无力回天，只能遵照执行，接下来便是"由财政、经济两部协商办法"⑥。

范旭东极为郁闷，永利是私营公司，全靠民间集资，如果出现官股，永利的性质就会发生大的改变。永利当然急需钱，但政府的钱可不太好用，对方必然会借此干涉永利的经营方向和财务管理。

现如今前线形势严峻，疆土还在不断沦陷，国民政府开始从武汉迁往重庆。6月22日，翁文灏便安排家眷乘"宝和轮"先去了重庆。6

---

① 1938年4月2日，《翁文灏日记》，北京：中华书局，2010年。
② 《抗战时期伪政府补助永利伪法币三百万元案清查报告》，永利历史档案"清产核资资料卷"。
③ 1938年4月29日，《翁文灏日记》，北京：中华书局，2010年。
④ 1938年4月30日，《翁文灏日记》，北京：中华书局，2010年。
⑤ 《抗战时期伪政府补助永利伪法币三百万元案清查报告》，永利历史档案"清产核资资料卷"。
⑥ 同上。

月24日，孔祥熙召集各大部长共赴晚宴，"谈地方政府组织、内徙地点、水势、交通等"①。就在同一天，翁文灏接到蒋介石手令，要求他们拿出一个新的计划："照现在战时实情，请拟定西南、西北及江南三区，分别设计一个经济轻重工业开发计划及其程序。"②

只剩半壁河山，抗战进入最艰难时刻，政府不得不考虑迁移工业和重新布局的问题。在这样的情况下，永利作为中国化工的"唯一命脉"，自然也得服从这个大局。

1938年6月20日，永利又收到了经济部下拨的100万元。黄汉瑞还记得去收这笔钱的情景："当我从重庆打铜街川盐银行四楼的经济部取回借款支票时，围坐在民生路武库街永利办事处的'海王'骨干——有永利的傅冰芝、范鸿畴，久大的杨子南、李烛尘，黄海社的孙学悟等人，都望眼欲穿，急不可待了。"③

7月1日，范旭东又去见了翁文灏，再度声明在战争状态下，无法召集股东大会。他采用了拖延的办法，就是不愿通过法律程序去改变这笔钱的性质。最终在公司层面上始终没有对官股的认定形成决议，政府对此也无可奈何。

就结果而言，永利的账上多了140万元，有了这笔钱，西迁的前景才逐渐明朗。然而这笔钱的名义一直是个悬案——它到底是补助金还是官股？没有人去追问，直到1952年公私合营时也没有完全搞清楚。

不坠的"海王星"

有了资金，久大去自贡寻找生存之路才有了胜算。但面对当地盐

---

① 1938年6月24日，《翁文灏日记》，北京：中华书局，2010年。
② 同上。
③ 黄汉瑞：《忆孙学悟先生》，威海市环翠区文史资料研究室编《孙学悟》专辑，1988年。

商的百般刁难，是知难而退，还是忍辱负重前行？这就像莎士比亚作品《哈姆雷特》中那句著名的独白一样：生存还是毁灭，这是个问题。

何熙曾在给傅冰芝、李烛尘的信中写道：

> 我方来此不便之地，创业似有力求顺利、省力省财之必要。井场商等，眼光太小，心地又窄，任其疑神疑鬼多方酝酿，势必有种种无谓之摩擦发生。熙个人之意，我公司应高瞻远瞩，考虑今后之态度，早日宣明，以求快速之发展。①

只有生存下来，才能固大志、谋大事。范旭东曾把经历过重重磨难的久大称为25岁的"青年久大"，其实就是褒扬它有不坠青云之志，有永葆活力、奋发图强的精神。虽然在自流井这个蕞尔一隅的地方"吃尽了亏，受尽了气"②，但久大百折不挠，顽强地活了下来，并在石缝中长出了一支新芽。

业务员们跑遍了自流井大大小小的盐灶，久大又与盐商王绩良和李敬才签订了合约，获得了鼎生、聚源、汇源、三太、春生等井的卤水供应。但是，这些井的供卤量还远远不够，且每况愈下，越供越少。久大原先计划用上20口钢质平锅，最后减到7口，实际使用时只能装满2到3口，甚至一度只能用1口锅来"吊命"。

如果这样下去，久大就只能等死。为了多获得一些卤源，只得千方百计寻找一些旁人都看不上的劣井，甚至是弃置多年的废井，采用科学方法重新开凿或深挖。盐井活，则久大活；盐井死，则久大死，事实就这么残酷。不过天无绝人之路，一口名为"达江井"的盐井让久大获得了重生的希望。

---

① 1938年5月17日，何熙曾致傅冰芝、李烛尘信，原件存乐山市五通桥区档案馆。

② 范旭东在永利制碱公司第四届股东会议上的报告。

不得已于亏累之中，毅然图卤水自给，于是顶办达江井。此井卤不甚咸，井身也不直，事前已有所闻，但值此山穷水尽之时，不得不铤而走险。幸自接办至今，已八阅月，虽故障层出，不久即得解除，平均月产能维持一万担以上，厂方工作已较为平稳，自给自足之效，于斯益见。[①]

不久后，久大又盘下了河海井并加以淘修，自办盐井的产量继续增加。终于可以实现自己供卤，而非可怜巴巴地乞求一点儿败鼓之皮。在不懈努力之下，久大又获得了泗发、利成等井的卤源，逐渐走出了困境，在盐井林立的丘陵上占有一席之地。

除了卤水，燃料也是问题。久大可用之煤有四个来源地：石燕桥、威远、泸县、犍为。威远离自流井最近，但那里都是小煤窑，供应量远远跟不上需要。投产在即，燃料尚无保证，这让久大的负责人非常焦虑，"惟威远煤只能供给四分之一，故即希设法"[②]。

后来久大与金城银行合作，收购了一家小煤矿。但矿的位置是在一个火口上，不敢放开了采，每月只能保证供给900多吨煤，勉强满足自贡新厂的生产需求。

工厂地处偏僻的乡野之地，离当时的自贡市区尚有不短的距离，但就在条件这样艰苦的地方，久大活了过来，还为当地带来了一些新鲜的东西。如修建晒盐台，这件事"开了自贡盐场之新纪元"[③]，五年共节省了2000吨煤。又如制造盐质洁净、运输方便、宜于储存的盐砖，这是久大改良川盐的目标之一。后来久大通过黄海化学工业研究社研制了小

---

① 唐汉三：《在井六年》，《海王》（纪念久大三十周年专号）第16年第31期，1944年7月20日。
② 1938年6月6日，何熙曾致傅冰芝、李烛尘信，原件存乐山市五通桥区档案馆。
③ 唐汉三：《在井六年》，《海王》（纪念久大三十周年专号）第16年第31期，1944年7月20日。

型压砖机，每日可产盐砖 500 块，每块重 6 斤。久大自贡新厂陆续装设了 8 部压砖机，每月可产盐砖二三俄①。

通过这些可以看出，久大并非寄人篱下，而是新盐业的代表。也可以说，久大是在一个极为特殊的时期来到这个看似膏腴遍地、实则封闭至极的地方，为当地盐业伸出了一只影响未来的财富之手。

在 1938 年 3 月到 9 月这段时间里，久大同人风雨无阻，全力投入新厂房的施工建设。最为关键的机器动力房落成后，接下来便是修建制盐炉灶、铸造钢质平锅，其原材料均要从外地运到自流井。七八月间，江河进入汛期，运输过程中发生过翻船事件，好在处理得当，只损失了 4 块火砖。久大过去没有江上运输的经验，但入川之后必须依靠船运，这些新鲜经历是"人力战胜自然，其经验极堪宝贵"②。

到了 8 月，正值塘沽沦陷一年之际，"永久黄"在外也漂泊了近一年，此中的艰辛难以诉说。如果久大能够以新的面目出现，这无疑是实业界展现抗战意志最好的方式。根据各项工程的进度，管理层决定在 9 月开工投产，日子就定在九一八事变纪念日这天。实际上，久大自贡新厂的建设届时只完成了三分之二。但不管怎么样，从塘沽逃亡到大后方，久大终于有了新家，范旭东兴奋无比：

> 忆起吾人来时，正暮春三月，依依景物，对于炮火余生的旅客，似露有无限同情。但当时的张家坝是只有高不数尺的烟筒一座，蛛网纵横的房屋数间，今则是一个近代式的工厂，矗立在威远河畔了。吾们看了这二百多职工卖力流汗的后方阵地，想起过去五个多月埋头忍辱的拼命挣扎，兴奋极了。③

---

① 俄，同"载"。一条船运载的货物为一俄。
② 《四川自贡自流井厂创办经过》，久大历史档案资料"四川自贡盐厂卷之一"。
③ 1938 年 9 月 18 日，范旭东在久大自贡模范制盐厂落成开工大会上的致辞。

这个快速建起来的厂实有诸多不如意处，建筑材料只能在当地找，不得不因陋就简。范旭东曾用 8 个字来概括建筑的质量："朴素无华"、"徐图改良"。① 他很宽容，说得也妙，因为这一切的确来之不易。困难似乎暂时过去了，开工之日眼看越来越近。这时范旭东早已将荣辱置之度外，他甚至愿意相信那些阻挠久大生产的旧商们"终归有一天，觉醒、改良，而与久大携手前进"②。

位于自贡张家坝的久大模范盐厂旧址，现仅剩残破的房屋（龚静染摄）

但进入 9 月之后，天公不作美，阴雨连绵不断，又让人发愁起来。神奇的是，到 9 月 18 日这天，连绵的阴雨突然停了，日暖风和，让人

---

① 范旭东：《我们初到华西》，《海王》第 12 年第 8—15 期（1939 年 11 月 30 日—1940 年 2 月 10 日）。
② 1938 年 7 月 20 日，范旭东在庆祝久大成立 25 周年大会上的讲话，《因盐设市记录》，成都：四川人民出版社，2009 年。

大感惊喜。

这一天厂里来了 3000 多人，官员、士绅、商人以及附近的老百姓齐聚张家坝，场面非常热闹，送的贺礼达 300 多件。众人均是笑语殷殷，气氛格外振奋人心："盖与初来建厂时情形诚不啻有隔世之感！"[1]

当地记者王余杞总感觉唐汉三今天看起来颇不一样，甚为喜气："唐氏埋头苦干于厂中者五阅月，平时实难一晤，今日相逢，备极亲热。"[2]

这天的自贡《新运日报》报道了这一盛大的场景，称"参观者终日络绎不绝于途"。记者看到了久大的"煎盐锅"：长 36 尺，宽 12 尺，深 1.2 尺，试运行期间每口锅每天煎盐 100 担，将来要达到 200 担。还有"温锅"：长 40 尺，宽 1.2 尺，深 2 尺，可装 350 大担卤水。采用的是低温结晶工艺，制出的盐颗粒比一般井灶出产的要大。这都是久大带来的新鲜事物，开了自流井盐区新型钢板平锅煎盐的先河，所以范旭东自豪地说："这颗在渤海天涯照耀了二十多年的'海王星'，今天闪烁于自贡市的天空。"[3]

此刻，范旭东也好像忘掉了之前的不快，俨然成为这里的新主人，他甚至颇为豪迈地宣称："战时的华西，有这般活跃的工业建设，足见中国复兴，已近在指顾之间了。"[4]

由于时间仓促，久大新厂的经营手续还没有办齐，四川省政府和四川盐务管理局决定特事特办，允许它先生产起来。直到年底久大才向市政部门提交了工厂登记表，1939 年 1 月获得了四川省政府同意登记成立的函文。

---

[1] 《四川自贡自流井厂创办经过》，久大历史档案资料"四川自贡盐厂卷之一"。
[2] 唐汉三：《在井六年》，《海王》（纪念久大三十周年专号）第 16 年第 31 期，1944 年 7 月 20 日。
[3] 1938 年 9 月 18 日，范旭东在久大自贡模范制盐厂落成开工大会上的致辞。
[4] 范旭东：《我们初到华西》，《海王》第 12 年第 8—15 期（1939 年 11 月 30 日—1940 年 2 月 10 日）。

第四章　考察

犍乐盐场

1938年3月24日一大早,就有两辆小车快速行驶在从重庆去川南的路上。车上坐着范旭东、侯德榜、张克忠、黄汉瑞,以及川康盐务管理局的局长缪秋杰,他们的目的是去考察自流井盐场和犍乐盐场。范旭东把这次考察称为"踏进了山国的盐区"[1]。

范旭东曾说"我们憧憬山国的盐区已经多年"[2],这次实地考察果然没有让他失望,他大开眼界,大为兴叹:

> 海边的盐场,是一望无际的平原;山国的却深到几千尺的地下,根本不同,包罗万象,这才是中国的伟大。[3]

其实,四川的地层下也有一片隐藏的海——盐海。而要打开这片海须直穿地层千米,费尽千辛万苦,才能"九仞功成在一勺"[4]。这也是井盐与海盐的最大区别,凿井取卤与煮海晒盐是完全不同的制盐方式。

---

[1] 范旭东:《我们初到华西》,《海王》第12年第8—15期(1939年11月30日—1940年2月10日)。
[2] 同上。
[3] 同上。
[4] 清人程尚濂诗句,其人曾任犍为县知县。

前面已经详细讲了在自流井盐场发生的事情，此处不再赘述，主要谈谈犍乐盐场。

犍乐盐场是犍为盐场和乐山盐场的合称，地理位置处在当时的四川省犍为县和乐山县之间，距犍为 40 余公里，距乐山 20 余公里。一东一西，井灶相连，只是分县治理而已。此地凿井制盐始于秦代，到隋代时始有兴盛之迹，"男事农桑，女勤纺织，杂处多务煮海"[①]。

清朝乾隆年间，凿井制盐成风，突然就兴起了个"五通厂"，一时间红红火火，"四川货殖最巨者为盐。……大盐厂如犍（为）、富（顺）等县，灶户、佣作、商贩各项，每厂之人以数十万计"[②]。官府就在此设立了盐场大使署，专门开井增课，五通厂就名正言顺地成为一个盐业开发区。

犍乐盐场在清朝道光年间发展到极盛，井盐产量居全省之冠，号称"川省第一场"，民间曾有"百猪千羊万担米，当不了桥滩一早起"的说法。

产盐之地流金淌银，"犍为之盐，洪雅之茶，商车贾舸，络绎相寻"[③]。犍乐盐场也成了四川最主要的供盐区之一，所生产的桥盐主要行销府（成都）、南（新津）、雅（雅安）、叙（宜宾）等计岸[④]，同时还远销滇、黔、楚、陕、藏等边岸，据民国三年（1914 年）记载，五通桥有"盐井 5224 眼，煎锅 2404 口，年产盐 76 万担"[⑤]，桥盐之盛可见一斑。

范旭东一行要对犍乐盐场进行考察，自然是因为他们已经对此地的历史底蕴和现实状况有过一些了解。之前李烛尘到过这里，后来孙

---

① 清同治三年版《嘉定府志》。
② 严如煜：《三省边防备览》点校本，西安：西安交通大学出版社，2018。
③ 清同治三年版《嘉定府志》。
④ 计岸，计口授食的区域。
⑤ 《五通桥区志》，成都：巴蜀书社，1992 年。

学悟、任叔永、翁文灏等人也一同来过这里,这次则是缪秋杰专程带队。在他们看来,四川井盐兴旺之地就只有自流井和犍乐盐场这两处,舍此何求?

正值初春时节,空气清新,鲜花绽放,范旭东的心情相当不错,他写道:"宿雨初晴,沿途的风景分外鲜明,到处花黄豆紫,鹭白松青,真是幅好画面。……(到盐区后)这里木架连云,竹管交错,又是一番情景,嗅着含盐味的空气,唤起了我们新的记忆。"①

犍乐盐场一角(郎静山摄)

此次考察,他们去了两个大盐场,自然会对这两个地方进行一番比较。在他们的眼里,自流井盐场与犍乐盐场并没有大的区别,两地

---

① 范旭东:《我们初到华西》,《海王》第12年第8—15期(1939年11月30日—1940年2月10日)。

同属威西盐矿，只是位置不同而已。不过，自流井的盐卤要浓一些，犍乐盐场的则要淡一些，开采成本上有所不同，这在"川盐济楚"时期就体现了出来。

清朝咸丰年间是川盐格局变化的分水岭。这一时期，由于太平天国运动的影响，长江航道被阻断，淮盐无法西运，湖北的食盐供应得不到保证。就在这一紧急关头，在朝廷的特许下，川盐承担起了"济楚"的重任。在短短十年间，川盐的销售范围遍及湖北，每月可销720万斤。广阔的市场前景大大地刺激了川盐的生产，到处是广开井灶、添集丁夫的景象。

"川盐济楚"对川盐的影响是深远的。一是川盐大兴，淮盐日衰。"举一省淡食之民待蜀以赡，淮盐遽蹶而不可复振"，"川盐自行楚后，广开井灶，其色白，其质干，川贩因之居奇，淮岸因之日废"。[①] 伴随"川盐济楚"而来的是川淮之争，一个拥内陆运销之地利，一个据海盐生产成本低廉之天时，在引地的争夺中，朝廷重臣、盐业巨商、私枭盐匪纷纷跃上了历史的舞台。

二是由于盐业经营的壮大，促使资本向盐业集中，资本主义的萌芽在犍乐、富荣盐场等地开始出现。五通桥的"花盐街"（盐业运销一条街）和"宝庆街"（盐业金融一条街）就是"川盐济楚"的产物。与此同时，川内大盐商也浮出水面。犍乐盐场的太和全、吴景让堂，富荣盐场的王三畏堂、李四友堂、胡慎怡堂等都是那一时期涌现出来的盐业大家族。

相对而言，"川盐济楚"中受益最大的是富荣盐场，"四川盐井，近年获利数倍，富顺尤为最旺"[②]。犍乐盐场被富荣盐场超越，而自流井又成富荣盐场之翘楚。是什么原因导致出现这样大的转变呢？简而言

---

① 清朝光绪八年《四川盐法志》卷十一·转运六。
② 同上。

之,就是盐卤的浓淡。

自流井的卤水浓,出黑卤;而犍乐盐场的卤水淡,出黄卤。黑卤和黄卤,表面上看是颜色的差异,实质是盐卤的浓淡有别,而这也导致了制盐成本不同。同样体积的卤水,浓度高的出盐多,浓度低的则出盐少。出盐多的地方自然成本低,这是铁律。川盐千年历史中,盐场的兴废起伏,均是这个规律在起作用。自流井便是凭着高浓度的卤水迅速崛起,成为清朝咸丰、同治年间以后四川最大的盐场。

当范旭东一行人到了犍乐盐场后,也在思考这个问题。他们刚开始觉得"一切都和自流井没有大区别"[1],但很快就发现由于地质原因,五通桥的盐井浅,导致"卤水非常淡,煎熬成本比自流井高"[2]。那么,这个传统盐区有开发的价值吗?永利能够选择在此落址吗?

范旭东不断地比较,细细地琢磨,"犍乐带如能和自流井一样,打到三千多尺底下,应该有好盐卤"[3]。但范旭东相信科学,这样大的事情没有"如能"之说,到底能还是不能,得听专家的意见。

通过对自流井和犍乐盐场两地的考察,久大已确定落址自流井,而永利到底办在哪里仍然未定。因为永利的体量大太多了,不是久大的一两倍,而是几十倍,甚至上百倍,选址是需要慎之又慎的事情。范旭东认为,除了盐业资源之外,永利的选址还要综合考虑土地、交通、运输、煤炭、电力等因素。五通桥行不行呢?他还需要继续深入考察。

同去的人中,黄汉瑞其实早就来过五通桥了。这一年他31岁,一年前才在南京完婚,还是范旭东主持的婚礼。范旭东对他颇为器重,在公司的发展进程中,黄汉瑞总是作为开路先锋出现。天津、南京相继沦陷后,范旭东仍派黄汉瑞先到四川打前哨。

---

[1] 范旭东:《我们初到华西》,《海王》第12年第8—15期(1939年11月30日—1940年2月10日)。
[2] 同上。
[3] 同上。

黄汉瑞是个有志气的热血青年。1936年时他尚在美国，听到种种来自华北的坏消息后，难掩愤懑之情，写信给《海王》，希望同人们除掉肤浅幼稚病，真正觉悟，中国还有希望。他在信中写道："永久同人所处环境之坏，当可想见。但依然艰忍奋斗，更足见团体精神！苟能发扬并推广这种精神，国家、前途定有绝大希望。"①

1938年1月，正是隆冬时节，黄汉瑞带着已怀胎十月的妻子李韫子一同去了五通桥。李韫子本可留在重庆休养待产，但她是体育健将，不怕长途跋涉，一定要与丈夫同行。但她刚到镇上，羊水就破了，儿子黄西培降生。嘤嘤之声划破了小镇的宁静，这个孩子也为永利新生带来了第一声啼鸣。

初到道士观

在五通桥考察期间，范旭东还去看了个很特别的地方，名叫道士观。"大家都说道士观一带，将来是个很好的工业地段，和工业有关系的人，到了五通桥，一定顺便去游，我当然也不例外。"②

道士观到底是个什么样的地方呢？

过去，出川入蜀走水道的话，道士观就在必经之路上。北宋著名词人黄庭坚就走过这里，说它是岷江嘉叙间（乐山到宜宾）的最险之滩，船过此处得格外小心，稍有闪失就会成为落水鬼。

江险一般发生在夏秋时节。清光绪五年（1879年），经学大家王闿运从成都回湖南，他坐船行至道士观时，曾留下一段日记：

---

① 《海王》第8年第20期，1936年3月30日。
② 范旭东：《我们初到华西》，《海王》第12年第8—15期（1939年11月30日—1940年2月10日）。

今去府治①五十里，有道士观，岩下一圆石，水涨，乘流入岩，触石碎舟，号为险绝，其蜀守之所开与？盖前未凿时，船直触山，故分之，劣得回舟，以避沫水之害。沫水者，水盛喷沫也。午过岩下，谛视之，殊不见其可怖，知险阻患难不在天也。②

显然，王闿运早听说过道士观的险，但没有体验到。因为他船行的日期是"十一月廿一日"，乃一年中枯水之时，所以他"殊不见其可怖"。

道士观的险，险在大水之时。民国时期道士观附近曾竖起一块大石碑，上书："凡大水天气，走下水船到道士观务走西流，拉倒纤；倘走正流冒险误事，定将该船夫重办不贷。"乃是政府发布的告示，必须遵守。

自古描写道士观之险的诗文不少，如"危亡道士矶，楚江胆斯破"③，"下有龙蛇宅，常恐触其嘴"④。过去船行至道士观，要做两件事：一是要关火，船上不能有任何火星；二是要撒盐和豆子，祈求水神保佑。

道士观在民间又有"老龙坝"的别称，因为它所处的地形就像龙头伸进了江中一样。其实是岷江东岸的一道山体硬生生地横切到江中，江面猛地收窄，形成了一个巨大的滩沱，"舟临道士观，群山一壁峙"⑤。

道士观是一道天然的险关，曾是岷江上最为重要的水驿之一。南宋时期，四川制置使范成大任期满后，从成都返回临安，就经过了这里。他在《吴船录》中写道："四十里至罗护镇，岸有石如马，村人常以绳

---

① 指嘉定府所在地，即今乐山。
② 王闿运：《湘绮楼日记》。
③ 吴省钦：《道士湾诗》。
④ 余光祖：《由嘉州泛舟过道士观漫作诗》。
⑤ 同上。

縻之,云不然为怪。"

但此地真正被世人关注,还是在近代。1914 年,法国人色伽兰到四川考察,坚信能够找到一些宝贝。果然,在道士观附近的山壁上,他发现了唐代摩崖石刻,其中有一尊他认为是"四川全省无虑万千佛像中最精美自由之造像","像体柔和,雕工精细,跌坐江边,俯视江面"[1]。

比色伽兰更早来到这里的是英国植物学家威尔逊,他在 1908 年打开了"中国西部花园"。其足迹遍及峨眉山和岷江沿线,还在道士观拍下了一张珍贵的照片。照片应该是在江中船上拍的,远远望去,山体巍峨,树木清晰可见。由于拍摄时间在 5 月,江水还非常清澈,能够倒映山上的建筑。

1908 年,英国植物学家威尔逊在岷江上拍摄的道士观

山上过去有大小宗教场所共四座:道士观、观音阁、三教寺、三圣宫,是一个建筑群。在威尔逊的那张照片中还能隐隐能看到其风貌,

---

[1] 色伽兰:《中国西部考古记》,北京:中华书局,1955 年。

正如清人陈登龙说的"孤圆葱茜,清观异常"[1],也如吴省钦说的"琳宫冠层叠,大旗闪法座"[2]。

道士观完整的面貌是什么样的呢?当地士绅刘侣皋曾写道:

> 危楼杰阁,气象巍峨,其地盘则岩石陡削,撑出江心,仰罩浓荫,俯瞰波浪;其岩壁绾凿古硐,密于筛网,可避空袭;庙最宽宏,四围崇垣,环砌大砖条石,中有戏台一,厢楼享殿配置,寮房、复道、天井、蔬园参错其间,以及塑像、屏风、花岗、石椁、罗汉、古松均有关于艺术、历史之研究,擅名胜而兼古迹。[3]

道士观近照

---

[1] 陈登龙:《大江水考》。
[2] 吴省钦:《道士湾诗》。
[3] 1939年8月,犍为县金粟镇镇立小学稽核委员会主席刘侣皋致教育部函,原件存四川省犍为县档案馆。

道士观曾经盛极一时。寺观大门上曾有一匾，上写"福流平祉"四个大字，还有一副对联：梁州要道本无双；蜀省名滩数第一。落款是明嘉靖廿年（1541年）。

范旭东到了道士观后，也被此地的景象所震撼，他写道："风景雄伟且极肃穆，紫云宫成半岛形，突出江心，在岷江一带，的确很占形胜，只看如何开发。"① 紫云宫是道士观的另一雅称。

"只看如何开发"一语，说明范旭东对道士观的印象不坏。如果把这个天然险滩作为一个工业开发地，行不行呢？那就得从几个方面来分析。

首先是土地。道士观旁边有一座临江的千亩大坝，足以容纳相当规模的产业。

其次是交通。道士观在岷江之侧，上距乐山仅几十里地，下行宜宾也不过百里水路，在交通上远胜于自流井。1914年冬，身为盐务稽核总所会办的英国人丁恩来考察川滇两省盐务，他在考察报告中对自流井和五通桥这两处盐场进行了详细的比较：

> 就运输之便利而言，犍厂为最，乐厂次之。乐厂重要之井多在岷江左岸，大渡河及铜河两岸亦有之，大、铜两河皆岷江右岸之支流也。犍厂最富之井则在岷江左岸之五通桥地方，及桥沟两岸，直至马踏井界。犍乐两场最富之井均系丛聚一处，与自流井无异，管理上皆甚便利，只有马踏河一带之井略形散漫，管理较难耳。乐厂之盐运赴销岸，须溯江而上；犍厂之盐则须换船始能运至岷江，然以运输之便利而言论，犍厂仍远胜自流井。盖当井河（一名自流井小河）水落以后，由自

---

① 范旭东：《我们初到华西》，《海王》第12年第8—15期（1939年11月30日—1940年2月10日）。

> 流井运盐前往内江（一名泸江）殊属困难，井河沿途巉岩夹岸之处有坝五六道，天寒水枯时每须积水六日之久，水过石面盐船始能至坝，以故盐船自自流井河驶往邓井关转入内江，动需月余始能达到。且内江水浅时，大船仍不能行，故运下长江尚须在泸州地方换船转载。按之上述情形，可知犍厂之盐由水路运至泸州，较由自流井运往者所需运费为廉。①

这段论述中，丁恩充分说明了五通桥的交通条件远胜于自流井。

然后是煤炭。道士观周边有煤窑，但产量究竟如何并无确切数字佐证，在地质考察上是个空白。1929年黄汲清与赵亚曾到四川搞地质调查时，把重点放在了自流井，而后又去了叙府（宜宾）、泸州和川滇黔交界一带，正好错过了对这一地区的考察。

最关键的是盐。之前已经谈到，犍乐盐场不缺盐，缺的是低成本的浓卤。如果要选这里建厂，就必然要把盐的生产成本降下来，别无他途。

其实，范旭东想的远不止这些。他甚至想到如果将此处作为建设基地，还有几个大问题："几千万资金和几百万外汇，从何得来？大量笨重机器和五金材料，如何运进内地？一个从来和近代工业全无接触的环境，如何安排？在短期内要用多数有手艺的工人如何从中年农夫里面训练出来？"②

范旭东外表看上去文弱，但内心却相当强大。在他心中，永利要做的是一件大事，是独一无二的事，哪怕遇到困难，他也相信"国人决不会袖手旁观"③。

---

① 丁恩：《改革中国盐务报告书》，北京盐务署刊行，1922年。
② 范旭东：《我们初到华西》，《海王》第12年第8—15期（1939年11月30日—1940年2月10日）。
③ 同上。

在五通桥参观时，范旭东就听人说当地盐商对积极改良、降低成本之心迫切，正在多方寻求门路。他对此事非常赞赏，甚至有种怜悯之心，"于心颇不自安"①。永利以崇尚科学起家，他相信永利一定有解决这些难题的能力。

初到五通桥，不过是走马观花，此次考察结束后，他唯一能够对缪秋杰说的是："国难当前，大家应当合作。"②

冰心和冰叔

就在范旭东在自流井和五通桥两地考察之时，其他人也在四处奔波，为永利寻找最合适的落址点。

所有的调查都是围绕自然资源和交通运输这两个重点来进行的，通过研读前人的记录，以及对现有资源状况的判断，大家很快把调查点锁定在了自贡、乐山、宜宾、泸州这几个区域，也就是川西南这片土地上。

负责考察的主要有何熙曾、刘声达、谢为杰、张克忠、黄汉瑞、林文彪、鲁波等人，他们根据需要灵活地分组行动。

这些人中最值得一说的是谢为杰，他是冰心的二弟，那时冰心的《致小读者》正风靡一时，家喻户晓。其实谢为杰从小也热爱文学，未曾想后来投身于化学事业，他的人生在文学和化学之间曾有过一番奇妙的转换。

冰心原名谢婉莹，她有三个弟弟：谢为涵、谢为杰和谢为楫。冰心比大弟大6岁，比二弟大8岁，比最小的弟弟要整整大10岁。但是，冰心与他们的关系特别好，称他们是"灵魂中三颗光明喜乐的星"。谢

---

① 范旭东：《我们初到华西》，《海王》第12年第8—15期（1939年11月30日—1940年2月10日）。
② 同上。

为杰跟她最为亲近,"二弟为杰从小是和我一床睡的。那时父亲带着大弟,母亲带着小弟,我就带着他"①。

冰心与二弟谢为杰(站立者)、黄海化学工业
研究社研究员赵汝晏(右一)合影

在冰心的印象中,"(这个弟弟)总是很'乖'的。他在三个弟兄里,又是比较'笨'的。我记得在他上小学时,每天早起我一边梳头,一边听他背《孟子》中的哪一章?哪一节?"②

因为年龄相差较大,冰心常常要负责带弟弟,帮助他们学习功课,领着他们做游戏,给他们讲故事,俨然成了他们的"小先生"。她把自己读过的书东拼西凑起来讲给弟弟们听,"也能使小孩子们,聚精凝神,笑啼间作"③,他们也成了冰心最早的听众和读者。

---

① 《冰心自传》,南京:江苏文艺出版社,1995年。
② 同上。
③ 同上。

> 小弟弟！
> 你恼我么
> 灯影下
> 我只管以无稽的故事
> 来骗取你
> 绯红的笑颊
> 凝注的双眸①

1923年,冰心去美国留学,"我的弟弟们和他们的小朋友们,再三要求我常给他们写信,我答应了,这就是我写那本《寄小读者》的'灵感'"。在离别的时候,送她的都是小孩子,让她感到了"凄恻中的光荣"。她在弟弟们心中的形象如同公主一般,这让她常常感慨:"冰心何福,得这些小孩子天真纯洁的爱。"②可以说,冰心在儿童文学上的成就最早应得益于她有三个好弟弟。

这三个男孩在姐姐的影响下,也对文学产生了浓厚的兴趣。他们取了同姐姐冰心一系的笔名,谢为涵是冰仲,谢为杰是冰叔,谢为楫是冰季。冰心称她最早的诗集《繁星》就是在与弟弟们的交流中诞生的,他们既是诗的种子,也是诗的花朵和果实。

> 一九一九年的冬夜,和弟弟冰仲围炉读泰戈尔的《飞鸟集》,冰仲和我说:"你不是常说有时思想太零碎了,不容易写成篇段吗?其实也可以这样的收集起来。"从那时起,我有时就记下在一个小本子里。

---

① 冰心:《繁星》,北京:人民文学出版社,2000年。
② 《冰心自传》,南京:江苏文艺出版社,1995年。

一九二〇年的夏日，二弟冰叔从书堆里，又翻出这小本子来。他重新看了，又写了"繁星"两个字，在第一页上。

一九二一年的秋日，小弟弟冰季说："姐姐！你这些小故事，也可以印在纸上么？"我就写下末一段，将它发表了。[1]

这些小诗陆陆续续发表在了《晨报副刊》上，后来以《繁星》的名字结集出版后引起巨大反响，风靡一时。这本诗集既是冰心"爱的哲学"的宣言，也是她走向文学的第一声啼鸣，它展现了一种有信仰的、真与善的写作面向，在新文学中独树一帜，闪耀着新鲜的、纯净的光。

谢为杰用冰叔的笔名在《晨报副刊》上发表作品时，还是个中学生。大哥冰仲很赏识他的才华，称赞他的诗歌"含着天真烂漫的光和热"[2]，而冰心也说他以后会成为诗人。谢为杰的诗受冰心的影响很大，甚至还用"繁星体"表达了对远在海外正在生病的姐姐的思念。

黄昏——
是我最欢喜的时候，
因为落日已经将我的心，
不久要带到
姊姊那里去；
使她在病中的清晨，
凝望曙光，
便知是她弟弟问安的使者。[3]

---

[1] 《冰心自传》，南京：江苏文艺出版社，1995年。
[2] 冰叔：《杂诗》，《晨报副刊》，1924年3月16日。
[3] 冰叔：《感》，《晨报副刊·文学旬刊》，1924年7月11日。

1926年，谢为杰考入燕京大学化学系，这成为他人生的一个重要转折。虽然他仍然热爱文学，还是《燕大月刊》的积极撰稿人，但他慢慢开始喜欢上了化学，能够证明这个变化的是他的同学李保真。1930年，他俩从燕大毕业，李保真给谢为杰写的毕业留言是"我很赞成你这样的努力于化学，但我劝你不要忽略了你艺术上、文学上的发展——不是夸你，你很 artistic and poetic（艺术和诗意）"。[①]

冰心和吴文藻的婚礼留影，后排左一为谢为杰，后排最高者为司徒雷登

在谢为杰在燕大读书期间，冰心从美国归来，与丈夫吴文藻一起于燕大任教。他常常到姐姐家吃饭，有很多文学上的交流。他也经常参与文艺活动，但还是没有走上文学的道路。

谢为杰的志趣发生大的转向，可能跟母亲去世有关，他那"偎倚慈怀的温甜的梦"碎了。他毕业前夕去了塘沽永利工厂实习，期间母亲病

---

① 《燕大年刊》，1930年。

重,但为了不影响他的学业,家人并没有告诉他实情,直到他兴高采烈回到家中,迎接他的却是"惊痛骇疾的惨状"。冰心后来说因为母亲的去世,知道了"我们都是最弱的人"。谢为杰或许也感到了美好的东西是如此脆弱和易失,他深爱的文学和艺术在死亡面前完全不堪一击,只会徒增伤感。因为这件事,冰心非常心痛,称二弟是"可怜的杰"。她说:"过去这一生中这一段慈爱,一段恩情,从此告了结束。"[1]

当然,对谢为杰影响最大的人还是侯德榜。燕大化学系的主任威尔逊带他去永利塘沽工厂实习,因此见到了这位大名鼎鼎的总工程师。他的学士学位和硕士学位论文都是在侯德榜的指导下完成的,硕士学位论文便是研究"盐水之加氨提纯法"。侯德榜非常赏识谢为杰,他毕业后,侯德榜即推荐他到美国威斯康星大学继续攻读化学博士。

侯德榜在美国洽购铔厂的生产技术与设备时,还安排谢为杰同章怀西、侯虞篪、杨运珊等人一起,到美国的几家化工厂实习了两个月。1935年回国后,谢为杰便加入了永利,任南京铔厂硝酸车间主任,一年后升任值班技师。走上化学这条路后,与他一路相伴的是中国最顶尖的化学家、最杰出的化工实业家、最大的也是最好的化工厂。而如果搞文学,谢为杰可能难以超越姐姐的成就。从这个角度讲,他的人生选择或许就是正确的。

在七七事变爆发前几天,谢为杰还带着新婚妻子李文玲去北平看望姐姐,冰心准备送他们一块国货地毯作为礼物,并约好时间去仁立商店挑选。但当时战事已紧,谢为杰怕日军破坏平浦铁路,打算收拾行李马上回南京。无奈之下,冰心只好把他们送到火车站,并把买地毯的钱塞到了李文玲的包里,对谢为杰说:"你的事业在南京,不便在北方逗留。"[2] 其实谢为杰到了南京后也没有待多久,便随永利来到了四

---

[1] 《冰心自传》,南京:江苏文艺出版社,1995年。

[2] 张同义:《谢为杰与谢冰心——访著名作家谢冰心》,天津碱厂编《碱花似雪》,1989年。

川,成为寻找新基地的主要人员。

此时的谢为杰已经成长为一名成熟的化工专家,气质儒雅、沉静,为人和善,正在风华正茂的年龄。他偶尔也会用"谢冰叔"或"冰叔"的名字行事,但名字后面的故事,以及那一段曾经遗落的文学梦却鲜为人知。

1938年5月12日,何熙曾给李烛尘写信反映工作安排情况,信中说:"声达、为杰诸兄来时,即住峨岷体育会。"[①] 说的就是调查队成员将从重庆出发,顺江而上先到泸州,然后集中住在峨岷体育会。在那里,他们将稍作休整后再分头行动,分赴四川各地。这意味着永利新址的调查工作正式拉开序幕。

调查之夏

到了泸州后,调查队对当地适合办厂的地方集中进行了考察。

带队的是刘声达,他面容清癯,下颌留有一撮花白胡须,颇具仙风。他是团队里年龄最大的,当时已经51岁。刘声达是地质勘测方面的专家,曾在上海铁道学堂和唐山路矿学堂专门学习过铁路建设和采矿,后在粤汉铁路上工作多年。1934年,他负责南京永利铔厂土建工程的设计和施工,是建厂的一大功臣。当年他被聘到铔厂时,还成了《海王》旬刊上的一大新闻:"刘皖籍,为侯致本先生幼年同学,服务工程界凡二十余年,经验宏富,耐苦硬干。"[②]

在调查队中还有三位留美博士,谢为杰、张克忠和鲁波。

张克忠和鲁波都是河北人,这年同为35岁。张克忠是出身贫寒且父亲早丧的数学天才,读中学时就在寒暑假补习班授课补贴家用。在

---

① 1938年5月12日,何熙曾致李烛尘信,原件存乐山市五通桥区档案馆。
② 《海王》第7年第4期,1934年10月20日。

南开大学读一年级时,南洋兄弟烟草公司设立简氏奖学金,资助优秀学子赴美深造,张克忠以最小年龄应考,结果摘得头名。1923年他到了美国麻省理工学院学习化学工程,1928年获博士学位,并出版了《扩散原理》一书,后来"扩散原理"被定名为"张氏定理",可谓少年得志。毕业后,张克忠先是回到南开大学任教,后来被外聘到黄海化学工业研究社,参与了永利碱厂的一些科研课题。南京锭厂开建后,他就离开了学校,专职任永利的技师,协助国外专家设计工厂。

鲁波则是毕业于上海交通大学机械系,工作多年后才去国外留学。他1930年在美国梅茵大学学造纸,后到密歇根大学学化学工程。1934年回国,到苏州中元造纸试验所任制造处处长,1936年才加入南京永利锭厂,历任氧化部主任和值班技师。由于鲁波有造纸方面的经验,在永利为嘉乐纸厂生产造纸机的过程中还出过一些力。

谢为杰与鲁波私交甚笃,何熙曾在信中写道:"谢因已到牛、五两处,且愿与鲁波同道,故渠两人今下午赴邓井关,再下泸到叙等处调查。"①

在泸州期间,刘声达带领着众人去了很多地方考察,何熙曾的信中对此有详细的记录。

> 次日及今日已会查:一、本城对河芡草坝;二、沙湾;三、下瓦厂坝;四、罗汉场。第一日兼查洞窝水力电厂,兼及兵工化学厂址等处。以芡草坝为最满意,地高无水患而又不十分高,地基平坦,及硬石不过一二尺,岩石近于六七十度陡壁;河水四季靠船便利,由二三百亩至四五百亩,均可选用。泸城对河,交通极便,治安一切均无问题,此为种种优点。惟倾

---

① 1938年5月17日,何熙曾致李烛尘信,原件存乐山市五通桥区档案馆。

弃渣则须另设法，（弟拟在江中沙滩上筑堤弃之）及河水清凉，不无需地方两点，尚费踌躇耳。今晨查龙透关地，沿川滇公路之地，以及蓝田坝对岸之高瓦窑坝，再及小市（沱江此地名小河）上游之大业坝，并视兵工二十三厂之库房、面具厂及玻璃厂等，除茨草坝外，其他缺点滋多，不堪比较。现查各种运费，以为比较。声达兄约十三日同赴富顺，途中顺视此次送去五样之石灰石，请照顺序详予化验，到自流井与汉瑞兄详洽后，即通往五通桥。作详尽考查，以作比较，备为旭、致两兄选择之用。对泸州印象均佳。为杰兄拟在此候鲁波。熙拟绕至五通桥后，仍沿江返泸。①

泸州茨草坝一角。20世纪50年代后这里陆续建起了各种工厂，旁边即为长江

从信中可以看出，他们对泸州的茨草坝（现称茜草坝）印象颇佳。茨草坝究竟是个什么样的地方呢？它是长江与沱江交汇冲击而成的一个半岛形洲坝，位于长江南岸，与泸州城一江之隔，地势平坦，交通非常便利。从大地理的角度看，泸州是长江上游的交通枢纽城市，有

---

① 1938年5月12日，何熙曾致李烛尘信，原件存乐山市五通桥区档案馆。

优越的航运线，码头林立，上可到宜宾、乐山、成都，下可至重庆、武汉、上海。同时，泸州也是个商贾辐辏的富庶之地，地扼川滇黔三边，有"汉夷门户"之称。当地的农业也较为发达，泸县、纳溪、合江三县为天然的粮仓，乃川南鱼米之乡。茭草坝依靠泸州，三面环水，一面靠山，可以说是占尽了地利。

正是初夏时节，天气炎热，调查人员日夜兼程在各地奔波，格外辛苦。一晃半个月就过去了，白天到现场考察调查，晚上则聚在一起分析研究，但定址这样的大事仍如雾中庐山，不见真面目。"刘、谢、张到泸州共同奔走新碱厂地址已历两星期，无日不考虑种种利害得失。惟因调查步骤及组织未臻完善，故至今尚未能得一较为完满之论据。"①

不过，一些轮廓还是在奔波中逐渐显现了出来。他们的调查主要集中在盐和煤焦的储量、地理条件、交通运输、销售市场等几个关键的方面。举例来说，如果采用新法制碱，每制 1 吨纯碱需 1.6 吨盐和 1.4 吨煤焦，碱的成本基本取决于盐和煤焦的成本。

如果以盐的供应优势而论，自流井盐每吨成本在 20—25 元，五通桥盐的成本在 40—45 元，而泸州不产盐。那么自贡自然是首选，泸州根本就不必考虑。但问题并非这么简单，还得算综合成本。自贡的地理位置偏远，运输成本高，而且几乎没什么碱的销售市场。而泸州在长江之滨，运输条件最好，可以把盐运到泸州制碱，销售也方便；而五通桥既有盐和煤焦，交通也比较便利，附近的乐山还有碱的销售市场。

调查重心逐渐集中到了自贡、五通桥、泸州三地，"目下考虑设厂地点有自井、五通桥一带、泸州城外三处"②。

那么，到底哪一处最好呢？

出人意料的是，之前最被看好的自流井首先被排除掉了。因为此

---

① 1938 年 5 月 23 日，何煕曾致李烛尘、傅冰芝信，原件存乐山市五通桥区档案馆。

② 同上。

地有几个"硬伤"无法解决：首先是缺乏制碱要用的石灰石，如自外运入，每吨至少要增加 5 元的成本；其次是煤炭需求得不到保证，矿区离自贡尚有一定距离，每吨还要增加至少 5 元的运输成本；再次是缺乏各种建筑材料，自流井当时尚属僻远之地，建材运输费甚巨。当然，最为关键的还是市场因素，当地没有工业碱的需求，除了制盐之外其他工业并不发达，产品必须运出去才有销路。所以，调查后得出的结论就是不能落址自贡："即令有相当地点，地方人士能竭诚欢迎，亦不能中选。"①更何况当时久大在自流井正被盐商撺得鸡飞狗跳，当地的保守势力恐难"竭诚欢迎"。

这就剩下五通桥和泸州两地了。众人基于选择不同就形成了两派，何熙曾是拥泸州派，刘声达则是挺五通桥派。

选泸州的认为有利之处有几点：一是交通运输便利。泸州临大江，既能靠泊巨轮，小船也四季可行。此地处于云贵川的咽喉位置，易于交易各方生产原料和补充材料，且产品便于运销。历代皆是盐道枢纽，民国初年的四川盐运使署最早就设在泸州。二是经过勘探发现这里地质条件不错，石层坚硬，地夯平坦，适合建造工业园区。三是工厂可建于泸州城的对岸，与城区仅一江之隔，又自成一体，这跟南京铔厂的地理条件极为相似。在考察地方治安与政治经济状况时，调查人员也感觉良好，认为泸州百姓淳朴、人文气息浓厚。所以在何熙曾看来，泸州近于理想。

挺五通桥的也自有道理：一是附近有丰富的煤炭资源，煤焦比较便宜，每吨在 7 元左右；二是石灰岩矿藏丰富，芭蕉沟一带出产的每吨价格仅 2 元，相当低廉；三是乐山一带可年销碱 4 万—5 万担，约 3000 吨，有一定本土市场；四是五通桥就在岷江边上，水丰时也可通大轮船，英

---

① 1938 年 5 月 23 日，何熙曾致李烛尘、傅冰芝信，原件存乐山市五通桥区档案馆。

国军舰都曾经在此停靠，交通比较便利。唯一的问题就是盐的成本较高，如果这个问题解决了，设厂于此就是顺理成章的事情。

五通桥与泸州两相比较，不难看出两者的明显区别——五通桥是盐价太贵且难增产，泸州的问题是自身不产盐，全靠外地供给。连何熙曾都说："将来发展盐卤减轻成本之希望全无，此为泸州最不利之点，无可讳言。"①

那么，能不能够在五通桥和泸州之间寻求解决之道呢？

有人就出主意，设法将低价盐由泸州运到五通桥，这样一来每吨可降低15元左右的成本，如果以年产1万吨计算，每年可省15万元之多。还有一种办法是将五通桥的盐运到处于两地中间的宜宾，然后与由泸运宜宾之盐交换，每万吨也可省5万元。

但是，这个主意没有考虑到非常大的引岸运销问题。跨地贸易看似简单，实际是打破了销岸界限。盐是专卖产品，只能是从产地直接到民食需求地，不得囤积和倒卖。所以取巧的方式是根本行不通的，它肯定会给铁桶一般的盐业市场带来冲击和混乱，盐务管理机构和盐商绝对不会答应。

二坝之选

各路人马仍在调查途中，很难沟通彼此的情况。何熙曾就在信中表达了这一点："谢（为杰）、鲁（波）两兄往查结果如何，尤盼。"②

调查人员的工作量之大通过他们在路途上的花费，就能窥其一斑。刘声达就曾多次在外申请旅费，以补充差用。"弟出来时亦只支一百元，立早用完。弟等明日动身赴泸州办理测量工作，望速电汇办公费

---

① 1938年5月23日，何熙曾致李烛尘、傅冰芝信，原件存乐山市五通桥区档案馆。
② 1938年5月24日，何熙曾致李烛尘、傅冰芝信，原件存乐山市五通桥区档案馆。

四百元。"①

也就在这段时间里,对五通桥的调查开始深入,由面到点。

5月下旬,刘声达一行来到了老龙坝,经过勘测后对这里大感兴趣。"声达兄对老龙坝已一再查勘,虽无石灰岩即硫铁,但山背后400公尺确有煤盐可用,地磐坚硬,诚堪备用复查也。"②

老龙坝其实就是道士观旁边的一座临江大坝,3月初范旭东到此参观时就对此地心生好感。在3月21日任命傅冰芝、李烛尘、钟履坚等人入川后的新职务时,他就说过"川省为吾国后防重地,尤宜聚全国之力从事经营,公司本此宗旨,现决在自流井、五通桥各建工厂一所"③。

后来在深入的调查中又发现芡草坝也相当不错,这让他们又纠结了起来。傅冰芝等永利的高层管理人员一直密切关注各地反馈的信息,芡草坝的优越条件引人注目,他们似乎更倾心这里。傅冰芝在给何熙曾的信中就谈到了这点:"关于厂址问题,曾与烛兄谈及。目前似尚未新作一结论,大约泸县之成分为多。"④

但就在这时,永利却对外宣称已明确把设厂的地方定为五通桥。这在翁文灏5月17日的日记中就有记录:"徐可亭来谈五通桥碱厂事。"⑤

这不是显得很矛盾吗?其实只是因为前期运作的需要,这在抗战特殊的背景下,对设厂立项、资金筹集、政策支持等方面非常重要。

但刘声达对五通桥非常有信心,是坚定的挺五通桥派。他认为此处有两个地方有开发价值,一是老龙坝,一是西坝。其实这两地相距不远,分别在岷江的左右岸,隔水相望。它们的相同之处都是在坝子上,

---

① 1938年6月3日,刘声达致刘尔毅信,原件存乐山市五通桥区档案馆。
② 1938年5月26日,何熙曾致李烛尘、傅冰芝信,原件存乐山市五通桥区档案馆。
③ 1938年3月21日,范旭东致傅冰芝等人信,永利历史档案资料"日敌侵占前后的措施等卷"。
④ 1938年5月30日,傅冰芝致何熙曾信,原件存乐山市五通桥区档案馆。
⑤ 1938年5月17日,《翁文灏日记》,北京:中华书局,2010年。

宜于建厂，又临河道，交通便利。西坝是千年古镇，宋代时有生产陶器的大窑场，一度非常繁盛。但西坝的地势相对稍低，有遭洪水漫溢之虞。比较而言，刘声达认为老龙坝条件更好：

> 声达兄所勘之地点，即在道士观（因在岩头下，有石穴似灌形，舟行多险，故称为道士灌险滩），地盘高，石坚，尚宽广，弃渣较易，附近有煤矿多处。购地可成片段，上水靠大船小轮，或无问题；下水靠重载则有时或成问题，但比较西坝远胜过之。熙已复勘两次，责成即测量已作比较。并因在此地内打井，可遇煤层，且因岩层系侏罗纪之故，深井有达重卤之希望，于是声达兄大加赏识，其近于偏执之见解，实有深发之价值。①

刘声达看好老龙坝的关键因素是他觉得这里有打出深井的可能。范旭东最想了解的也是五通桥到底能不能提供足量的盐来保证制碱的需求。但从现实情况来看，五通桥并不让他满意。"旭兄来信称盐之量的问题最为紧要，则在目前五通桥盐现不能廉价大量供给，自不能要求之于久大自流井矣。"②

为了判断五通桥的老龙坝与泸州的茭草坝哪一个更具开发前景，他们请来了测量队和钻井队。测量队成员有孙宏恩、梁振德、林漳源、吴云飞等人，钻井队则是由公纪贞、刘光庆带队，两队人马很快齐聚老龙坝，他们将在此开展工作，为调查人员提供数据支持。

那些天中，何熙曾也到了五通桥，住在了竹根滩一个叫"东南美"的旅馆里。这个旅馆就在码头边上，是个鱼龙混杂之所。何熙曾下榻

---

① 1938年6月1日，何熙曾致傅冰芝、李烛尘信，原件存乐山市五通桥区档案馆。
② 1938年5月30日，傅冰芝致何熙曾信，原件存乐山市五通桥区档案馆。

此店后便觉得不妙："'东南美'则嘈杂得很，真无法可想也。"①

其实，何熙曾最早是暂住在五通桥盐务局的职员公寓里，因为他与局长岑李三相熟。但职员公寓在搞装修，多有不便，便只好转到了"东南美"。

这件事正好反映了中国盐业史上的一个大事件——国民政府盐务总局已经从重庆迁到了五通桥。职员公寓其实并不是为当地盐务人员修建的，而是为那些从南京过来的盐务总局高级职员们准备的。重庆遭日军的持续轰炸后，盐务总局便迁到了距离重庆几百里之外的这个小城，五通桥突然之间便成为全国盐务管理中心，堪称"战时盐都"。缪秋杰不久也升任盐务总局的局长，坐上了中国盐务的头把交椅。

何熙曾实际是个很有生活情趣的人，永利同人都知道他有三大爱好：摄影、滑冰和喝酒。1937年2月，他还在北京王府井买了一双冰鞋，准备在天津好好滑几次冰。但到了这个小城，滑冰是绝对无望了，也没有时间和闲心摄影，不知道是否还保留着喝酒的嗜好。

将入仲夏，溽热难安。5月30日，住在旅馆里的何熙曾有些心烦意乱。

他也算是望族出身，祖母是林则徐的外孙女。他1908年就加入了同盟会，曾给孙中山当过贴身警卫。他与范旭东、周作民、李烛尘、傅冰芝、唐汉三、李承干等与永利有关的重要人物都是留日同学，也想在实业救国中做一番事业。在五通桥的两天中，何熙曾接到了傅冰芝和李烛尘的来信，让他深感焦虑。他在回信中写道："关于碱厂设置事，颇费踌躇。"②

何熙曾是学矿出身，对矿产资源尤为关注，他虽是挺芡草坝派，但也看到了老龙坝的优势。"此次出行三日，查确近地之煤炭供给，确

---

① 1938年5月24日，何熙曾致傅冰芝、李烛尘信，原件存乐山市五通桥区档案馆。
② 1938年6月1日，何熙曾致傅冰芝、李烛尘信，原件存乐山市五通桥区档案馆。

属丰富。其价到地当在八元左右,及大后河内石灰岩极多,95%以上者可望在二元左右运到。"① 这段话再次证明了五通桥在煤焦和石灰石方面的优势,而这两种资源对制碱来说是非常重要的。

这天深夜,天空中出现了几道闪电,随即暴雨倾盆而下,持续了几个小时。何熙曾不禁有些发愁,如果江水一涨,行船会不会受影响?而调查人员还没有任何消息,不知散落何处。

第二天何熙曾一早起来便到江边查看,波涛翻滚,水位陡涨了三尺。就在他有些沮丧的时候,却得到一个欣喜的消息:王可大带领六名钻井工人已经坐"民津轮"抵达了竹根滩。次日上午,何熙曾就带着他们去了老龙坝。

何熙曾对这次调查非常重视,他想亲力亲为,全程参与。不仅如此,他还想在测量完老龙坝后,随着这些人坐船去泸州,对茭草坝做同样的测量调查。"因系专次行动,熙决同行照应也。"②

此时,谢为杰和鲁波还在宜宾一带调查石灰岩和硫化铁的矿产情况,暂时没有音讯。

选址形势虽仍然不明朗,但何熙曾还是偏向茭草坝的,他甚至还提出了一个阶段式发展方式,即先在茭草坝小规模建厂,这样可以利用自流井的盐尽快恢复生产,然后在五通桥继续探井寻找黑卤,两不耽误,这样行事会更为稳妥。"将厂址决设在泸州,以较小之规模,快速出货。一面仍进行犍乐一带深井凿造,以为根本之图。"③ 在何熙曾看来,凿造深井少则两三年,多则四五年,永利耗不起那么长的时间。茭草坝虽然没有盐,但可借助自流井的盐快速投入生产,根本不用另起炉灶。

---

① 1938年6月1日,何熙曾致傅冰芝、李烛尘信,原件存乐山市五通桥区档案馆。
② 同上。
③ 同上。

他的这个想法，其实有相当的合理性和可行性，但站在范旭东的角度看就是另一回事了。凭借永利在国内乃至东亚的地位和影响力，不能只看一城一池的得失，更需要一种大局观和远见。如果只是简单地恢复生产，最多只能解决流寓的问题，对抗战的支持、对后方的贡献而言未必有多大。

迫切、焦灼、困顿，迷雾重重，这就是这一时期的永利。

在测量老龙坝的过程中，何熙曾看见有一架飞机从头上飞过，他似乎想到了什么，但突然又感到有些困惑，陷入了一种恍惚的状态中。当天，他在信中写道："道士观及芨草坝两处测量，尚未完毕，似未可即作比较。"①

用上枝条架

从南京逃出的杨春澄很快去了汉口，他本是湖北人，便先回了老家。但随着战事的发展，1938年5月后武汉已岌岌可危，杨春澄颇为焦虑，是留是走，拿不定主意。

最后是何熙曾的一封信把他引到了五通桥。

这件事要从头说起。1930年，出身于五通桥盐商家庭的李从周大学毕业后从成都回到了家乡，继承了家业。当时四川被军阀割据，盐业的"分厂分岸、等差税制"被防区制打破，市场极为动荡，运销困顿。犍乐盐场由于井浅卤淡，在竞争中明显处于劣势，要改变这一现状，就必须开凿深井，汲取浓卤，降低成本。但挖深井也非易事，耗财无数，却未必就有成效，一般盐商不敢轻易尝试。在不挖深井的情况下，是否也有改良办法？确实有，那就是降低煤耗，在熬制和蒸发

---

① 1938年6月1日，何熙曾致傅冰芝、李烛尘信，原件存乐山市五通桥区档案馆。

环节想法子。

1932年，李从周在成都逛书店，无意间看到了一本叫《盐》的小书，当即买下。回到家中仔细研读，发现里面介绍了一种源自德国的枝条架技术，已在欧洲地区得到了普遍应用。这让他眼前一亮，觉得这个新鲜事物完全可以"拿来"。但这个技术具体如何操作，书中却语焉不详，李从周不断琢磨，也无从得其究竟。

1936年初夏，缪秋杰到犍乐盐场视察，承诺在此地也办一个模范制盐厂。不久后他果然请来了曾任北平盐务学校校长的蔡惠臣到五通桥来指导工作，在建厂规划中居然有枝条架一项，此事让五通桥的盐商们欣喜异常，充满期待。但遗憾的是划定了厂址之后，建厂之事却再无任何进展。

正在李从周有些沮丧的时候，他无意中从《大公报》上看到一篇报道，说湖北应城的膏盐生产中采用了枝条架，产能大增，并配有大量图片。原来是当地有一个叫陈英三的人，他经营了一家石膏矿。该矿的石膏层下面附着有一层盐质，当地人称为膏盐。可以先用水将其溶化，再蒸发即可得到盐。陈英三曾经游学德国，学习了先进的制盐技术，还从德国带回了枝条架的设计图纸。他在湖北应城建造了中国第一个枝条架，效果非常不错。

枝条架的作用就是把淡卤变浓，"利用天气好的时候多次翻晒蒸发，成为浓卤"[①]。枝条架分左右两翼，呈人字形。架上设有卤槽，卤水经卤槽孔均匀流在枝条叶上，随重力自然下滴，最后流入架下的卤池中，如此反复滤晒，在风与阳光的作用下，淡卤就成为浓卤。

这篇报道让李从周欣喜万分，他想既然国内已经有了枝条架，何不亲自去探访一次？其实，关注这件事并非李从周一人，当时五通桥

---

① 李从周：《枝条架的发现以及引进使用的回忆》，《五通桥文史资料·第三辑·盐业专辑》。

有个叫吴季虞的盐商从上海回来，也看到了这篇报道，大呼其好。吴季虞跟李从周的认识非常一致：治本需开凿深井，汲取黑卤；治标则需浓缩卤水，节约燃料，枝条架就是一个良方。1938年初夏，两人一拍即合，打算去湖北应城"取经"。但就在这个时候，战争形势急遽恶化，日军大举进攻武汉，现在去湖北风险很大。正在左右为难的时候，他们遇到了正在五通桥搞选址调查的何熙曾。

双方第一次见面是在1938年的6月7日，何熙曾在信中写道："七日晨，由深井公司刘伟仪、颜老井师来邀到牛华溪晏公祠，与吴子春老先生、李从周评议长、吴季虞董事聚谈数小时。"①

这次会见意义非凡，讨论的主要内容是如何改良当地盐业技术，显然他们也听说了久大在自贡办厂的情况，非常羡慕，也想与之合作。"熬盐方面大有集中改良之意，希望汉三、舜卿来办。将来如打深井，可与我方合作。"②

他们谈到了枝条架，以李从周为首的盐商对这项技术的需求非常迫切，何熙曾当即表示愿意出手相助，而且马上想到了杨春澄，他是湖北人，对应城比较熟悉。"希望能介绍条枝法浓缩盐卤，此时熙希杨春澄兄一查，因渠与应城方面素熟，并可以为杨入川之用。"③

在李从周的回忆中也证实了这点。

> 何熙曾先生来访，他听说我谈到使用枝条架浓缩卤水一事，甚表赞同，知道我将作应城之行时，他很热心主动地说："最近我因事讲飞汉口，那里离应城很近，且系旧游之地，届时可顺便前去会晤陈英三，并在那里请一位修建枝条架的技

---

① 1938年6月7日，何熙曾致傅冰芝、李烛尘信，原件存乐山市五通桥区档案馆。
② 同上。
③ 同上。

师前来乐山，此事我可代办。"①

这年8月上旬，何熙曾去了武汉，联系上了一名叫范国材的技师。此人四十岁开外，中等身材，满口应城方言。他在陈英三的石膏矿上已经工作了二十年，专门负责枝条架的搭建和维修，经验丰富。

何熙曾返回五通桥时，就带着杨春澄一起来了。在南京的时候，杨春澄为了联系上何熙曾，足足写了半年的求助信。现在好了，他们终于又走到了一起，而且杨春澄一到四川就有了明确的工作目标，即协助办理枝条架相关事宜。这件事在傅冰芝的信中也得到了印证。有意思的是，傅冰芝对杨春澄这个人颇感兴趣，觉得他在南京守厂的那段经历实在不易，到了五通桥后也应该好好关照：

……杨春澄兄到桥多日，居住何处？其令爱是否入校？念之。杨君住钍厂数月，亲与敌寇周旋耳，闻目见不少惊心动魄之事，暇时可否用语文记出，留作将来史料。②

范国材来后，先在牛华溪万家巷附近修建了一个"全长九丈，架高三丈"③的枝条架。这件开天辟地的事让李从周感到颇为自豪："四川之有枝条架，当以此为嚆矢，其他各个盐场尚无出其前者。"④

后来久大在自流井也建起了枝条架，是何熙曾推荐使用的，他也自豪地说："久大所用'枝条架晒盐法'是我由湖北应城学来的，颇有

---

① 李从周：《枝条架的发现以及引进使用的回忆》，《五通桥文史资料》第三辑·盐业专辑。
② 1938年8月29日，傅冰芝致何熙曾信，原件存乐山市五通桥区档案馆。
③ 同上。
④ 李从周：《枝条架的发现以及引进使用的回忆》，《五通桥文史资料》第三辑·盐业专辑。

实益。"[1]

何熙曾是一个极活跃的人，自己在乐山一带就"办有铁厂、煤矿、井灶"[2]。他与杨春澄有留日同窗之缘，关系不错。杨春澄到五通桥后，何熙曾就让他承包了犍乐盐场的公大灶，着手改造井灶，增产增效。当然，他们也在为永利继续做事，公私两不误。为什么会出现这样的情况呢？何熙曾道出了实情："在川时，永利无事业收入，吃饭都成问题。"[3]

五通桥第一家用上枝条架的是人和灶，但并不是李从周的产业。他当时是乐山盐场的评议长，也就是负责主持公道、裁决纠纷的人，不好第一个受惠。选择人和灶是因为"该灶卤淡，仅波美五度，且卤笕及灶近在咫尺，不增设备即可应用"[4]。但这家井灶的主人有些自私，得到好处后，具体生产数据却秘而不宣。为了公平起见，大家又推选李从周的正泰灶来使用新技术，由专人管理，将每天的气温、风向、湿度、滤晒次数、卤水浓度变化等记录在案，并对外公布。最终结果证明，正泰灶使用枝条架后节省了30%的烟煤，效果显著，这项技术很快就在犍乐一带推广开了。

范国材在五通桥修建了第一个枝条架后，就被久大请到自贡张家坝去了。1939年春，李从周到久大新厂参观，又见到了范国材，邀请他再去五通桥。但后来范国材回了湖北应城，两人再也没有见面，但李从周一直很想念他，"回顾往事，历历如在眼前"[5]。

听说五通桥用上了枝条架，四川各地盐商纷纷前来学习并效仿，成为当时盐业改良的一股新潮流。1939年3月，黄炎培也来到牛华溪

---

① 何熙曾：《"永久团体"杂忆》，《文史资料选辑》第八十辑，1982年。
② 李从周：《枝条架的发现以及引进使用的回忆》，《五通桥文史资料》第三辑·盐业专辑。
③ 何熙曾：《"永久团体"杂忆》，《文史资料选辑》第八十辑，1982年。
④ 李从周：《枝条架的发现以及引进使用的回忆》，《五通桥文史资料》第三辑·盐业专辑。
⑤ 同上。

毛家巷参观，诗兴大发，当即写了一首："忽看十丈飞泉云外飘，无数枝条，恰似茅龙换新毛；行雨行云，暮暮朝朝，似杨枝滴露梢，似灌顶醍醐妙。"

后来由黄海社的鲁波和刘嘉树在四川负责推广枝条架晒盐的技术，《海王》还有"鲁泽普、刘嘉树两先生近在牛华溪试验条枝制盐法，闻结果甚好"[①]这样的报道。1943年，四川省内已经有一百多个枝条架投入了使用，对盐业生产的促进不小，二人还在《黄海》杂志上发表了《枝条架之性能及盐卤浓缩试验》的论文，以求更加科学地应用这项技术。"本社因其轻而易举，确有益于制盐技术之进展，故特从学理方面，加以阐明，期其普及，而宏其效果焉。"[②]

从这件事上也可看出，永利在自己尚未站稳脚跟之前，就在帮助当地盐商提高生产水平了。永利一直崇尚科学，使用科学，科学也是他们在西迁途中的探路灯。

---

① 《海王》第11年第27期，1939年6月10日。

② 鲁波、刘嘉树：《枝条架之性能及盐卤浓缩试验》，《黄海》盐专号第1卷第2期，1943年3月。

第五章 定址

蓝图初绘

就在所有人都把目光聚集在五通桥和泸州这两处的时候，又有一个新的设想被提了出来，即将碱厂设在江津大猫峡白沙沱一带。

这个想法是怎么来的呢？

江津位于重庆西南部，因地处长江要津而得名，是长江上游航运枢纽和物资集散地之一。江津虽不产盐，但它离自贡较近，又地处下游，以当时的运价算，每吨至多加两元成本而已。附近的石灰石资源也比较丰富，且质优价廉，重庆最早的水泥厂就是从这里采购原料；还能从綦江河转运来煤，运距短，价格也比较便宜；交通就更不用说了，成渝之间通有公路，江津距重庆不过几十公里，半日可达，且成渝铁路已在规划之中。

这样看来，江津的条件好像比泸州还好。有人就认为："如果抗战结束可望，吾人事业可早移出川外，则目下将碱厂设在江津大猫峡白沙沱一带，或更易成而更有利。"①

永利选址其实一直很注重交通状况，这在范旭东定下的几条原则中就能明确看出来："选择厂址，必须注重可为华西化工中心之地，且

---

① 1938年6月1日，何熙曾致傅冰芝、李烛尘信，原件存乐山市五通桥区档案馆。

应顾及将来可与西南、西北各省畅通无阻。"①这体现了永利的战略眼光。范旭东把搞工业比作另外一场战争，工业基地的选择应该带有政治、经济甚至军事的战略考量，他说："我们坚决相信，中国放松了工业战，民族是不会复兴的。"②

江津一地的提案，其实就是基于这样的思路，此外，它还有一个内在的地理要求。常言说蜀道难，这是因为四川盆地四周都是崇山峻岭，南北走向的陆路极为难行，让人望而却步；但东西走向的水路交通还是比较便利的，岷江和长江形成了大通道，从成都出发可一舟到海，李白就有"千里江陵一日还"的诗句。过去出川入蜀，水路是重要的交通方式，所以永利有意向设厂的几处均在水路要道上。江津、泸州、宜宾、五通桥都是长江和岷江沿岸的重要城市，它们连起了一条重要的四川水路交通线。盐产极盛区的自流井就没有在这条线上，境内的河流只能行驶小船，因此最早被排除在外。

不过，永利始终有一种认识，即制碱必须要在盐产区，从外地运盐进来加工生产必定会受到制约，早晚要遇到致命的问题。如果从资源利用的角度来选择，江津、泸州、宜宾均该被淘汰，只剩下五通桥一处。五通桥唯一的问题就是卤淡，多产黄卤，而少见黑卤。那么，这种现状能不能得到改变呢？从地质角度来看，还是有存在黑卤的可能，只是没有勘探出来而已。此地仍然有继续开发的希望，只不过需要下大力气去做。因此就出现了积极和消极两种不同的方案：

> 如不顾困难，奋勇坚定做去，则在犍道亦无不可。犍厂盐食咸常在10%以上，纯盐份不过86%左右，虽已不能作制碱原料，但深井之卤或有可望，并且其质亦当不致含咸过多，

---

① 范旭东：《我们初到华西》，《海王》第12年第8—15期（1939年11月30日—1940年2月10日）。
② 同上。

此为一种希冀之事实。

> 如采消极办法，厂设沪、津一带，则省时、省车、省费必多。而采以退为进办法，仍从打井进行，即打井（不限在五通桥一带）成功之时，其收益必可抵制碱之收益，实有过之而无不及。①

这里有个关键的做法就是用打井的方式勘探地质，摸清资源状况，为下一步做准备。倘若打出黑卤，便万事大吉。能不能打出黑卤，基本就成了五通桥能否成为永利最后落址地的最关键之处。如有，皆大欢喜；如无，则前途渺茫。

下面的这段话，颇能代表当时的一种观点：

> 碱厂基地事，关系于深井方面良多。乐犍两处深井，如决在侏罗纪岩中，则竹根滩、老龙坝、西坝方面均或在侏罗纪中，或接近侏罗纪，皆利于打井。所可惜者，此间至今未见有打到黑卤或深井卤事。将来固非打三、四井难言判定实情，究竟有无深井浓卤，实不可必此亟需多方研究者也。②

6月7日，缪秋杰专程到五通桥等候吴稚晖和陈铭枢前来考察，这二人都是国民党大佬，陈铭枢还是十九路军创始人，曾是淞沪抗战的中坚。但此时他们已厌倦了政坛争斗，退隐山林，四处游玩。当然，他们并非真正的闲逸之人，从不辞辛苦专门到五通桥考察一事就能看出些端倪来。缪秋杰这回还有另一件事情要办，那就是帮助永利打井："局方愿出二十万元购机打井，托我方代办打井事。"③

---

① 1938年6月4日，何熙曾致傅冰芝、李烛尘信，原件存乐山市五通桥区档案馆。
② 1938年6月7日，何熙曾致傅冰芝、李烛尘信，原件存乐山市五通桥区档案馆。
③ 同上。

刘声达被委以重任："缪对将来打井，极具热心，屡催我方相地进购，力催声达兄来。"①"请声达兄速飞来商定地点及进行办法。"②

此时，刘声达还在紧张地调查走访之中。他与傅冰芝、李烛尘等人保持着密切联络，而他的每一封重要的信，都被抄寄给了远在香港永利总管理处的范旭东和侯德榜手中。"厂址及打井问题关系重大，今日赶将三、四日刘声达兄信，又五月卅日信，抄寄香港范、侯两公抉择。"③

调查的结果也不断地出来，采集到的精盐样本被送到了重庆进行化学分析，"以便与自流井盐作精密之比较"④。

那些天中，傅冰芝得到了一个好消息，听说五通桥和自流井之间要修公路。如果事成，两大盐区将连在一起，泸州和江津的江上运输优势就会变得不那么重要。但两地毕竟相距一两百公里，以当时国内相对低下的基建水平，要修通这样一条路并非易事。

真正的好消息是侯德榜将到五通桥。"致兄顷由香港经汉飞抵重庆，明日当与缪局长晤谈，定星期六飞嘉定转五通桥。"⑤如今留存的史料中对这件事并无详细的记录，但侯德榜在这时到五通桥可以说是意义重大。

刘声达又去了泸州茭草坝。此时已经进入盛夏7月，但他还要把老龙坝与茭草坝的数据全部测量出来，以便提交永利决策层。那些天他的工作是这样的："八日开始测量，九日可完工，又一二日即可将成果一并寄出，然后在泸候命。"⑥

经过几个月的连续调查，五通桥的综合价值逐渐得到认同，倾向

---

① 1938年6月8日，何熙曾致傅冰芝、李烛尘信，原件存乐山市五通桥区档案馆。
② 1938年6月7日，何熙曾致傅冰芝、李烛尘信，原件存乐山市五通桥区档案馆。
③ 1938年6月6日，傅冰芝致何熙曾信，原件存乐山市五通桥区档案馆。
④ 1938年6月9日，傅冰芝致何熙曾信，原件存乐山市五通桥区档案馆。
⑤ 1938年6月14日，傅冰芝致何熙曾信，原件存乐山市五通桥区档案馆。
⑥ 1938年7月4日，何熙曾致傅冰芝、李烛尘信，原件存乐山市五通桥区档案馆。

于在此设厂的氛围也越来越浓了,侯德榜的到来正说明了这一点。与此同时,人们又发现五通桥不仅是盐区,附近还有煤区,不仅可以利用,还可以大加开发。在何熙曾给出的煤炭资源调查中,有这样的结论:"……犍乐屏荣四县计七区煤产中,以张沟、石麟、黄丹三区为量富资佳,而此三区中尤以张沟、枇杷沟为能多量增产,且位置处于犍为之下,因其生产费廉,故能上销成都,下行至泸。"①

这件事源于6月下旬的一次调查,何熙曾专程去了张沟和枇杷沟一带。"于十九日午在道士观勘厂址时,即趋老龙坝,乘民船廿五里下石板溪,以滑竿行崎岖山路约四十五里,需四小时半,六时半到张沟。"②他在这次行动中有了意外之喜,不仅为永利设厂探得资源,也看到了一个煤区的开发前景。他比较仔细地考察了张沟的煤炭资源分布情况,给傅冰芝和李烛尘提供了一份内容详尽的调查报告,颇具前瞻性地建议永利对此地进行开发。

> 我方来川兴办工业,容易发生燃料问题。自采一矿,非三年以上之时不能见效,而且煤质、地点,均恐未能十分满意。故目前已成而且产量最富地点适当之矿入手,实为事半功倍之举,而张沟、黄丹区之煤,在蜀中首屈一指,毋庸赘述。③

大煤矿的发现,引来了人们的关注。这一年,时任中福煤矿总经理的孙越崎也到了枇杷沟,他敏锐地发现了这里的丰富矿藏,并迅速着手开发。

周边的丰富矿藏,让五通桥一边的砝码又加重了不少。利好信息

---

① 1938年6月21日,何熙曾致傅冰芝、李烛尘信,原件存乐山市五通桥区档案馆。
② 同上。
③ 同上。

不断涌现，这是一件好事。但范旭东并不仅仅看眼下，他更注重长远，想要建设一个大的华西化工中心，而非单纯一家厂，这就同很多人的想法有别。

从范旭东投身实业开始，他就有宏大的抱负，久大、永利、黄海这些中国一流的企业和机构得已陆续出现，跟他的眼光和胸怀是分不开的。他是一个百年难遇的大商人，是具有近代工商业启蒙精神的实业家，单从建厂选址这一点上就能感受到他的大气魄，而他也必然会有大手笔。他的心中正在描绘着一张大蓝图，虽然时隐时现，但却呼之欲出了。

逆行者

1938年6月之后，抗日形势再度发生巨大变化，侵略者的铁蹄已踏入中国腹地，位于华中地区的武汉已岌岌可危。6月21日，翁文灏感到形势严峻，赶紧把家人送往重庆，"家眷乘宝和轮往渝"①。这已经是他第三次搬家了——先是从南京到上海，又从上海到武汉，这次是从武汉到重庆。此等高官的家庭都经历了西迁的种种折磨，更何况平民百姓。

这是抗日战争爆发以来，各种机构西迁武汉一年后再次进行的大迁移。永利也不例外，当时从天津、南京、青岛等地逃出来的人大多都在武汉待着，期待形势转好后可以尽快回到家乡和工厂。但这种侥幸心理被无情的现实击碎。6月之后，日军在芜湖、安庆一带集结了大小兵舰百余艘，准备沿江进逼武汉，形势危急万分。

逃亡中的窘迫情景在永利员工的书信中时有呈现。如7月6日，

---

① 1938年6月21日，《翁文灏日记》，北京：中华书局，2010年。

侯省吾给刘尔毂的信中就写道：

> 船票非常困难，恐在宜不免稍有耽搁处请原谅。文达兄夫人及国良兄夫人七日乘嘉和轮西上，范鸿畴先生之夫人八日乘民元轮大餐间赴渝。文达兄本身尚未买到船票。①

范鸿畴是范旭东的堂弟，时任久大驻汉口的经理，太平时期的生活颇为悠闲自在。《海王》曾调侃道："汉口范鸿畴先生在牯岭，每日必偕其夫人沈粹女士上街一次，游山一次，玩水一次。"②这次他也不得不离开武汉，闲适日子恐怕也一去不复返。

7月12日，日军飞机轰炸武昌，造成600余人死伤，城里一片恐慌。急着逃出武汉的人挤满了大大小小的船只，一票难求。因为帮同人买票，侯省吾被折腾得够呛。他在信中写道："近日同仁过宜购买船票闹得人仰马翻"。③

范旭东的家眷同样要迁往重庆，行李托运也是交由侯省吾办理。手忙脚乱中，连支付运费都一波三折："此次代垫范府行李二十八件水脚，因押运仆役亲称范府并未给付彼等川资，至于渝购票及运行李，均系办事处办理，范府如何嘱托，渠亦不知也。"④

从7月开始，武汉连遭轰炸，城内常常防空警报大作，闹得人心惶惶。翁文灏就在日记中写道："十一、十二、十三等日敌机攻武昌甚烈，蒋及夫人因附近受炸，皆受震惊。"⑤周佛海的日记中也有这样的记

---

① 1938年7月6日，侯省吾致刘尔毂信，原件存乐山市五通桥区档案馆。
② 《海王》第7年第1期，1935年9月20日。
③ 1938年7月15日，侯省吾致刘尔毂信，原件存乐山市五通桥区档案馆。
④ 1938年7月24日，侯省吾致刘尔毂信，原件存乐山市五通桥区档案馆。
⑤ 1938年8月16日，《翁文灏日记》，北京：中华书局，2010年。

录:"蒋先生公馆四周均中弹,险极矣!"①

武汉眼看是守不住了,国民党政府已经做好了放弃武汉的准备,下属各机构纷纷撤出武汉。8月17日,周佛海飞去重庆,途中非常感伤:"武汉八月,宛如一梦,人生别离,本极痛苦,况永别耶!"②从其悲观的态度可看出确实已到至暗时刻。

打算从水路逃亡的人充塞着码头,幸好范旭东与卢作孚的关系甚好,民生公司承诺每艘西驶的轮船都为永利留五张统舱票。即便如此,直到7月31日,刘声达的家眷才登上了去重庆的"民本号"。"昨日民本只设法到六张票:一为湘潭来工人,五为刘声达先生之眷属。此间船票弊端百出。"③

民生公司一直在为永利进行运输工作,图为"民法号"轮船停靠在道士观码头边

就在永利同人纷纷往长江上游逃命的时候,有一人却乘着往下游去的船独自去了武汉,那就是何熙曾。

为什么他会选择在这个时候冒险前往战区呢?这跟他之前的选址

---

① 1938年8月12日,《周佛海日记全编》,北京:中国文联出版社,1998年。
② 同上。
③ 1938年7月31日,侯省吾致刘尔毅信,原件存乐山市五通桥区档案馆。

调查有关。他到张沟和芭蕉沟一带考察后，仿佛看到了一个煤炭的世界、一座近在咫尺的宝藏，心中雀跃不已，这次就为办矿而来。他要采购钢轨车、轨道和相关建材，准备回到犍为县大干一番。这在他给傅冰芝和李烛尘的信中，均有透露。

  目下已陈明旭、致两兄，将张沟、石麟两处一起肩担起来，统筹兼顾做去。全部所需钢轮约百五十部，每部以四轮计，共约六百只小轨，长五公尺，余者约八千根。①

何熙曾一到武汉，就遇到连日大雨，江水猛涨。此时的武汉虽遭日本军机不断骚扰，但并没有影响到他的工作热情。他在信中写道："云山苍苍，江水汤汤，骤雨忽至，凉飚时作，转瞬即届八月。武汉尚属安全，实深感于在天之灵也。"②

他马不停蹄地跑了三处地方：湖北大冶的象鼻山官办铁矿、湘潭的中央国营铁厂和安徽贵池的馒头山煤矿，行程跨越了湖北、湖南、安徽三省，且不得不采取迂回路线，以避开沦陷区和交战区。何熙曾确实是冒了很大的险，但他抱着必须完成采购任务的决心。因为四川的煤矿开采技术和设备水平还非常落后，根本没有这样的钢轨车和轨道。有一段话颇能说明犍为境内的黄丹煤田（张沟、芭蕉沟皆在内）的情况：

  黄丹煤田，蕴藏丰富；夙经开采，墨守土法；工程窳陋，规模狭小；通风排水，纯恃人力；峒未深掘，产量无多；肩挑背负，运输尤难。③

---

① 1938年7月30日，何熙曾致傅冰芝、李烛尘信，原件存乐山市五通桥区档案馆。
② 同上。
③ 《嘉阳煤矿述要》，作于1950年代，作者不详。原件存乐山市档案馆。

黄丹煤田位于大渡河背斜层之南翼，属侏罗纪地层之香溪煤系，煤炭储量极为丰富。要想在这里采矿就得先解决设备和技术问题，然而抗日战争爆发之后，只剩下中原一带尚可采购到这些物资。但这些地方随时都有沦陷的可能，何熙曾只得迎难而上。

但这在三处地方，何熙曾都颗粒无收。后来他打听到了衡阳铁路材料总厂还有物资，便当即决定立刻去衡阳，但他心里仍然惴惴不安："故决于今日夜赴衡阳一行，该处存货尚多，船只能否通畅不无问题。"① 到了之后他发现那里的存货还不足所需，得从其他地方去拼凑、调配。就在他四处奔走采购的时候，突传来黄石港一带被日军轰炸的消息，交通被阻断。"此间因黄石港下游轰炸不已，轮行已极端危险，故所订购小轨道及各机件未必能照数运来。"②

除了道路交通受战争影响外，何熙曾还常常遇到傲慢自私的商人。他在衡阳找到了一家规模颇大的矿业公司，有足量的二手机件可出售，但报价奇高，这让他愤愤不平："居奇心理必致受利物成废物！"③

功夫不负有心人，何熙曾是在衡阳、大冶一带大有收获，买到了不少必需的机件。正感欣慰之时，未料战事又恶化，危及江上运输，有些已经谈成的生意只好放弃。"近来大冶一带之机件因水道不能行驶，故机逐日沿江轰炸，受害者陆续逃来，故已中止矣。"④ 最终他买到了8000余条钢轨、150架轮套，这些物资将陆续起运。

在采购机件的途中，何熙曾得知吴希曾和王德森遇难的消息。这两位地质学家原打算从长沙出发，去湘西筹办煤矿，不料车刚行出八十多公里，就在益阳县境内遭遇了车祸，三人遇难（还有一位名叫

---

① 《嘉阳煤矿述要》，作于1950年代，作者不详。原件存乐山市档案馆。
② 1938年8月4日，何熙曾致傅冰芝、李烛尘信，原件存乐山市五通桥区档案馆。
③ 同上。
④ 1938年8月15日，何熙曾致傅冰芝、李烛尘信，原件存乐山市五通桥区档案馆。

李玉的测绘员)。他们的不幸身亡让何熙曾唏嘘不已,因为这两位同人与他做的是同一件事。翁文灏得知噩耗后,亲笔题写了挽联:"国难在前,尽瘁鞠躬,死而后已,忠勇如君能有几。"①

"忠勇如君"同样也可以用在何熙曾的身上。在大多数人都为身家性命着想、急于迁往大后方的时候,他还在战区奔走,就是为了尽早把四川的矿产资源开发出来。在西迁的流亡大军中,何熙曾就是一个甘冒风险、勇于挑战的逆行者。

8月15日,他从衡阳回到了汉口,本来打算去宜昌再坐船回重庆,但由于战事所迫,只得临时改乘美国道格拉斯公司制造的飞机。他在信中写道:"熙定改为十八日乘大机,偕矿友谢任宏兄来渝,不再改期。"②

两个月之后,武汉沦陷。

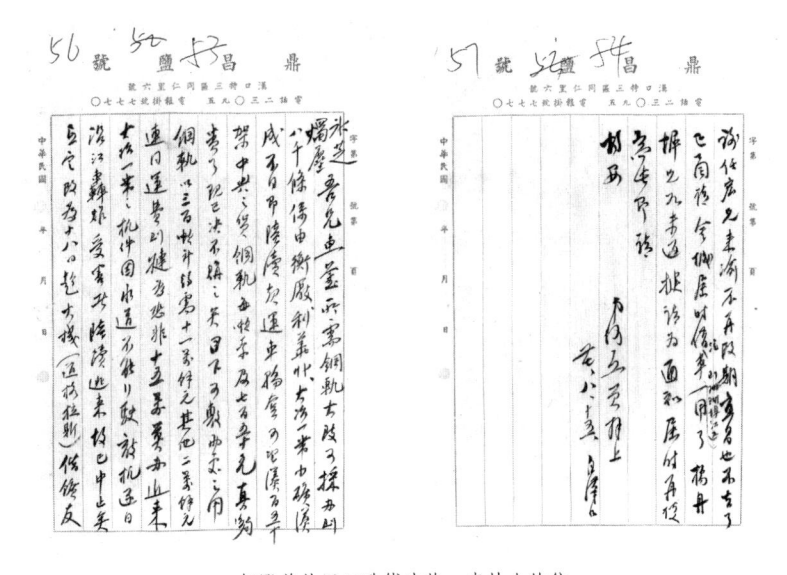

何熙曾从汉口致傅冰芝、李烛尘的信

---

① 1938年8月8日,《翁文灏日记》,北京:中华书局,2010年。
② 1938年8月15日,何熙曾致傅冰芝、李烛尘信,原件存乐山市五通桥区档案馆。

开发嘉阳煤矿

信中提到的谢任宏,便是何熙曾为永利召募来的采矿管理人才。

何熙曾与他相识于二十年前,那时他们同在日本留学。谢任宏考入国立秋田高等矿山专门学校,学习采矿。回国后,谢任宏先后在江苏海州锦屏磷矿、山西大同煤矿和开滦煤矿等处工作,两人一直保持着联系。1926年,何熙曾任江西省萍乡煤矿专员,邀请他到安源通城公司去任采矿工程师,谢任宏欣然答应。但就在煤矿投产前夕,发生了一件不幸的事——谢任宏留在老家常州罗溪镇的儿子因花生米呛入气管,窒息而亡。十五年后他才重又得子,名为谢瑞五。

1931年,也是在何熙曾的推荐下,谢任宏去了正在建设中的湖北大冶利华煤矿,成为一名采矿工程师。在他主管技术的时期,利华得到了迅速发展,从一个小煤窑扩大为煤炭产量居于国内前列的大煤矿。此时的他可谓春风得意,薪水可观,不仅在南京买下了一幢小洋楼,还在家乡买了一座山头,准备以后回去开发。

但就在利华的生意蒸蒸日上的时候,日本发动了侵华战争。1938年7月,日军攻打武汉,利华被迫宣布解散。谢任宏只好将贵重物品装在两口樟木箱中,存放在武汉金城银行,把家眷带到了湖南邵阳躲避战祸。8月18日,何熙曾准备与谢任宏一起飞往重庆,这就有了前文提到的那封信。

但最终谢任宏没有随何熙曾上飞机,因为他要带着家中十多口人一同转移。而他的全家老小直到11月12日才从邵阳抵达长沙,一行人打算坐船去重庆。他们当天正好目睹了震惊中外的"文夕大火"①,在船上都能看见长沙城内的熊熊火光。由于逃亡的队伍拥挤不堪,女儿

---

① 文夕大火,是抗战时期国民政府以"焦土抗战"为名火烧长沙的灾难事件。因当日的电报代日韵目是"文",大火又发生在夜里,所以被称为"文夕大火"。

瑞华一度被挤到了水中。她在惊吓和寒冷中很快就开始发热,因为缺医少药竟转为了肺炎。而谢任宏的妻子本就体弱,一番奔波劳累后在路上便不幸去世,他刚到重庆就得张罗丧事。

谢任宏到四川的目的就是去永利办矿的。但意想不到的是,永利看中的黄丹煤田已被国民政府经济部资源委员会列为"国营矿区",这就不能独立开发了。

此事在翁文灏的日记中也有不少记录,主要集中在11月和12月期间,内容大致包括了三个方面。

一是经济部资源委员会下属的中福公司将开发黄丹煤田。中福公司的总经理是孙越崎,他频频与翁文灏接触,所谈之事都与此有关:11月3日,"孙越崎来谈川西煤矿办法"①;11月19日,"访Bell、孙越崎,又面商川西、湘潭煤矿加股及付息各办法,拟开董事会议决"②。

二是决定成立嘉阳煤矿公司,如:11月23日,"议决组织嘉阳煤矿公司,开采犍为、石麟、阳屏山、黄丹矿区,资本一百万元,湘潭占七成,民生、美丰合占三成"③。

三是厘清嘉阳与永利的关系,双方最后决定"分业合作"。如:12月4日,"孙越崎来谈,与范旭东、何熙曾面谈煤矿与化学事业分业合作原则"④;12月8日,"接见孙越崎(谈嘉阳与永利关系)。晚,宴请范旭东(明日往港)、孙越崎等"⑤。

日记所反映的情况大致就是孙越崎主持下的中福公司将开发黄丹煤田,成立嘉阳煤矿股份公司,而永利最终选择不加入,仍继续从事

---

① 1938年11月3日,《翁文灏日记》,北京:中华书局,2010年。
② 1938年11月19日,《翁文灏日记》,北京:中华书局,2010年。
③ 1938年11月23日,《翁文灏日记》,北京:中华书局,2010年。
④ 1938年12月4日,《翁文灏日记》,北京:中华书局,2010年。
⑤ 1938年12月8日,《翁文灏日记》,北京:中华书局,2010年。

化学工业。

这件事让何熙曾和谢任宏难掩失落,因为他们的本行就是采矿,原本期待在黄丹煤田大显身手,但因为永利退出开发,只得另择他路。

不久后,利华的老板黄师让吩咐谢任宏去石家庄探矿,他便孤身前往,把一大家子人留在了重庆。他离开仅三天,女儿瑞华就因为肺炎不治而夭折了,年仅四岁。在流亡之旅中他竟连连遭遇生离死别,令人唏嘘。

话说回来,翁文灏之所以大力支持中福公司,是因为他同中福公司还有一段非同寻常的缘分。这家公司是中英合资,所开发的焦作中福煤矿在中国排第三,仅次于唐山的开滦煤矿和枣庄的中兴煤矿。该矿原由英国福公司经营,"五卅"运动之后,生产便开始萎缩,继而停产达七年之久。1932年,煤矿的主事人改为中方,但因管理不善,导致工潮不断。为了继续从煤矿获利,英国大使于1934年7月向蒋介石提出"整理矿务"的要求。蒋介石非常看重与英国的关系,想用英国来牵制日本,正好可借此事释放善意。

翁文灏受命整顿中福公司,他首先想到的人就是孙越崎。早在1927年,还是地质调查所所长的翁文灏到东北的穆棱煤矿考察,在那里认识了孙越崎。翁文灏第一次下矿井就是孙越崎带的路,对方给他留下了极佳的印象,他曾在文章中写道:"孙君之一出学校,即入穷山,数载辛勤,卒创大业。"[1]

是年11月,翁文灏带着孙越崎去了焦作,他任总经理,孙越崎任总工程师。两人配合默契,大力推动改革,煤矿的状况很快了有了好转,到1935年年底就实现了产、运、销、盈"四个一百万"的目标。中福煤矿也成了翁文灏的福地,他很快出任行政院秘书长,从此走上仕途,

---

[1] 《孙越崎传》,北京:石油工业出版社,2012年。

而孙越崎也接任中福公司整理专员一职，全面管理中福煤矿。

但好景不长，1937年7月抗日战争全面爆发后，日军对中原地区造成直接威胁，中福公司果断决定迁走。孙越崎不分昼夜，亲自指挥，将总重7000多吨的设备拆卸下来运到了武汉，准备到湘潭去开矿。但很快湘潭也将不保，这批设备只好再运往四川。黄丹煤田成了中福公司的首选目标。

1938年12月17日，翁文灏的日记中记录了嘉阳煤矿董事会成立的消息："举钱昌照、杨公兆、贝安澜、胡石青、刘隧昌、卢作孚、宋师度、康心如为董事，杜扶东、康心之、宁芷邨为监察人。"[①] 嘉阳煤矿股份公司资本总额为120万元，经济部资源委员会占34%的股份，其他的大股东分别是中福公司（占32%），民生公司（占15%）和美丰银行（占12%）。翁文灏出任董事长，孙越崎任总经理。

其中的股份构成和人事安排还颇有些故事可讲。民生公司的加入，完全是时势所造。当时中福公司的设备正积压在武汉等待转运，但光是逃亡的人就将码头堵得水泄不通，加上日军步步紧逼，已是火烧眉毛的形势。卢作孚的民生公司承担了"宜昌大撤退"的主力运输任务，孙越崎就找上了他。卢作孚是务实之人，当即同意设法抢运设备，但也提出了条件，就是与中福一起合办煤矿。自此民生公司就陆续入股天府煤矿和嘉阳煤矿，1946年时卢作孚还担任过天府煤矿股份有限公司（嘉阳煤矿并入其内）的董事长。

此外，以嘉阳煤矿董事长身份出现的宋师度，原是与李劼人一起在成都办报的同事。两人在一间昏暗的编辑室里无意中谈起要改良纸张，接着产生了建机器造纸厂的想法，不久后就筹资办起了嘉乐纸厂。而卢作孚从家乡合川来到成都后，就投奔了李劼人和宋师度所在的报

---

① 1938年12月17日，《翁文灏日记》，北京：中华书局，2010年。

馆。因为李劼人要去法国留学，便把主笔的位置让给了卢作孚。后来卢作孚创办民生公司，宋师度也参与经营，助其成就大业。[1]

不难看出，嘉乐纸厂、民生公司、嘉阳煤矿和永利公司等企业有着千丝万缕的联系，它们的当家人卢作孚、孙越崎、范旭东、李劼人等在创办实业的过程中多有相互扶植的经历。

嘉阳煤矿的董事会一成立，开矿的前期工作便紧锣密鼓展开。孙越崎1938年12月20日从重庆飞抵乐山，当日在五通桥住了一晚，次日就与工程师阎增才到矿场视察。25日，翁文灏也赶到了这里，嘉阳煤矿开发的序幕由此拉开。

嘉阳煤矿的运煤小火车

从1939年2月开始，工人们就在芭蕉沟开凿矿井，当年6月即得两口直井，又修建了一条通往马边河码头的轻便铁路，取名芭马铁路。

---

[1] 参阅龚静染：《李劼人往事：1925—1952》，北京：商务印书馆，2021年。

这段轨道也是何熙曾冒险去湖南一带采购的成果。如今每到春天来临，四周油菜花绽放，金灿灿一片，风景绝佳。满载游人的"嘉阳小火车"就轰隆隆地穿行于青山绿水黄花之间，旧时光与新世界在此出现了奇妙的重叠。

1939 年年底，嘉阳煤矿大获"丰收"，产煤近 8 万吨。"煤由产区运至马庙溪码头，改装山河船，沿马边河下运至南岸沱，再由南朱路运至朱石滩，改用水运。溯岷江而上，运销犍乐盐场及成都市；沿岷江而下，运供宜、泸、渝各地电力、炼钢、酒精、兵工等及轮船公司燃料。"[1] 咫尺之遥的犍乐盐场成了最大的受益者，之后陆续来到五通桥的西迁企业能迅速崛起，也跟嘉阳煤矿的关系至深。

定址五通桥

就在何熙曾四处寻购机件之时，永利选址的事情也渐渐尘埃落定，人马已开始向五通桥转移。刘尔毅在给王子百的信中写道："兄赴桥途中，虽略感不适，然到后即愈。住屋已觅妥，整洁而极为价廉，快慰之至！"[2]

王子百是个有些传奇色彩的人。老家在湖南浏阳，小时候在当地一个农业学校读过几天书，不久就辍学了，据说是跑去参加了革命。后来又听说永利是湖南人办的，便去天津投奔。王子百为人仗义耿直，与三教九流都有来往，是"侠气江湖能竭力"[3] 的性格。当年永利制碱需要大量石灰石，就靠他跟当地的封建把头斡旋，才保证了厂里的原料供应。《海王》旬刊中，曾对此事有过报道："永利唐山办事处王子百

---

[1] 《嘉阳煤矿述要》，作于 1950 年代，作者不详。原件存乐山市档案馆。
[2] 1938 年 8 月 19 日，刘尔毅致王子百信，原件存乐山市五通桥区档案馆。
[3] 《炉边竹枝词·东风集》，《海王》第 20 年第 16 期，1948 年 2 月 20 日。

先生，因采运原料发生麻烦问题，奔走于津沽之间，颇称吃力，幸王先生平日与唐地坤商交谊笃厚，现已获得解决；不过唐山是汉奸浪人杂处之地，平日撑持，至为不易。"① 到五通桥后，王子百继续在书生们不擅长的领域大展身手，如房屋租赁、征地拆迁、原料采购等，都是他在张罗。据说他最喜欢念的是张问陶"尘劳便是神仙药"这句诗，意在用尘世辛苦来修三生慧业。

碱厂定址五通桥老龙坝几乎已成定局，从 1938 年 8 月开始，征地工作陆续展开。刘尔毅给王子百的信中就透露了些许购地的情况："购地因最近较有办法，所望一切顺利，俾能早日成功也。"② 黄汉瑞也从重庆到了五通桥，他就是为征地而来："道士观购地事，黄君汉瑞莅桥，谅以积热前行，汉瑞顷因有车须赴蓉接洽，顷已带病起行，不日当可转桥。"③

进入 9 月后，天气开始转凉，谢为杰仍然在奔走调查。途中还不慎丢失了一只气压计，只得委托何熙曾到重庆代购。这时日本军机对重庆的轰炸越来越凶，谢为杰心里极为担忧，让妻子李文玲在 10 月就来五通桥居住，同时将此事告知刘尔毅："现因敝眷属已迁五通桥，鄙人则因公在外，故请将月俸自十一月起寄五通桥为荷。"④

建造南京铔厂时随侯德榜一同赴美设计图纸、采购设备的杨运珊也到了五通桥，寄住在了一户张姓人家的家里。打井对老龙坝的地层勘探至关重要，此项工作便由他负责。"一俟打井工作开始，当即搬至道士观，便于工作也。"⑤ 而钻井机正是永利从中福公司租借来的。

---

① 《海王》第 7 年第 1 期，1935 年 9 月 20 日。
② 1938 年 9 月 13 日，刘尔毅致王子百信，原件存乐山市五通桥区档案馆。
③ 1938 年 9 月 7 日，傅冰芝致何熙曾信，原件存乐山市五通桥区档案馆。
④ 1938 年 11 月 3 日，谢为杰致刘尔毅信，原件存乐山市五通桥区档案馆。
⑤ 1938 年 10 月 6 日，杨运珊致刘尔毅信，原件存乐山市五通桥区档案馆。

兵马未动,粮草先行。所有的迹象表明,前期的设厂准备工作已经开始了。

10月11日,范旭东现身五通桥,意味着即将要正式宣布永利碱厂落址此地。"旭兄于十一日下午到嘉定,即晚到五通桥。十二日视察老龙坝厂址,下午与大家谈话。"①

新厂的定址经过了数十人几个月的深入调查,是极为慎重的选择。范旭东对此有过具体的分析:

> 到初秋选定了犍为、叙府、泸州三处做最后的比较。因为食盐是我们必需原料之一,产地是有限制的,运往别处应用,在中国现行盐制下,也有许多不方便。犍为一带是产盐区,此外的条件也不比其余两处差很多,因此决定在犍为县属之道士观地方,圈购厂址,在这里奠定华西的化工中心。二十八年三月一日,公司特废去道士观旧名,改称新塘沽,纪念中国基本化工的摇篮地。新塘沽在岷江东岸,附近食盐、烟煤、磺铁、灰石、耐火土料等等,都有出产。据地质学家调查,甚至煤气、石油,尽有发现的可能,堪称齐备。产量现在还不能确定,要再勘测,但比在别处,多少已有把握。这一带江水深湛,地势宽敞,上距嘉定二十余公里,下至叙府二百余公里,直达长江……利用岷江,可与成渝、叙昆两路直接联系,将来货品转运西南西北各省,亦甚便利,与我们选择厂址之原则,极相符合。②

---

① 1938年10月14日,何熙曾致傅冰芝、李烛尘信,原件存乐山市五通桥区档案馆。
② 范旭东:《我们初到华西》,《海王》第12年第8—15期(1939年11月30日—1940年2月10日)。

老龙坝本是江边荒地,永利一来,就意味着它将发生翻天覆地的变化。

范旭东刚走没几天,一纸函文就发到了老龙坝所在的犍为县金粟镇联保办公处,函中要求该机构协助拆迁厂基内的坟茔,以利建设:

> 查本公司划定厂基地段,兴工在即,所有测绘区内之坟墓,亟应迁移。贵联保办公处前经奉令协助,应请代为从速办理,以利工程进行。至于迁坟费用,请参照军事委员会、经济委员会在湘省所办铁厂前例,有主坟每冢给迁移费六元,无主坟另迁荒地掩埋……①

新厂选址已定,永利公司内部随即做出了相应调整,首先就是将驻渝办事处改称为华西办事处。这一名称的改变,实际是范旭东建设"华西化工中心"的一个反映。

华西办事处成立后,除铁工厂的工人和有专务需在重庆办理的之外,其余人员必须在1938年12月底前全部迁往五通桥。铁工厂暂留重庆是因为此时正是枯水季节,设备航运不便,等来年涨水后再迁移。目前已不再接受新的外来业务,专心为现有的工作收尾。

人事方面,傅冰芝专任永利川厂代理厂长;范鸿畴任华西办事处主任,黄汉瑞任副主任;杨运珊任工厂运输主任,曹青萍、王子百、侯省吾为运输员;李滋敏任驻桥办事处主任。后来也有一些变动,如对当地风土人情更为熟悉的王公瑾换掉了李滋敏,曹青萍则专门负责道士观码头的修建。这两人一个是李劼人的表弟,一个是表妹夫,曹青萍的妹妹还嫁给了王公瑾。李滋敏虽然能干,善于搞公共关系,但毕竟不

---

① 1938年10月17日,永利致犍为县金粟镇联保办公处函,原件存乐山市五通桥区档案馆。

通川人土语，交流很成问题，后来他改任永利川厂事务部长，主要负责工厂的建设。

值得一说的是杨运珊。这个长沙小伙子如今已经36岁，仍然没有成婚，而实际上他心中已有人选，那就是他借住的张姓人家的小姐。他同张小姐朝夕相处，日久生情，但因为年龄差距较大，迟迟不敢提亲。杨运珊只得给刘尔毂写信求助："张小姐已去成都入学，伊对弟之态度仍然不即不离。弟因国难期间，且因彼之年龄太轻，终不敢积极进行，拟待来年再行决定。倘真能成为事实或须请吾兄为介绍人，兄能允许否？"①刘尔毂很乐意当"红娘"，回信道："弟所渴望者，有情人早成眷属耳。"②他还在"早"字下面加了三个圈，意在提醒对方应该再主动一点儿，不要错过良缘。

在考虑人生大事的同时，杨运珊也在为家乡担忧："敌人铁蹄已踏进吾人之家乡，而吾人尚住此安乐地，真不知一般亲朋戚族如何慌恐，至为系念。"③刘尔毂也回信表达了自己的忧虑："长沙城已成焦土，能保几日诚不知，乡间能否得矣无恙，至深焦念。弟久未接家信，郁闷异常！"④家仇国恨与压抑在心中的爱情交织在了一起，成了大时代与个人命运纠缠而难以解开的结。

西迁到五通桥的永利人，大多来自异乡，他们到四川后面临着一个适应过程，当然也有不少新奇的感受。如：

此间纸烟极贵，最好在叙府或重庆采办携来，可省几文也。⑤

---

① 1938年10月25日，杨运珊致刘尔毂信，原件存乐山市五通桥区档案馆。
② 1938年11月17日，刘尔毂致杨运珊信，原件存乐山市五通桥区档案馆。
③ 1938年11月22日，杨运珊致刘尔毂信，原件存乐山市五通桥区档案馆。
④ 1938年11月17日，刘尔毂致杨运珊信，原件存乐山市五通桥区档案馆。
⑤ 1939年1月2日，杨运珊致刘尔毂信，原件存乐山市五通桥区档案馆。

此间潮爽且冷，求拥重衾。①

此间空气较佳，精神亦愉快多矣。顷有一种梨子，与天津雅梨相等，如自求兄常购上稍许，惟不知时间许可否。②

来自东南西北的人会聚到了川南的这个小城，他们必须要融入"此间"，从气候、水土、饮食、风俗等开始，适应新的生活。既有陌生和担忧，也有发现和欣喜，更多的是刚刚流寓于此的不适。

新厂甫建，永利自然做了一番总动员："局势万难，吾人虽拼命前进，尚虞不够，万一松懈，必至毫无结果，故无论为国家、为自己，目前已是最后关头。"③这样的字句，实有一层悲壮的底色。

值得一说的是，之前极具竞争力的泸州苋草坝虽然失去了永利入驻的缘分，但这块开阔的风水宝地并没有因此沉寂，而是被大大地利用了起来。在20世纪五六十年代开展的三线建设中，长江挖掘机厂（由抚顺挖掘机厂迁来）、长江起重机厂（由北京起重机厂迁来）和长江液压件厂这三家型机械企业相继落址苋草坝，泸州成了全国九大工程机械生产基地之一。如今，在长江沿岸城市中，泸州的工程机械生产规模仅次于上海，苋草坝实为工业重地。当年永利曾经隐隐约约勾画过的蓝图，竟在多年之后变为现实。

---

① 1938年10月17日，何熙曾致傅冰芝、李烛尘信，原件存乐山市五通桥区档案馆。
② 1939年10月30日，周孟庵致刘尔毂信，原件存乐山市五通桥区档案馆。
③ 1938年12月12日，永利调动人事函，永利历史档案资料"自抗战至解放人事组织等情况文件卷"。

翁文灏考察记

就在永利川厂和嘉阳煤矿落址犍为县的时候，资源委员会也决定在五通桥设立一座火力发电厂，这是抗日战争爆发后第一个落户四川的大型电力项目。一时之间，这里的经济战略地位陡然提升，已成抗战中工业建设极为活跃的地区之一。身为经济部长的翁文灏自然也想到这一带考察一番。

1938年12月23日，翁文灏带着林继庸和黄汲清从重庆动身，于次日到达乐山。当晚，他住进了乐安旅社，晚餐时就与时任四川省第五区行政督察专员的陈炳光谈起了嘉阳煤矿的事情，当时在场的还有孙越崎。

第二天一早，翁文灏专程去参观了嘉乐纸厂，他见到了经理陈子光，但并没有见到董事长李劼人和厂长王怀仲。此时该厂每天仅能出纸1吨，不过他也了解到纸厂已准备扩大生产规模，将来"每日能制四吨，明年五月间可成"[①]。他的这次考察在嘉乐纸厂"大变身"之前，王怀仲专程到永利铁工厂订购的造纸机正在制造之中。翁文灏见证了四川最早的这家机器造纸厂的蜕变，但次年5月就发生了意想不到的事情，这是后话。

当天下午，翁文灏就去了五通桥，晚上住在了五通桥盐务管理局局长岑立三的家中。岑立三的祖父岑春煊可是清朝晚期和民国初期的风云人物，与袁世凯齐名，有"南岑北袁"之称。岑春煊当过四川总督、两广总督、邮传大臣，还在八国联军入侵时护送慈禧太后和光绪皇帝逃到西安，立下"勤王"之功。岑春煊的父亲岑毓英也是厉害角色，曾经做过云贵总督。与祖辈相比，岑立三的官就小得多了。但是此时

[①] 1938年12月25日，《翁文灏日记》，北京：中华书局，2010年。

的五通桥风云际会,他这个小小盐官也参与了中国盐业的大变革。当夜,翁文灏与岑立三聊天儿,了解到五通桥犍乐两盐场每月能生产10万担盐,要用到15万吨煤,这对嘉阳煤矿而言是巨大的销售市场。

次日岑立三陪翁文灏去盐场,一路沿着茫溪河走到金山寺,参观了广益灶,"有三十六锅,每批十八锅,轮流熬盐。每锅熬二日,可得巴盐四百至五百斤"[①]。盐灶里的景象颇为壮观:锅下大火熊熊,锅上热气腾腾;盐工赤裸上身,忙得满头大汗;18口锅同时熬盐,昼夜不息。之后,翁文灏又兴致勃勃走了十里山路,到了顺河街,参观了通海井、福裕井、裕元井,作为一个地质学家,他对这方面的信息很敏感,在当天的日记中写道:"盐水皆来自侏罗纪地层。"[②]

一天走了足有三十里,其间翻山越岭,十分辛苦。翁文灏虽然是地质工作者出身,但毕竟是五十岁的人了,第二天就感觉有些疲劳,去七里外的道士观的时候便乘了滑竿,这也是当时交通情况的一个反映。

陪他去道士观的是王公瑾,这是个办事利落的人,"导观永利化学工厂地址,平地约七百亩,山坡约五百亩,正平地,并已修码头"[③]。此时仍处于建设初期,还在平整场地,每天有几千人在此挖土凿石,人声鼎沸,颇为壮观。通往码头的道路最先修好,以便运送物资。当时五通桥城区到道士观还没有通公路,全是山间小道,坐船反而是主要的交通方式。

参观完道士观工程建设,翁文灏又在蔡昌年的陪同下,去视察了即将兴建岷江电厂的地块。岷江电厂项目由经济部资源委员会牵头,蔡昌年是岷江电厂筹备处的工程师,任务就是要落实建厂地址。他在岷江电厂干了整整八年,一直到1945年才离开。

[①] 1938年12月26日,《翁文灏日记》,北京:中华书局,2010年。

[②] 同上。

[③] 1938年12月27日,《翁文灏日记》,北京:中华书局,2010年。

这座电厂的命运也颇为曲折。原本是打算在湖南株洲建设湘江电厂的，电力设备都购置好了，但因为战争的影响，只好迁到四川，这才有了岷江电厂。建设过程中也是困难重重，时任经济部资源委员会副主任委员的钱昌照回忆道："该厂自己安装发电机，这在当时是难事。所用发电机是和中央机器厂共同设计合作制造的，也是中国第一台国产成套发电装置。"①

岷江电厂筹备处的主任是鲍国宝，他毕业于美国康奈尔大学，曾当过南京首都电厂的厂长，是中国当时非常权威的电力专家，参与建设过多家四川省内电厂。2010年初夏，鲍国宝的女儿、著名钢琴家鲍蕙荞回到五通桥探访她的出生地，岷江电厂的金粟发电所就是她父亲曾经工作过的地方。当时，整个电厂正在拆迁，一片狼藉。鲍蕙荞在一幢尚未拆掉的车间前流连忘返，后来她捡到了一块发电设备上的钢质标牌，把它带回了北京作为纪念。

岷江电厂正在拆迁的厂房一角

① 《钱昌照回忆录》，北京：东方出版社，2011年。

岷江电厂与永利川厂相隔仅二三里，同属金粟镇联保公所管辖。翁文灏前往此地考察时，岷江电厂筹备处的工作已经开展起来了。几天之后，经济部资源委员会的公函就到了四川省政府："兹派该队队长陈祖东、副队长蒋贵元带函前来，即希查照接洽协助保护。"[①] 他们很快选好了地，准备买下来兴建厂房。没过几天新的训令便随之而至："岷江电厂筹备处现在五通桥增设发电厂，已在小道士观勘定厂址共约面积一百二十亩。"[②]

岷江电厂与永利同处一地，有相互依托和合作的关系。这一片沉寂多年的偏僻之地，突然间来了两个大的工业项目，五通桥道士观在大后方工业建设中显得格外引人注目。

看完岷江电厂的厂地，翁文灏就到不远处的江边坐船，去了石板溪，当晚下榻张沟。第二天一早，他到了芭蕉沟嘉阳煤矿考察，盘桓了近三天，对当地的地质状况、地形条件、交通运输等方面有了比较深入的了解。考察结束后，翁文灏去了成都，然后与黄汲清、林继庸一同返回重庆，孙越崎独自回矿区。这一天正好是1939年的元旦。

在这次考察旅行中，翁文灏去的每一处都是乐山最重要的工业机构——嘉乐纸厂、永利川厂、岷江电厂、嘉阳煤矿，它们堪称是当地新兴工业的代表，彼此之间也构成了一张关系网：岷江电厂需要嘉阳煤矿的煤来发电，嘉乐纸厂需要永利的碱来造纸，而永利川厂与嘉阳煤矿是分业合作发展。

且说孙越崎与翁文灏分手后回到犍为清水溪时已经是晚上10点，但他没有休息，而是当即召集员工开会，会议一直开到了半夜12点。接下来便开始建煤矿，修铁路，订木船，将施工材料运进矿区，各项

---

① 1939年1月4日，国民政府经济部资源委员会资渝电字第二九一七号公函，原件存乐山市档案馆。

② 1939年1月4日，四川省第五区行政督察专员公署致犍为县政府训令，原件存乐山市档案馆。

工作均在紧锣密鼓地进行。不过后面却发生了一连串糟心的事情。

2月21日晚上，突然传来消息称有30多名匪徒在石板溪出没，一时人心惶惶。幸好壮丁队和矿警及时赶到，才解了围。

24日，测量员窦国钧突发疾病去世，据说是水土不服引起的。他来自中福煤矿，家在外省，高堂均已逾八十高龄，令人唏嘘不已。

3月7日黄昏，又闻土匪出动，这次人数众多，聚集在附近一座山头上，准备洗劫马庙溪。第二天晚上，四面枪声骤起，嘉阳煤矿的员工再度紧张起来。因怕流弹伤人，矿长只好率领工人躲在一处石壁下，半夜才返回。

到了7月，清水溪一带突然爆发霍乱疫情，矿区内数人因此毙命。

7月中旬突降大雨，洪灾又至。清水溪水位一日之内猛涨15米，房屋、器具、树木、人畜尸体自上游冲下，景象惨不忍睹。虽尽力抢险，但煤矿里面的材料和铁轨均有毁损。

8月29日，大雨又倾盆而下，雷电竟然将矿区烟囱拦腰劈倒，铁路基座也多处受损。[1]

建设中的嘉阳煤矿不断为匪患、瘟疫、洪水以及各种意外事件所扰，那么，永利的情况会好些吗？

两千万贷款

> 日昨承国防最高会议核准公司复兴方案，在四川犍为县属，创设硫酸铔及炼焦两厂。所需资本贰仟万元允由政府商请中（中央银行）中（中国银行）交（交通银行）农（农业银行）

---

[1] 参阅《嘉阳煤矿办事处大事记》（1939年元月至1940年3月），原件存乐山市档案馆。

及其他银行投资,在创办期中,并为垫息保本……①

1939年2月28日,李烛夫给债银团和股东发去了上面的这封公函,告知各方2000万元的复兴贷款终于尘埃落定。这是西迁四川以来,永利得到的最大喜讯。

虽然从天津、南京、青岛等地的工厂抢运回了部分机件,但数量极为有限,为重启生产,仍需另外采购,而且上千员工和家眷的生活开销也是沉重的负担。工厂已近20个月没有产出,天天都在消耗,目前资金周转已极为艰难。虽然政府曾拨付了140万元资助金,但光是久大在自流井建厂就花去了100多万。可以说,在狭路求生之中,这2000万元给永利带到了柳暗花明的境地。

那么这2000万元是怎么来的呢?

1938年3月,永利给经济部提交了一份计划书,拟在四川建设一座日产100吨的碱厂,分三年完成,总投资500万元。另外还打算建设一座铔厂,包括合成安摩尼亚厂、炼磺厂、硫酸厂、硝酸厂等9个分厂,总投资1000万元。另外,"在内地设厂,运费奇昂,照目前情形,运达内地,将近占机器值价百分之二十,约需一百万元。保险及关税乃至新兴之转口税亦占一绝大数目,约需三十万元"②。也就是说,建碱厂和铔厂大概需要1650万元。

这个计划是以五通桥道士观为建厂基地来进行设计的:"五通桥产盐目前已有相当地位,以其地濒岷江之故,前途比自流井旧产区更多

---

① 1939年2月28日,李烛夫致永利公司债银团公函,永利历史档案资料"银团承募永利债两千万元卷"。
② 1938年3月23日,范旭东:《遵示拟具恢复碱铔两厂计划呈经济部资源委员会文》,天津渤化股份有限公司编《范旭东文稿》,2014年。

希望，故敝公司决在此设立碱厂。"① 其实做计划时永利还没有真正下定决心，先把五通桥摆出来，其实还是为了筹措资金。

永利最早打算是请国民政府拨付 300 万元资助金，再自筹 200 万元。政府在这年 6 月之前已经分两次拨付了 140 万元（一次 40 万元，一次 100 万元），尚余 160 万元未付。11 月时，范旭东就恳请国民政府财政部续拨剩余资助金。这笔钱主要用于购买德国 Eahn 公司的小规模碱厂的设计特许权以及从美国订购和运输机器设备，此外购地、整理地基、建造厂房、自制大型特殊设备等都要花钱。

早在 1938 年 4 月，永利就在香港与德方代表接洽，侯德榜又于 8 月亲自去德国谈，"俾能剋日完成，庶务延旷，再生波折"②。在尚看不到任何前景的时候，永利就已经实实在在地执行复兴计划，设计新厂图纸、采购机器的工作早已开始了。

永利不仅要在五通桥建碱厂，还要建铔厂，但 500 万元远远不够，怎么办呢？12 月 2 日，范旭东去找翁文灏，两人一起到财政部长孔祥熙的家里，"孔宅午餐，与范旭东讨论以二千万元创办基本（化学）工业办法"③。在永利企业大事记中，并没有关于这一天的任何记载，幸好翁文灏在日记里留下了这个细节。实际上，在前一天，翁文灏就去找过孔祥熙，为永利说好话。"以胡适之电送孔阅，并谈英法各事；又谈范旭东化学工业事应急办。"④

那些天中，范旭东与翁文灏来往频繁，皆为永利事。

---

① 1938 年 3 月 23 日，范旭东：《遵示拟具恢复碱铔两厂计划呈经济部资源委员会文》，天津渤化股份有限公司编《范旭东文稿》，2014 年。
② 1938 年 11 月 16 日，范旭东：《呈报川厂工程进行情形恳咨财政部续拨资金呈经济部文》，天津渤化股份有限公司编《范旭东文稿》，2014 年。
③ 1938 年 12 月 2 日，《翁文灏日记》，北京：中华书局，2010 年。
④ 1938 年 12 月 1 日，《翁文灏日记》，北京：中华书局，2010 年。

12月4日：翁文灏与范旭东谈嘉阳煤矿与永利的分业合作。

12月5日："范旭东来访，谈基本化学工业，盼有一银团投资，委托永利公司办理，款项由政府担保。"①

12月6日："上午见孔，面商范旭东所拟办理化学工业方法。"②

12月8日："接见范旭东（不愿与德 Eahn Co. 合作）。晚，宴请范旭东（明日往港）、孙越崎等。"③

范旭东的办事效率很高，从12月2日到12月8日这7天时间中，有5天都与翁文灏见了面，所谈之事无非都围绕着永利，而最为主要的就是申请2000万元的贷款。12月9日，他似乎把事情谈得差不多了，便飞回了香港。

次日，财政部专门委员会主持召开联会。会议由时任"四行"联合办事处秘书长徐堪主持，他实际是孔祥熙的助手。会议讨论了范旭东提出的在四川设立基本化学工业案，得出了两个结果："（一）应速进行；（二）由财、经二部商由银行（四行及其他银行）投资，由政府保证。"④这也就是说，永利贷款的事情已经得到了高层经济智囊团的支持，而这正是范旭东想要的结果。

这天，翁文灏的心情似乎也颇为轻松，与一位叫徐景薇的小姐一起吃了顿苏州菜。

3个多月后的1939年2月底，国防最高会议核准了永利的复兴方

---

① 1938年12月5日，《翁文灏日记》，北京：中华书局，2010年。
② 1938年12月6日，《翁文灏日记》，北京：中华书局，2010年。
③ 1938年12月8日，《翁文灏日记》，北京：中华书局，2010年。
④ 1938年12月10日，《翁文灏日记》，北京：中华书局，2010年。

案，2000万元贷款终于落实了。3月3日，翁文灏以经济部长的名义正式通知永利，称永利公司兴办基本化学工业一案已经在参政会第二次大会上通过，接下来行政院、财政部、经济部将会协同办理此事，"关于向银行借款一节现已由部函请中央、中国、交通、农业四行联合办事处转知四行会同洽办"①。

第二天下午，各大银行的代表就在金城银行举行了一次会议，周作民、程慕灏、赵叔馨、章午云、赵淼生、周继云等金融界大佬纷纷到场。众人一致支持永利的贷款投资计划，接下来将与永利详谈具体洽办方式。这个效率不能说不高。2000万元贷款落实的消息传到永利内部后，上下欢呼雀跃，士气为之一振。这在刘尔毅给杨运珊的信中反映得尤为突出："旭公在参政会所提为复兴化学工业应由政府拨借两千万元一案，当已议决通过。中国不止，永利不死。"②

贷款斡旋过程虽然有一年之久，幸得各界支持，也算是相当顺利。但这笔庞大的钱款毕竟是贷给了一家民营公司，政府并不满足于仅仅充当担保的角色。财政部就认为："此项重工业关系国防，并经国防最高会议议决饬办，自以官商合办，由政府代为筹款或投资，并由政府负责主持较为合理。"③而范旭东则坚持"或国营或民营，但决不可官商合办"④。

范旭东之所以不愿意官商合办，这是有深层原因的。早在永利碱厂创办之初，就与官方有很多纠缠，其间辛苦备尝，这使他们觉得"政府办事往往朝令夕更"⑤，不胜头疼。这次范旭东比较委婉地进行了回应：

---

① 1939年3月3日，经济部致永利公司通知，永利历史档案资料"请购外汇卷"。
② 1938年11月17日，刘尔毅致杨运珊信，原件存乐山市五通桥区档案馆。
③ 1939年8月11日，财政部致永利公司函，永利历史档案资料"银团承募永利公司债两千万元卷"。
④ 1938年12月2日，《翁文灏日记》，北京：中华书局，2010年。
⑤ 1918年6月24日，浦渠致范旭东信，永利历史档案资料"筹办碱厂函卷"。

> 举办重工业，头绪纷繁，在工程进行中途，人事物质之调度，辄有出乎意料之波折。鄙意在一般工业智识尚不甚高、判断力尚不甚精确时期，组织务须尽力简单，令出惟行，庶可减少无谓纠纷，徒乱人意，故官商合办之局，辄不敢轻于赞同。①

在范旭东看来，永利从事的化学工业在国际上都属高精项目，对中国的工业发展而言更是举足轻重。其管理工作非一般人所能胜任，必须由内行掌握，如果多了行政上的层层审批，加入长官意志，必然会增加人事、程序和管理上的种种不便与弊端。

除政府之外，永利还有另一个难缠的合作方，即曾经为永利铔厂投资的债银团。当年永利为了建设南京铔厂，自外募集了不少资金，未想工厂刚刚投产不久就被日军占领，血本无归。这次永利不辞万难、奔走呼吁，终得政府的支持，但四大银行在放贷前就提出了一个问题：之前永利的债务如何偿还？

债银团其实很清楚，沦陷的资产已无可挽回，但2000万元贷款足以让永利活过来，它投入生产后便可盈利。所以债银团提出了一个在盈余项下用十分之三来偿还旧债的办法，这样比战争结束后等到南京工厂恢复生产要现实得多。所以，债银团从大局出发，也赞同银行向永利借款，如此一来就打消了银行的顾虑。

1939年12月30日，永利终于与中央、中国、交通、农业四大银行签署了贷款协议。贷款分三年拨付，第一年给600万元；第二年给800万元；第三年给600万元。年利息8厘，每半年结算一次。前三年

---

① 1939年9月1日，范旭东致孔祥熙函，永利历史档案资料"银团承募永利公司债两千万元卷"。

有财政部保息代为支付,从第四年起由永利偿还,到第十三年需全部偿清。为了保证这笔钱合理收支,四大银行将各派一名稽核员驻川厂。

不久之后,侯德榜即携 6 万美元到美国去进行工厂设计,范旭东也随之前往。财政部又给永利拨付了 96 万美元,前期总共 100 万美元到账。海外运作资金有了保障,永利川厂的建设开始加速。

第六章　生存

荒庙来客

永利定址五通桥道士观后，首先要办的事是购买土地。

最早的购地函文出现在1938年8月，范旭东先是将其呈报给最高政府机构，迅速得到了回应。这个操作是与争取2000万元贷款同步的，他一面运作贷款，一面着手建厂。8月15日，四川省政府接到了来自军事委员会委员长重庆行营的训令，当即将函中要义传达给犍为县政府：

> 据永利化学工业公司总经理范锐呈称：窃公司遵令复兴碱厂，业在四川省犍为县属五通桥附近道士观地方，勘定厂址，不日兴工建筑，以冀早日完成，增加后方生产。关于治安、购置、运输、建造上一切事项，所需指导协助之处必多，除请函军事委员会委员长重庆行营外，并恳咨四川省政府通饬所属尽量赐予便利，俾利进行等情到部。查该公司此次在川设厂，系经中央拨资促令复兴，自应特予维护，以利建设。[①]

[①] 1938年8月15日，四川省政府致犍为县政府训令，原件存四川省犍为县档案馆。

在接下来的两个月中，永利给价厚道，顺利完成了征地工作。"承联保主任召集居民商购地亩，以公司给价尚优，当地居民无不愿将地土踊跃求售，为时仅两阅月，千亩之地付款定约者不下十之八九。"[①] 在这个过程中，偶有小的民事纠纷发生，如当地有个叫曾裕强的乡民就状告永利，说他有三亩红苕尚未成熟，土地就被占用，工人在上面修建了草房；他还有近两百棵桃树要移走，但未到商定的最后期限就被工人砍伐殆尽，所以要求永利赔偿损失。[②]

在范旭东看来，这次征地比当年在天津塘沽和南京卸甲甸都要轻松，因为此地本是一片荒凉："面积千亩有奇，北距五通桥十余里，而径西至犍为城尤有岷江之阻，人烟颇为稀薄。"[③] 未料还藏着一个大麻烦，就是道士观的庙产问题。

在江运鼎盛的年代，道士观寺庙群的香火很旺，进入民国后，这一带才慢慢衰落了下来。后来庙宇一度被改为校舍，但由于房屋实在太破旧，考虑到有倾塌之险，学校没办几天就搬走了。那些建筑物便一直闲置着，日益朽坏。到底有多破烂呢？不妨将每座庙的情况分别做个介绍。

紫云宫是其中最大的一座庙观，据说始建于清嘉庆五年（1800年）。该庙的正殿颇为宽阔，瓦顶、砖墙和梁柱的用材和做工都非常精良。但毕竟经历过130多年的风雨，如今已是满目疮痍。"多年无人经营，屋瓦墙壁多损坏，柱脚亦大都朽烂，门窗亦已不全，其戏台看楼之板壁，多年被人拆去；看楼地板因漏雨潮湿，朽烂过半；厢房更系墙倾屋斜，

---

① 1938年11月18日，范旭东致王瓒绪《关于永利工厂建设恳迅予维护的申述》，原件存四川省犍为县档案馆。
② 1938年12月10日，曾裕强状告永利状纸，原件存四川省犍为县档案馆。
③ 1938年11月18日，范旭东致王瓒绪《关于永利工厂建设恳迅予维护的申述》，原件存四川省犍为县档案馆。

破漏旧无人居。……去年夏秋，附近农人蓄猪其中，当作猪圈。"①

紫云宫的隔壁是观音阁，两者的破损程度不相上下。阁内梁柱倾斜，墙已破裂，门窗全无，屋顶塌下去大半，风雨已将地板侵蚀毁坏。正殿所供的龙王神像早已破烂不堪，匾额上的字迹也脱落了。永利向金粟镇联保办公处借用了此间，用作暂存物资的地方："查龙王不再祀典，原非正经正经寺院可比，况复荒废已久，公司修理后暂作存储材料机器之所。"②

三圣宫也好不到哪里去："内中所供龙王及当今皇帝万岁牌，占住房屋全部，未免腐败过甚。"③这里原也设有戏台，但看台和墙垣大部分都被洪水冲走了，所剩无几的楼板也被人搬走。虽厢房尚全，但瓦顶砖墙多有残破，门窗洞开。永利到了这里不久，附近的岷江电厂也启动了建设，工作人员一时找不到落脚点，于是永利便将两厢房略加修葺后借给了岷江电厂，"亦只作废物利用而已"④。

三教寺则是此处最破烂的一座庙："瓦之存者不及半数。屋漏不能蔽雨，笆墙竹断泥脱，不能挡风；梁柱都已朽烂，倒塌在即，且内中满储破烂偶像，形同瓦砾之堆。"⑤后来永利将其略加整修，供附近前来做工的人歇脚。

这些主要是道教的庙宇，道士观的地名便来源于此，但实际上它们是集儒、释、道三教于一体的寺庙，这在岷江—峨眉山一带佛教极盛的地区比较少见。这四座建筑集于一处，远远观之，气象颇为巍峨。

而永利并不是看中这里的风景，而是这几间庙正好在千亩工厂用

---

① 1939年1月25日，永利川厂土木工程部致犍为县政府函，原件存乐山市五通桥区档案馆。
② 同上。
③ 同上。
④ 同上。
⑤ 同上。

地的旁边，住人储物均佳，便想租用下来。而金粟镇的官员们也终于等来了金主，所以双方一拍即合，迅速达成租赁协议。

1938年10月25日，永利与金粟镇政府签署了一份租用道士观的协议。协议全文如下：

> 今凭证租到犍为县金粟镇救济院经管之道士观庙宇一座，周围砖墙石脚，其庙内之戏台、厢楼、前殿、后殿、厨房、水井、阶垣、树木及旁建之观音阁全院，其地面连同庙基与附属一片地段概括在内；外齐崖脚下至河心，其东北西三面均与金粟镇镇立小学之学产相接触，现有篱垣为界，俨若天然范围，以作租佃区域。比由双方议定实纳稳租国币叁仟元正，每年现租国币贰佰肆拾元正，分两关交付。按照地方习惯为三、九两月，到期如数拨付，不得带欠；以后每届十年改定租金一次，但无论或增或减均不得超过百分之五十，仍由公司永久继续承佃。如或将来取得地方人士同意，并经高级政府准予出售时，则永利化学工业公司即有优先承买之权。自经租佃之后，任随公司设计使用，只许培修，建筑保存固有作风，如其改造拆卸其完好之材料亦须保存，仍归公司利用处置，不得干涉。设使公司方面主动退租，届时即须征取出租者之同意退还稳租，其他地界以内之一切建筑物，除原有古史庙宇而外，另议相当补偿。此系双方协商成立，互换合同，恐口无凭证，特立长期承租文约为据。①

协议由永利川厂职员江国栋与金粟镇联保主任刘绍文，镇小学校

---

① 1938年10月25日，永利川厂与犍为县金粟镇关于道士观租佃协议，原件存乐山市五通桥区档案馆。

长古辍青,士绅代表魏文伯、秦化雨等一同签署,在场见证的永利人有曹青萍、杨子南、王子百、窦禹渔等。从内容上看,金粟镇是稳赚不赔,破败的道士观成了个"香饽饽"。但是,这份协议中有两处值得注意的地方。

一是永利要先缴纳"稳租"3000元,而每年的租金仅240元,还是分两次付,貌似划算,实是吃了大亏。道士观之前是租给当地农民黄明全种甘蔗用,稳租仅32元,年租金3元,且他已经按这样的价格租用了12年之久。这与向永利的要价相比,可谓天壤之别。

二是协议中明确了在条件允许时道士观可以出售,即"如或将来取得地方人士同意,并经高级政府准予出售时,则永利化学工业公司即有优先承买之权"。这一条非常重要,说明金粟镇签订协约的当事人是认同收购一事的,这却成了后来纠纷陡起的导火线。

庙产之争

协议一签,道士观很快就成了永利的施工管理处和工程指挥中心。何熙曾在信中说:"道士观及学田事,只候开业后再办,现已积极使用,不成问题。"[①] 热火朝天的建设工程让那一片沉寂多年的土地沸腾了起来,也是在同一封信中,何熙曾赞美道:"老龙坝工程进展尚速,近已达千余名来包工,络绎不绝,足见诚信已孚。以比大后方钢铁厂及沪县之廿三厂,诚大有过之之处,乃国家之福,亦公司之光也。"[②]

但此时金粟镇里却冒出了反对租借道士观的呼声——理由是道士观为凌云寺和乌尤寺一般的名胜古迹,怎么能随便交易呢?

1938年12月,以秦榕墅、秦增祥、刘绍皋为首的一帮人自称士绅

[①] 1938年11月22日,何熙曾致傅冰芝、李烛尘信,原件存乐山市五通桥区档案馆。

[②] 同上。

代表,联名写了一篇《为名胜古迹应否丧失公请察夺事》,并提告到犍为县政府,口口声声要"誓保主权,宁为玉碎,绝不为恶势力所屈伏"①。正闹得轰轰烈烈的时候,永利给犍为县政府发去一函,称:"查秦榕墅、刘绍皋并非金粟镇士绅之代表,张之中来厂当面声明桀不知其事,系他人窃名。且查所呈各节尽属子虚,全非事实。"②事情出现反转,顿成闹剧。

金粟镇出面签协议的那几个人态度则比较暧昧。一方面不敢公开肯定永利的收购行为,怕担风险;一方面又看重那3000元稳租,不愿放弃这笔不小的买卖,颇为纠结。

因为对方态度不明,社会舆论压力很大,永利也不敢擅自拨款。1939年4月中旬,距离签署租赁协议已经有半年之久,金粟镇还没有拿到那笔3000元稳租金。于是道士观的庙产所有方、金粟镇救济院的院长杨实秋带领联保主任刘绍文、绅耆魏文伯和秦化雨,以及小学校长古大榆等人前往竹根滩,找到了永利公司的江国栋和黄汉瑞,提出严正交涉。后又分别找到孙学悟、王子百、曹青萍、周孟庵等人阐明地方立场,永利才答应支付3000元。结果到了银行,"公司又因内部意见不协,临时止兑"。最后镇上只拿到了半年的租金120元,而这点钱哪里经得起来回折腾,"消耗于各代表来往应酬旅费者,殆罄尽矣"③。

后来是当地的张泳樵和车渻两位士绅出面,说服了孙学悟和何熙曾,永利才分两次各支付了1500元给镇上。但经办人留了个心眼儿,让张、车二人留下了借条,说明这3000元为借款,并非"稳租"。

且说这3000元拿到手后,金粟镇本是承诺用来开办民众工厂的,

---

① 1938年12月7日,秦榕墅等联名呈犍为县政府文《为名胜古迹应否丧失公请察夺事》,原件存乐山市五通桥区档案馆。
② 1939年1月7日,永利川厂致犍为县政府函,原件存乐山市五通桥区档案馆。
③ 1939年4月19日杨实秋等呈犍为县政府文,原件存乐山市五通桥区档案馆。

然而一开会讨论，却是各怀私见，众意纷歧："联保人员主张悉数购枪，学界青年欲推广文化事业，或又主张筑路，或要求放赈，或拟开卫生院，或言改进农村生活，至若私人密商借贷弗遂者，不知几何。"①结果闹得不可开交，最后只得维持原议。用这笔钱购置了木织机、铁轮机、缝纫机、织篾机等，搞起了一家民众工厂，由张之中担任经理。

这个张之中就是前面永利函文中提到的检举揭发之人，他如此"见义勇为"，原来在这里得到了好处，事情变得微妙起来。三个月下来，在此人的经营之下，不仅生产丝毫没有起色，一算账还倒亏了600多元。这下就引来了议论纷纷，金粟镇救济院院长杨实秋见势不妙，便让自己的侄儿杨有谷去接任。

但这件事到这里还不算完，不久后就有人将一纸状书递到了县政府，将杨实秋、刘绍文、古大榆这三人告了。罪名是欺诈永利公司以及盗佃庙产、中饱私囊。

告状的人是张仲权，他家可是当地呼风唤雨的大族。其父张静亭是袍哥舵把子，他的两个儿子也非常了得，老大张仲权是二十四军盐税提解处处长，老二张仲铭则是刘文辉部第五混成旅旅长，人称"张二旅长"。张二与刘伯承是重庆陆军将弁学堂的同学，1923年刘伯承在四川"讨贼之役"中于大足受伤，张仲铭秘密将他送到五通桥，留在自己家休养达半年之久。

话说回张仲权，他在军队时受刘文辉的重用，手握二十四军的财政大权。当时刘湘与刘文辉为瓜分四川盐税，便合办起了军务统筹处，张仲权任处长，宁芷邨、吴晋航任科长。此处再多谈两句宁芷邨，他是犍为清溪人，与张仲权是同乡，正是张仲权把他引荐到刘文辉部当的财务科长，由此发迹。后来宁芷邨创办了西南地区的第一家水泥

---

① 1939年4月19日杨实秋等呈犍为县政府文，原件存乐山市五通桥区档案馆。

厂——重庆水泥厂，永利川厂建厂用的水泥就是该厂供应的。宁芷邨又于1937年当上了川康平民商业银行总经理，1939年入股嘉阳煤矿，担任监事，孙越崎曾多次专门到清溪镇去找他。

退出军旅后，张仲权并没有归隐山林，而是做起了大买卖。他在犍乐盐场办了不少井灶，同时也投资其他产业，如入股成都启明电灯公司，投资吉祥煤矿和嘉裕碱厂，他还是嘉乐纸厂初创时的大股东。

可以看出，张仲权的财力和社会影响力绝非一般地方士绅可比，他的提告绝不可等闲视之。那么，状纸里究竟说了些什么呢？

他其实只是把道士观的历史讲了一番，让官员们知道这个庙观在近几十年中到底发生了些什么事情。

清代五通桥盐业大盛，井灶密集，船运兴旺。道士观下的险滩却是不安之地，特别是到了丰水季节，对盐运造成了很大影响。"几无日不坏船死人，失慎损货，因之先辈即会合各帮，筹集金赀，在其地山上购建一王爷庙，供奉龙王，以资镇压。"[1]

有了庙，就有了香火。有人便在旁边购置田业，以供驻守僧人的衣箪日用，并在道士观下设置"红船"，专门打捞死尸和失物。

道光二十五年（1845年）正是犍乐盐场鼎盛之时，盐场各帮又捐募钱财，购田置地，禀官立案，设立了"浮尸会"，"以其每年所收入租谷之金赀，以作其购买棺木，及掩埋尸体之用外，并以其余款，增补本庙住持僧人之焚献"[2]。

到了光绪八年（1882年），又在庙里加修了两廊厢楼，所有修建费"皆无不由商等各帮之先辈首事人等，所筹集捐募而来"[3]。监工的工头

---

[1] 1939年4月22日，张仲权、陈汝权状告杨实秋、刘绍文等人文，原件存乐山市五通桥区档案馆。

[2] 同上。

[3] 同上。

叫曾洪兴，管理道士观的人是船帮帮主兼裕济堰堰长党相廷和党印田两兄弟，后来此地又交锅帮兼灶帮之恒裕厂接管。张仲权说，此事是人证俱在，厂众咸知。

恒裕厂有钱，且对善业颇为尽心，不久又修建了望水观音，后又捐资数百两，成立了盂兰会。当然，做这种善事的不只恒裕厂，川军第八师师长陈洪范也"捐银千元添设道士观、乂鱼滩放生船"[①]。

讲了这么多，张仲权的意思就是道士观为犍乐盐场各帮商民所建，其使用和收益理应由商民们支配，"决不容许其他个人或团体，以其权力或藉行政处分，以强占窃取侵夺"[②]。也就是说，金粟镇政府无权处置道士观的庙产。

道士观庙产的归属到底谁说了算，这下又陷入重重迷雾之中。

官契一纸

其实张仲权在状纸里分析了一通道士观的来龙去脉，最后还是讲到了自己头上。

前面说到恒裕厂在经营道士观期间尽心尽力，令其香火再度旺盛起来。但委托期满后便无人管理，僧人散去，房舍朽坏。当地人感觉这样下去不是办法，便干脆将道士观的产业交由一度在此租住的金粟镇小学校经营。但当时的道士观已经破败，并无一分银钱进账。小学校搬走后，这里又交由盐帮与犍厂商会共同管理。到了民国二十年（1931年），盐帮与犍厂商会评议长王明宣、会长陈汝权、士绅杨翰舟等人联

[①] 杨胤侯：《五通桥集事丛抄》，《海王》第11年第26期，1939年5月30日。
[②] 1939年4月22日，张仲权、陈汝权状告杨实秋、刘绍文等人文，原件存乐山市五通桥区档案馆。

名协请县里派人驻守,"以其庙宇为盐帮各帮发祥地"①。这年5月,评议会和商会召集各帮商民,当众议决道士观交由张仲权接管。以后每年的洪水季节来临时,他便派人看水守滩。后来他又找来一个叫李隆培的居士做住持,以司香火焚献。道士观有专人管理后,情况逐渐好转。张仲权也甘愿垫资培修庙宇,承诺将开设一居士林于其间,以弘扬佛教。在他看来,虽然道士观的产业一度交由金粟镇小学校经营,但那是出于对学校的帮助,并非转让庙产。

那么张仲权出面论理,主持公道,是否有暗中帮助永利的意思呢?

非也,其实他是面子上过不去了。刘绍文、杨实秋等人为了霸占庙宇,居然下了一纸行政命令,要求李隆培必须马上搬出道士观。但李隆培是张仲权叫来的人,怎么能任由这些人呼来喝去?何况这些人还深藏着假公济私之目的。

就在张仲权状告刘、杨等人之时,金粟镇政府也拟了一份状纸,向上级政府表明不同意永利租用或收购庙产。本来已经稳稳拿到手的3000元稳租,结果发现是烫嘴锅盔。关键还在于经过一番折腾后永利已不愿再租,而是想直接买下,一劳永逸。如此一来之前的协约全然作废,这让他们有点儿老羞成怒。状纸中写道:

> 永利化学工业公司借居该庙,要求长期承佃,义取稳租叁仟元作为敝镇开办民众工厂经费,以宏救济事业。因工厂筹备未竣,尚未专案报请县政府鉴核。乃永利公司对于该庙问题必欲彻底解决,表示非买不可。屡经敝镇召集士绅商讨,以该庙为地方之名胜古迹,婉词推谢。永利公司现又委托窦君禹渔为购买道士观之介绍人,如再坚持拒却,便将电呈最

---

① 1939年4月22日,张仲权、陈汝权状告杨实秋、刘绍文等人文,原件存乐山市五通桥区档案馆。

高级政府没收职等。反复思维，碍难应付，乃召集全体士绅发表意见，皆谓道士观庙宇原系敝镇学产之一部，虽已拨归敝镇救济院接管，但该庙在县志属于名胜古迹，前代名流题咏，斑斑可考，若并名义上之主权亦不可保，势必根本毁灭，敝镇实难当此重咎。①

但是，永利又岂容他们颠倒黑白，肆意妄为？也给出了抗辩之词："至于破庙，在现代新式工厂原无用处，其所以欲加以收买者，不过废物利用，为抗战中节省物力而已。地方得此售价，亦可作为补助教育经费或慈善救济及其他地方公益事业基金，诚各方均利之事也。"②还承诺购得道士观后，不会毁庙重建，仅修补再利用，实际上反而还保护了名胜古迹。范旭东在给四川省政府主席王缵绪的信中也讲到了这点：

（道士观）多年失修，地处偏僻，久未充作学校之用，倘使价售于公司，该镇可以所售得之金钱补助镇内学校，化无用为有用，裨益乡村实非浅鲜。购此庙基，意在充分利用，并不毁庙及庙貌。在公司无意提倡风水迷信，在地方则既不失旧日之观瞻，又可取得教育上之补助，利害得失，不辩自明。"③

这样一来，金粟镇所谓保护名胜古迹的说辞便不攻自破，只得进入谈收购的环节。

1939年2月17日，犍为县政府第三科科长杨均谷会同金粟镇联保

---

① 1938年12月30日，犍为县救济院呈犍为县政府文，原件存乐山市五通桥区档案馆。
② 1939年1月25日，永利川厂土木工程部致犍为县政府函，原件存乐山市五通桥区档案馆。
③ 1938年11月18日，范旭东致四川省政府主席王缵绪《关于永利工厂建设恳迅予维护的申述》，原件存四川省犍为县档案馆。

主任、镇小学学董等一行人前往道士观查勘，又于次日召集相关人士开会，讨论道士观的收购问题。但会议开了三天，竟没有达成任何协议。因为镇方的要价不低于 3 万元，且决不让步。

这 3 万元都包括哪些费用呢？居然还有一份明细：办民众工厂 5000 元、优待军属 1200 元、春赈费 800 元、文化事业费 1200 元、开办幼稚园 5000 元，建第三小学 2800 元、补助民众图书馆 2000 元、补给张氏私立小学校 1000 元、自治卫生事业费 9800 元、购置枪支 3000 元、修理河岸码头 1200 元、补助街市道路 1800 元、植树造林费 600 元、培修金粟大桥 3000 元、资助短期筏校 400 元、补助炭帮私立学校 400 元……

可以看出，这些费用大多与庙产的实际价值无关，然而金粟镇却称"庙宇之砖瓦、木石、地基、岩硐暨建造经费当不下十万元"①，摆明了就是要"宰客"。而永利以现有庙宇的实际价值估价，四座庙的总收购价当为 5290 元，并出具了详细的收购清单和价目。这么悬殊的要价和出价自然很难谈拢，虽然金粟镇联保主任刘绍文单独与永利的代表协商，一度把价格谈到了 1 万元，但离镇方的期待仍然甚远，会议只好暂时中止，事情又陷入僵持状态。

久拖不是办法，必然会妨碍新厂建设，中间永利还给犍为县政府发去一函，催促道："迅予估定价格，并公开确定公司地权，庶重要工程得以依限进行。"② 早在与金粟镇签约之时，何熙曾就有先见之明，他在给范旭东的信中写道："道士观工程猛进，彻底使用该观事，地方虽有争执，大致使用已无问题，将来恐仍须官断耳。"③

---

① 1939 年 8 月，犍为县金粟镇镇立小学稽核委员会主席刘侣皋等呈国民政府行政院教育部文，原件存四川省犍为县档案馆。
② 1939 年 2 月 17 日，永利川厂致犍为县政府函，原件存乐山市五通桥区档案馆。
③ 1938 年 11 月 26 日，何熙曾致范旭东信，原件存乐山市五通桥区档案馆。

事情的转机出在一封信上,是王公谨写给傅冰芝的,时间是 1939 年的 4 月 13 日。信中提到:"顷接李劼人先生来信,言购庙事已经省府指令照准矣。"①

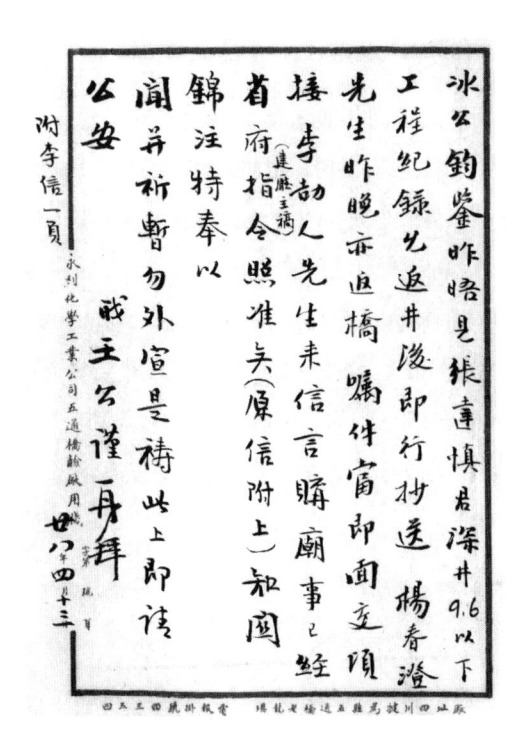

王公谨给傅冰芝的信中谈到李劼人帮助永利购买庙产之事

原来,永利最后托了李劼人的关系找到四川省政府和建设厅才解决了此事。王公谨是李劼人的表妹夫,李劼人给他的信中最早通报了购庙成功这个消息。这封信后面还附了一张短笺,是一个叫铭科的人写给李劼人的,李劼人将它转给了王公谨。内容如下:

---

① 1939 年 4 月 13 日,王公谨致傅冰芝信,原件存乐山市五通桥区档案馆。

> 劼人老哥：
>
> 永利购道士观事前办县府呈报，拟对永利给价多加四成，前来经签教厅查复后同意，指定照准矣。①

1939年7月7日，四川省政府的批文终于下来，这也成了购庙的解决定案："据该县政府呈请，拟照永利公司原定价额加四成作价出售，并由该公司乐捐壹仟元，以作地方学款等情到府，业经指令照准在案。"②

最后，道士观的售价定为7102.76元，加上永利自愿捐出的1000元，总计为8102.76元。扣去之前已付的3000元，最后犍为县政府拿到了一张5102.76元的支票。之后，永利在四川省政府和民政、教育、建设三厅备案，从犍为县政府那里拿到了"官契一纸"。至此，道士观庙产的争执才尘埃落定。

沸腾的工地

在解决道士观庙产问题的同时，永利的大队人马已经陆续来到五通桥，刘尔毂给王子百的信中写道："兄赴桥途中，虽略感不适，然到后即愈，住屋已觅妥，整洁而极为价廉，快慰之至！"③

傅冰芝作为永利川厂代理厂长，一段时间内必须经常往返于五通桥与重庆，但在五通桥的日子显然会越来越多，他的工作重心已经调整到了这里。

---

① 1939年4月13日，王公谨致傅冰芝信，原件存乐山市五通桥区档案馆。
② 1939年7月7日，四川省政府建字第13696号批文，原件存四川省犍为县档案馆。
③ 1938年8月18日，刘尔毂致王子百信，原件存乐山市五通桥区档案馆。

2月14日这天,傅冰芝在给刘尔毂的信中写道:"弟于前日晨来厂,是日天风晴朗,昨日尤佳,与刘(声达)、佟(翕然)诸君在山上及工厂所修基地、资委会岷江电厂等处巡览,工作都颇紧张。"①

永利的员工几乎都集中到了老龙坝,连同家眷在内有上千人之多,全部暂时租住在五通桥的各种民屋中,一时间对当地的生活都造成了不小的影响。有很多员工的工作并不能安于一处,一是老龙坝的位置比较偏,交通不便;二是前期的工程建设以采购和运输为主,必须四处奔走。采购工作常常如蚂蚁盘物,一点儿一点儿聚拢,如"翻砂厂所需材料甚多,如白砂、红砂、黏土等,非一二月功夫难以采得"②。

负责采购工作的是周孟庵和王子百,他们之前就曾一起去雅安采办木料,一去就是十天半月。周孟庵毕业于复旦大学商科,曾在天津大陆公司工作,有从商经验,处事灵活,1934年才入职永利,在对外联络方面颇为得力。他与王子百是湖南老乡,且都年富力强,但艰苦的工作环境还是让他们有些吃不消。周孟庵就曾在信中写道:

抵五通桥后住一星期即来雅州,随即往山上看货,殊为艰苦。王子百兄甚弱,不能作爬山运动,以致气如牛喘,连跌四次,弄得满身是泥,手、脸上受轻伤。山路多建于悬岩之上,一失足即有不能生还之概,故彼致伤实不幸中之大幸。③

此次在西康购买木料,备受痛苦,爬山运动尤为艰难,王子百兄共跌十五次,将一手两足跌坏,真是难为他!④

---

① 1939年2月14日,傅冰芝致刘尔毂信,原件存乐山市五通桥区档案馆。
② 1939年4月4日,解寿缙致傅冰芝信,原件存乐山市五通桥区档案馆。
③ 1939年11月21日,周孟庵致刘尔毂信,原件存乐山市五通桥区档案馆。
④ 1939年12月26日,周孟庵致刘尔毂信,原件存乐山市五通桥区档案馆。

建厂初期，很多材料要异地采购，当时四川省总共也没几条公路，很多山区只有驮马道和羊肠小道可通行，陆路交通极为不便。刘尔毅在给杨运珊的信中就反映了这一点："交通问题颇难解决，汽车票极不易购，恐怕只有坐木船之一法。然乘木船不仅荒时废日，且沿途不免发生出险与匪劫之虑，尤其账箱关系重大。"①

1939年春，李烛尘从五通桥厂里出发到自贡，先是坐滑竿走小路，到荣县后再改坐汽车，不料中途遇雨，行程极为艰苦。他本是秀才出身，诗文功底颇佳，于是就感事兴怀，一下就写了四首诗，兹录于下再分别来解读。

其一
万人血汗坦途平，旧石翻除新土轻。
雨后化成糜烂海，饱闻载道怨尤声。

本想是新修的路一定好走，但未料被雨冲后就成了稀泥，路人皆愁眉苦脸，沿途一片骂声。

其二
一夫索缆两人推，足重头伸背似鲐。
最是艰难新板道，后先呼应一声唉。

描写汽车陷入泥潭之中，拉车之人呈拱背缩肩之状，形如鲐鱼。所谓鲐，也就是纺锤形的一种海鱼。比喻颇为形象传神。

---

① 1939年1月13日，刘尔毅致杨运珊信，原件存乐山市五通桥区档案馆。

其三
长途尽日雨兼风，颠簸淋漓眼欲朦。
我固疲劳人太苦，人间犹有此交通。

讲的是劳累奔波，疲惫不堪，昏昏欲睡。

其四
夜雨朦胧井灶乡，市街清寂黯无光，
敲门急就停车处，脱却征衣一袭黄。①

走了一天，到了晚上才到自贡，脱下衣服，上面裹满了一层黄尘！劳苦之状，不堪言说。

李烛尘的词句皆为写实，颇有杜子美流落蜀地之诗风。而交通之难，也侧面反映了永利创业之难。当时老龙坝附近没有公路，可谓荒郊野岭，要么肩挑背磨走山道，要么就只能坐船，耗时费力。

下面这段文字描述了当时的状况：

> 敝厂建设，于开山平土工程进行中，将原有靠厂通邑山路，施工铲平展宽达一公里。昔之坎坷崎岖者，今则康庄平坦，行者悦之。惟由敝厂至五通桥一段，中间经历桥沟、双龙桥、党家沱、五福桥等一带，约四五公里，或傍坡而行，或逾滩而过。天雨则有山岩坍崩，径为一塞；洪发则积潦汜滥，褰裳难涉，较由金粟镇至沙嘴一道旅行，诚困苦多矣！②

---

① 《海王》第 11 年第 27 期，1939 年 6 月 10 日。
② 1939 年 5 月 30 日，永利川厂致犍为县政府函，原件存四川省犍为县档案馆。

除了道路险阻难行，饮食也难适应。永利的员工大多是北方人，一开始很难接受四川的饮食习惯，特别是麻辣口味，很多人受不了。周孟庵曾写道："在路上，饭铺有四小碟菜：一红辣椒、一青辣椒、一辣椒末、一老姜，把弟吓得出汗。"①

永利川厂建在岷江边的一处平坝上，建设之初便招募了5000名当地的建筑工人，进行挖土凿石的平场劳动。傅冰芝到了五通桥后，也只能暂住在道士观里，便于就近指挥。这里到处都是工地，连身为厂长的他都没有独立的办公室："办公室当未布置，到后面商无妨。一切都是暂时的。"②

1939年春，永利川厂的建筑工地

确实，一切都是暂时的。在范旭东看来，这个地方是永利的复兴基地，虽然地处荒郊，不为人知，但不久后这里将诞生中国化工的一颗新星，闪耀在华西的天空。1939年2月26日，为了纪念被日寇占领

---

① 1939年1月26日，周孟庵致刘尔毅信，原件存乐山市五通桥区档案馆。
② 1939年3月10日，傅冰芝致刘尔毅信，原件存乐山市五通桥区档案馆。

的塘沽，范旭东亲自将此地命名为"新塘沽"，取代了旧称老龙坝。后来这三个字被刻在了附近的一面山壁上，极为醒目，来往行人抬头可望，让人肃然起敬。

1939年3月10日，傅冰芝寄给刘尔毂一封信，用的是厂里自印的信纸。信纸下方印有一行字——"厂址：五通桥老龙坝"，傅冰芝将"老龙坝"三字划去，在下面改为"新塘沽"。这个小小的细节便反映了大家对更名的认可。

原镌刻在山壁上的"新塘沽"三字，现整块取下后陈放于永利川厂旧址

新与旧并非只是换一个名称那么简单。新，是希望，是目标，也是努力；是改变，是责任，更是雄心。在范旭东看来，中国要走工业化的道路，绝不是简单容易的事，因为"中国工业幼稚得可怜"，解决办法就是"定一最低限度之目标，以最低限度的努力，务必求其达到"①。

---

① 范旭东：《发展工业之最低限度的努力》，《海王》第7年第12期，1935年1月。

新塘沽就是范旭东的又一工业实践，而且这个实践是在特殊的环境下进行的。范旭东一直是实业救国论的坚定践行者，具有强大的社会责任感。他说过"积极发展实业，是救中国的好方法"，他甚至相信"中国的复兴就在廿年之内"①。

新塘沽就是永利事业的复兴之地，具有一种精神上的象征意义。这里就是永利的新家，而非一时流寓于此。永利同人将是这里的新主人，范旭东将此地命名为新塘沽就有这层意思在内。

建设中的新塘沽，右边临江处为道上观寺庙群

缪秋杰和岑立三等盐务官员对工程进度极为关注，频频去新塘沽视察，"廿四日招待缪、岑两局长、黄场长等，到厂址便餐，对工程进行极表满意。"②

1939年2月初，萨镇冰将军也来到了新塘沽，孙学悟陪他参观了新平出的工地现场。萨将军当时已八十高龄，曾担任过清朝的海军统制、

---

① 范旭东：《为征集团体信条请同人发言》，《海王》第7年第19期，1935年4月。
② 1938年11月26日，何熙曾致范旭东信，原件存乐山市五通桥区档案馆。

北洋政府海军总长,还代理过国务总理,是中国近代著名的海军将领。那一天,老人家豪情万丈,"随青年登山瞰望岷江,而不觉疲倦"[①]。

人在异乡

永利定址五通桥后,大批员工与家眷也随之迁到了这个小镇上。此时除了工程建设,诸多生活事务也纷至沓来,如随迁子女的读书和就业、赡养老人等问题。

不少员工都是拖儿带女举家迁来,如章怀西一家就有6口人:妻子王素娟、18岁的长子章邦栋、16岁的长女章毓英、8岁的次子章邦桐以及6岁的次女章湘云。这些不同年龄段孩子的读书问题亟待解决。又如刘声达一家,也有5口人:妻子黄敬、24岁的长女刘明、22岁的长子刘朝钧和20岁的次子刘佩,他家孩子需要解决的是工作和婚嫁问题。上有老下有小的大家族也不少,如郭保国一家。他本人27岁,妻子黄国华26岁,儿子仅1岁,他的父母、哥嫂和弟妹等全都到了这里,一家子足有12口人。"永久黄"员工团体的背后是一个庞大的家庭成员队伍,有各式各样的生活问题需要解决,西迁的负担之重、责任之大由此可见。

如今老天津永利的家属中,仍然还有一些八十岁以上的老人是在五通桥出生的,如侯德榜的孙儿侯盛锽和孙女侯盛欣。2023年5月,笔者在天津见到了侯盛欣老人。正在聊天儿中,郭保国的儿子郭维政打来电话问候,他也是在五通桥出生的。当年西迁员工的孩子大多出生于1938年到1949年这十来年间,如黄汉瑞的儿子黄西培生于1938年,

---

① 1939年2月2日,孙学悟日记选录,威海市环翠区文史资料研究委员会编《孙学悟》专辑,1988年。

侯盛欣则出生在1947年。《海王》旬刊中也有零星的报道，如1939年就有"刘尔穀先生得千金，因生于桥名曰大乔"，"许滕八先生得万金"等。① 可以说，那群孩子也可称为"西迁孩子"。

1945年侯德榜与家人在五通桥的合影。前排中是侯德榜，后排右一是侯虞钧（侯德榜胞弟侯敬思之子），后排右二是侯虞篪（侯德榜之子）。侯虞钧后来在化学工程方面成就突出，当选中国科学院院士

那天因为郭维政的电话，侯盛欣老人还给我讲了侯家与郭家之间的一段往事。当年她家养了一条土狗，取个名字叫"汪精卫"。这狗见到外人就狂吠不止，经常惹事，甚至把郭保国的夫人都给咬了，最后

---

① 《海王》第11年第30期，1939年7月7日。

被护厂队牵走。其实,侯盛欣的母亲与郭夫人的关系很好,两家经常串门,但"汪精卫"凶巴巴的,养着让人不放心。

新塘沽地处偏僻,离周边集市较远,孩子们就在山间、林地、塘边、河畔,打造了自己的小天地。侯盛欣老人告诉我,"爷爷虽然是留洋的博士,但是个非常传统的人,喜欢大家庭,喜欢儿孙满堂"。新塘沽旧址上还保留了一幢西式小楼,当年就是侯德榜一家居住的,那里留有他家儿孙满堂的记忆。

永利一直倡导家庭和睦,互助友爱。西迁到五通桥后,生活很是艰苦,跟最早到塘沽时的情况差不多。在这种环境下创业,首先要有稳定的人心和奋斗的精神,女眷们为此贡献颇多。可以说她们也担负了永利的事业,永利的成功与她们的付出是分不开的。

五通桥的五龙山上有一座多宝寺,是峨眉山大坪寺的脚庙。宋美龄曾在汉口成立全国战时儿童保育会,其四川分会第三保育院(简称川三院)就设在多宝寺,首任院长是章太炎的侄女章文。当时川三院负责接收 1000 名难童,犍乐盐场从盐税中拨款,为每个孩子每月支付 10 元供养费。1939 年年初,宋美龄还亲自到多宝寺视察,川三院因为教育质量佳而被评为全国战时儿童保育会的"首善救亡单位"。永利专门派人去多宝寺参观学习,此人回来后在《海王》旬刊上发表了一篇文章,叫《为同仁眷属进一言》。文中这样写道:"看到保育院内的几位教职员,十之八九都是太太和小姐,她们对待难童的那份态度和热心,真使人肃然起敬。"[1] 其中一位名叫蒋叔岩,曾是 20 世纪 30 年代成都春熙路上的红伶。她的经历非常传奇,川三院正是她人生的一个转折点——从名角变为"难童妈妈"。[2]

《海王》刊登此文的目的是鼓励永利家属里"有能力、有见识"的

---

[1] 子士:《为同仁眷属进一言》,《海王》第 11 年第 26 期,1939 年 5 月 30 日。

[2] 参见龚静染《逃伶蒋叔岩》,《花盐》,成都:四川文艺出版社,2022 年 11 月。

太太小姐要为抗战出力,"不能只带一些奢侈摩登的气息来",在闲余之时,应该把"卫生、公德、秩序、抗战情形"传递给当地的妇女儿童。①

在新塘沽的建设过程中,各路人才会聚。1939年5月,黄海社的副社长张子丰从国外回来,一路辗转到了五通桥。他一来就引起了人们的欢呼:"华西化学工业,来了这名宿,将一定是无坚不克的。"②他在塘沽时组织过"黄海啦啦队",当年那个"扬旗跳跃狂叫,其大嘴张动,颇有好莱坞滑稽明星周易郎之风"的啦啦队长③,仍让大家记忆犹新。如今新塘沽正在建设之中,怎么能缺了这个可爱的角色呢?大家都希望他能把士气给带动起来。他也不负众望,很快就有了动静,"对于音乐及球类均在准备进行"④。

时间一长,新塘沽也有了婚丧嫁娶。如在1939年5月28日,陆焕章先生与阮维凤小姐在竹根滩举行了结婚典礼,由吴览菴主婚,李滋敏证婚,"男女来宾参加者六七十人,为中西合璧之仪式,甚为闹热"⑤。为什么要请吴览菴主婚呢?因为他可是永利一大美男子,有"吴公侠"之美誉。"吴览菴先生眼秀如梅博士,面白如雪艳琴,尚义气,重感情,群称之曰'吴公侠'。"⑥也有悲伤的消息传来:"鲁泽普之尊翁在津去世,悲痛异常,即欲奔丧回里,但因工作紧张,且路途困难甚多而作罢。"⑦

离开家乡来到遥远的川南地区,日子一久,常生思乡之情,佟翕然的故事颇具代表性:

---

① 子士:《为同仁眷属进一言》,《海王》第11年第26期,1939年5月30日。
② 同上。
③ 《海王》第9年第5期,1936年10月30日。
④ 《海王》第11年第27期,1939年6月10日。
⑤ 同上。
⑥ 《海王》第11年第31期,1939年7月20日。
⑦ 《海王》第11年第28期,1939年6月20日。

新塘沽地方，除岷江一道绕经外，四周皆山，暮春时分，百鸟弄声，有怡情者，有恼人者，就中以杜鹃苦啼不分昼夜，大有奈何春去之慨。佟绩堂先生，鲁人，初来南方，每闻记者言杜鹃为蜀中名禽，应时作声非凡，感人最深。亟欲一闻以为快，然个人试听于林际山头，旬日之久，迄无法辨知。一日，记者陪其出门，蹀至大水池旁，无何，杜鹃果于月光村林中高作其声矣。余谓佟先生，听呀！听呀！佟先生一闻其啼，顿起乡思，怅然无言者久之。①

侯盛欣老人的母亲在世时说到在新塘沽的那段生活，最深的印象便是当地爱打雷，蛇也多。因为五通桥地处丘陵地区，气候湿润，雨量充沛，适合蛇虫等生物栖息。永利员工多为北方人，初来乍到倍感新奇，蜀地风物在他们的记忆深处烙下了永远的痕迹。

像新塘沽这样一个庞大的工业基地于中国腹地诞生，在历史上是从来没有出现过的事情。它是苦难，也是壮举，拥有诗人般纤细神经的李滋敏对此深有感触。大概也是在一个雷电交加的夜晚，诗意的小蛇舞动，他便提起了笔，写下了一首《大雨有感》：

夜雨滂沱到澈明，扰人残梦又江声。
泉飞真武倾龙坝，浪掠新沽憾犍城。②

诗中"泉飞真武倾龙坝"这句说的就是当时出现的一种壮观的自然现象：大雨导致山洪暴发，形成了几道大水瀑，从道士观对岸真武山

---

① 《海王》第11年第26期，1939年5月30日。
② 《海王》第11年第27期，1939年6月10日。

的山峰上直接倾注到岷江。如今山上做了水土保持工程，还修建了盘山的高速公路，飞流直下的场面是再也不会出现了。但在当年，这确是引发豪情的景象，新塘沽堪称中国当时最大的一块工业"梦之地"，它的所在之处应该带着一点儿激越和梦幻的色彩。

五通桥四面环水，每到端午节，除了挂艾叶、吃粽子之外，当地士绅都会举办龙舟会、划龙船、抢鸭子。节日那天，茫溪两岸人山人海，欢声笑语；江中健儿奋力竞渡，锣鼓喧天。这样的场景，在北方生活的人大多没有见过。1939 年 6 月 21 日这天，永利同人第一次见到了赛龙舟的盛景，"比开民乐大会还热闹"[1]，感到格外震撼和开心。此情此景，让他们暂时忘了身在异乡的苦楚。

石油沟取经

永利川厂定址五通桥后，除了购买土地之外，最重要的事情是工业设计。当时范旭东有一个目标："我们切望在华西这个新天地的设施，至少要不比世界水平线太低。并且要立意拿效能来补偿环境的不利，将来这工业才能不被淘汰。"[2]

这就为川厂的工业设计定了调。如果想因陋就简、随遇而安，只需要把"自有的图样，稍加修改，对付完事"。但是，范旭东想的是"情肯不做，做就做好，做就做成"[3]。因为有高要求，永利就要采购西方先进的技术和装备，远赴海外是必走之途。

通过对新塘沽一带地理条件和资源条件的综合调查，永利制定了一个发展规划：先建碱厂，硫酸铔厂和炼焦厂缓步推进。按照永利之前

---

[1] 《海王》第 11 年第 29 期，1939 年 6 月 30 日。
[2] 范旭东：《我们初到华西》，《海王》第 12 年第 8—15 期（1939 年 11 月 30 日—1940 年 2 月 10 日）。
[3] 同上。

的建厂原则，这三个厂同时设计、一起建设为最佳。但考虑到抗日战争时期的特殊社会环境，各方面都有掣肘之处，而当下又必须尽快投入生产，容不得一丝耽搁，所以才进行了相应调整，应该说这也是永利因地制宜、因时制宜的体现。

当年建设塘沽碱厂时，永利虽然能从美国购得设备，但无专家顾问指导，必须自力更生搞生产。在西方严守秘密、不愿意传授制碱法的情况下，侯德榜苦心思索，历时数载，终于破解了苏尔维制碱法，在1930年出版了《制碱工业》一书，永利碱厂也成为东亚第一家使用苏尔维制碱法的工厂。但侯德榜并没有就此止步，他还在想办法革新，其目的是降低制碱中的盐卤成本。最后研究出来的新制碱法是这样的："在重碱过滤后的母液中，不回收氨，而用加盐来增加母液中氯离子的浓度，使之与原存在于母液中的氨离子结合，经冷却后得出结晶的氯化铵。"[①] 这种制碱法既可产纯碱，同时也可产氯化铵，一举两得，侯德榜后来将其称为"联合制碱法"（简称联碱法）。永利打算继续研发并优化这项技术，并应用于川厂。

之所以急着应用新技术，是因为五通桥的盐是井盐，井盐的生产成本要比海盐高出数倍。苏尔维制碱法对盐的利用率为70%左右，这对靠井盐进行生产的川厂来说是一个沉重的负担，必须做出调整。要改变就要进行新的工业设计，范旭东对此有长远的考虑，他曾说："工业设计，是每一种工业成败所关的分歧点，设计得法，尽有得到后来居上的可能，否则势必永久呻吟于落后的不利地位。"[②]

1938年夏，范旭东到香港后听说德国有一种类似于联碱法的制碱专利技术，正小规模地应用于生产。这种技术名叫"察安制碱法"，是1924年由德国人格鲁德（Ghund）等人发明的。于是他就想办法与德

---

① 章执中：《爱国实业家范旭东》，《化工先导范旭东》，北京：中国文史出版社，1987年。
② 范旭东：《我们初到华西》，《海王》第12年第8—15期（1939年11月30日—1940年2月10日）。

方接触，希望能够使用对方的技术。这年10月范旭东去五通桥时就将此事告诉了永利同人，在杨运珊的信中就有所提及："旭公日前来此曾与弟等谈话，内容系报告在港与德人交涉设计之经过情形。"①

侯德榜很快就去了德国亲自跟对方谈判，但德国人不愿意将技术公开，拒绝了永利的合作请求。此事迅速传到了翁文灏的耳朵里，12月1日，翁文灏去见孔祥熙，"告以范与德国 Eahn Co. 订约困难"②。于是，侯德榜又从德国转往美国，继续寻求新的制碱方案。

侯德榜去美国前，调集了4名干将会聚香港搞技术攻关，其中就有谢为杰。他已经在四川和云南一带为永利调查盐、煤、芒硝、石灰石等原材料奔走了近一年，还没有来得及休息，就与郭锡彤等人急赴香港。他在给刘尔毂的信中就提到此事："弟曾称上两星期与张燕刚兄同赴黑井区调查盐煤，廿七号始回昆。接范经理电派往香港工作，故已决定明晨乘火车动身，大概十二月五号有船赴港。"③

这批人在范旭东的寓所里钻研新的制碱工艺："从头进行系统的探索试验，即参考察安法基本原理，从不同原料配比、投料顺序、温度、浓度等工艺条件的变化组合，探索最优化数据。经过近500次试验，分析了2000多个样品，他们基本掌握了察安法技术。"④

到第二年初夏，试验已经有了相当的成果。侯德榜又把谢为杰叫到纽约，他们借用哥伦比亚大学化工系试验室继续研究新的制碱法。与此同时他们还有一项重要工作，那就是在美国对永利川厂进行工厂整体设计，并订购关键设备。

就在谢为杰去美国前，1939年3月，杨运珊被派到了巴县的石油

---

① 1938年10月25日，杨运珊致刘尔毂信，原件存乐山市五通桥区档案馆。
② 1938年12月1日，《翁文灏日记》，北京：中华书局，2010年。
③ 1938年11月24日，谢为杰致刘尔毂信，原件存乐山市五通桥区档案馆。
④ 邓国栋、卢鹏翔：《联碱新工艺的发明人之一——谢为杰》。

沟去学习深井勘探技术。

石油沟又是个什么样的地方呢？此地位于四川巴县南50公里处，那里自古就有石油从地下渗流而出，当地老百姓常常用竹筒或瓦罐接取石油带回家中，用作夜间照明燃料或点火煮食，这就是石油沟名称的来历。地质学家丁文江是最早对此地进行系统性地质考察的人，他发现石油沟的地质构造为一平缓不对称背斜层，东翼长而缓，西翼短而陡，轴向北倾，适于石油聚集。

抗日战争爆发后，开发石油沟被列为国防要务之一，国民政府经济部资源委员会为此专门成立了四川油矿勘探处。1937年10月，石油沟巴一井正式开钻。截至1939年11月，总计钻井深度1400余米，共17个井段显示有石油和天然气，可对重庆战时工业提供能源支撑。

杨运珊就是在这一时期去的石油沟。1939年3月23日，他在给傅冰芝的信中写道："职乘公司卡车于前日抵此，现正交涉赴石油沟实习事宜，大概日内即可前往。"①

石油沟的开发对永利川厂马上就要开展的深井钻探工作极有参考价值，对于杨运珊到石油沟学习一事，傅冰芝极为关注并寄予了很大希望。他在回信中写道："石油沟情形若何？倘能以地质学上调查所得，及钻凿工作经过，制为报告，必当大足我厂深井之参考资料。……侯致本先生来信，谓深井机当于上月购定，两月内交货，美凿井工头则将于机到稍前入川。"②

到了石油沟后，杨运珊感受良多，有了不少心得体会。首先是生活方面："干饭、馒头、稀饭色味俱全，素菜亦甚合口，较之新塘沽之饭菜佳而经济，故吾人之厨房须加以改革与整顿也。"③在工作方面，他

---

① 1939年3月23日，杨运珊致傅冰芝信，原件存乐山市五通桥区档案馆。
② 同上。
③ 1939年4月7日，杨运珊致傅冰芝信，原件存乐山市五通桥区档案馆。

通过实地考察，发现了钻井工程师的关键作用。当时石油沟有几部德国制造的 1400 米钻机，还聘请了一个德国工头，但此人固执独断，导致工程进展极为缓慢。后来换了一位美国工程师后，生产流程逐步得到改良，效果立现。所以他就建议永利也要吸收这个经验教训："职意如能在美觅一富有经验之工头来桥工作，或可训练一班员工，又能赶速完成一井，于我方颇有利益。"①

永利一直有聘请外国工程师的传统。早在 1922 年，为建设塘沽碱厂就从美国聘请了制碱机械工程专家 G.T.Lee，他的中文名字叫李佐华。此人到天津后不仅为永利提供了技术支持，还为永利培养了一批青年员工。本来聘期只有两年，但因为他工作出色，被连续延聘两次，直干到 1928 年。三年后的 1931 年 5 月，他再次坐上了开往中国的邮轮，范旭东专门为他准备了极为隆重的欢迎仪式。后来李佐华被任命为南京铔厂的总工程师，成了永利技术团队中的核心人物，直到 1936 年 11 月，才因为战事吃紧而不得不回到美国。

石油沟之行结束后，杨运珊又顺道去了位于重庆的四川地质调查所，拜访了所长李春昱。其实之前傅冰芝已经去找过他好几次了："李君处弟于去年曾偕刘竹云、谢为杰诸兄往访数次。"②他们的目的都是想了解一下五通桥附近的地质情况。

这段时间内杨运珊马不停蹄地四处奔波，累得够呛："奔波甚苦，身体极感不适，已于日前赴渝休养。"③但稍作休息后，他又赶赴建设一线，"病虽未除，容华略转。闻又将飞港，钻山打洞去"④。

---

① 1939 年 4 月 7 日，杨运珊致傅冰芝信，原件存乐山市五通桥区档案馆。
② 1939 年 4 月 6 日，傅冰芝致杨运珊信，原件存乐山市五通桥区档案馆。
③ 《海王》第 11 年第 27 期，1939 年 6 月 10 日。
④ 《海王》第 11 年第 29 期，1939 年 6 月 30 日。

第七章　建设

开发水运

永利决定迁到五通桥道士观，是充分评估过当地运输条件的。道士观紧靠岷江，循水路上行可到乐山、成都，下行可从宜宾转入长江，有相当大的水运便利。可以说水运就是永利的生命线，整个新塘沽建设所需要的水泥、钢材等基础建材，以及工厂的设备器械无一不是从岷江上运来的。

在一份名为《永利川厂购运建厂水泥申请书》的文件中，详细说明了购买5000桶水泥的用途：一是盖房子用——十层楼一、八层楼一、五层楼一、三层楼二，以及二层一层大厂屋多所，均为铁筋水泥地基柱梁以及必要之洋灰地板；二是修筑各种机械的基座之用，如灰窑、干燥锅、汽锅、发电机、压迫机、制碱塔、蒸锉塔、吸收塔、卤桶，以及大小电动机水泵等，均系铁筋水泥基座，用量甚巨；三是用来造厂房内所需的水泥管道。水泥用量每月都在1000~2000桶，而且"岷江水枯在即，设不能早日赶紧购运存厂，此后势须停工，影响工程完成时期，实非浅鲜"[①]，可谓是时间紧、运输任务又重。

当时运输多是靠木船，一到丰水季节，遇险翻船的事情时有发生。

---

① 永利川厂企业档案史料，原件存乐山市五通桥区档案馆。

如永利曾经雇船把硫酸铁及钢板等物资从重庆运到五通桥，不料途中就出事了。

> 该船于七月廿五日驶至雷劈石地方，正在拉滩上行，忽遇洪水陡涨。急流冲来，势若奔马，以致牵绳突被绞断，船身随流而下，撞触礁石，偏侧漂淹里许，散架沉没。当时因水流过急，深达六七丈以上，实无法捞起，且硫酸卷入水即被溶化，钢板因船身偏侧下流，遇险地段又多属陷窟沙滩，沉落何处，亦无从探捞，所有船货，完全损失。①

在永利企业档案中还有不少此类记录，单1939年一年就损失了5条船。其中3条的情况如下：

> 该船（船主徐焕庭）于廿八年六月十一日，在松溉下游廿五单地遇洪水冲击，触石沉没，当经极力设法打捞，因流急散失，大部无法捞获，计损失器材共值壹万贰仟肆佰玖拾伍元……

> 该船（船主王树云）在途先后两次遇险，第一次系于廿八年六月十日在茄子沟地方误触礁石，中舱撞破，当即进水，经设法捞救，货物幸无损失，仍用原船修理装载继续上驶。于七月六日行至合川双石滩地方，又一次出险，船腰撞断，全部沉没……"

---

① 1939年10月16日，永利华西办事处致中公证行函，原件存乐山市五通桥区档案馆。

> 该船（船主张树清）于廿八年七月八日下午，驶至纳溪观音背滩而牵棚突断，其时大水急流，无法挽救，当即下撞触石，全船沉没，所载器材经设法打捞，仍有一部分散失未能觅获……"①

虽然木船都买了保险，但永利川厂还是在运输中的重要节点设立了联络站，如渝站、泸站、宜站，同时采取分段付费的方式，以减少损失。在1939年10月18日华西办事处在给永利川厂的信函中，就清楚地记录了这种运输方式。

> 查美购第一批、第一批A及港购第四批器材，除于上月廿十八日由轮运厂一部分外，其余大件，兹雇装刘习之木船运厂，派李世隆随船押运，兹将所装各件开列第十六物料运桥装货清单三份，附请察照点收。该船运费总价，计玖佰伍拾元，经与船户规定，在渝先付伍佰捌拾伍元，其余分由泸县付伍拾元，宜宾付贰佰元，到厂付壹佰壹拾伍元。②

不仅如此，永利川厂还有专人负责运输事务："曹青萍、王子百、吴京三位先生，均经永利总处调运输处服务，足见运输工作紧张，而曹先生已于七日由乐山乘民觉轮去叙府、泸州，筹划一切。"③

一旦出了状况或是事故，总有人负责善后，那就是刘群臣。他三十岁左右，体格健壮，看起来很是精干。他的工作繁重且琐碎，什么地方出现问题，就得往什么地方去，不管刮风下雨，也不管白天黑夜，

---

① 1939年6—7月永利华西办事处致永利川厂函，原件存乐山市五通桥区档案馆。
② 1939年10月18日，永利华西办事处致永利川厂函，原件存乐山市五通桥区档案馆。
③ 《海王》第11年第28期，1939年6月20日。

事无巨细，一概承办。

1939年10月4日，民生公司的"民裕轮"装载着永利订购的钢管和机油等物资正常行驶在江上，快到宜宾时却接到通知，说急需这批货物，必须改用快车运往五通桥。刘群臣不敢怠慢，只好赶紧联系宜宾站处理船务，并迅速谈好接货用的汽车，将货物顺利转运。

他不仅要负责协调遇险木船的打捞和赔偿等工作，还得应付寻衅滋事的船主。10月7日，刘群臣接到驻渝办事处的通知，说三条载有煤焦的木船离开重庆后，船主宋云波、杨思光等人沿途一再借款，总额已超过全部运费。船到泸县后，他们又提出借款要求，且威胁称"不借不走"。刘群臣马上联系驻泸县站的侯省吾，让他协助去找航务局扣留这些船以追回预支运费，还要另雇船转运煤焦。

不仅货物有遭受损失的危险，甚至连人身安全也会受到威胁。1939年11月10日，泸县被炸，刘群臣正好在当地处理公务，在空袭中他携带的财物损失殆尽，还差一点儿丧命。不过，他因此也得到了厂里的嘉奖："允自本年九月份起，增加日资贰角五分。"[1]

在遭遇了河运中的诸多问题之后，刘群臣逐渐摸索出了一套有效的运输方式：装轮之件应该尽量一次性到厂，中途尽量不要转运，以免增加费用；每到一批货物，尽量迅速转走，随到随转，以免囤在重庆遭到空袭；如果出现破箱，必须尽快捆扎加固，并拍照留证；重件尽量不要与轻件同运，一旦遇险就不好处理，应该分开转运；凡不能受潮之件必须用车运，不能存有侥幸心理；到了枯水季节，火轮只能走到宜宾，然后就得改用木船，等等。

他工作尽职尽力，因此得到了同人的好评："刘群臣先生先后在江安、合江两次打捞沉没货船，颇能吃苦尽责，公司获益甚多，而工友

---

[1] 永利川厂企业档案史料，原件存乐山市五通桥区档案馆。

及地方人士无不称赞。"[1]

1939年，是永利西迁中最忙碌的一年。由于运输任务繁重，只得专门购买了一艘小火轮，取名为"永利号"。这条船常常从重庆出发，运送一些贵重货物到五通桥，直接在道士观码头卸货，比较方便机动。买这条船除了为增强运输自主性之外，其实还有一个重要的原因："川江水涨，船运较便，惟木船容易遇险，同人深为押运人员担心，甚盼机警将事。"[2]也就是说，小火轮的安全性能要强很多。

"永利号"也有缺点，它的马力不足，逆水行驶就慢如蜗牛。据当地人回忆，轮船上行时还不如岸上行人走路快。所以"永利号"在上行中一般要雇纤夫拉纤才能过滩。沿岸的小孩子就爱跑去看热闹，好奇一艘铁船如何还要人拉着走。

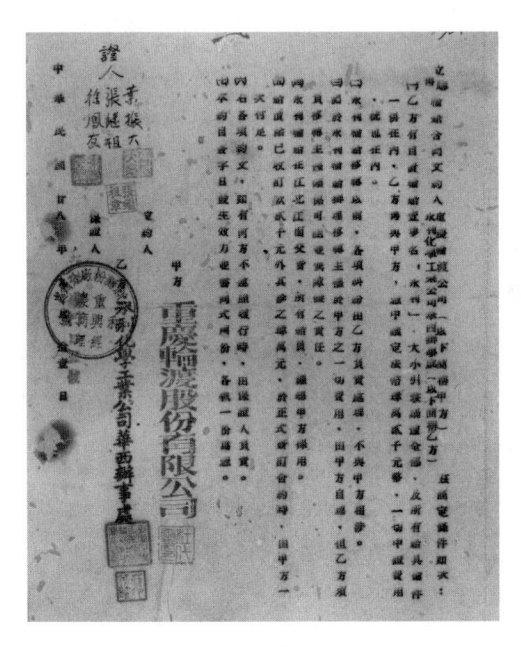

永利小火轮转让合同

---

[1] 《海王》第11年第28期，1939年6月20日。

[2] 《海王》第11年第30期，1939年7月7日。

一年多过后，物资转运到了尾声，"永利号"小火轮的历史使命宣告完成，最后低价卖给了重庆轮渡公司。"因船身构造不合行驶川江，且停泊江面深虑空袭危险，又坐耗船工开支，故经洽商，决定出售。兹以让售与重庆轮渡公司，计价国币肆万贰仟元整。"[1]

探索深井

永利西迁到了五通桥后，当务之急就是要找到高浓度的盐卤，这是生产化工产品必需的原料。过去在天津用的是海盐，取之不尽，但到了四川后就得用井盐了。五通桥从地质条件上来说有很大的盐储量，但其质量却差强人意。永利公司在地质考察报告中就指出五通桥一带的盐井汲取的均为侏罗纪地层中的盐水，系黄色淡卤。

早在北洋政府时期，英国人丁恩在担任盐务稽核总所会办时就考察过五通桥盐场，他在调查报告中写道："乐厂之卤最浓者每斤煎盐一两四钱，犍厂之卤最浓者每斤煎盐一两八钱。"[2] 相比之下，黑卤每斤煎盐可达三两六钱。

1939年1月，黄海社研究员赵如晏和永利工程师章怀西又进行了熬盐实验，得出了这样的结论："五通桥盐井较浅，卤水浓度较低，杂质且多，普通卤中所含纯盐仅占全固形质之八十左右，其余杂质为钙、钡、镁等之氯化物，钙最多，钡镁次之。为此情形，非加相当处理，似难应用。"[3] 从生产成本和工艺上考量，永利需要高浓度的盐卤，五通桥现有的还不能满足其要求。那么能不能在这里找到黑卤呢？

---

[1] 1939年9月19日，永利华西办事处致永利川厂函，原件存乐山市五通桥区档案馆。

[2] 丁恩：《中国改革盐务报告书》。

[3] 赵如晏、章怀西：《五通桥盐卤熬盐试验》，原件存乐山市五通桥区档案馆。

这件事就落在了杨运珊的身上。结束了在石油沟的学习之后，1939年4月11日，杨运珊去了位于重庆小龙坎的四川地质调查所。本来他是去见所长李春昱，不巧对方正好出门了，但他见到了技正苏小孟，两人就闲聊了起来。苏小孟告诉杨运珊，他曾经陪同一个德国人到五通桥勘测过盐井，得出的结论是青龙嘴、杨柳湾和牛华溪三处最有希望打出深井。苏小孟个人主张在杨柳湾的低处开凿，1300米之内必得岩盐或黑卤。杨运珊如获至宝，当天即写信把这个消息告诉了傅冰芝。

第二天，杨运珊再度去了四川地质调查所，这次他见到了李春昱。李春昱是毕业于德国柏林大学的地质学博士，与黄汲清是北大地质系的同学。同窗几年，黄汲清认为李春昱是个"好胜心也不弱"的人。杨运珊向他提起寻找黑卤之事，结果李春昱与苏小孟的看法大相径庭。当晚，杨运珊赶紧又给傅冰芝写了封信："彼对于盐井之位置，与苏君又有不同，伊谓五通桥三叠纪是否有岩盐？大有疑问。……谁是谁非，莫衷一是。幸黄所长不日可以到桥，以彼之所学与经历，当能指出更为可靠之所在也。"[①]

其实永利已经多次邀请黄汲清去五通桥，想让他亲自为盐井勘探定点。毕竟打井是投资大且耗时长的一件事情，其结果也决定着永利在华西的事业发展走向，永利上下对此都极为重视。

> 吾厂深井位置实有慎重考虑之必要。日需百吨之盐卤，为数颇巨，五通桥三叠纪如有岩盐，则问题容易解决，如仅在白垩纪及侏罗纪吸取黄卤水，则一个深井或二三个深井恐不够用。故此次地质家来桥须有详细研究之，要吾人尽可能多

---

① 1939年4月12日，杨运珊致傅冰芝信，原件存乐山市五通桥区档案馆。

办点鸡鱼招待专家，想此辈当能格外卖点力气也。①

犍乐盐场里稍有点儿改良意识的盐商，无一不想知道那块土地下是否藏着黑黑的盐卤。早在1935年，当地就有人开始钻探深井，但无奈钻井机器经常闹毛病，只得停工改用土法继续挖掘，可效率极其低下，至今也没出什么成果。这也让杨运珊不无忧心："可见打井工作之不易，吾厂将来成绩如何？诚属一大问题也。"②

1939年5月5日，黄汲清在百忙之中终于到了五通桥，同去的还有中央地质调查所技士李悦言和丁子俊。从5月6日开始，黄汲清一行人对五通桥的地质状况进行了为期四天的考察。

傅冰芝那几天正在成都瞧牙病，得知黄汲清等人到五通桥的消息后，便立刻往回赶。他还让杨运珊也尽快回去："最好先回桥加入刘、章诸君中研讨。"③永利川厂当时派出了章怀西、江国栋二人陪同查勘。

刘声达比较详细地记下了这四天的考察行程：

> 六日，黄、丁、李诸君同到新塘沽察视厂址一周，早餐后黄、李二君由章、江二君陪导，巡视川厂南、东、北三面地层，经由磨子场、英合山、毛家冲、辉山井而回五通桥。丁君留厂与刘声达君接洽前此沙湾及福禄镇等处已经调查之记录及图说，并检查测量应用各仪器。
>
> 七日，江君陪同黄、李二君赴顺河街、金山寺一带，考察各该处现有盐井情形。
>
> 八日，江君陪同黄、李二君考察杨柳湾、牛华溪一带盐井

---

① 1939年4月18日，杨运珊致傅冰芝信，原件存乐山市五通桥区档案馆。
② 1939年4月30日，杨运珊致傅冰芝信，原件存乐山市五通桥区档案馆。
③ 1939年5月5日，傅冰芝致杨运珊信，原件存乐山市五通桥区档案馆。

及地层情形。章君赴沙湾迎候丁君。

九日,由江君陪同黄君勘查西坝、石麟、打石坳以及新塘沽西北两面,岷江西岸一带地层,李君留桥研究五通桥一带打井记录。①

5月10日,实地考察告一个段落,黄汲清召集永利川厂相关人员开会,公布初勘意见。他的论断是这样的:"决定第一试探点以老龙坝为最宜,又背斜地段宽阔,凡在老龙坝范围内者均无大区别,故即决定以川厂原拟用之三号井作为第一深井。"②

这一席话,让永利同人大为振奋。这说明五通桥完全可能存在黑卤,准备要打的第一口深井还在新塘沽的附近。井的位置确定后,打井工程师很快到位。由于聘请的专家是美国人,永利还专门为他购置了西餐餐具,安排极细。

深井工程师将由美启程来华,入川工作。采购部特托海防办事处就近购买一批法国式西餐用具。闻防处购就后,五小时内运抵昆明,为货运最快的一批。③

打井的工人也开始陆续被调集过来,正式打井前还需要对他们进行培训:"吾厂将来打井工作人员,须事先训练……请姜圣阶先生对于员工释以训练。"④

姜圣阶大学毕业后即到南京铔厂工作,1938年随永利西迁到了五

---

① 刘声达:《补记永利川厂打井经过》,原件存乐山市五通桥区档案馆。
② 同上。
③ 《海王》第11年第32期,1939年7月30日。
④ 1939年4月24日,杨运珊致傅冰芝信,原件存乐山市五通桥区档案馆。

通桥，一直待到1945年，又被公司送到美国继续攻读硕士学位。他后来成为核工业专家，是获国家级荣誉"原子弹技术突破与武器化"特等奖的七人之一，并当选了中国科学院院士。而此时，他还只是永利川厂的一位普通技术人员。

相关的探井工作也在同步进行。这年10月，黄海社的研究员鲁波就对顺河街一带的盐卤情况进行了调查，因为此地当时为犍乐盐场"最咸之区"。他了解到这里的盐产量偏低，每日只能产50吨左右，而永利的需求量是每日150吨。不久，江国栋和刘声达两人又对附近的金山寺一带进行了深入勘查。与此同时，另一路人马也到了犍为县舞雩镇考察。在这些工作的基础上，章怀西等人建议"以吾公司之现有手摇钻井机，先在该地开一试探眼……如结果良好，再于所指定地点一一开凿盐井"。①

永利寻找深井钻探点的工作在多头并进、紧锣密鼓地进行中。那段时间中，凡是与井有关的事情，皆备受永利重视。时任永利川厂副厂长的许滕八听说五通桥顺河街的三泰灶和金山镇的广益灶挖出了井油，"以之点灯，不压煤油之火势"②。他极为兴奋，马上前往察看。可见寻找深井，实是寻找永利的生存之源。

王怀仲之死

弟于十二日上午安抵重庆，自飞机场乘舆入城，所见敌机轰炸之处甚多，而以都邮街一带为最烈。断瓦颓垣，疮痍满目，真有胜今昔之感。③

---

① 章怀西：《犍为县舞雩场拟钻盐井位置报告》，原件存乐山市五通桥区档案馆。
② 《海王》第11年第28期，1939年6月20日。
③ 1939年5月13日，黄汲清致傅冰芝信，原件存乐山市五通桥区档案馆。

黄汲清从五通桥回到重庆后,眼中所见却是一片狼藉。他们离开重庆的当天,也就是5月4日,就有3000多人在空袭中丧生。

黄海社的研究员赵如晏就给傅冰芝的信中写道:"侯敬思先生昨由渝来桥,谓渝被炸情形至惨。敌机滥炸市区,其不人道可谓已极,夫何言哉!"①

《海王》旬刊也记录了这次空前的大轰炸:"五月四日,敌机轰炸重庆,同仁均幸平安,范鸿畴报告总公司函有云:'提笔为信,好像又是一世。死里逃生,说不出什么,只好报告大家无恙而已。'寥寥数语,亦可见当时境况。"②

当天嘉乐纸厂的厂长王怀仲正好在重庆,他是为解决造纸机的事而去的。嘉乐纸厂从1938年夏就委托永利生产机器,其间经历许多波折,等到1939年5月都未完全造好,王怀仲的心里非常焦急。

早在3月间,王怀仲就给永利华西办事处去过一封函,催问生产进度。因为嘉乐纸厂将在4月1日召开股东会,他们要就经营情况进行汇报,筹备了一年的新造纸机自然是重点关注对象。王怀仲写道:

> 往岁承贵公司以服务社会允为敝厂制造制纸机一套,转盼交货期间将届,外面顾主催促供应,内面股东切盼生产,深望贵公司明察此情,详加查改,赐示告知何时全部工作确可告竣。敝厂本年股东会定于四月一日举行,怀仲日内返嘉与会,关于经手事件自当具报,尚希亮察。③

---

① 1939年6月5日,赵如晏致傅冰芝信,原件存乐山市五通桥区档案馆。
② 《海王》第11年第26期,1939年5月30日。
③ 1939年3月24日,王怀仲致永利华西办事处函,原件存乐山市五通桥区档案馆。

其间王怀仲还发现机器蓝图有误,网架的设计尺寸太短,必须立即改正。负责此事的解寿缙当即通知在五通桥的吴览菴,让他派刘嘉树去嘉乐纸厂重新测量,将图纸改好后再寄到重庆。诸如此类的事情,不知发生过多少回,生产这台机器确实是耗时磨人。王怀仲为此在重庆和乐山之间来回奔波,付出了很多心血。

收到王怀仲的来函后,永利华西办事处当即回复:"造纸机正在加工赶制中,约于四月廿四日可以完工,惟合拢试装,尚须数星期始能竣事。"①

还有一个月即可见到机器了,近一年的等待终于有了结果。王怀仲大喜过望,当即写信给范鸿畴,感激之情溢于言表。

> 承贵公司定造之制纸机四月廿四日可以竣工,足见关爱之切,帮助敝厂即如帮助新闻事业者,应同各新闻报社同致感谢。至将来合拢试装时,敝厂仍拟派弟来渝相助。动力、车床、钻床此间可以借用,特此奉达,此致永利公司鸿畴主任尊兄大鉴。
>
> 弟 王怀仲 叩首
廿八年三月卅日 ②

后来王怀仲果然在"合拢试装时"去了重庆,但不幸遭遇了大轰炸,以身殉职,连尸骨都没有找到。这封信也成了他写给永利的最后一封信。可以说,他是为了新机器而牺牲的。这台造纸机前后折腾了近一年,永利铁工厂从接下业务,到临时组建设计制造班子,接着受物价猛涨影响,不断调整材料采购方式和定价,本来预计花三个半月完成,生

---

① 1939年3月24日,永利华西办事处致王怀仲函,原件存乐山市五通桥区档案馆。
② 1939年3月30日,王怀仲致永利华西办事处函,原件存乐山市五通桥区档案馆。

产总时长却大大超出了预期,最终导致了这一悲情结局。

日机的轰炸还在继续,永利也遭了殃:"六月十一日往渝市遭敌空袭,久大、永利华西办事处附近防空濠口落一弹,同人饱受惊恐,幸未受伤,窗户、玻璃及器皿略有损失。"①

钟履坚那段时间正好也在重庆办事,连续两天遭遇大轰炸,被吓得魂飞魄散。"(7月5日)敌机来袭,他正在嘉庐和鼎昌同人避入防空洞,嘉庐共有房屋六栋,除一二栋外全部炸毁。洞紧靠屋后,炸时硫磺及墙壁石灰混入洞中,颇为难受。""(7月6日)在中二路久大办事处,附近被炸,洞中声音甚大……"②

永利之前打算把华西办事处的办公房屋盖起来,结果这一炸让人们动摇了。后来经过高层讨论决定,还是要继续建,并在5月中旬就动工:"建筑设备不妨简单一点,但吾人决不离开渝市,敌人的轰炸,绝不能阻碍我们事业的前进。"③

永利铁工厂也在继续搬迁,到5月初已进入收尾阶段:"碱厂铁工房,由重庆迁移新塘沽,其最末一批亦由渝出发。"④在此期间,有家工厂想委托永利铁工厂加工设备,被傅冰芝婉言谢绝了。他告诉对方,嘉乐纸厂的造纸机是铁工厂在重庆接的最后一单:"永利铁工厂曾为嘉乐纸厂铸造纸机一套,闻尚未完全交货。此厂机件正在西迁途中。"⑤

铁工厂搬到五通桥其实也面临诸多困难——厂房尚未修好,电力供应无法保证,焦炭的采购也无着落,解寿绵为此深感焦虑。这位自美国学成归来的矿冶工程师在给傅冰芝的信中就直接问道:"铁工厂

---

① 《海王》第11年第30期,1939年7月7日。
② 《海王》第11年第32期,1939年7月30日。
③ 《海王》第11年第26期,1939年5月30日。
④ 同上。
⑤ 1939年5月中下旬,傅冰芝致王华洲函,原件存乐山市五通桥区档案馆。

房、电力及焦炭为开工必要之三条件，缺一不可，何日全体搬家，祈示知。"①

当时新的厂房正在加紧修建，附近的岷江电厂也已开工建设，这些问题的解决都指日可待，但"焦炭一事关系新塘沽铁工厂开工甚巨，直接影响渝处迁桥之日期。如焦炭无着，即不必搬家"②。

不过这只是解寿缙一时的气话，他深知铁工厂非搬不可。没有铁工厂，永利川厂的很多自制设备就无法生产。最后想出了一个解燃眉之急的法子：可先在宜宾、泸州或重庆购100吨焦炭送到五通桥备用，另一方面找峨眉和犍为的煤矿用土法炼焦来暂时解决需求。"如必待永利、黄海调查研究之后自行炼焦，则新塘沽铁工厂又不知要几时矣！"③

永利铁工厂就是在这样的艰苦条件下为嘉乐纸厂生产造纸机的，在抗日战争时期的创业，何其难也。当时工业相对发达的地区大多沦为敌手，西部的工业技术条件本身就非常落后，而仅有的产能又被各种因素制约，不能得到充分发挥。大后方要是没有像永利和顺昌这样的西迁企业、没有近代工业的输入，嘉乐纸厂的新造纸机更是无从谈起。

实际上，嘉乐纸厂的两台新造纸机正式投入使用已经是1940年的事情了，可谓好事多磨。新生产工具明显提高了纸厂的生产能力，年产纸张超过3万令，公司募集的股本很快达到120万元。嘉乐纸厂自此由一家小纸厂发展成了中型的机器造纸厂，大大支援了当时的教育和新闻事业。

永利铁工厂的最后一批物资是5月29日从重庆起运的，由解寿缙负责押运，走的是成渝公路。"同仁眷属及工具分乘卡车两辆，由解寿

---

① 1939年3月，解寿缙致傅冰芝函，原件存乐山市五通桥区档案馆。
② 1939年4月4日，解寿缙致傅冰芝函，原件存乐山市五通桥区档案馆。
③ 同上。

缙先生率领于上月二十九日开抵乐山，随即换船转新塘沽。"①

《海王》相伴

谁云八表竟同昏，尚有大星一颗存。
几度沧桑浑不管，垂芒夜夜照乾坤。②

1938年9月，孙学悟为纪念海王社成立二十周年写下了这首诗。海王社即《海王》旬刊社，它是"永久黄"的喉舌，企业宣传的阵地。《海王》算是我国最早的企业内部刊物之一，也是我国科技史上一种非常少见且重要的杂志，它比较完整地记录了一个企业的发展历程，弥足珍贵。范旭东曾说过："我们经济困难，就是当裤子，黄海和《海王》是一定要坚持的。"可见《海王》在他心中的地位。

《海王》创刊于1928年9月20日（刊头右上方有一行小字"民国十七年始创"），并以此作为起点来计年，即1928年9月20日至1929年9月20日为一个发行年，以此类推。《海王》刊头上标的第1年、第2年、第3年等字样，实是"《海王》时间"，而非自然年，跟一般刊物明显不同。

《海王》是在永利纯碱大卖的背景下诞生的。1926年6月，永利的第一袋纯碱出产，碳酸钠含量超过99%。为区别于土法生产的"口碱"和进口的"洋碱"，范旭东将其命名为纯碱。1926年8月，在美国费城举办的万国博览会上，永利的"红三角牌"纯碱获金质奖章，为国人争了光。从此永利进入了快速发展期，产品旺销，事业蒸蒸日上。为

---

① 《海王》第11年第27期，1939年6月10日。
② 孙学悟：《海王二十周年纪念诗以寿之》，1938年9月。

了"互通信息,宣泄情感以及讨论工作"①,《海王》诞生了。

随着企业不断壮大,职工人数不断增加,永利购买和自建了大量的房屋用作职工住宅。1928年专门成立了"恒丰堂",以管理名下上千间房产。后来又修建了职工新村,还配了占地40多亩的新村花园。如此庞大的企业,需要通过某种方式来团结广大职工、增强集体凝聚力,《海王》就发挥了这样的作用。

《海王》是旬刊,每月出3期,全年共36期。最早的《海王》是单页,后又改为4开,最后出了16开的装订本。每期少则8个版,多则几十个版,每遇重大活动,还会印发特刊。内容多为企业新闻、时事评论、科学普及和学术交流,副刊则充满趣味性和文艺性,有小说、散文、诗歌、对联和笑话等。

曾凭《罗兰小语》风靡一时的台湾作家罗兰与《海王》还有一段渊源。罗兰原名靳佩芬,其父靳东山是塘沽碱厂的创始人之一。她在永利明星小学读过书,还在《海王》上发表了小说《一场风波》和散文《想到自己》,文章刊登时她才16岁。编辑专门在文前加了一段编者按,称作者"聪颖过人,颇有文学天才,造就未可限量"②。可以说,罗兰的文学之路是从《海王》起步的。

《海王》旬刊中最具特色的栏目是"家常琐事",内容全是生活中的各种杂事和趣事,文字戏谑,内容丰富,形式不拘,职工们喜闻乐见。范旭东说这个栏目是"集本团体罗曼斯的大成"③。我们不妨采撷几则,来体验一下其文字风格。

反映工余生活的:

---

① 《海王第九年开始致辞》,《海王》第9年第1期,1936年9月20日。
② 《海王》第7年第24期,1935年5月10日。
③ 范旭东:《〈海王〉万岁》,《海王》第16年第1期,1943年9月20日。

上星期六总公司三楼休息室万籁俱寂,"一丈红"购八枚花生米独乐其乐;六代谭派弟子南汤浴罢,斜倚踢脚,三嗅而作;胡子则埋头报纸,大吃辣椒云。①

描写光杆儿汉的单身情状的:

永裕同事有半夜爬起来擦皮鞋的,有借皮鞋穿的,也有把薪水存储电影院的,然而这些都是艺术的人生。②

纯粹调侃戏谑的:

艺徒班孟大法师日前自世界画刊剪得美女一幅,秘置床头,朝夕赏玩。事为某君所窥见,伺其出,遍搜其枕席而得之,则见丹青之上,微印吻痕。③

这些看似无厘头的文字,不仅让人开心一笑,也增饭后谈资。然而有时会发现历史也深藏在内,经年之后再读,却让人笑不出来。如在1936年8月30日的"家常琐事"中刊有一条:"已凉天气,游泳池无人光顾,网球场骤形热闹。目前新村及滩地两游泳池均已放干,水上英雄,明年再见。"④但这个"再见"却是八年之后,且再见时已面目全非,其中的惨痛无法诉说。

范旭东对《海王》极为看重,既是忠实的读者——每期必读,从不

---

① 《海王》第8年第32期,1936年7月30日。
② 《海王》第7年第3期,1934年10月10日。
③ 《海王》第9年第7期,1936年11月20日。
④ 《海王》第8年第35期,1936年8月30日。

《海王》第 5 年第 4 期（1932 年 10 月 20 日），出版于塘沽

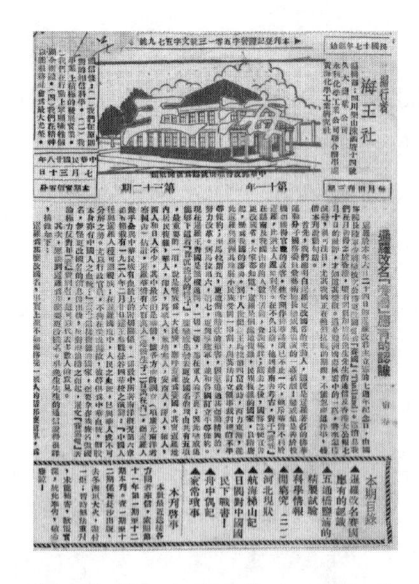

《海王》第 11 年第 32 期（1939 年 7 月 30 日），出版于乐山

《海王》第 20 年第 1 期（1947 年 9 月 20 日），出版于南京

错过；也是勤奋的作者——累计为《海王》写稿百余篇。他曾经以"拙"的笔名写过一篇叫《祝〈海王〉长命百岁》[①]的文章，这是他首次在《海王》上发表署名文章。

《海王》的命运并非一帆风顺，其间还经历两次停刊，第一次是1937年7月到1938年7月，第二次是1938年10月到1939年3月，均是受战争影响。

第一次停刊整整停了一年，当时《海王》旬刊社准备迁往上海，但淞沪一带正在酣战，只好转到香港，又绕道入湘，最后好不容易在长沙找到了落脚点。1938年7月7日复刊时，范旭东亲自写了复刊词，他说："抗战满一年，《海王》复刊了，我们极度兴奋。"[②]其实，他更多的是悲伤和苦涩。

虽然一度因战争而中断办刊，但《海王》的影响力比以前更强了，受关注度也比以往更广了："从前范围不出本团体，只供大家于工作之余，当作慰劳品和互通消息的刊物，近年深受各方同志的欢迎，以至全国和海外都有它的踪迹。"[③]此时，"永久黄"正往大后方迁移，稳定人心、树立信心在当下尤为重要，《海王》就是个现成的"打气筒"，这也是范旭东为《海王》复刊鼓与呼的真正原因。

不过《海王》旬刊社仅在长沙待了4个月、出了12期刊物后便再次西迁，这次落脚四川乐山，与永利和黄海相伴。从1928年到1949年，它前后辗转数地经营，其中天津4年、塘沽5年、长沙4个月、乐山7年、重庆1年、南京3年——一份刊物的命运竟也同国运一样坎坷。

1939年3月30日，《海王》再次复刊，办公地点是在乐山洙泗塘。而此时永利、黄海均已落址五通桥，《海王》之所以没有跟着去，原因

---

① 《海王》第5年第9期，1932年12月10日。
② 《海王》第11年第1期，1938年7月7日。
③ 同上。

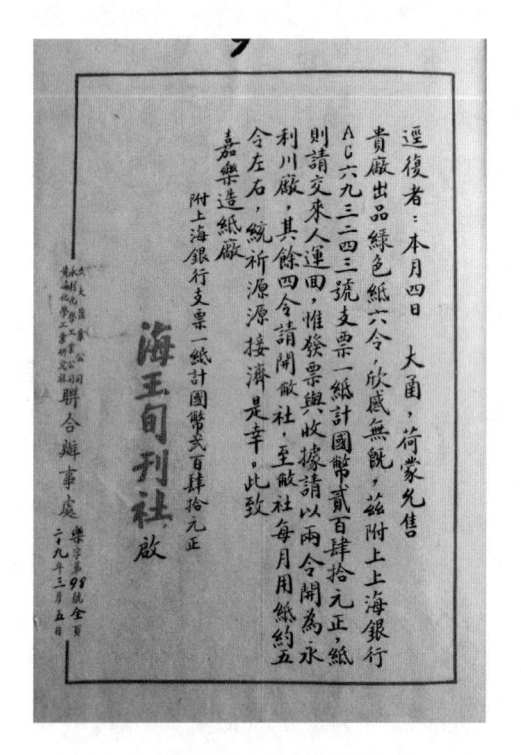

之一便是当时那里还没有一家像样的印刷厂。

1940年3月,《海王》旬刊社搬到乐山后,向嘉乐纸厂购买纸张的函文

范旭东的长篇连载《闲穷究》便见证了《海王》西迁。文章从1938年在长沙复刊那期开始连载(7月7日),直到1939年11月20日才宣告完结。其内容本是"闲扯"性质,但因为辗转两地办公,创作和登载多有波澜。1938年9月15日,范旭东把其中一份稿子寄到长沙,结果次年4月9日《海王》旬刊社才收到,不得不让人有"九死一生"之叹。

一份靠海而生、以海为名的刊物,最终却不得不在没有海的地方落脚。但它的办刊宗旨没有变,仍保持了活泼自由的办刊方向。范旭

东就曾说:"《海王》蒙尘到了西蜀深山,还不忘记昭示国人,要把目光放在'海'上,这意义非常沉痛!"[1] 他认为"只有没有出息的民族,才不重视海"[2],到了大后方的丘陵山地,范旭东心心念念的仍然是海,他希望《海王》不要失去海的本色。

《海王》旬刊社在乐山时是与"永久黄"联合办事处一起办公。《海王》的主编是阎幼甫,他同时担任永利的人事部长兼联合办事处主任,范旭东极为器重他,两人的通信次数以百计,经常沟通办刊方略。当时办事处人员有石上渠、褚东郊、徐运南、连绍兴等人,只有连绍兴是在乐山当地招聘来的,其他人均是西迁至此。他们既承担编辑出版任务,也负责人事联络工作。有首诗反映了他们的工作生活:"凌云如袜映波浮,妙句拈来孰与俦;漫步园林松荫下,呜呜警报记歌喉。"[3]

永利同人因战火而四散,而《海王》是他们共同的家园。天南海北的人可以在这里通过文字相聚,这份刊物具有一种神奇的"胶合力",也像"暗夜的灯塔般,指点方向"[4]。

《海王》在乐山落脚后,复刊词上有这样一句话:"《海王》又在山清水秀的乐山复刊了,他不为环境所屈服,那是当然的。他历来的主张——御侮建国,到今日更加明显。"[5] 此时,华西化工中心的建设如火如荼,新塘沽工厂正在拔地而起,"《海王》又播迁到西川来,在乐山继续他的使命"[6],这里已成中国抗战大后方的一块热土。

---

[1] 《海王》第11年第32期,1939年7月30日。
[2] 同上。
[3] 《炉边竹枝词·东风集》,《海王》第20年第17期,1948年2月30日。
[4] 范旭东:《〈海王〉万岁》,《海王》第16年第1期,1943年9月20日。
[5] 同上。
[6] 同上。

康行日记

与黄汲清一同到五通桥的丁子俊和李悦言,在黄汲清离开后,留下来参与了深井的勘测工作,后来丁子俊负责硫铁矿及耐火材料的调查,李悦言则负责研究与盐有关的各种课题。

丁子俊是江苏淮安人,1935年毕业于中央大学地质系,后到中央地质调查所任技士。陪他一同考察的是永利的赵文珏,他是河北沧县人,毕业于清华大学化学系,后到英国取得了燃料专业的博士学位,1936年进入永利铔厂,又随众人从南京迁到五通桥。赵文珏这年29岁,比丁子俊要年长一些。

1939年7月初,这两个年轻人便搭伴准备去天全县考察,为永利川厂寻找硫铁矿。在这次调查之前,他们已经花了两个月四处奔波却颗粒无收。

赵文珏有记日记的习惯,这次也不例外,他把沿途所见都记录了下来,并专门取了一个名字叫《康行日记》,作为其考察报告的一部分。虽然保留至今的资料只有7页,但字迹工整,具有相当的史料价值,不仅记录了一个真实的时代和当时的地理环境,也让后人看到了永利为了寻找生存之路而进行的艰难探索。

7月4日,赵文珏从五通桥出发,还带了两个帮忙搬运仪器设备的工友。到了乐山后,他与丁子俊会合,又采购了食品、草鞋、油纸和药品等生活用品。等办好这些东西,他们才正式出发。这一天是7月7日,赵文珏在《康行日记》中写道:"此抗战第三周年之开始日也。"[①]

他们雇了"滑竿二乘"代步,沿途风光秀美,又是富庶之地,一开始感觉如观光旅行:"自嘉定至雅安,阡陌相接,场镇相联,饮食无

[①] 赵文珏:《康行日记》,原件存乐山市五通桥区档案馆。

缺,虽长途跋涉,不甚觉行路之苦也。"[1]

当时西康省[2]初设不久,雅安作为通往康藏地区的门户,日渐繁华。各大银行都在此设立分号,公路也纷纷开修,城里一度开了5家书店——到处是开放和兴旺的面貌。雅安盛产苞谷和小麦,赵文珉和丁子俊这两个北方青年居然在蜀地感受到了"北方风味",对此地颇具好感,觉得这里必有大的发展。

13日,赵文珉、丁子俊一行九人辗转来到了天全县属的拉拃河(现称喇叭河)口。在这里稍事休息后,他们将去一个叫"打子堂"的地方,但是到那里要爬山。上山之前,考察队向当地人打听山中情况,颇感不妙:"山路十里,崎岖辗转,已年余无人行矣;山上粮米艰难,一切食用,均须自带也。"[3] 于是他们又临时采购了一些食品,单是咸萝卜干就买了7斤。

15日,准备上山。但在出发前一天,丁子俊突然染上了疟疾,浑身无力,只好为他雇了一架滑竿。出了天全县之后,两边全是高山,沿途景物逐渐变化,"地层已由冲积层而变成火成岩矣"[4]。当晚,他们住在了蕨萁坪(现称脚基坪),煮洋芋稀饭而食。蕨萁坪距紫石关仅5公里,但这一段却是有名的险路。紫石关是去二郎山的必经之地,历朝历代都有士兵驻守。张大千继他们之后也到过此地,感慨于风景之雄奇,专门写下一首诗:"横径二郎山,高与碧天齐。虎豹窥闾阖,猿猱让路蹊。"[5]

第二天虽然有当地的王保长带路,省了不少工夫,但因为山路难

---

[1] 赵文珉:《康行日记》,原件存乐山市五通桥区档案馆。

[2] 旧省名。西康省成立于1939年1月1日,省会是康定。所辖地主要在现在的四川西部及西藏东部,多数地区是以藏族为主的少数民族聚居地。

[3] 赵文珉:《康行日记》,原件存乐山市五通桥区档案馆。

[4] 同上。

[5] 张大千:《咏二郎山》。

行,无法挑担,只能把行李全部背在身上,"愈行愈困难,有时须手足并用"①。 到中午时,一行人已是疲惫至极,便停下来生火做饭。吃的是苞谷粑和稀饭,外加一点儿咸萝卜干。饭后准备继续前行,但出了个意外:"带来之工人赵某,系自厂中选来。大哭,不欲前行,乃减轻其背负,强之而后行。"②

赵某对行路之难的预期不足,吃不了苦,开始闹情绪。最后在众人的鼓励下,还是咬牙又出发了。当夜他们住在了一个叫新开堰的地方,这里的海拔在1800米左右,虽时值盛夏,早晚体感却如深秋。"山中短粮食,临时掘取洋芋二斗,合包谷麦饼食之。"③这天夜里还下了一场大雨,气温骤降,众人皆彻夜难眠。

次日起来,丁子俊颇感不适,他的疟疾尚未痊愈,又有些受寒。于是赵文珉便提出自己先走一步前去察看地形,并可带走一部分仪器和行李。但这时队中又出现了状况:"力夫中有一鸦片鬼,因未得吸食,不欲上山。乃以八卦丹一片与之,声称是壮身剂,乃行。"④

先出胆小鬼,后冒鸦片鬼,又有病号拖后腿——赵文珉就是带着这样一群人在山路上艰难地跋涉着,他在日记中写道:

> 此一段矿山,已年余无人行,最近始有五工人上山,道路模糊可辨,乱草挡路,杂木横生,又因昨夜雨,行不及里许已半身湿透。涉大小溪五六次,过独木桥九次(独木一根,以双木相交支起横以木竿为扶手)乱草绊人,尽力挣扎。行廿里,两腿已酸痛,吞干饼三枚,取溪水饮,继续前行。最后一段,

---

① 赵文珉:《康行日记》,原件存乐山市五通桥区档案馆。
② 同上。
③ 同上。
④ 同上。

山坡十里，登高五百公尺，一直上行，每行数十步即作喘，下午五时半，始到矿山。此四十里山路当作七十里平路计，此余前所未曾经历者也。①

虽然一路历经险阻，但终于安全到达目的地，这也是值得庆幸的事。但问题又来了：山顶只有一间破板房，仅存两堵墙，屋顶还是漏的。登顶之时已是黄昏，他们赶紧将油布、凉席、雨伞一齐拿出，才勉强遮住屋顶破洞。而天老爷马上就考验了他们，这天晚上又下起了雨，雨水很快就打湿了铺盖，众人只能和衣而坐。山顶海拔2300多米，夜晚的气温只有几度，他们只得就地取材，燃起了一堆柴火来取暖。借着火光，赵文珉又在身上发现了虱子，还得忍受其叮咬之苦。

就在这样的条件下，赵文珉第二天早晨即开始工作，打算在山上掘洞以探矿苗。但中途又下雨，山溪暴涨，他只好停工。次日的情况更糟，雨下了整整一天，"工人患疟，自生火煮饭"②。几天里时雨时晴，赵文珉的工作没有丝毫进展。到第四天，丁子俊才上了山顶。他这一路也颇坎坷，夜里就睡在半山石崖下，把洗脸盆当锅，煮苞谷来充饥。但不管怎么样，他俩总算是胜利"会师"了。

高山上的工作环境极为艰苦。潮湿的草丛中到处都是蚂蟥，这种虫子一旦接触到裸露的皮肤，便紧紧吸附上去开始吸血，他们外出勘测时只好穿上两层袜子。山中还经常突然起雾，让人不知身在何处，有迷路和遭遇野兽的危险。山雨也随时来袭，衣服是湿了又干、干了又湿，一天总要反复几次。山上杂树丛生，每处观测点都得披荆斩棘方能到达，身体被划破擦伤是常事。山上气温也低，"着夹衣犹觉寒，

---

① 赵文珉：《康行日记》，原件存乐山市五通桥区档案馆。

② 同上。

每日除工作外，即围火取暖，炎夏有如初冬"①。

经过 10 天的奋战，他们终于完成了任务。赵文珉在日记中总结道："测量及视察工作本三四日可完毕，乃以天雨致滞留十日，艰苦并尝。"② 返程的那天突然放晴，众人皆兴奋不已："工作完毕，而食粮亦完毕矣。适值天晴，令人格外愉快，在山上已十日不解衣矣。"③

但第一天下山他们就遇到了险情：

> 因十日之雨，山水高涨，小路变成小河，涉水而行，鞋湿路滑跌坐五六次。行至第五独木桥，背夫一名上桥甫行数步，扶手忽断，噗通一声，人及行李已跌入拉拽河中（有经纬仪及余之背包）。幸河中大石甚多，流下五丈许，即为石块所阻，人物除浸湿外，均未受伤，亦云幸矣。下午四时许，暴雨忽至，时距新开堰尚有三里许。余在先，乃加速前进，深草中路不能辨，迷入谷中。拨乱草，涉深溪，手破足痛，通身尽湿，焦急万状。乱行至山顶，始归原路，已挣扎半小时余矣。④

直到 7 月 28 日，一行人才跌跌撞撞地赶回天全县城，到达之时已经是晚上 10 点："已夜阑人静，购干饼充饥，倒床而卧，始幸此行之艰苦已尽矣。"⑤

一行人之后又从天全辗转到雅安，途中赵文珉写好了《天全拉拽河打石堂黄铁矿调查报告》，并给傅冰芝写了一封信汇报工作。信中提

---

① 赵文珉：《康行日记》，原件存乐山市五通桥区档案馆。
② 同上。
③ 同上。
④ 同上。
⑤ 同上。

到:"在山顶共留十日,测量山形图,破板屋半椽,顶可望天,天雨十日。"① 从雅安到乐山他们走的是水路,乘坐竹筏过洪雅和夹江,这一折腾又是数日。赵文珉回到五通桥厂里已经是8月9日,此次勘查所费时间足足一月有余。探矿之艰,由此可见。

不过,此行收获不小,丁子俊认为"天全一处之黄铁矿,如能尽量开采,至低可供贵公司三十年之用……黄铁矿质至纯洁,含硫成分平均可在百分之四十五以上,储量以百万公吨计,此诚为吾国不可多见之黄铁矿也"②。

此次同行的还有一名叫戴峻的技术员,他在《西康天全黄铁矿调查纪行》中写道:"仰观峰岭之奇秀,俯察矿床之伟大,深感数日来艰苦之挣扎实不虚也。"③

留下李悦言

勘测打井位置是门技术活儿,专家必不可少,李悦言就是永利认为的最佳人选。

他1935年从北京大学地质系毕业后就到了经济部中央地质调查所,一直很受黄汲清的器重,是个肯钻技术、做事也踏实的人。1939年被派到五通桥协助永利探井,他通过详细扎实的勘查和复勘,为黄汲清准确勘定深井位置打下了很好的基础。傅冰芝也对他甚为赞许:"李悦言先生自至新塘沽、五通桥一带测量地质,常相过从,获聆卓论,至深钦佩。"④

---

① 1939年8月1日,赵文珉致傅冰芝信,原件存乐山市五通桥区档案馆。
② 1939年8月2日,丁子俊致傅冰芝信,原件存乐山市五通桥区档案馆。
③ 戴峻:《西康天全黄铁矿调查纪行》,原件存乐山市五通桥区档案馆。
④ 1939年6月31日,傅冰芝致黄汲清信,原件存乐山市五通桥区档案馆。

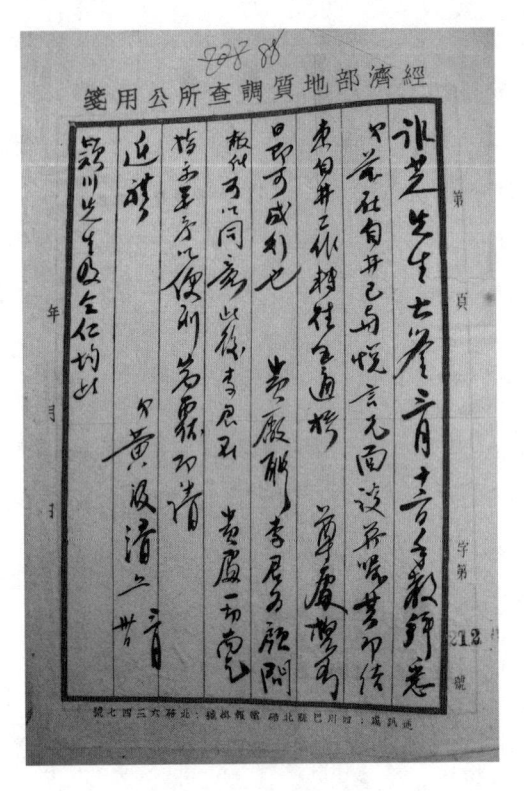

1939年3月30日，黄汲清给傅冰芝写信，告知李悦言即将去五通桥开展深井调查工作，这是中央地质调查所与永利合作的开始

然而李悦言每次都是匆匆而来，匆匆而去，远水解不了近渴。永利便想长时间借调李悦言，让他踏踏实实地留下来从事深井勘探工作。1939年9月底，傅冰芝在给黄汲清的信中写道：

顷读十八日致范旭东先生大函及五通桥钻探深井意见书一通，简要精当，如获琼浆。兹特致书范先生，请其嘱敝华西办事处购备飞机票，邀李悦言先生赶日飞乐山转桥，一面勘定杨柳湾确址，一面指定他处，为后日开凿之需。①

1940年2月，傅冰芝又给黄汲清写了一封长信，表达了求贤若渴的心情，并希望得到他的大力支持："颇望李君能于亲来监视凿井之余暇，兼为指导复勘石膏、耐火材料、黄铁矿之工作……敝公司负建立基本化学工业之重任，事之成否，关系于原料之探查至钜。"②

黄汲清不大乐意把李悦言借调到永利川厂，因为中央地质调查所也很需要他——1937年时李悦言和同事去北京周口店寻找过古人类化石，还捡到过三个头盖骨化石；抗日战争爆发之后，他的足迹更是遍及四川各盐区，此时他正在自贡一带做盐矿调查研究。所以黄汲清的回信颇为委婉："最好候钻机到川时，再由尊处通知。"③

但开挖深井是永利的头等大事，没有时间可以耽误了。傅冰芝又给李悦言写了封信，讲明了深井工程的进展情况及其重要性、迫切性，恳请他出手相助："为永利解决困难，此不仅弟等数人之私幸，亦川厂整个成败攸关也。"④ 侯德榜也亲自上阵，在1939年11月14日这天专程拜访了黄汲清。"清晨七时廿五分，汽车由南开中学开行两小时至九时半抵北碚，先欲往访地质调查所黄所长汲清，因汽车未能直抵该所，遂改乘滑竿，约十时到所，见黄汲清所长，讨论深井地址。"⑤

永利还给中央地质调查所发去一封正式调函，承诺给予李悦言一定的报酬，希望他能稳定在五通桥一带工作。但这番操作让黄汲清颇为不满，他似乎已意识到永利想长久留用李悦言，甚至怀疑其有鼓动

---

① 1939年9月23日，傅冰芝致黄汲清信，原件存乐山市五通桥区档案馆。
② 1940年2月28日，傅冰芝致黄汲清信，原件存乐山市五通桥区档案馆。
③ 1940年1月4日，黄汲清致傅冰芝信，原件存乐山市五通桥区档案馆。
④ 1940年2月21日，傅冰芝致李悦言信，原件存乐山市五通桥区档案馆。
⑤ 侯德榜：《北碚黄桷树大鑫火砖厂参观记》，原件存乐山市五通桥区档案馆。

对方脱离地质调查所的意图。黄汲清在地质调查所里花费了不少心血，他曾明确表示："地质调查所的几套班子，是在二十多年中，点点滴滴积累起来的，到 1937 年达到高峰。日本侵华两年之中，损失甚大，骨干力量，减少过半。"① 所以，他对借调李悦言一事非常敏感。他在给傅冰芝的回信中提到：

> 李悦言君事，弟曾允再派其赴五通桥协助贵厂工作，并未有令其加入为贵厂正式职员及脱离敝所之意。此点或系先生误会，不能不郑重提出，敬希不予注意。李君为敝所干部人员之一，目前研究四川盐矿问题颇有心得，是项研究先非有长时期之野外及室内工作不可，一旦任其他去脱离敝所，非但为敝所之损失，亦为李君个人之损失也。故请先生终止任命李君为正式人员之意念。②

1940 年 3 月，黄汲清又郑重其事地写了一封信，以阐明立场：

> 一、请贵公司收回正式任命李君为职员之命令，但如暂时给李君以顾问或相似名义，弟亦可同意；
> 二、李君不得在贵公司支薪，但旅费当由公司担任；
> 三、李君应待自流井工作结束后再赴五通桥；
> 四、李君在贵公司工作时间暂定三四个月，过期则放行调回予以他项工作，但届时贵公司认为李君尚有留桥之必要，谈敝所承认时当可延期……③

---

① 黄汲清：《我的回忆：黄汲清回忆录摘编》，北京：地质出版社，2004 年。
② 1940 年 2 月 17 日，黄汲清致傅冰芝信，原件存乐山市五通桥区档案馆。
③ 1940 年 3 月 9 日，黄汲清致傅冰芝信，原件存乐山市五通桥区档案馆。

就在他们信件往来期间，深井勘查已经有了成果，决定在五通桥杨柳湾打下第一口。这也正是之前杨运珊到重庆拜访苏小孟时，最早讨论的深井位置之一。

具体开挖地点自然还要请李悦言来认定。于是，傅冰芝一面让华西办事处代为购买飞机票，一面致信黄汲清："邀李悦言先生尅日飞乐山转桥，一面勘定杨柳湾确址，一面指定他处，为后日开凿之需。"①

此时杨柳湾井址周边的土地已收购完竣，只有深井机还滞留在昆明。永利派杨运珊偕同从美国聘来的钻井技师哈蒙一起前往昆明，设法将机器运到泸州，然后装船西上。

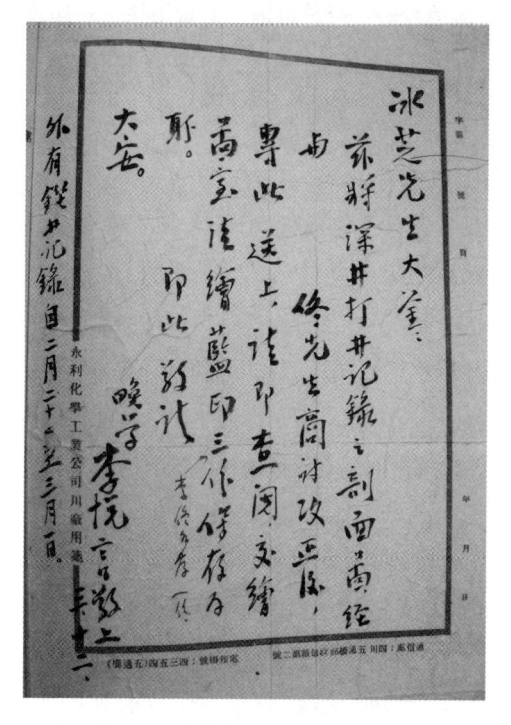

1940年3月12日，李悦言写信给傅冰芝，交办打井事务

---

① 1939年9月23日，傅冰芝致黄汲清信，原件存乐山市五通桥区档案馆。

1940年李悦言正好30岁,很想踏踏实实地做一番事业。他很认同永利的技术、人才以及发展理念,在给傅冰芝的信中也表达了这层意思:"晚学到贵厂,纯抱前来学习之心,绝不敢望高位厚禄。"①

就在李悦言在五通桥勘测打井位置的这段时间,黄汲清突然辞职去了中央大学任教,中央地质调查所所长一职由尹赞勋代理。这件事与翁文灏有关,当时黄汲清跟他在工作上产生了一些难以调和的矛盾。黄汲清觉得自己整天"汗流浃背",却不能"事事都合翁先生的口味",而翁文灏"也不时提出批评,有时十分严峻"②。

黄汲清是1940年6月离开中央地质调查所的,翁文灏的日记中也有记录:"访地质调查所,与黄汲清、尹赞勋谈话。如黄辞所长,拟以尹继任。"③同年9月,李悦言在五通桥的工作到期,但黄汲清已不愿再掺和这事了:"李悦言兄之行动自应由尹先生决定。弟自辞所职后,即不愿与问外政大计。"④

永利川厂见情况有变,当机立断便给经济部地质调查委员会发去一函:"李君不避艰阻,裨我良多。刻三四个月之期已过,而所事未尽完毕,不得不恳将李君调查期限,展长数月,俾竟全功。"⑤

到了这年年底,严重超过约定工期的李悦言在中央地质调查所的多次催促下只得回到了重庆。但一翻过年,李悦言就待不住了,认为自己在永利的工作远远没有结束。他给傅冰芝的信中称:"贵公司之原料,诚如先生所言,前途茫茫,尚无头绪。"⑥这时李悦言的思想已经发生了根本性转变,他认识到永利所追求的事业更为远大,非一般的机构能企

---

① 1940年2月16日,李悦言致傅冰芝信,原件存乐山市五通桥区档案馆。
② 黄汲清:《我的回忆:黄汲清回忆录摘编》,北京:地质出版社,2004年。
③ 1940年5月26日,《翁文灏日记》,北京:中华书局,2010年。
④ 1940年4月22日,黄汲清致傅冰芝信,原件存乐山市五通桥区档案馆。
⑤ 1940年9月20日,永利川厂致经济部地质调查委员会函,原件存乐山市五通桥区档案馆。
⑥ 1941年1月6日,李悦言致傅冰芝信,原件存乐山市五通桥区档案馆。

及,所以他直接表达了愿意留在永利的想法:"年来在桥得能追随先生,作解决公司原料之工作,实感庆幸,而深欲能继续之永久者。"①

李悦言想留,永利也想要人。1941年2月6日,孙学悟给永利华西办事处主任范鸿畴发了一封电报,让他把电报转给翁文灏,请求支持:"永利原料诸待解决,地质探查势难中止,敬恳转催地质调查所仍暂允李君悦言借。"②

2月中旬,李悦言顺利地回到了永利。那时尹赞勋刚上任不久,愿意成人之美。但转眼三个月过去,还不见李悦言回来,尹赞勋便有些急了,赶紧致信傅冰芝,希望对方"归还"人才:"拟请李技士于五月底返所,以便派遣工作而解人事之恐慌。"③傅冰芝却一味采取拖延的方法:"慨允悦兄展期二三星期再回贵所,为敝厂先作天全之行……"④

一而再,再而三,不断地借,无限期地借,实际已经达到了留人的目的。促成此事的关键人物,其实还是黄汲清。他从地质调查所辞职后,在同年7月下旬被永利请去协助确认深井定位。此时恢复自由身的他在借调李悦言这件事情上态度发生了很大转变,从下面这封信中就能看出来:

> 清于廿五日桥轮离嘉,于廿八日安抵北碚。此次在桥又蒙招待,并多方予以便利,隆情高谊,终身铭感。五通桥本为腐化之区,经先生等提倡改良之后,短期内必能大改旧观,即此一端,先生已功在国家也。

---

① 1941年1月6日,李悦言致傅冰芝信,原件存乐山市五通桥区档案馆。
② 1941年2月6日,孙学悟致范鸿畴信,原件存乐山市五通桥区档案馆。
③ 1941年5月15日,尹赞勋致傅冰芝信,原件存乐山市五通桥区档案馆。
④ 1941年5月26日,傅冰芝致尹赞勋信,原件存乐山市五通桥区档案馆。

李悦言君事，弟已转与代理所长尹君。尹君之意李之去贵公司前既有三个月之约，最好由公司方面来文请继续借用，以便所方有所根据。此种办法，清也认为较为妥也……①

之所以如此，是因为他的内心深处还是支持永利的："敝所及弟个人向极钦佩贵公司及贵同仁之精神及事业，故敝所及弟个人之帮助贵公司出于至诚，从前如此，将来亦然。"② 其实尹赞勋也同样如此。他认为帮助永利是"助成福国利民之大事业"，"贵公司举办事业在国计民生有重大裨益，数年经营，成绩斐然，敝所以调查矿产，责无旁贷"。③ 他们之前不愿放人，也是身在其位需谋其政。这批知识分子都有强烈的爱国心和正义感，他们对永利的事业怀有崇敬，也与永利的精英们惺惺相惜。

外籍工程师

留下了李悦言，深井工程似乎多了希望，经过了一系列的探测工作后，第一个打井点确定了下来，就在五通桥杨柳湾三块碑附近。

1940年的初春，永利成立了深井部，开始做前期的工作，所有工作人员都汇集到了岷江边的一个小山头。关于这口深井最初的记录是这样的：

3月9日 第一号井基，召集土工预备平整地基。
3月10日 大雨终日。

---

① 1940年7月31日，黄汲清致傅冰芝信，原件存乐山市五通桥区档案馆。
② 1940年3月9日，黄汲清致傅冰芝信，原件存乐山市五通桥区档案馆。
③ 1941年2月7日，尹赞勋致傅冰芝信，原件存乐山市五通桥区档案馆。

3月11日　早八点哈君、王公谨、潘召清（土工头）等到三块碑踏勘地形。

3月12日　潘召清带土工十六人到三块碑动工修路，住吟峨寺。

3月18日　翁然移居吟峨寺，土工增加至四十余人，每人每日工资0.30元。①

写这份报告的是深井工程的负责人佟翕然。他是一个非常有魄力和能力的山东大汉，但面对缺设备、缺技术的局面时同样眉头深皱。他在报告中写道："建厂设计上所应需要的原材料、燃料、水源、劳力、运输、市场等，无一可以得心应手。而山丘地带的内地，更增加一种运输的困难，小件物品转运，动辄积年累月，或有不幸，时遭意外的销毁与损失。累此情形，欲求工程之速进，虽非缘木求鱼之比，定不能称心如意，当局者已备尝艰辛与困苦矣。"②

佟翕然绝非夸大其词，就凿井设备而言，单是把打井机从美国运到四川就耗时一年半。范旭东为此气苦不已："深井工程师二月三号可到港，深井机则为滇越被炸，仍陷中途。真闷气！奈何！"③

1940年3月，深井工程终于开始了。佟翕然搬到了离三块碑深井钻探地不远的一座庙中居住，该庙名为吟峨寺，就在岷江边上，正对峨眉山，风景倒是不错，但当时那里仍属荒郊野外。他住下的第二天就下了一整天的雨，长达六年的凿井工作就在暴雨和泥泞中拉开序幕。

几个月后，从美国请来的钻井工程师韩孟德（Hammond）也到吟峨寺住下了，人们都叫他哈君。但钻井工作还远没有开始，平整场地

---

① 佟翕然：《原始试井整理报告》，现存乐山市五通桥区图书馆。
② 佟翕然：《永利川厂深井报告》（1941年5月30日），原件存乐山市五通桥区档案馆。
③ 1940年1月15日，范旭东致阎幼甫信，天津渤化永利股份公司编《范旭东文稿》，2014年。

和道路又花了好一段时间，最关键的是深井设备依然没有到齐，等真正动手凿井已是 1941 年年初了。

1941 年 1 月 20 日正式开钻，当天还专门举行了一个隆重的开工仪式。"凿井工程于十时举行开工典礼，到傅（冰芝）、孙（学悟）、余（啸秋）诸先生、黄海社及厂中同仁共百余位，蒙张博士子丰太太剪彩掷瓶，井机全部开动。运输年余之深井机件，本日开始凿井之工作。"[1]

大家都憋足了劲，连续作战，一口气打到地下 600 多米。但因为原材料不齐，工程总是开开停停，到了 3 月份不得不整体停工。加之生活条件异常艰苦，哈君怨气多多，常常闹着要走。有一次他以井绳太旧易断为由提出回国，惹得范旭东和傅冰芝亲自到打井工地去安抚他。他俩非常明白，哈君一旦回国，至少一年半载深井工作就无人主持，永利实在是耽搁不起。无奈之下，范旭东提出给哈君涨薪，并同意他到重庆去休养一段时间，"希在新钢丝绳未运前，应用经验利用所存旧钢绳继续下锉，直达四千呎或到达质量优良之黑卤为止"[2]。

范旭东先稳住哈君，然后迅速回到重庆协调各方势力，想方设法把永利暂存在加尔各答的新井绳运回国。在一般人看来这根本不可能实现，战争时期运输受限，民运和商运被严格管控，但范旭东以他超强的社会活动能力竟然给办成了。这让佟翕然大为感叹："在此军事第一的抗战关头，能得飞机代运，政府实尽帮忙之能事，如非范先生，恐他人亦毫无办法。"[3]

在凿办深井期间，侯德榜于 1941 年 9 月回过一次五通桥。当时他已经订好了到美国的船票和机票，但听说有了出卤的迹象，便果断延期四天，为的就是要看到钻探的结果。在侯德榜看来，深井能否打出

---

[1] 《永利深井试办记录》，现存乐山市五通桥区图书馆。
[2] 佟翕然：《原始试井整理报告》，现存乐山市五通桥区图书馆。
[3] 同上。

黑卤实在是太关键了。"川厂命脉在深井，油、气、卤，三者任何一项能获成功，始有办法。"①

关注深井不仅是永利同人，外界也对此寄予了厚望。1942年5月5日，一群政要齐聚五通桥，为的就是看一眼那个仿佛是寄托了中国化工所有希望的深井。

> 监察院于院长、孔副院长、邵力子诸先生及张群主席将于日内到桥，先到井处参观。惟井卤面距地面不过一百余呎，三千四百余呎之卤柱压力已使天然气不能冒出，必将卤水汲出，卤面降低，方可再有天然气。故决于本日尽量提卤，天然气如尚存在，则水每日提卤维持卤面，俾便于先生们到时随时可以观看。范总经理本日在自流井，明日将到厂。②

当地人对这口深井也是极为关注和支持。没有深井一直是五通桥盐业的一块心病，因盐卤浓度不如自流井，熬盐成本居高不下，在运销中优势尽失。到民国初期，当地人想要凿办深井的愿望越来越强烈："厂人如欲维持久远，非从开办深井减轻成本不为功。……而犍岸深井又未成功，眼见盐业消亡，劳工星散，影响犍人生计实非浅鲜，是有望于盐业者及早为之所焉。"③然而筹措多年均无成效，直到永利来后，才实现了五通桥盐商的深井梦。

1942年9月28日，终于在井中发现煤气和浓卤。范旭东喜不自禁，以"旁人"之笔名在《海王》旬刊上发表看法："两年多年，不知道费了多少人的气力与心血，九月二十八日下午消息传来，居然如愿以偿

---

① 《永利深井试办记录》，原存五通桥盐厂档案室，现存乐山市五通桥区图书馆。

② 同上。

③ 民国版《犍为县志》。

了。那浓厚的黑卤和火焰猛烈的瓦斯，象征着未来中国化工的光明，的确是抗建期中一服兴奋剂！"①

五通桥的第一口深井开凿成功，也让当地民众欢呼雀跃，仿佛看到了这一地的大好前景。"五通桥等地，则为盐井之处女地带，且有水陆交通之便，黑卤发现，盐民灶户必趋之若鹜，其社会经济亦必随之改观，而天府宝藏今得大量开发，尤堪庆幸。"②

当时这口井的深度不仅远远超过四川当地的盐井，甚至超过了甘肃玉门的油井，成为中国最深之井，"实为抗战以来中国化工界、地质界的一大成就"③。

虽然如愿打出了煤气和浓卤，但钻探工作又停了下来。原因仍然是严重缺乏钻井材料。所需的物资都堆在边境上，要通过滇缅公路运回，但战事正炽，根本无法运输，只得等待。1943年6月8日，哈君带着诸多遗憾离开了中国。"雨中送哈君去轮船码头，轮船将开握手送别时，哈君泣至不能再仰首，吾辈亦黯然相对久之。"④

哈君走了之后，永利又聘请了一位叫Hall（人称贺君）的美国深井工程师，待之不薄。不仅专门按照西方人的生活习惯为他"装置恭桶、面盆、澡堂，又为伊展开一间新房也"，还给他配了无线电收音机，并"去黄海图书馆为贺君借小说，借得七本交于贺君"⑤，以免使他觉得生活乏味。在物质极为匮乏的时期，永利已经尽了最大的努力为其提供这等待遇，但贺君在五通桥待了多半年后也离开了，可以说是一事无成，不欢而散。

---

① 范旭东：《永利深井卒至成功了》，《海王》第15年第4期，1942年10月20日。
② 重庆《大公报》，1942年10月15日。
③ 同上。
④ 《永利深井试办记录》，原存五通桥盐厂档案室，现存乐山市五通桥区图书馆。
⑤ 同上。

"Hall 来华计留三十三个星期,花了不少钱,凿了四呎井,试验了七个多月,如此一走了事。"[1] 佗翕然如是写道。当时他很无奈,看到凿井毫无进展,公司遭受损失,不禁悲愤异常:"抗战建国真是不容易事,如不愿技术为人扼死,则尚赖吾人之努力奋勉也。"[2]

---

[1] 《永利深井试办记录》,原存五通桥盐厂档案室,现存乐山市五通桥区图书馆。
[2] 佗翕然:《原始试井整理报告》,现存乐山市五通桥区图书馆。

第八章 使命

千万里追随

永利从天津往西迁后，黄海化学工业研究社也决定搬到长沙："津沽沦陷，暴力紧迫，社务无法进行，毅然暂迁江汉，以待国军之驱敌。"[①]湖南在化工原料和煤炭资源上具有优势，永利本就有在此兴建钣厂的打算，早在水陆洲觅定了400亩空地，准备大兴土木。

1938年6月，黄海社在长沙水陆洲购地建屋，打算恢复科研工作，"立本社在黄河以南之始基"[②]。几个月后，在研究员谢光蘧的主持下，新址迅速落成，人们称这位功臣是"外衣瘦面真皮相"[③]。

但战火很快就烧到了湖南，不久之后广州和武汉一带也纷纷沦陷。1938年11月，长沙发生"文夕大火"惨剧，黄海社众人感到形势已经极为严峻，无法久留。工作人员先转移到了重庆，租赁南渝中学的房屋暂住。南渝中学原是张伯苓于1936年在重庆沙坪坝创办的，天津的南开中学于1938年迁到重庆，与南渝中学合并，仍称南开中学。

方心芳就是在这时赶回"娘家"报到的。他是河南临颍县人，出生于1907年，15岁时曾经在卫辉府的一所教会学校学习法语。这里

---

① 《黄海化学工业研究社二十周年纪念册》，1942年。
② 同上。
③ 《炉边竹枝词·东风集》，《海王》第20年第16期，1948年2月20日。

需要补充一点儿背景知识：修建京汉铁路时中国曾向比利时贷款，比利时也因此拥有这条铁路的使用特权，如果有人想在京汉铁路谋一份职，就得学会比利时的官方语言法语。这所学校就是为了培养京汉铁路工人而设立的。但毕业后，方心芳并没有在铁路系统内找到工作，只好在同乡的带领下去上海闯荡。为了掌握其他技能，他又到中法工业专门学校学习了一年。之后碰巧看到上海国立劳动大学招生，他便去投考。这所大学是新开的，半工半读性质，不限年龄，不看学历。四年后方心芳毕业，又过了一年劳动大学就宣告停办。

但就是这所"短命的大学"改变了方心芳的命运。在那里，方心芳遇到了一位名叫魏嵒寿的好老师，他教授农产制造学和农业微生物学两门课。魏老师很看重这个勤奋刻苦的学生，让方心芳加入传统发酵食品的研究工作。并在1931年的《新农通讯》上，与方心芳联名发表了一篇名为《中国酱醪中之数种酵母菌》的文章。在老师的影响和鼓励下，方心芳便"下决心学习农产制造"[1]。

黄海化学工业研究社的社长孙学悟很注重微生物研究，专门搞了一个菌学研究室。因为魏嵒寿是中国应用微生物学界的先行者，孙社长就把他请了来，他的得意门生方心芳自然也一道来了。后来魏嵒寿去了南京中央大学负责组建农艺化学系，方心芳则留在了黄海社菌学研究室，担任助理研究员。

方心芳在黄海社一干就是四年，工作非常努力。1933年，李烛尘到山西运城调查池盐，方心芳也在随行人员中。此行给他带来了很大的收获，他专门去考察了杏花村汾酒和太原等地的老陈醋，完成了调查报告《酿酒秘诀》，并在《黄海》杂志上发表。孙学悟非常喜欢这位踏实认真的年轻人，当时他正主持高粱酒的研究工作，就让方心芳加

---

[1] 程光胜：《方心芳传》，长沙：湖南教育出版社，2017年。

入了自己的团队，在1934年前后两人联名发表了《唐山高粱酒的酿造法》《高粱酒曲之改良》等研究报告。

位于塘沽的黄海化学工业研究社图书馆，左边建筑为实验室，前面为花园

方心芳常穿一件青布长衫，看起来像个乡下的教书先生，跟当时黄海社那些有留洋背景的年轻人相比，显得太过清寒。但他能够得到李烛尘、孙学悟这些精英的帮助和提携，便是因为他身上有诚恳的态度和实干的精神。对方心芳而言，黄海社就是家，在这里他得到了成长，黄海的学术环境成了他的人生舞台。

1935年，方心芳28岁，他得到了一个深造的机会。机会来自庚子赔款，这笔钱可以让一些优秀的科研人员出国学习。孙学悟举荐了他，并交代给他一项重要的任务：把国外先进的酿造技术学回来。

方心芳先去了比利时鲁汶大学酿造专修科，当地是著名的啤酒之都，学校有相关学科世界一流的教授和技术。1937年1月至6月，方心芳又先后去了荷兰菌种保藏中心和法国巴黎大学,学习根霉和酵母菌分类学,随后又到丹麦哥本哈根卡斯堡研究所学习酵母菌生理学。他不断利用先进的设备分离菌种,并将它们寄回国内以供研究。他在给孙学悟的信中写道:"我想在离比前,将三十余种毛霉,弄过明白……因我近对菌学兴趣甚深,诚愿将来将我社的发酵部分弄成国内的权威者。"① 虽然这两年多的学习并没有给他带来一纸文凭,但他却打开了眼界,掌握了先进的菌学知识,这为他今后的研究打下了基础。

1937年7月8日,一位外国朋友急急忙忙地拿着报纸跑来,告诉他昨天中日之间爆发了战争。他一听到这个消息便决定马上回国,他心里惦记着黄海社,那里临近战区,同人安危未卜。

方心芳先从丹麦哥本哈根到比利时鲁汶,再辗转去了法国马赛,准备坐船回上海。这一路有8000多海里,需要航行近一月。等他坐的船终于到了上海附近,战火已经烧到了黄浦江畔,船根本无法靠岸,只好开到了香港。他一下船就得到消息:天津早已沦陷,永利碱厂被日军占领,黄海社的那幢漂亮的小楼成了日军的运输指挥部……

方心芳只好迅速前往南京永利铔厂打探消息,而此时南京也到了沦陷的前夕。幸运的是,他遇到了正准备撤走的范旭东。当时孙学悟正在长沙筹建新的黄海社,但战事瞬息万变,这让范旭东心中很不踏实,所以他让方心芳先去重庆,做好继续西迁的准备工作。此时,方心芳仅拿到了60元经费,但他果断花了30元采购了一台二手的德国显微镜,准备将其带到重庆。就在他于武汉码头等船时,竟然碰到了郭质良,由此开启了另一段故事。

郭质良是辽宁辽阳县人,生于1910年,从位于青岛的国立山东大学化学系毕业后便留校当助教。他是著名化学家汤腾汉的高足,曾凭借

---

① 程光胜:《方心芳传》,长沙:湖南教育出版社,2017年。

《山东酒曲之研究》一文而获得中华文化教育基金会特种科学奖,还参与筹办过1937年的中国化学会第五届年会。但就在这年爆发了七七事变,本来平静而繁忙的教学节奏被打乱,国立山东大学被迫西迁,郭质良也成了流亡大军中的一员。后来他回忆逃难的经历时写道:

> 平津相继沦陷,青岛已成空城,风声鹤唳,一宿数惊。延至冬季,赶乘胶济铁路最后一班快车到济南。时已无南去火车,只有在站台候车,逃难人多,站台拥挤,又值严冬,冻馁难熬。数日后,忽一运载伤兵之铁甲列车,停在站台加水,逃难人等一拥而上,有的爬到车顶,有的攀住车窗悬挂在车壁上,我则挤入一节运煤车内。火车南行途经隧洞,车顶、车壁之人大部滑落,毙于非命。[1]

两人相遇后,郭质良对黄海社有了新的认识,并对其充满了向往。到了重庆后,国立山东大学很快并入重庆中央大学,郭质良便去了国立编译馆当助理编审。但这份工作颇为枯燥,他梦寐以求的还是搞研究。好在不久后机会就来了,他获得了中英庚款董事会的资助,如愿以偿地到了黄海社工作。

郭质良在那里主要研究发酵学,最后将研究成果汇总为《发酵学》一书,在1943年由正大书局出版,这是他献给西迁的一份"礼物"。如果不是与方心芳的码头偶遇,他的人生道路也许又会是另外一番景象了。

黄海社迁到重庆后,工作条件根本不能与在塘沽时相提并论,可谓是筚路蓝缕,艰苦创业。方心芳借用南渝中学的教室开始了新的工

---

[1] 郭质良:《魂系祖国——简记我之化学生涯》。

作，但环境极为简陋："用几块木板搭了个实验台，放上显微镜，从医院化验室匀了一点载玻片和滴管，买了几样必需的试剂，一个简陋的战时发酵微生物实验室就办妥了。"①

重庆南渝中学里的临时实验室

研究是从抗战最为需要的化工产品开始着手的，由于南京铔厂被迫停产，硫酸铔紧缺，酒精汽油的生产跟着受限。为了找到替代品，方心芳开始集中精力研究这个课题。

方心芳在研究中发现用人尿做酵母菌的氮营养源，能有效地替代硫酸铔，这样一来酒精生产中的大难题就被解决了。不久后川内多地就兴建了生产酒精的工厂，就靠这个技术，强有力地支援了抗战。方心芳曾诙谐地说："大后方的汽车是靠人尿开动的。"②

---

① 程光胜：《方心芳传》，长沙：湖南教育出版社，2017年。
② 同上。

黄海社有了新家

黄海社的前身是久大精盐公司化验室,"民国九年,特于工厂左近辟地数亩,营造现在之化学工业研究室,并附设图书馆,选择购各国专门书籍杂志以供参考,综计所费不下十万元之巨"[1]。虽然略具规模,但研究室仍然是工厂的附属品,在学术研究上没有发挥出应有的效用。所以后来范旭东决定在研究室的基础上成立黄海化学工业研究社:"仿欧美先进诸国之成规作有系统之研究,于本地则为工业学术之枢纽,并为国内树工业学术。"[2]

1922年8月,黄海化学工业研究社在塘沽正式成立。1932年,黄海社重定章程,扩大组织,延聘社外专家,成立董事会。永利每年还给黄海社4万元委托研究费,使其基础日益巩固。黄海社借鉴了美国的梅伦研究所模式,办社资金主要来自私人捐赠,研究课题也是非营利性的。

黄海研究社西迁时曾在重庆待过一段时间,永利川厂定址后,黄海社很快也随之搬到了五通桥。

初到小城,首先面临的是住宿问题。他们最早是租借了一个地主的院子,据说在茫溪河畔,菩提山脚下。有位名叫孙顺潮(即后来的漫画家方成)的助理研究员曾在这里工作和生活过,他从迁到乐山的武汉大学化学系毕业后就进了黄海化学工业研究社。他对那里有一些零星的文字回忆:"社址是买来的一所民宅大院,规模不大,人员不多而名声在外。"[3]

这些名声都是过去在塘沽时积累起来的。但这一时期的黄海已与

---

[1] 孙学悟:《黄海化学工业研究社之概况》。
[2] 范旭东:《创办黄海化学工业研究社缘起》。
[3] 方成:《黄海忆旧》。

塘沽时期的黄海不可同日而语："七七国难，塘沽社址沦陷敌手，图书、仪器丧失殆尽。"① 黄海社曾拥有自己的图书馆，藏书上万册，以化学书和工程书为主，还有一百多种杂志，很多还是外文的。购书上务求"本本都是工具"，同人也将此地当成思想的"健身房"。② 当年那些先进的化学仪器设备就存放在两层小洋楼里，如今塘沽的黄海社旧址门窗依旧，原貌几无大的变化。

至今保存完好的黄海化学工业研究社图书馆（龚静染摄）

到了四川后，一切从零开始。据方成回忆，当时黄海社只设立了三个部门：分析室、菌学室、有机室。分析室主任是赵博泉，菌学室主任是方心芳，有机室主任是魏文德。

社长孙学悟，外号"西圣"。他是哈佛大学的博士，与宋子文是同学，两人相交甚笃，永利在解决一些重大问题时多少也走过这层关系。

---

① 《黄海化学工业研究社二十周年纪念册》"引言"，1942年。
② 参见《海王》第7期第31期，1935年7月20日。

宋曾多次邀他做官，可他不为所动。他的夫人是典型的旧式做派，但两人非常恩爱，"一洋一土，恩爱和蔼，白头到老"①。孙学悟的三儿子孙继仁回忆这段生活时称："在四川五通桥，生活比较清苦、单调，晚饭后，灯光下，父亲常常捧着一本《水浒》念给母亲听，以增加一些生活中的情趣。"②

孙学悟

抗日战争爆发之前，曾经在国外生活多年的孙学悟总是穿一套藏青色西装，脚蹬黑色皮鞋，戴一顶礼帽。但到了五通桥后，他就只穿中式长衫和布鞋，再也没有穿过西装。为什么变化这样大呢？孙继仁提到："父亲说日本人侵略我们，我们要有中国人的骨气，穿上自己的服装，就是要时刻记住自己是中国人。"③

---

① 方成：《黄海忆旧》。
② 孙继仁：《父亲，我们怀念您》。
③ 同上。

孙学悟早在1930年冬就到四川考察过，足足待了40多天，对当地情况有一定的认识。同行的人还有黄海社的董事长任鸿隽，和时任中央地质调查所所长的翁文灏。他发现乐山一带是"天府之国"的代表性区域之一，糖、盐、丝、蜡等物产十分丰富。但他同时也感到此地工业非常落后，"四川里一切物质表现，概是个农业社会的背景"，"一路所看见的那几个所谓化学工业莫不带着农业社会里的性质——小规模、家庭式，且为数极少"①。他认为四川的发展须从基础工业上着手，要改进"农产制造及已有几种化学工业"②。没想到的是，他在9年后还会再度来到四川，且扎根下来，成为了一名真正的建设者。

副社长张子丰毕业于清华大学化学系，后又留洋攻读博士学位，是中国实验室制备纯铝成功的第一人。他在美国专门研究铝矿处理和磷肥制造，一心扑在科研上，快三年都没有回国，这让妻子颇为忧虑。后来其妻便去向孙学悟要人："西圣辄受张夫人诘问，为何不归？"③他回国时也不忘事业，"带回许多试验品，喜形于色"④。

黄海社搬到五通桥后，所有的科研人员和事务人员加起来有30多号人，是个活跃的团体。年轻人居多，单身汉不少："我们一群光杆汉住在一个院里，吃在一张桌上。下了班打乒乓球，晚上泡泡茶馆，看看书。假日里几个人到乡间走走，画速写。"⑤由于相处融洽，方成认为黄海的生活虽然清苦，但却"和美舒畅"。

黄海社内部很团结，同人相处甚洽，方成对此有很深的体会："范旭东、侯德榜先生来，正和社长们谈话，我能挤进去给他们画像，毫

---

① 孙学悟：《考察四川化学工业报告》，《黄海化学工业研究社调查报告（第一号）》，1931年。
② 同上。
③ 《海王》第9年第2期，1936年9月30日。
④ 同上。
⑤ 方成：《黄海忆旧》。

无拘束，和在家里一样。"①

方成在业余时间创作的五通桥盐井架速写

在头一年里，他们"在以民房改建的简陋实验室里，头顶瓦片，脚踩泥巴，开始工作……请手工匠人敲成锡制的恒温箱，以木炭作燃料，用老百姓用作腌渍食物的瓦缸陶罐作提制用的容器，蒸馏烧酒制成酒精；用木板钉成实验台和书架"②。就在这样的情况下，还有更惨的事情发生——"黄海闹贼，偷去了蒸馏器的锡顶，方心芳为之心痛不已"③。

虽然一切都与塘沽时期不同了，但黄海社的精神却没有变，仍然坚守所倡导的信念。黄海社的精神是什么？可以说，黄海社的精神就是中国的一批精英知识分子在民族复兴理想下追求科学和自由。孙学悟就写过一篇叫《为何我们要提倡海的认识》的文章，呼吁中国的科技文化要走出去，拥抱海洋文明："大家需要新的灵感，能以给我们一

---

① 方成：《黄海忆旧》。
② 孙继商、刘爱璧：《怀念先父孙学悟》。
③ 《海王》第11年第28期，1939年6月20日。

个自强的人生观、征服自然界的心理以及豁达的心境、弘毅的气魄。"①

但正当黄海社的事业蒸蒸日上的时候，抗日战争爆发，一切中断。"西入夔门，一切重新缔造，艰苦备尝。"②黄海社是依靠永利而发展起来的，到了五通桥后，它仍然需要永利的支持，范旭东对此有相当的认识。他是这样形容的："黄海这个小宝贝，是中国一个孤儿，大家伙儿应当拿守孤的心情，来抚育他，孩子将来有好处，那是国家之福。"③

在"永久黄"中，如果说永利和久大是父母，黄海就是一个孩子。下面这通在五通桥期间的借款函文，就反映了黄海与永利之间的特殊关系。

> 顷收到贵厂送来暂借洋贰仟元，数月内即行奉还，并出具临时收据一纸，敬乞查收为荷。④

但黄海并非"白养"，也不是个"摆设"，它的人员和技术也要到生产一线上去。那座小院子里人来人往，有很大的流动性，一些员工被借调到外单位的时间甚至超过一两年。方成回忆道："孙继商、郭浩清、刘福远和吴冰颜借去了自流井，刘养轩被当地工厂借去；刘学义借去为盐商设计'枝条架'……我也曾在永利川厂开办碱厂时，被借去用了半年。"⑤黄海实为永利和久大的"人才库"，哪里有需要，就去哪里支援。早在1935年就有相关的记录——郭锡彤被借到了刚办起来的南京钚厂，帮助组建化学研究室和图书馆："郭先生业于三月一日携图

---

① 孙学悟：《为何我们要提倡海的认识》，《海王》第9年第7期，1936年11月20日。
② 《黄海化学工业研究社二十周年纪念册》"引言"，1942年。
③ 范旭东：《在卷首说几句话》，《黄海·发酵与菌学特辑》第1卷第1期，1939年6月1日。
④ 1940年11月22日，黄海化学工业研究社致永利川厂函，原件存乐山市五通桥区档案馆。
⑤ 方成：《黄海忆旧》。

样南下，同行者有社内熟手李大声及李树梧两先生。"[1]

黄海社在培养人才方面很大度，不仅舍得送优秀学者出国深造，平常只要有学习机会也从不放过。1939年5月底，中英庚款董事会组织了一个川康科学考察团，途经五通桥时团长黄国璋一行去黄海社参观，与孙学悟谈得极为融洽，"不知西方之既黑"[2]。在考察团出发时，孙学悟就让黄国璋把阎振华（阎幼甫之子）也带上同行。

暂时解决了员工住宿问题后，黄海社也在积极地寻觅地方修建科研楼，下面的两通函文就涉及了黄海社的营建事宜。

其中一封是1939年9月20日写给五通桥盐务管理分局的：

> 查贵局长公馆用水所引之笕竿，适通过敝社四望关新购山地中。敝社现拟即在该处建筑房舍，请贵局即将该项笕竿迁移，以便兴工为荷。[3]

五通桥盐务管理分局接到黄海社的这份"桥字105号"函后，很快转交其庶务处并办理妥当。1939年10月6日，黄海社又致函五通桥盐务分局：

> 敝社在所购四望关山地侧近与公园交界地方建筑房屋，现已测勘竣事，即日兴工。查该处地内除有贵局引水笕竿曾经函请移置山上外，尚有电话线柱二根亦在该处，不便施工建筑，用特函达，请烦察照，将该处电话线柱二根及引水笕竿一并

---

[1]《海王》第7年第19期，1935年3月20日。
[2]《海王》第11年第30期，1939年7月7日。
[3] 1939年9月20日，黄海化学工业研究社致川康盐务管理局五通桥分局函，原件存乐山市五通桥区档案馆。

移置。①

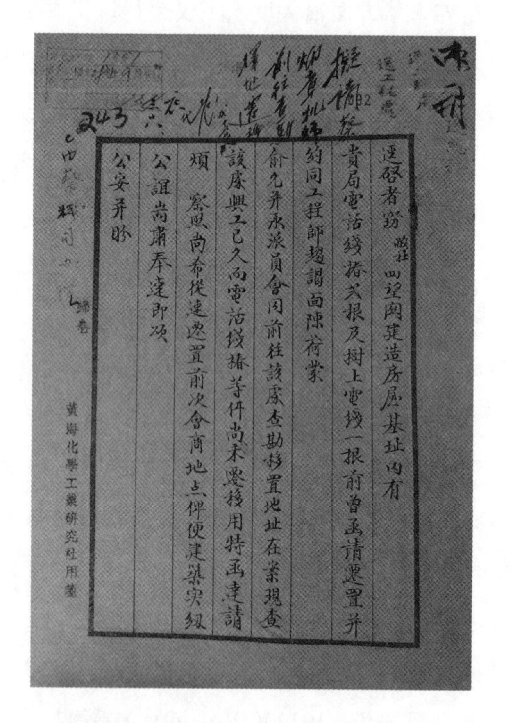

黄海化学工业研究社在五通桥四望关修建房屋时，
请求当地移置电话线杆的函

新楼在1939年10月开始建造，位于一处幽静的山脚下，山上树林茂密，山顶还有古庙。也因为人迹罕至，山中仍有野兽出没，孙学悟就遇到过一次。当时，他在一个山洞口打坐歇息，无意中发现洞中有两团闪亮的光点，原来那是一头豹子的眼睛。他当即让吓得魂飞魄散，赶紧跑下山求援，过程堪称惊险异常。1940年年初时，"新建之研究室，正在营造之中，不久当可落成。各系工作，临时租用民屋，稍

---

① 1939年10月6日，黄海化学工业研究社致川康盐务管理局五通桥分局函，原件存乐山市五通桥区档案馆。

加修葺,先行恢复"①。不久,一幢漂亮的两层实验楼建成,各项工作开始步入正轨。"各方相需至急,为公开协助化工事业,不容再事踌躇。"②

1942年的五通桥黄海化学工业研究社菌学楼,前面带小孩儿者为方心芳

黄海社正式落地五通桥后,新的使命就随之确立——建设华西化工学术研究中心。"华西化工急待开发,学术研究尤应重视,以本社之夙愿,不当因播迁而稍存观望,故特在五通桥购地建屋,以冀树立华西化工学术研究之重心。"③

---

① 《黄海化学工业研究社二十周年纪念册》,1942年。

② 同上。

③ 同上。

小城里诞生的杂志

1940年,对黄海社而言是个重要的年头。

这年2月,黄海社召开了董事会,翁文灏也参加了。他在日记中写道:"2月23日,重庆,范旭东宅,黄海化学工业研究社董事会,到者胡政之、张伯苓、何淬廉等。"[①] 会议选出了新的董事,胡政之、杭立武、何淬廉、翁文灏当选。胡政之是《大公报》的总经理,鼎鼎有名的"报业大王";杭立武是中英庚款董事会的总干事,郭质良就是在这一机构的资助下才进了黄海社;何淬廉是国民政府经济部常务次长,是蒋介石智囊团中的一号人物。

就是这次董事会上,黄海社在办社方向上有了明显的转向。如今面对四川的自然环境和地质条件,很多做到一半的研究已难以继续推进,如利用胶东沿海的藻类为原料研制钾肥和碘,又如从庐江的矾石中提取氧化铝等。不得不从当地资源中挖掘新的研究课题,而民生需求自然还是摆在了首位:"在我国当时的情况下,殊非易事,然追根溯源,以为最重要者,仍应在国计民生上寻求。"[②]

在孙学悟的主持下,社章得以细化,决定今后以协助化工建设为宗旨,从事西南地区资源的调查、分析与研究,并根据实际情况,重新安排了重点科研领域及课题。当然,所有的活动皆是以四川为中心,甚至是以黄海社所在地五通桥片区来开展的。

1939年7月,《海王》旬刊上刊登了一篇名为《抗战时期的科学研究》的文章,其中就阐明了黄海社的新发展方针:

> 我们要的科学研究,是以抗战建国为目标,大地万物为研

[①] 1940年2月23日,《翁文灏日记》,北京:中华书局,2010年。

[②] 孙学悟:《黄海化学工业研究社入川后工作报告》。

究对象，前后方事务为工作。不需要完美的试验室，不要优良的设备，前方的战场，后方的工厂农场，都是工作地试验室。各处都散下科学种子，日后若开花结实，就能完成我们抗战建国的伟大使命。①

虽然研究方向有了调整，但黄海的学风和作风并无丝毫改变——"黄海学风，崇尚自由研究，启个人之睿智，探宇宙之奥藏，鱼跃鸢飞，心地十分活泼"；"黄海作风，着重脚踏实地，虽汪洋如千顷之波，而溯源探本，不弃细流。故筑基甚坚，堪负重载"。②

黄海社在五通桥期间到底做过些什么研究呢？"在四川用简陋的设备工作了八年，对抗战颇多贡献。如改良自贡市、五通桥盐质，提取胆巴内所含钾盐肥料，提炼苦卤内所含硼酸、硼砂、溴素、碘素等等为医药之用，发明枝条架晒卤，节省用煤，在抗战后方起了相当的作用。凡此发明及制法，均贡献于国家为抗日之用，不索任何代价，盖本其以学术保国本旨，不事营利也。"③陈调甫就曾说过，黄海"在四川七八年中的成绩，竟远远超过在塘沽十五年的成绩，抗日救国的雄心壮志，是巨大的推动力"④。

最能反映这些成果的是《黄海》杂志。

1939年6月，《黄海》双月刊出版，第一期名为"发酵与菌学特辑"，是交流微生物科研、应用成果与推介学科动态的专刊。为什么上来就搞一个专刊呢？范旭东在"卷首语"上做出了解释："去年黄海随着大

---

① 纲：《抗战时期的科学研究》，《海王》第11年第30期，1939年7月7日。
② 李烛尘：《我的黄海观》，原载《黄海化学工业研究社二十周年纪念册》，1942年8月。
③ 黄海社：《本社接受国民党反动政府补助费的经过》，1952年。
④ 陈调甫：《黄海化学工业研究社概略》。

本营西迁,在五通桥生下了根,菌学研究率先恢复过来。"① 孙学悟讲得更细致一些:"以发酵与微菌学识,谋国内资源的合理的应用,外货之代替,出口之增进,以及发酵菌学在国内基础之建立等是也。"② 也就是说,发酵与菌学最贴近民生,有迅速发展的可能。黄海社把这类研究做在前面,是响应了非常实际且迫切的需求。

关于办刊肇始,方心芳回忆道:"当时国内科学杂志刊物多已停印,国外杂志犹少寄到,西南的科学气氛非常稀薄,社内同人商量编印刊物,鼓动一下。把这个意思告诉社长孙颖川(孙学悟)先生及创办人范旭东先生后,想不到我们自己先得到了意外的鼓励。孙先生说这意思很好,不过要坚持到底;只要编印不成问题,社内决定永远支持。范先生更是高兴,即为这刊物拟定名称及封面,并且写了一篇卷头语交来。"③

但在当时的条件下,办杂志并不是一件容易的事。光是印刷一项就是个问题——五通桥没有印刷厂,只好到乐山去想办法。好不容易找到一家,生产条件却非常简陋,没有排印学术刊物的能力。黄海社只得帮助这家小印刷厂"改造升级",这一折腾又是几个月过去了。

不管怎样,《黄海》的创刊都是值得庆贺的。在创刊号上,孙学悟再度表达了对发酵与菌学事业的期望,坚信能在这上面做出一番大成绩来。

> 现吾人能以赤手空拳入川,在最短期间,重复旧观,且研究工作已得屑微之事实,足见七年来之建基工作,似未枉费。……吾发酵部当此抗战期间,处境虽云困难,仍欲本十

---

① 范旭东:《〈黄海〉发刊的卷首语》,1939年2月。
② 孙学悟:《黄海化学工业研究社发酵部之过去与未来》,《黄海》创刊号,1939年6月。
③ 方心芳:《本刊之过去与未来》,《黄海·发酵与菌学特辑》(第11卷第2及第3期合刊),1950年。

年来奋斗之精神及大时代赋予之使命,向前迈进,成败不计,鞠躬尽瘁耳。①

《黄海》创刊号的内容分为三个部分:论著、调查报告和抄译。前两部分主要是员工供稿,其中最重要的是没食子酸发酵之研究专题报告,包括方心芳的《发酵菌类之选择》和魏文德的《发酵菌类对没食子酸之消食》,这是黄海社开始关注五倍子的信号。五倍子是一味传统中药材,《开宝本草》中称其药性"味苦、酸平、无毒",是四川的一大特产,很早就出口国外。方心芳他们敏锐地发现了五倍子的经济价值,找到了从其中提取棓酸的方法,并生产出了焦棓酸、次棓酸铋、棓酸乙酯等多种棓酸衍生物,对医药和化工产业有不小的贡献。

从1939年到1951年,《黄海》一共出了12卷70册,绝大部分是在五通桥编辑出版的。它来之不易,也很了不起:"经过敌机的轰炸,社内经济的拮据,以及同仁的聚散,可是这个刊物还在不停地印行,直到四川解放的前夕,印出第十一卷一期后,为结束以往,迎接未来的新局面,才把它暂时停印。"②

《黄海》出得最多的是发酵与菌学特辑,共61册,从组稿、排版、校对到发行,基本都是方心芳一人负责。为了出一期杂志他常常要跑好几次乐山,一趟来回就是一天,但他乐此不疲。方心芳曾把在四川进行的棓酸发酵研究视为一生最得意之作,黄海集全社之力来支持发酵与菌学研究,也让他受益匪浅。方心芳后来成了中国工业微生物界的代表人物,是迄今为止我国唯一一位工业微生物方向的中国科学院院士,这份成就离不开黄海社对他的栽培和锻炼。

《黄海》除了发酵和菌学的研究外,也非常注重因地制宜,两期"盐

---

① 孙学悟:《黄海化学工业研究社发酵部之过去与未来》。

② 同上。

专号"就是例证。1943年3月的"盐专号"里有10篇论文都与犍乐盐场的生产技术有关——鲁波、刘嘉树的《枝条架之性能与盐卤浓缩试验》，赵博泉的《犍乐盐场食盐除钡工作概述》，孙继商的《犍乐盐场胆水内溴素之提取》等都在这期上发表。杂志出版后还被分送给盐商，此举对当地的生产和生活有非常积极的意义。

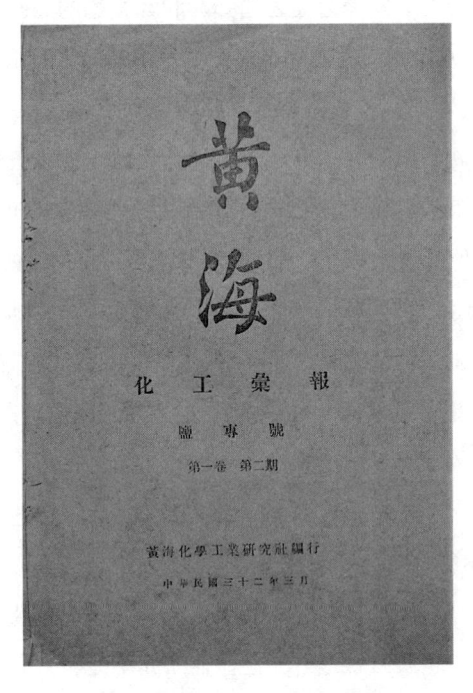

在五通桥创办的《黄海》杂志"盐专号"

时任五通桥盐务局局长的丛葆滋非常肯定黄海社的研究成果，专门为这期写了一段寄语：

葆滋承乏桥醝，时近一载，深知时代转移，难安墨守，非开发无以尽其利，非改进无以畬其流：顾开发端在深凿，耗资庞大，力或难胜，允宜暂缓，期诸异日；而改良汲煎，事虽较易,然提倡督导,要在有人,爰与黄海化学工业研究社洽订改进盐业计划,欣荷惠肯合作,稽密研讨。于是,"电力提卤","枝条架晒卤","沉淀、分离两法除钡","由胆水提制药品"诸法,先后试验成功,授诸灶商,咸能欣焉进行,其自觉之速,殆与步封者,未可同日语也。①

冯玉祥曾到五通桥为抗战募捐,在黄海社见到了一个叫刘学义的年轻人。刘学义的父亲叫刘锡廷,曾在北京西边的三家店火车站当站长,冯玉祥是那个车站的常客,对他们一家非常熟悉。没想到在遥远的巴蜀之地居然与故人重逢,当年的孩童如今已成了一名青年科学家,这让冯玉祥颇为感慨。

刘学义当时就在负责犍乐盐场电力提卤机的安装试验,将义和灶的大顺井成功地由牛力提卤改成电力提卤,大幅度降低了生产成本。他把研究成果写成《电力提卤机设计与应用》一文,发表在了盐专号上。这正是实践与科研相结合的一个例子。

菌学的世界

过去在桥滩二地,"鼎和园"的醋和"德昌号"(现改名为德昌源)的酱油都是出名的,两家还都做豆腐乳,各具风味。方心芳特别喜欢吃豆腐乳,最常光顾的就是德昌号。后来他就琢磨,德昌号的豆腐乳到底为何如此鲜美呢?在好奇心的驱使下,就同肖永澜开始研究这种家常食品。"自乐山去重庆、宜宾、泸州的人,以及来五通桥的游客,身旁多带着几罐腐乳,不用问,准是竹根滩德昌号的出品。因为德昌

---

① 《黄海》"盐专号"(第一卷第二期),黄海化学工业研究社编行,1943年3月。

豆腐乳的品质确实不错,我们之所以费了不少时间研究其霉菌,也是因为这个。"① 这一研究就有了发现,方心芳写道:

> 德昌的腐乳坯,相当纯洁,白毛整齐而不杂,可以说只有一种毛霉。这种毛霉不很平凡,在文献中未查到其类似种,所以我们认定它是新种,命名为五通桥毛霉,以作为黄海社迁五通桥的纪念。②

1939年方心芳在五通桥黄海社菌学室内

"五通桥毛霉"之名,并非标新立异,确确实实是一个新的菌种:"菌丛白,菌丝嫩,结成之菌膜,细致软烂,其力仅足规范豆腐,箸取

---

① 方心芳:《几种川产霉菌之鉴定》,《黄海·发酵与菌学特辑》(第3卷第6期)。
② 同上。

口吃,绝无韧坚之感,故为豆腐乳霉之优种也。"①

四川夹江县所产豆腐乳的口感和风味跟德昌号豆腐乳极为相似,后来才知道跟五通桥还有段因缘。夹江豆腐乳始于清末,第一代师傅邹三和就是在德昌号学的艺,出师后到夹江开办作坊,逐渐打响了名头。这件事说明邹师傅确实掌握了德昌号豆腐发酵的工艺秘诀,他可能不知道什么是"五通桥毛霉",但已经在生产中应用了。方心芳通过研究将之规范为一种可应用于教学和科研的标准发酵霉,从科学的角度找到了美味的秘密。

除了豆腐乳之外,黄海社又先后开展了针对糖蜜、饴糖、茶叶、泡菜等的研究,这些都是与民生相近的物产,让当地人至今仍受益。全华酱油也是其中一例。

最早与唐汉三、杨子南等人到自贡创办久大模范盐厂的钟履坚,是永利西迁复兴事业的开路者之一,曾当过上海酱业公司的顾问,对酱业生产新技术颇有研究。1934年他在南京汉西门外二道埂子创办了南京酿造厂(后改名全华化学工业社),以生产酱油及其副产品为主,"行销各省,浮声颇著"②。他看到乐山有食盐资源,水质也好,正是生产食品调料的好地方。1939年4月,他便开始着手在乐山恢复全华酱油的生产。

其实酱油在当时算是稀缺品,并非人人都能吃到,且各家制造的标准和方法也不尽相同,所以用工业化的方式生产酱油不仅大有市场,也是开启了一项新的食品加工事业。于是,钟履坚便在乐山嘉乐门外买了几十亩地,要开全华化学工业社乐山分厂。那时南京总厂早被日本人占领,"全华"只剩下一个牌子而已。

---

① 方心芳:《豆腐乳》。
② 1939年4月9日,全华化学工业社股份有限公司致川康盐务管理局五通桥分局函,原件存乐山市档案馆。

全华公司的董事长是李烛尘，董事有孙学悟、杨子南、方心芳、钟履坚等6人，经理是钟履坚，乐山分厂的厂长是方心芳。可以看出，这家公司基本就是由"永久黄"的人员组建的，技术上靠黄海社的发酵与菌学部支撑，可谓科学与实践相结合，拥有得天独厚的条件。

开业后，全华公司要从乐山盐场每月采购300担盐。1939年9月后，厂里添置了新设备，生产规模扩大，便每月又从犍为盐场采购300担盐。全华逐渐发展壮大，成为乐山知名的食品加工企业，根脉延续，至今犹存，是黄海社立足当地资源搞开发的一个实例。

黄海社在五通桥落地生根后，有很多人慕名前去参观。1939年9月，竺可桢从重庆来到了五通桥考察永利和黄海。他的这次旅行其实还出于一点儿私人原因——他是顺便来相亲的。1938年8月，竺可桢的妻子张侠魂不幸病逝，一年后有人将武汉大学（已西迁到乐山）文学院院长陈西滢的妹妹陈允敏介绍给了他。当时陈允敏与母亲均暂居乐山，所以竺可桢便顺道来见人。到乐山的第二天，他就与陈允敏一道去五通桥参观了永利川厂和黄海社，这是两人正式接触的开始。这一天竺可桢在日记里是这样记的："晨六点半起。八点至五芳斋早餐，回则序叔与允敏已先在，遂借至船码头雇一舟赴五通桥。自嘉定至五通桥顺流而下，凡四十里。九点十五分出发，十点四十分即至竹根滩。"[①]

下船后，"由竹根滩徒步经大街过一溪，至五通桥黄海化工研究社晤孙颖川，并遇傅尔颁、张克忠等"[②]。接下来，竺可桢与陈允敏参观了黄海社的菌学楼。他在日记中写道："由颖川指导参观，其研究室特点在于能物物事事自己利用国货制造。玻璃管也在嘉定附近制，最著成效者为由五倍子中以霉菌及酵母菌提没食子酸，以制造染料，代碘酒

---

① 1940年9月13日，《竺可桢日记》，北京：科学出版社，1990年。
② 同上。

等消毒品、墨水照相药品等。"① 通过这次五通桥之行,竺可桢与陈允敏两人互生了好感。回去后通信不断,不久就喜结良缘,黄海社便成了这段姻缘的见证。

1943年夏,李约瑟也来到了五通桥,当时他的任务就是考察中国的科技发展现状,自然绕不开永利和黄海社。李约瑟对黄海社的印象是:"是一所私立研究机构,其模式与匹兹堡的梅伦研究所完全相同,但全部都是乡村式建筑。"②

当时陪他一起到黄海社参观的是石声汉,他是武汉大学生物系的教授,也是黄海社的兼职研究员。这次同游,被李约瑟称为"西部之行",他们主要去了成都、乐山、五通桥、宜宾、李庄等川西南地区。其中从五通桥到李庄的水上航行让他极为兴奋:"你永远都不会相信,我乘坐'木船'顺江而下从五通桥到李庄,这是石声汉安排的……在激流中顺水而下很令人兴奋,且船行进得很顺利。"③1943年6月3日,参观完永利川厂后,他们从道士观码头上船前往李庄。途中,李约瑟还从石声汉那里学到了南宋词人蒋竹山的《虞美人·听雨》,其中有"壮年听雨客舟中,江阔云低,断雁叫西风"一句。李约瑟喜爱诗歌,常与友人以诗酬唱,因此对这首词深有感触。后来李约瑟在《中国科技史·生物史》的题记中,专门感谢了石声汉,说他为自己带来了"激励灵感""轻松愉快"的难忘旅行。

参观了黄海社后,李约瑟在英国《自然》杂志发表了名为《川西的科学》的文章,盛赞黄海社的两项工作:一是对盐井卤液的成分进行分析并找出提炼重要盐类钡镁锂的方法;二是用人尿作氮源以制备酒精。他对黄海的研究方向趋于务实、服务于广大民众等方面极为赞赏。

---

① 1940年9月13日,《竺可桢日记》,北京:科学出版社,1990年。
② 李约瑟、李大斐编著:《李约瑟游记》,贵阳:贵州人民出版社,1999年。
③ 同上。

他对永利西迁也有高度的评价,说这"就是一首史诗"[1],并呼吁人们要懂得这些成就的意义:"把沿海地区让给日本人,退居到西部的多山地区以不可征服的抵抗把他们拖垮。中国人民在四川找到了天然的大本营。"[2] 在李约瑟离开中国的时候,傅斯年曾这样评价他的这些旅行考察活动:"他不嫌弃我们的贫困和简陋,他看到我们的耐心,他不注意我们的落后情形,而注意我们将来的希望。"[3]

根除"妑病"

1938年4月,武汉大学迁到乐山后,逐渐恢复了正常的教学生活。但就在这个时候,师生中竟出现了一种奇怪的病,而且大有蔓延之势。

这种病被当地人称为"妑病",得病后浑身发软,不能行动,严重时甚至致死,有的患者从发病到死亡还不到一小时。方成就是见证者之一:"我上学时就知道川西一带有一种怪病,好好一个人,忽然感觉麻痹,从脚上起,逐渐上移,扩展到心脏,立即死亡。校医董大夫医道高明,也查不出是什么病。"[4] 这个病闹得人心惶惶:"初到乐山,妑病确实吓人,教授们有的因妑病轻,医好后不能再在乐山居住下去,只好携眷东归,另谋出路。"[5]

据统计,武汉大学因妑病致死的,从1939年到1943年这四年间竟达37人之多,全葬在老霄顶的山坡上。因去世的多是外省学生,饮食习惯与当地人不同,就有流言称吃辣椒可以预防妑病,好些之前不吃

---

[1] 李约瑟:《川西的科学》,原载英国《自然》杂志第152卷,1943年9月。
[2] 李约瑟:《中国科学技术史》"前言",北京:科学出版社,2003年。
[3] 傅斯年:《送别词》,引自《李约瑟游记》,贵阳:贵州人民出版社,1999年。
[4] 方成:《黄海忆旧》。
[5] 吴骀谷主编:《武汉大学校史(1893—1993)》,武汉:武汉大学出版社,1983年。

辣椒的人便硬生生地改了口味。①

这病最早就是在五通桥发现的，炮病的阴影一直笼罩着这个地区的人们。病因到底是什么，人们全然无知，医生也找不到解决办法，只能碰运气。直到黄海社到来，此事才有了转机。

孙学悟有一次听说当地某户人家出现了炮病，就想去看看。刚走到那家门口，发现对方已经在办丧事了。据说死者是吃了蛋炒饭后发病的，于是他就把剩余的食材带回了黄海社化验。最终发现用来调味的盐中含有大量钡元素，一旦摄入过量就会对人体产生伤害，这下终于真相大白。②

1939年11月，侯德榜从美国回来后就去了五通桥③，他听说了炮病引发的悲剧，就让黄海社研究员赵如晏去详查五通桥的食盐成分，并找出解决的办法。

调查了半月后，赵如晏给出了调查报告。其中提到了采样的方式：

> 五通桥一带食盐统由五通桥十六公仓附二垣票盐公仓发售，当赴犍为公署述明来意，经介绍至票盐公仓采取样品。票盐公仓④由梅旺场、河咡坎、王村场、马踏井诸处六十余灶供给。产盐地距桥四十至七十里，定点整批运桥，非于装船时不办。其来源确属灶入仓后，则统为一堆，不复可辨。故当时仅能就存积盐采取混合样品三种。此外并取厂办紫云宫、进步楼两厨房食用花盐，合计五种。上述两厨房花盐均属私

---

① 参见徐博泉《抗战时期乐山武汉大学师生生活一瞥》，《乐山文史选辑》第三辑，1987年。
② 参见《黄海钩沉：黄海化学工业研究社与社长孙学悟》，北京：人民出版社，2022年。
③ 侯德榜是1939年10月初从美国回到国内的，翁文灏在10月13日见到了侯德榜，《翁文灏日记》中有"访侯致本（新自美返）"的记载。
④ 票盐公仓，即装票盐的官办盐仓。本地零售盐称为票盐。

盐,据谓购自杨柳湾,来路不明。①

他一共采了五份样,三份来自当地盐灶,两份来自永利川厂的厨房,内外结合,考虑周全。这些盐的共同点就是都比较便宜,是偷税致廉的私盐。

经过调查分析,他发现犍乐两场之盐常含有氯化钡,平均钡含量为2.16%,最高值达6.51%,尤以复兴灶、大益灶、春光灶等盐灶出产的盐为甚。犍乐盐场的年产量达110万担,以平均含钡量2%计算,至少有2.2万担的氯化钡分布于食盐中为百姓所食用,贻害无穷。

有了调查报告为证,黄海社便决定将炮病(研究中称为"痹病")成因作为专项研究课题,令赵如晏、赵博泉、郭浩清、谷惠轩等人针对如何安全去除盐中的氯化钡进行科研攻关。事关人命,这成为黄海当时的一项重要任务。

其实,含钡食盐并非犍乐盐场才有。早在1917年美国的俄亥俄州就出现过钡盐毒死人畜的情况。根据国外的经验,除钡最简单的办法是利用芒硝:先将盐用热水溶化,再加入适量芒硝直至澄清,最后重新熬制成盐。但是,芒硝毕竟是工业原料,如果使用时没有精准的计量和操作方法,也容易产生副作用。那么,有没有其他除钡的办法呢?

黄海社分析室主任赵博泉进行了氯化钡与食盐的分离实验,他采用的是物理方法,实验地点是在五通桥瓦窑沱的裕丰灶。他先在锅中注入50升卤水,烧沸;再不断加渣盐入锅并用铁铲不停搅动,使卤液中含钡量渐增,锅内不久就会出现氯化钡结晶;接着加入适量生豆浆,煮沸片刻后将杂质捞出,再加入清水稀释。往复两次,氯化钡的洗脱效率可高达93.66%,提纯后的食盐含钡量仅有0.82%。数据说明采用

---

① 赵如晏:《五通桥一带食盐含钡情形之调查及其除去办法》,原件存乐山市五通桥区档案馆。

这种简单的物理方法是有效的，此称为"分离法"。

但按照欧美制定的食品卫生标准，食盐中的含钡量不能超过0.05%，否则对人体有害。分离法远没有达到这个标准，还得配合芒硝使用才能彻底降低含钡量，于是他们又发明了"沉淀法"。

1941年8月，黄海社在五通桥石厂湾的同生灶进行了实验。先将渣盐用饱和热卤水洗涤两次，以分离其中大量氯化钡。然后根据楻桶中的卤水深度，计算出盐和氯化钡含量，再加入适量芒硝溶液搅匀，两小时后待氯化钡完全沉淀，再将卤水放入清水池中熬制成盐，最终成品洁净无钡。

在整个调查研究过程中，黄海社发挥了巨大的作用，赵如晏首先发现了这种地方病是因犍乐盐场所产的食盐中含有氯化钡所致。从1940年到1942年，《黄海》杂志专门用了三期来刊登相关研究报告，如陈作绳等人的《五通桥盐区医院治疗瘴病之经过》、王毅的《五通桥的瘴病问题》、蔡子定的《瘴病和氯化钡》、鲁波的《瘴病和氯化钡之我见》、谷惠轩的《卤水加石膏除钡初步试验》、郭浩清等人的《卤水加芒硝除钡试验报告》以及刘嘉树等人的《分离法除钡试验报告》等。这一系列研究，对解决钯病问题起到了重要的作用。由于他们的努力，这个曾经困扰了人们多年的病魔真相终于被揭开了。

曾国钧是五通桥盐厂的工程师，早年毕业于四川大学化学系，曾参加过食盐去钡的课题研究。他说，当时虽然找到了病因，但根除它还是花了很长一段时间。1950年2月，18军52师驻防五通桥，期间有一名战士因误食含钡盐而中毒死亡，这引起了有关部门的高度重视，责令川南盐务局对五通桥所产食盐品质进行彻底整治，曾国钧正好就参加了这个任务。[①]

黄海社这项科研成果的影响究竟有多深？方成先生在回忆录中写道：

---

① 曾国钧：《五十年代初食盐除钡工作回忆》，《五通桥文史资料》第3辑。

黄海知道了，便当成研究课题，结果从食盐分析，查出四川井盐的卤水中含有大量的钡，那是有剧毒的。查处结果就好办了，很快采用沉淀法，用川西生产的芒硝即硫酸钠把盐里的钡排除净了，从此这种被四川人按方言读音称之为"趴病"，写成为"痹病"的病绝迹了。这是为四川居民做了件大好事，按俗说法是"积了大德"的啊！

　　在对炉病的调查和研究中，也有其他的发现。如赵博泉在分离法实验中，就发现"犍乐盐区有氯化锶存在"[1]。当年方成在分析室工作时，就是赵博泉带着他做实验。"1979年我重游五通桥时，看到那里已开办了从盐卤中提取锶化物的工厂。盐中锶的含量，正是我在实验室里测定的，我在化学会（指1943年在五通桥召开的中国化学年会）中宣读的就是测定的结果。"[2]

　　不仅是锶，当地井盐中所含的钾、锂、铵、硼、钙、镁等元素都具有开发价值，黄海的研究成果有不少都转化为生产项目，应用于医药、军工、轻工等领域。如后来开办的自贡三一化学制品厂、五通桥四海化工厂和明星制药厂等，都是利用制盐过程中产生的"废物"造福于当地民众。这也是"积了大德"。

特殊的纪念日

　　李祉川既是永利历史的见证者，也是书写者。他1934年从美国普渡大学学成归来后，到了塘沽碱厂工作，1935年5月调到南京参加铔

---

[1] 赵博泉：《氯化钡与食盐之分离》，《黄海》"盐专号"第一卷第二期，1943年。
[2] 方成：《黄海忆旧》。

厂的建设，妻子在12月也到了南京。《海王》旬刊还对此开了个玩笑："钺厂李祉川先生，昨急电塘沽，谓寒气渐重，请太太兼程南下。"[①]后来，他又随永利西迁重庆，参加了铁工厂的建设，后去美国主持川厂的设计。1940年回到新塘沽，任川厂设计部长。也就是说，他是经历了沽厂、宁厂、川厂三个建设时期的永利老人，更难能可贵的是，他还在晚年撰写了不少回忆文章。

帮助李祉川完成这一工作的是陈歆文。李祉川后来担任大连化工研究设计院的总工程师，陈歆文当时是《纯碱工业》（大连化工研究设计院主管）的主编，两人一起合作编写了《中国化学工业先驱：范旭东、侯德榜传》《侯德榜》《侯德榜选集》等书。

陈歆文算是目前国内持续时间最长、涉猎最深入、成果最丰硕的"永久黄"历史研究者，虽然他没有亲身经历过那段时期，但对黄海社在五通桥获得的成果有过客观且清晰的总结：

> 在菌学方面，先后开展了糖蜜、饴糖、茶叶、白菜和豆腐等发酵制柠檬酸、丙酮、丁醇、砖茶、泡菜、豆腐乳等的研究；积极开展菌的收集、筛选和培植；对盐里的细菌和分解石油的细菌，也进行了探索研究。为宣传菌学知识，推广菌学技术，在黄海经济十分困难的条件下，孙学悟多方筹集资金，创办了《发酵与菌学》双月刊。直到黄海改组为中国科学院工业化学研究所前一年即1951年为止，这个刊物连续出版了12卷计70期，发表文献233篇，它同黄海菌学研究室一起对开拓与促进我国细菌化学科学技术的发展，作出了重要贡献。
>
> 在无机应用化学方面，黄海着重对当地井盐的开采利用做

[①] 《海王》第8年第8期，1935年12月10日。

了大量研究开发工作,首创了电力吸卤、条架晒卤、塔炉蒸发等新工艺,对改进四川盐业的落后面貌,缓解当地燃料缺乏的困难有重大作用。其中,枝条架晒卤能节省制盐燃料2/3以上;综合利用盐卤回收无机盐,用四川叙永黏土和云贵铝矾土制取氧化铝,用江西铋矿炼制药用金属铋等等,也进行了大量研究工作,不同程度地取得了成果和进展。

在有机应用化学方面,黄海着重研究西南特产五倍子的利用途径,其中制取棓酸、染料等已获得成果并建厂生产。黄海在抗战期间的工作,有力地促进了西南地区的生产建设和科学技术的发展,支持了抗战,享誉西南,得到了华西人民的厚爱。[1]

这些成果来之不易,是在最为艰难的抗战时期取得的。1942年,时任国民政府经济部资源委员会副主任委员的钱昌照到五通桥视察岷江电厂,顺道也去了黄海社。他认为"当时政府的研究机关除中央研究院外,私人企业举办颇有规模的研究机关,实为少见"[2]。范旭东曾说:"中国如没有一班人,肯沉下心来,不趁热,不惮烦,不为当世功名富贵所惑,至心皈命为中国创造新的学术技艺,中国决产不出新的生命来。"[3]而黄海社就是他心目中的这"一班人"。

1942年8月15日,是黄海社成立二十周年的日子,要在五通桥举行庆祝活动。这是"永久黄"西迁四川后举办的第一场盛大活动,其意义自然不同寻常。

这一天,宾客如云,非常热闹。"太太、小姐、少爷们都来观光,

---

[1] 陈歆文:《中国近代化学工业史》,北京:化学工业出版社,2006年。
[2] 《钱昌照回忆录》,北京:东方出版社,2011年。
[3] 范旭东:《黄海二十周年纪念词》,天津渤化永利股份公司编《范旭东文稿》,2014年。

到十五日那天,各路来宾共计五百余人。"①久大的人带着"北斗歌咏团",坐着两辆大卡车从自贡赶来了。武汉大学的徐贤恭、钟心煊、石声汉、黄叔寅、葛晓山五位教授也从乐山过来助阵。那时候五通桥没有大型旅社,五通桥盐务局便把盐区医院和盐商公园都腾了出来以接待来宾。

社会各界赠送的礼品也堆积如山。单是题赠就非常可观,如蒋介石亲笔题写的"日进无疆",国民政府主席林森题的"开物成务",中央研究院院长朱家骅题的"物尽其用"等。犍为的盐商们为感谢黄海社对当地盐业的大力支持,合赠地基一块,作为黄海社扩大规模之用,并与乐山盐商合赠建筑费10万元。记者见到此情景,不禁感慨万分:"黄海入川不过四年,精神、物质两方面得到这么盛大的同情与援助,不是偶然。"②

15日这天,纪念活动正式开始,地点是在五通桥公园后面的中山堂。这幢建筑坐落在菩提山脚下,正面不远即见茫溪河流淌,四周树木葱茏。为两层西式结构,正门有几根廊柱矗立,颇为宏伟;室内铺的是实木地板,走在上面踢踏有声;旋梯也是木制的,精致光滑。由于重庆被日军狂轰滥炸,盐务总局只好迁到五通桥,便将中山堂征用,作为最主要的办公场所。当时原任川康盐务管理局局长缪秋杰被一下提到了盐务总局局长的位置上,他就在此地办公。缪秋杰曾说:"1937—1938年间,沿海盐场相继沦陷,海盐来源基本断绝。军需民食的供给,不得不仰赖后方盐区,川盐地位顿显重要。其时国民党政府战时首部撤到重庆,中国政治经济的重心移向西南;盐务总局也随之迁川,先后驻于五通桥、重庆,成了全国盐务管理的中心。"③1939年到1941年,

---

① 《略述黄海二十周年纪念大会》,《海王》第14年第33、34期,1942年8月20日—30日。

② 同上。

③ 缪秋杰:《十年来之盐政》。

中山堂就是中国盐务的中枢,也是1940年中国战时盐专卖制度的重要起草地,黄海社选择在此举办纪念活动自然有不同寻常的意义。

纪念活动由《海王》的主编阎幼甫主持。他身材高大,蓄着两撇浓密的八字胡,戴圆框眼镜,气宇轩昂,说话风趣幽默,一上场就把气氛活跃了起来。阎幼甫早年毕业于德国柏林大学,在"永久黄"德高望重,众人虽叫他"阎王",实是昵称。

盐务总局税警总团一团的团长贾幼慧还派来了军乐队助阵,这个"一团"也有故事可讲。当时的税警总团由四个团组成,总团长是孙立人。一团随盐务总局驻防五通桥,五通桥档案馆中还有一封一团致永利川厂的函件:"本团业经奉令改为'财政部盐务总局税警总团步兵第一团'。"① 后来税警总团被编为陆军第38师加入远征军,在滇缅战场一战成名。这天的纪念活动是由贾幼慧宣布正式开始的,"仪式极为隆肃"②。

接着,是黄海社的"家长"孙学悟出场讲话。人们看到他已白发满鬓,不禁一愣:这才几年呀,孙社长怎么就老成这个样子了?在黄海社的二十年间,他确实付出的太多,岁月已经在他身上留下了痕迹。"不待耳聆其词,就知道他二十年来艰苦沉潜、锲而不舍之卓绝如是,使人肃然起敬。"③

黄海社能够走到今天,让孙学悟百感交集,他深知在些年中是如何如履薄冰般度过的。"二十年来,历尽惊涛骇浪,仅免颠覆。"④ 他讲道:"黄海化学工业研究社,不觉成立二十年了。回忆当初,有如航海探险,天涯地角,茫无边际,一叶孤舟,三两同志,初无标记可循,所恃为吾人指针者,厥惟信心,所日夕祈求者,厥惟现代科学在中国

---

① 1941年1月18日,盐务总局税警总团步兵第一团致永利川厂,原件存乐山市五通桥档案馆。
② 《略述黄海二十周年纪念大会》,《海王》第14年第33、34期,1942年8月20日—30日。
③ 同上。
④ 孙学悟:《二十年实验室》,《海王》第14年第32期,1942年8月10日。

国土上生根。"①

这席话让听者无不动容。本来这个活动范旭东是决意要来参加的，但他当时人在昆明实在无法分身，未能如愿成行。就在活动进行当中，突然有人急急送来一份电报，原来就是范旭东专门从昆明发给孙学悟的，这令全场士气为之一振，气氛一下推向高潮。

电报中是这样写的：

  人生如其说应当有意义，这总算得了人生的意义。况且继往开来，还有多数志同道合的社员在，老兄真是时代最快乐的一个人，为国珍重吧！学术界正需要老兄这样纯洁的导师啊！谨电驰贺，并祝黄海万岁！②

这天下午还举办了通俗科学展览和游艺会，内容非常丰富，参加活动的人均感到收获满满。记者在新闻稿中写道："五通桥是一个乡镇，风景美丽，抗战以来，一步一步地变成了工业区，将来的发展，不可限量。"③

---

① 《黄海化学工业研究社二十周年纪念册》第6—10页，1942年。
② 范旭东贺黄海二十周年纪念电报，天津渤化永利股份公司编《范旭东文稿》，2014年。
③ 《略述黄海二十周年纪念大会》，《海王》第14年第33、34期，1942年8月20日—30日。

第九章 生死

基地初成

2000万元资金筹措到位后,永利的形势呈现出积极的局面,范旭东在给孔祥熙的函中写道:"今幸于颠簸流离之中,蒙朝野各方不弃,以实力相扶持,开辟一新局面,以继续其已断之事业生命。"同时他也深感责任重大,复兴之路阻且长:"公司川厂建造工程浩大,决非短期所能完成,其间一切开支依借债而来,危险孰甚。"[①]

1939年是新塘沽的建设年。进入盛夏后,购地和平场工作已完成,办公室、厂房、职工宿舍等设施陆续开始建设,工地上是一派人声鼎沸、热闹喧嚣的景象。

在1939年7月7日出版的《海王》旬刊上,可以看到当时各项工作的进度:

> 碱厂库房铺瓦工竣,办公室内墙壁已抹白灰。铁工房及翻砂房加紧建筑,蓄水池内之滤清池继续开掘。
>
> 碱厂南面装设竹篱一道,现已竣工。
>
> 碱厂深井努力下掘,其深井机器自配木件之图及机件说明

---

① 1940年2月24日,永利总管处重庆分处致严志伟函,永利历史档案资料对外投资卷之五。

书等，亦已到厂，现正配制中。又第一号水井继续往下开凿。

碱厂用焦，正设法自行试炼，试炼所用之煤刻已运到厂内，现于蓄水池南端洗煤，筑窑备试。①

永利川厂的设计参照了塘沽碱厂和南京铔厂，同样是一个非常宏大的工厂群落。其中，10层高和8层高的钢筋水泥高楼各一幢，这在当时整个西部地区是绝无仅有的，一旦落成那将是地标性建筑。这两幢高楼显然是仿照了沽厂里10层楼高的蒸吸厂房（北楼）和9层楼高的碳化厂房（南楼），制碱的核心部门就在楼中。两座楼高高耸立，极为雄伟，曾被誉为东亚第一楼。

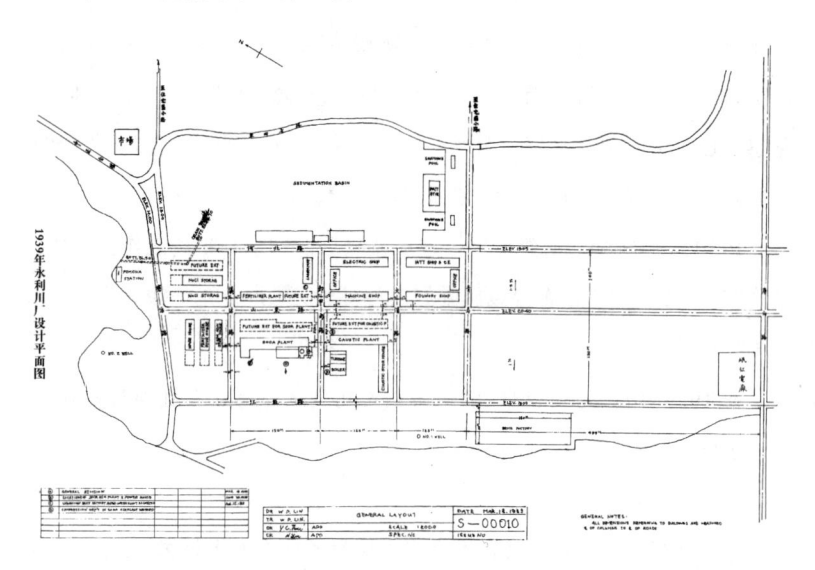

在美国设计的永利川厂厂区平面图

为了早日投入生产，建材采购工作可谓时间紧、任务重。永利任命周孟庵为采购主任，张莲孙为副主任，又调向赞辰和陈梯云两人为

---

① 《海王》第11年第30期，1939年7月7日。

驻厂及驻乐山采购员。侯德榜虽然正在美国为设计和采购而奔波,但他一直关心着厂里的建设进度。"侯先生自美来信,指示厂内工程甚详,如废水总管线,深井工作,及铁工房、翻砂房之建造等,一一提示其注重之点。"①

最先建好的是职工宿舍,截至1939年5月建了22间,迁入了14家。有了落脚的地方,有人马上就举行了婚礼:"碱厂宁书声先生本月初结婚,住宅在新塘沽住宅第一号。"②

6月14日,"新塘沽工友运动场"也顺利完竣,设有排球、篮球、跳高、跳远等运动场地,"各位工友争先练习,兴趣极为浓厚"③。

7月初,永利在竹根滩又建成了一批临时职工住宅:"同人临时住宅三十所已落成一部,其余在加工建筑中。本月三日又举行抽签分配,竹根滩塘南别墅同人先后迁入。"④

人员一多,生活问题便随之而来。新塘沽这个地方原是块偏僻的荒地,交通不便,也没有集市,日常用品都要跑到乐山或五通桥购买,往返不易,交通耗费也多。为此永利筹组了消费合作社,大家认股,集体采购,平价供应,为职工生活带来了不少便利。

道路建设也提上了日程。如果没有公路,新塘沽跟孤岛无异。在当地盐务局和犍为县政府的协助下,从6月起老龙坝到五通桥镇的公路开始动工修建。到犍为县城的公路也在计划之中,负责此事的李滋敏马不停蹄地来回协调,已安排人着手测量路基。

到1939年年底,嵌刻有"红三角"标志的现场指挥部、大型回廊式建筑办公楼和试验楼,以及"开化楼""进步楼"等16幢住宅楼

---

① 《海王》第11年第30期,1939年7月7日。
② 《海王》第11年第29期,1939年6月30日。
③ 同上。
④ 《海王》第11年第31期,1939年7月20日。

正式建成，整个建筑群错落有致，蔚为壮观。不仅如此，这年他们又凿造了长200米、宽50米、深6米的"百亩湖"，可储水6万立方米。百亩湖的原址本是岷江边的一块整石，在平地过程中，人们认为这块巨石可以被起出来好好利用。湖边可植树，湖内可养鱼，生活生产两便。而挖出来的石料就用来建房，既美观又耐用。

百亩湖通过地下隧道直通岷江边，建成后使用至今

永利川厂用石头修建的厂房

职工住宅陆续建成后，解决了大部分老员工的住房问题，但随着人员的不断增加，特别是一厂、二厂和三厂（即机械厂、发电厂、纯碱厂）建好后便大量招工，房子又不够住了。1940年9月，负责土建工程的刘声达通报房屋居住现状："目前需能容纳二、三两厂单身职员二十位，单身工人四百名，职眷二十家。"① 后来再建的便是砖瓦平房，在建造上非常简省：

> 尽一厂现存之青砖，红砖先用，不足之数，以就地采取砂石为最经济。石灰自烧，宜于大水时期运足石灰石，并备足燃料。青瓦需要数量颇大，宜早为准备。现下石贱砖贵，青砖红砖均可暂停烧造。②

住房问题逐步得到解决后，招聘问题又来了。3月6日，傅冰芝给范旭东写信，称铁工房里出现了工人纷纷辞工的现象，范旭东"闻之怅然"③。当时铁工房的梁架屋顶刚完工，7月底机器即将全部运到，正是需要工人的时候，就闹出了这事。新塘沽所处地区虽然工价不高、薪津低廉，但办厂所需的熟练工人均要到重庆等地去招。为此，厂里专门派解寿缙到重庆去调研，他回来写了一篇《重庆附近工料调查报告》，其中谈到"重庆技术工人薪水，均比我厂为高"的情况。他还专门以民生公司为例："民生职员如陈鹤桐、王文澜、宣桂芬等，月薪一百六十元外加加工及生活津贴（廿五元），每年由厂方给制服四套，每月之五号及二十号，全厂停工，职员不扣薪水。"④

---

① 刘声达：《职工宿舍建筑设计说略》，原件存乐山市五通桥区档案馆。
② 同上。
③ 1940年3月11日，范旭东致阎幼甫信，天津渤化永利股份公司编《范旭东文稿》，2014年。
④ 解寿缙：《重庆附近工料调查报告》，原件存乐山市五通桥区档案馆。

工价本身有地区差异，五通桥不能跟重庆相比，这是事实。由于地处偏僻，在五通桥工作一旦不如意，都不好跳槽，这也是工人不愿意来的原因之一。招人之难，让解寿缙甚至开玩笑说："洪水时期，五通桥通汽船时或可得翻砂匠一二人。"①

对于这种情形，范旭东早有心理准备，他在1940年10月给永久联合办事处同人的信中写道："战局久延，内地生活维艰，同人薪金微薄，支持匪易……战时物价趋涨，其势将有增无减，同人生活不安，人事上种种纠纷必与日俱进。"②

运费奇高，工程所需器材不能按时足量运到，工匠流失严重——永利川厂的建设可谓困难重重。在必须尽快恢复生产的压力下，永利不得不缩减了建设计划。"十层楼一，八层楼一，五层楼一，三层楼二"暂时推延建设，钜厂方案搁置，碱厂设计变为小规模生产。原本宏大的华西化工基地计划大大缩水，仅仅实现了三分之一。

进入1940年后，前线战事已到了非常艰苦的阶段，而永利在大后方仍在坚持复兴事业，就如一柄烛光飘摇在无边无际的黑暗之中，"其志至壮，其情堪悯"③。

永利选择了务实、灵活的"困斗"方式来突围。范旭东曾经对同人说过"万一事势不许，不便放弃，则请暂行离职"，而临危办厂的风险则更大，随时可能出现"忍痛牺牲"的情况。所以，千方百计保住"吾国惟一化学命脉"当是首要任务，缩小规模是权宜之计。

但就在这样艰苦的情况下，1941年，总长221.4米、被誉为"亚洲第一跨"的机械厂厂房，以及总长830米的地下隧道和占地上万平方米的山洞车间全部建成。建筑造型优美、规划合理，质量也堪称上乘。

---

① 解寿缙：《重庆附近工料调查报告》，原件存乐山市五通桥区档案馆。
② 1940年10月22日，范旭东致永利同人书，天津渤化永利股份公司编《范旭东文稿》，2014年。
③ 同上。

迄今已历经八十多年风雨，仍巍然而立，是中国目前极为少见且保存较为完好的工业遗存。

永利川厂机械厂的厂房

1939年修建的新塘沽小学，至今尚存（龚静染摄）

永利川厂实验室，建筑面积621平方米，为四面36柱回廊式建筑

永利川厂逐渐形成了"十大单位"的构架，包括路布兰法制碱厂、炼油厂、翻砂厂、机械厂、耐火材料厂、土木工程处、半机械化煤矿、发电厂、候氏制碱法实验厂和探井工程处。到这时，永利川厂第一阶段的建设基本完成，一座崭新的化工基地矗立在了华西的土地上。

除了厂区，永利还为职工们修了一个大操场："内有篮球场二、排球场二、网球场二、足球场一。"① 并每年春秋季各举行一次运动会。

永利将厂区内部道路分别命名为四省路、河北路、青岛路、唐山路、塘沽路、汉沽路、卸甲甸路和大浦路。这些路名跟天津、塘沽、青岛、南京有关，也跟永利有关，"燕云在望，以志不忘耳"②。

唯一的通道

永利川厂的重要设备均采购自美国，如何运回国内是个大问题。

建南京铔厂时，也从国外进口了大批设备，但当时战端未起，沿海港口均对外开放，运输上没遇到什么大的阻碍。在太平的日子里，国外机件想运到四川也问题不大，可以先走海路从广州入境，再乘火车从广九线转粤汉线，最后由汉口溯江而上便可入川。但时过境迁，如今整个东南沿海的对外门户均被日军封锁，只剩下西南通道可走。

1939年4月，永利于越南海防市设立办事处，地址在比利时路186号，许巽安任主任，手下只有一名叫陆德兴的员工。刚去不久陆德兴就卧病在床，只有许主任一人跑上跑下，唱独角戏。在海外最大的问题是语言不通，永利曾派周孟庵去海防市考察，他既不懂越南语，也不懂法语，一开始只能靠比画。没办法只能从"旅馆茶房老爷、菜馆掌柜老伯，及跑堂兄弟"③那里开始学，后来才勉强能够应付几句。

从1939年年底开始，战争形势更加严峻，永利公司判断必须增强运输力量。1940年2月，永利总管理处批准成立运输部，办公地址在

---

① 《永利化学工业公司川厂职工体育报告书》，1941年7月。原件存乐山市五通桥区档案馆。
② 永利老照片上的题词全文："新塘沽：此地原名道士观，位于岷江东岸，北距乐山二十余公里，南接宜宾约二百公里，资源丰富，交通便利。华西基本化学工业之础石奠定于此，民国二十八年三月改称今名曰新塘沽。燕云在望，以志不忘耳。"
③ 周孟庵：《越南十日记》，《海王》第11年第29期，1939年6月30日。

昆明市护国路135号，杨仲孚担任部长。并从各地调兵遣将支援运输前线，如"沪处向小曦先生奉调昆明运输处会计，已于上月抵港，刻当已由越南转往昆明也"①。

1940年元旦，远在重庆的国民政府按常规举行了庆祝活动，蒋介石也参加了，不过当天的天色阴晦，"天多雾"②。这仿佛预示着此年的艰难由此开始。

也是在这天，范旭东发表了《敬告公司同人书》，也表达了忧虑："前途万难，今方发轫。"③为何有这番感慨呢？是因为永利同样陷入了困境之中："迁徙流离，于今三十个月，华西之复兴计划，只碱厂已开始建造，将近一年，因交通梗阻，进步不如预期之敏捷。"川厂的建设受制于"交通梗阻"，战争形势瞬息万变，能否及时抢运物资，及早将外购的机器设备安装到位，是川厂成败的关键。

如今国民政府上下已达成共识，应对日本的侵略必须要做长远的打算，倚重西南这个最后的防线是大势所趋，改善当地交通现状被提上了议事日程。1月4日，国防最高委员会通过了《叙昆铁路及矿业合作合同》，准备修从四川宜宾通到昆明的铁路；1939年已全面动工的乐西公路（乐山到西昌）也在抓紧修建，意在与滇缅公路连接起来，打通国际运输大通道。

当时，西南地区能够利用的国际运输线只有两条。一条经越南海防港入境，然后沿滇越铁路到达昆明，全长859公里。滇越铁路是法国人在1910年修成的，已经运营了三十多年，是西南地区的第一条国际铁路，轨道仅有一米宽，故被称为"米轨铁路"。直至20世纪90年代这条铁路尚有客运。当年日军第一次轰炸滇越铁路就瞄准了蒙自段，

---

① 《海王》第11年第27期，1939年6月10日。
② 1940年1月1日，《翁文灏日记》，北京：中华书局，2010年。
③ 1940年1月1日，范旭东告公司同人书，天津渤化永利股份公司编《范旭东文稿》，2014年。

选中的正是这条要道的咽喉部位。

第二条线是走滇缅公路，即从缅甸仰光港登陆，行至北部城市腊戍（这一段在1914年已通铁路），然后从畹町口岸进入中国云南，再到昆明。如果从仰光算起，到五通桥全程长达3000多公里。特别是从腊戍往中缅边境去的那段，"是一条更漫长、更崎岖、更险恶的路，路上还要过四道鬼门关，即雨季关、崎岖关、瘴疟关、日军轰炸关，还有毒蛇、巨蚁、酷暑、滑坡、泥石流，真是险象环生，处处磨难"①。

为了掌握道路交通情况，永利委托"迁川工厂联合会"的调查员沈天灵在昆明打探消息。当时缅甸是英属殖民地，他便想方设法从这个特点着手。"访问的人物都是些身临其境的金融家和英国商人，处境超然，都肯公开指教。所以探得的资料，比较详实可靠。"②但并没有得到什么好消息：

> 本年一月二日起，滇越铁路自被敌机轰炸后，一月半内，连一接二不知又被炸了多少次。路局方面虽日夜赶修，小件货物，尚可改作行李，随身携带，大量货物，究因种种关系，至今无法输运。就是在短时间内，依敌寇穷凶样和不顾国际信义的姿态看来，全路畅通仍然是不可能的事情。③

显然，情况并不乐观。负责运输的人焦头烂额，而厂中还在翘首以盼。很多设备均是通过滇越铁路运回中国，不少已在途中。实时情报变得极为重要起来。2月5日，许冀安在给范旭东的信中通报了以下情况：

---

① 天津碱厂编：《钩沉："永久黄"团体历史珍贵资料选编》，2009年。
② 沈天灵：《仰光昆明间运输调查杂录》，原件存乐山市五通桥区档案馆。
③ 同上。

……滇越路前次被炸坏之处，已修复两处，现只余开远附近小龙潭之铁桥尚未竣工。再有二十余日可望通车，惟本月一号敌机又炸河口附近白塞之山洞，该处山洞略有损坏，闻修复尚易。公司机件在河口有二十余吨，在越南老街市有四十余吨（在越南境内离老关二公里处），其余零件一批在老关，均仍装车中安好，只希望通车后能先将在途各批运到，其余再想办法。由高平经白色达贵阳之公路虽已通车，然渡口之设备欠差，颇为拥挤。现时除专运汽油外，尚不许其他车辆经过，滇越公路在赶筑中……①

从上面的信中可以看出两点，一是永利的不少货物还暂存在越南境内，由于日军炸毁滇越铁路后入境困难，只有等待合适时机再运走；二是已经运进国内的货物却堵在公路上，随时都可能成为日机轰炸的目标。《海王》旬刊上也有相关报道：

战时的交通，是特别的，海防地面太小，进口的物件，流水般涌来，它不免反胃，严大部长急得一天在公事房只是抽烟叹气。运的运不走，要用的急于星火，买好了的简直摆的地方都没有。②

海防虽然身为越南的第三大城市，但实是个弹丸小港，人口不足5万。港口设计的每日最大吞吐量不到300吨，而当时每天到埠的货物总量足有2000吨以上，连中国政府采购的重要物资也难以运走。4月

---

① 1940年2月5日，永利转抄许冀安致范旭东信，原件存乐山市五通桥区档案馆。
② 《海王》第11年第26期，1939年5月30日。

18日,翁文灏到访越南,他此行的目的就是处理中国政府在海防港积存的4600吨钨砂和5200吨锑砂,其总价高达800万美元,不可能弃之不管。翁文灏打算将大部分矿砂卖给法国以换取美元或英镑,或者干脆直接换成军火。但他一到河内就收到坏消息:"日机炸滇缅路仓库,损失颇重,且有汉奸举火为助!"[①]

那一段时期,欧洲战场发生巨变,法军防线崩溃在即,法国已自身难保,翁文灏的计划落空了。6月21日,中国政府联系美国驻华大使约翰逊,请美方协助将这批矿砂抢运至马来西亚或是新加坡。仅一天之隔,法国便宣布向德国投降。日军趁机登陆法属越南的海防港,并步步紧逼河内、谅山等地,滇越铁路越南段被日本人控制,这条通往中国的最为重要的交通线沦陷了。6月29日,美国政府终于同意派两艘巨轮到海防港运走矿砂。与此同时,国民政府也派出140多辆汽车,帮忙全力抢运。

其他机构就没有这样的待遇了,永利从美国购买的500吨物资正囤放在海防港,因无法运走而全部落入敌手。这次的损失实在太大,范旭东痛心疾首:"法国投降,几使本公司存集海防待运之巨量器材全部丧失,现虽设法转口,然人力、物资之损失已属不堪言状,且变化之来势极凶猛,绝非民间一商业公司所能承受,思之悚然。"[②]关于这一段经历,范旭东后来对股东也有一番陈情:

> 二十九年春初,公司在美国所购碱厂器材,陆续运抵海防,起初虽受滇越铁路运量之限制,尚可勉强应付,其后全国各机关之器材汹涌而来,公司以商办性质之故,恒被积压,有时历数十日均不得一吨空位。及法国崩溃,暴敌乘势压迫安

[①] 1940年4月19日,《翁文灏日记》,北京:中华书局,2010年。
[②] 1940年10月22日,范旭东致永利同人函,天津渤化永利股份公司编《范旭东文稿》,2014年。

南,间接攫取中国器材,公司当时未运出之机件约五百吨全被封锁,后经匀得开往菲律宾轮船之吨位,拟载运转口,不意甫驳上船,卒为敌兵拦截以去,言之慨然!①

此刻,永利感到继续利用滇越铁路运输物资的可能性越来越渺茫,在日军的不断骚扰下,通车已是遥遥无期。只能选第二条线路,即物资从仰光港上岸,经过滇缅公路运往四川。这条线路最长,几乎穿过整个缅甸,但这是唯一的选择。

但是,坏消息还在不断传来。7月17日,英国政府宣布封闭滇缅公路3个月,这相当于把另一条运输线也给堵住了。永利并没有等来好的转机,情况反而越来越糟。好在缅甸仍是英属殖民地,日本暂不敢轻举妄动,3个月过后仍有重开交通的希望。这是唯一的机会了,永利必须利用这个窗口期做好决策。

滇缅抢运

1940年7月20日,林文彪受命赶赴仰光。他的任务就是要摸清缅甸国内的交通状况,因为永利的货物从仰光港上岸后,还要经过由南向北的一段公路到达腊戍,然后从畹町入境。

由于路途遥远,等林文彪到仰光已经是17天后了。他暂住在二十一条街48号荣发公司内,那是一家中国的机构。林文彪一到那里便四处打探消息,刚开始的情况还不算太差:"在现行三个月新规例,除规定违禁物外,在缅甸登记汽车,载运货物入中国,可通行无阻。"②关闭滇缅

---

① 1942年12月1日,范旭东致永利公司股东公开信,天津渤化永利股份公司编《范旭东文稿》,2014年。
② 1940年8月7日,林文彪致范旭东信,原件存乐山市五通桥区档案馆。

公路 3 个月的命令目前并没有被彻底执行,缅甸的汽车可直接运货到昆明,且只需在缅甸加满油,便可确保驶完全程。

8月13日,林文彪专程把仰光到腊戍这段路跑了一遍,亲身体会了沿途的道路状况。他在信中写道:"由仰光至瓦城有甚良公路,唯一桥狭小,仅六尺三寸宽,现已放大,可通大号运输车。由瓦城至腊戍公路欠佳,然较诸滇缅公路优良尤多。"①

林文彪对交通情况颇为乐观,尤其是他探得由陆路来回缅甸皆便,这为永利运输物资提供了有利条件。

> 从空或由水路来缅甸,须携带护照及领入境证,方能入口。手续麻烦,实费时费钱及受气之事也。但由陆路,无须一切手续,往返自由,随时随日可来可去。其故何由,盖自清朝至今,中缅边境仍未规定,并有中缅自由贸易条约,故有今日陆路往来自由,毋受国际或条约所约束也。水路来缅,船只稀少,船期无定而船票又高,殊非所宜。②

在缅甸期间,林文彪居然偶遇了永利碱厂的老同事陶寿康,他眼下是国民政府经济部资源委员会下属电器厂的驻仰光代表,早些时候就到了缅甸,也在负责运输事宜。陶寿康不仅为他提供有价值的道路情报,还告诉他一些实用的处事方法——"凡事能避免政府机关,则避免之"③。

林文彪传递回的信息对永利而言极为重要,决策的时候到了。8月初,范旭东从香港到了重庆,首先在重庆与李烛尘、孙学悟等人见面,商讨大计。8月17日众人一起去见翁文灏。当天先是酷热难耐,后又

---

① 1940年8月13日,林文彪致范旭东信,原件存乐山市五通桥区档案馆。
② 同上。
③ 同上。

下起大暴雨，雷电交加。雨刚一停，又听见防空警报声，日机连续轰炸了临江门、小梁子等地，翁文灏只好带着他们躲进防空洞。"是夜，余偕范旭东、孙颖川等避至重庆防空洞中，曾见江北岸有人放火光助敌。此夜几乎不能安眠。"① 几天后，范旭东到了五通桥，与厂长傅冰芝、协理兼财务部长范鸿畴、采购部长严志伟、人事部长阎幼甫、材料管理部长许滕八、土木工程部长刘竹云、机电工程部长侯敬思、事务部长李滋敏等人见面，座谈良久。

最终范旭东做出了一个重要的决定：亲赴美国购买汽车，自办运输。"预定来回三个月为期，希望于大局有所贡献。"② 在海防港遭受的巨大损失，让范旭东一直耿耿于怀："海防这次给我们的麻烦，真是出人意料，堂堂一个世界头等国，这样禁不起打，牵到我们头上也跟着受影响，在华西事业史上，又得添这样一段记录。"③ 这次千万不能重蹈覆辙，拼命也要把物资抢运回国。

从1940年10月下旬上船，到12月初到达美国，范旭东足足在海上漂了一个多月。他无日不在牵挂公司和同人，最担心的是人心涣散，即便身在纽约，还在不断致信永利的员工："千祈同人俯察愚忠，在会切实讨论，郑重将事，以备来日之大难。"④ 范旭东的嘱托中有决绝，也有孤注一掷的意味。

到美国后，范旭东购买了福特牌和司蒂贝克牌载重汽车共100台。永利原有汽车57台，加上这些新车，就形成了一支庞大的车队，这在中国当时的民营运输业中，是非常少见的。这数百台在滇缅公路上奔

---

① 1940年8月17日，《翁文灏日记》，北京：中华书局，2010年。
② 1940年10月22日，范旭东致永利同人函，永利历史档案资料"自抗战至解放人事组织等卷"。
③ 范旭东：《远征》，《海王》第13年第5期（1940年11月30日）至第18期（1941年3月10日）。
④ 1941年1月3日，范旭东致永利各部长函，永利历史档案资料"自抗战至解放人事组织等卷"。

驰的永利车，可以说是共同掀开了中国抗战运输史上最为悲壮的一页。但如此庞大的购车开支，让永利本来已经非常困难的经营更是雪上加霜："年来公司各部皆在极度困难中挣扎，尤以新立之财务部及运输部为最。"①

等在美国办完购置手续，新车发了货，范旭东才回到国内。1941年4月8日，范旭东又从重庆飞到了昆明，要亲自督导运输，但一下飞机，他就听闻昆明刚遭了轰炸："这天敌机二十七架在昆明东城投弹，我到的时候，三个火头才熄了不久。"②

范旭东压抑住焦虑的情绪，当即过问招聘司机的情况。从美国购买的汽车已经运到了仰光，要组织一批人奔赴缅甸把它们都开回来。永利运输部专门在昆明附近的金殿山进行了一次驾驶测试。那里的场地虽然不大，但道路险峻、狭窄、弯曲，就是要实地考察司机们的技术水平。一天看下来，范旭东颇为满意："一股活泼泼的干劲，象征着中国复兴的曙光，已经在地平线上隐若可见了，叫人兴奋。"③他还考察了永利的汽车修理厂，条件很简陋，仅有一个院落，跟塘沽和卸甲甸的工厂无法比，但他认为这是颗种子，以后会长大。

4月13日，范旭东飞抵仰光，当地气温高达40度，可谓是从春天一下进入酷暑。此时的范旭东已经58岁，每日仍奔波劳累，艰苦备尝。他一度苦闷道："这天气会不会热死人？"同时又确信："我们命里注定了这时候决不会死，怕它什么！流汗、生痱子，就投降吗？当然不！"④从这段自问自答中可见其不屈和坚韧，但又何尝没有一丝辛酸和苦涩。

---

① 1941年1月3日，范旭东致永利各部长函，永利历史档案资料"自抗战至解放人事组织等卷"。
② 范旭东：《南行短简》，《海王》第13年第23期，1941年5月10日。
③ 同上。
④ 范旭东：《南风》，《海王》第13年第29期（1941年6月30日）至第14年第7期（1941年11月20日）。

永利在昆明设置的车厂

在美国购买的新车是以半成品运到仰光的，还要在当地装配好才能投入使用。林文彪、许冀安、杨仲孚、杨运珊、周孟庵等永利大将云集仰光，在他们的努力下，车辆顺利完成组装，已经做好了出发前的一切准备。

建设川厂要用的机件也从美国经海路陆续运到了香港，然后再从香港发往仰光。在永利化学工业公司总管处发给川厂的两封函件中就反映了当时运输的状况。

1941 年 5 月 16 日函

港仰货第五批公司存港钢板及三角铁等共一一九四件，计重二七〇吨，经托香港西南运输公司装由本月八日开行之 S\S "Seistan" 运往仰光转腊戍交货。除已函达仰处洽提尽速运厂外，兹将该批总重量单一纸，发票一套（计五纸）及重量详单一套（计二十纸）随此附奉，即希察洽是荷。①

---

① 1941 年 5 月 16 日，永利公司总管理处致川厂函，原件存乐山市五通桥区档案馆。

1941年5月22日函

存港美货第十五、十六、十八至廿二批，共计七批机件，业托由美国总统轮船公司改装十九日开行之S\S"Hai lee"运仰。尊十七日电催运之手摇钻二架（SS-1102-BD）即属此次第廿一批之一部（原装S\S"Tarrfa"运来），专此奉达，即希察洽。

又，美货第十七批另由太平轮船公司订妥廿六日 S\S"Hai ching"运仰。[1]

5月30日，永利的第一列运输车队从仰光出发，杨仲孚担任队长。当地已进入了雨季，出发那天也在下雨，滑溜的道路给运输带来了一些困难。车队自南向北行驶了1000多公里，6月8日到了九谷（今棒赛）。此处位于中缅边境，出关就是中国的畹町。之前的行程颇为顺利，只有一辆车出了点小故障。进入滇段后，真正的考验才开始。

经过了几日的休整，办理完相关手续之后，12日下午，"向北开行，我们的车队从中国边境浩浩荡荡前进，这是头一次，大家都口口声声祝福"[2]。但刚一入境，就遇到问题——道路条件实在是太差了，路基被连日的雨水冲得坑坑洼洼，从畹町到遮放仅有38公里，却开了6个小时。泥石流还把一段道路冲断了，两头的汽车都无法通行，堵成了长龙。而此时天已经黑了，四周是荒野，司机只能在驾驶室中过夜。这是永利运输车队进入国内后第一天的遭遇，而之后的经历就像唐僧去西天取经，遭受了百般磨难。

《海王》的记者全程跟车，他对滇缅抢运的残酷和艰苦做了如下总结：

---

[1] 1941年5月22日，永利公司总管理处致川厂函，原件存乐山市五通桥区档案馆。
[2] 《永利滇缅运输的新消息》，《海王》第13年第32—33期，1941年8月。

运输线是我们华西事业的生命线，线路延长不下三千公里，经过缅甸国界，和几个山居蛮族的特区，路过的人和车，要守英缅的法令，也不能轻看土司的权威，一个不小心，有关进土牢的危险。直接参加工作的人除中国同胞外，还有英、缅、印诸国人；土生华人、白彝、和山头人也尽了相当的力量。在这霉雨期，此外还得和酷暑，以及烟瘴中的微菌，蚊蚋等争斗。倘遇不幸，连人带车翻下千仞深渊，也是常有的事。①

这篇报道的最后写了这样一句话："生命线的争取，首先是要拿生命去拼。"

惨烈的运输线

正当永利运输车队源源不断地把物资从仰光运回国内的时候，战争乌云已在滇缅公路上空翻滚，一场暴风骤雨即将来临。

滇缅公路是当时唯一能从海外给中国输送物资的通道，不仅是永利的生命线，也是整个中国的生命线。永利当下最重要的事情除了运输，还是运输，必须全力以赴，不分昼夜，争分夺秒。为此，永利运输部下设了9个运输处、3个运输站、5个接待站、5个修理厂和3个车队，200多人在沿途提供服务，还有不少业务骨干被调往运输岗位，这都是为了确保运输的通畅和安全，可以说永利是在打一场"运输战"。

永利属于自办运输，且规模不小，这在当时国内是相当少见的，但这并不意味着其处境就会更好。一路上除了恶劣的自然条件之外，

---

① 《一封可纪念的信》，《海王》第13年第32—33期，1941年8月。

还有关卡林立、匪患猖獗、官员刁难，车队可谓寸步难行。1941年春，范旭东曾两次致函并面见蒋介石，向对方强调永利自办运输的重要性和迫切性，以期获得政府支持，但均未获得实质性帮助，得到的只是口头许诺而已。

9月12日，国民政府突然颁布运输统制办法，实行战时运输政策，要求所有经过滇缅公路运输的物资，均需由运输统制局进行统一调配管理。这样一来，永利每月仅能运输360吨的货物从仰光到昆明，运量大受限制。

11月下旬，一场突发事件彻底打乱了永利的节奏。11月26日，范旭东参加完国民参政会后，自重庆回到位于香港的家中。12月8日（北京时间），日军偷袭珍珠港，并空袭香港，出兵泰国，战场范围进一步扩大。翁文灏在这天的日记中写道："从此日与英美皆已交战矣。"[1]

这一天确实是"二战"重要的转折点，美国对日宣战，日本陷入战争泥潭难以自拔。但对永利而言更艰难的日子来临了——日军在太平洋战场占领先机，横扫东南亚地区，疯狂攫取资源，缅甸作为必争之地已危在旦夕，却还有大量物资没有运出来。

这天，范旭东正准备去拍摄护照上用的照片，但在路上就发现到处是日本兵，卡哨林立，气氛异常。他赶紧回到家中，与太太一起迅速收捡了两包衣物，并烧掉了他习惯的"随手记录"，准备尽快离开香港。但是，从香港到九龙的道路早已被日军封锁了，"正架在我大门口的那几座高射炮，好像故意和我们开玩笑，不让你平静，时刻乱轰"[2]。范旭东为躲避搜查，藏进了一个朋友的房子，"实行游牧生活"[3]。外面整日枪炮声大作，百姓躲在屋里惶惶不可终日。生命贱如草芥，在战

---

[1] 1941年12月8日，《翁文灏日记》，北京：中华书局，2010年。

[2] 范旭东：《往事如尘》，《海王》第14年第22—23期，1942年4月。

[3] 同上。

争中饱受摧残。

> 炮弹不断的从屋顶飞过,嗤嗤的在空中狂啸,震得耳朵发麻。

> 一声炮响,我们就只有蹲在扶梯上,屏息恭听,各人脸上只剩两只眼睛还在活动,和待判决的囚徒差不多。

> 院子角落里,散布着点点碎片,不知是从哪里打来的,拾到手里有的还是热烘烘的烫人。

> 街上漆黑,冷寂得像座古坟。①

12月25日,香港总督宣布投降。度过了危险、不安、绝望的117天后,直到1942年3月2日范旭东才辗转回到重庆,他感慨万分:"只为自己的祖国悲愤"。②他落地重庆已是晚上11点,但永利同人仍在机场等候已经失联三个多月的主帅。范旭东走下飞机看到了前来迎接他的老朋友们,激动地说道:"我们是幸运地回来了……我现在马上开始工作……"③

但就在范旭东回到重庆的当天,日军开始攻打缅甸,4天后仰光即宣告沦陷。得到消息后的范旭东心急如焚,在缅甸等待中转的物资必须尽快抢运回国,不然将会全数落入敌手。当时永利在中缅交界的口岸存有几百吨机件器材,还有3500桶汽油,这些无疑是永利华西事业的续命之血。

---

① 范旭东:《往事如尘》,《海王》第14年第22—23期,1942年4月。
② 同上。
③ 贾湘:《范先生回到了重庆》,《海王》第14年18—19期,1942年3月。

4月19日，范旭东赶到了腊戍，他要亲自坐镇抢运现场，坚决护住这批物资。在永利保存的一张老照片上，有一段说明文字反映了当时的真实情况："长蛇阵似的车队满载建造国防化工的器材，从缅境腊戍东开，全程不下三千公里，中途要突破海拔二千六百公尺的天险，要穿过滇川两省无数的峻岭崇山，进抵泸州，或舍车登船溯江上驶转入珉江，或原车直放本厂……"

1942年8月，在滇缅线上运送永利川厂机件的汽车

最难运的是大件物资，承运车行动起来慢如蜗牛，往往会拖车队的后腿。范旭东在指挥调度时发挥了"运输智慧"："其中有极笨重之钢件多车，特编队同行，俾互相照料，蜿蜒于滇缅崇山峻岭之间，见者辄为惊叹，设非战时，决无如此壮举！亦足自豪。"①

受英国政府之邀，中国远征军当时已进入缅甸与英军共同作战，

---

① 范旭东：《致永利化学工业公司股东公开信》，天津渤化永利股份公司编《范旭东文稿》，2014年。

抵抗日本侵略。范旭东想的是，如果抵抗能够坚持半月，永利的物资或将顺利脱险。但是，4月24日，日军就攻下了腊戍，接着又占领缅北重镇密支那，并快速推进到怒江西岸，要包抄中国远征军后路。一部分远征军被迫进入印度，一部分只得翻山越岭退守云南，十万人折损过半。

就在日军攻打腊戍之时，范旭东就推断畹町即将不保，因为腊戍到畹町仅有180多公里，道路平坦，根本无险可守。第二天他就致电国民政府，要求放开统制，允许自由抢运。但他的请求无人回应，眼看形势越来越危急。5月4日，日军攻占龙陵，接着烧抢保山，强渡怒江，滇缅公路被截断。就在此时，范旭东却收到了国民政府下达的一条密令：自行销毁畹町物资，以免资敌。

正在滇缅公路上行驶的永利运输车队此时已经遭受重创，80多辆汽车被炸毁，车上货物全数沦入敌手，永利的海外运输通道至此已被全部切断。范旭东悲痛地写道："设畹町可再撑持两星期，大可圆满结束，而竟出人意外，敌军乘虚而入直逼惠通，旬日之间，滇缅西段沿途之车辆器材，丧落不堪收拾。畹町巨量存油，匆促之间奉令燃毁，言念'一滴汽油一滴血'在警语，诚令人感慨无量！全线各站员工跟跄东撤，疮痍满目，相对唏嘘，为争取民族生存，代价亦云巨矣。"[①]

永利最终从枪林弹雨中抢下1200多吨机件器材，成功运到五通桥工厂投入使用。范旭东曾惨淡一笑："此在一流浪之商办公司，已极难能而可贵之成绩矣。"[②] 没来得及起运的设备只好仍然存放在美国，有3000吨之多。还有几千吨机件改运印度，但目前还没有安全的进口路线，这些货物只得漂在海外。也就是说顺利抵达永利川厂的机件仅仅

[①] 范旭东：《致永利化学工业公司股东公开信》，天津渤化永利股份公司编《范旭东文稿》，2014年。

[②] 同上。

只有采购的五分之一甚至六分之一。尽管范旭东仍乐观以待,称这些波折于发展华西事业的根本大计无碍。但是,永利川厂的建设进度因此大大延缓,已是无法改变的现实了。

煤炭和硫黄

跨国运输的艰难,直接导致了五通桥的工厂无法按期投入生产;国内的通货膨胀,也让永利不堪重负。"五年以来,物价高涨,恒在数十倍以上,员工生活之艰难与挹注之困难,拮据至极,不待缕陈。"① 抗战之初千方百计争取来的2000万元很快就被消耗殆尽。解寿缙曾经给傅冰芝写信,谈及物价飞涨之烈:

> 目下工料又复飞涨,碱厂预定之每月六万元恐比之三年前之五千元当有不如,我厂前途恐困难万分,务祈代向旭公说明,以免人心瓦解。②

为了不被拖垮,永利决定自力更生,利用当地的资源进行生产自救。虽然碱厂和酸厂的建设延后,但可以利用自身的技术优势,做一些实用的小项目,以赢得突围的机遇,拓展新的生存空间。开发新塘沽附近的鼎锅山煤矿就是个典型案例。

鼎锅山是一座小山,在寻找盐卤的过程中,勘探人员意外发现了那里有煤炭资源。李悦言在报告中写道:"此区内之地质构造以老龙坝背斜层为主,其背斜轴大致为西南—东北向,横贯泉水场、新塘沽等地。

---

① 1942年12月1日,范旭东致永利公司股东公开信,天津渤化永利股份公司编《范旭东文稿》,2014年。
② 1940年4月25日,解寿缙致傅冰芝信,原件存乐山市五通桥区档案馆。

于鼎锅山及寿保场有两局部穹窿层之构成,前者范畴颇大,于此盐田尤具重大意义。"①

1941年1月,傅冰芝在给黄汲清的信中,就说到了鼎锅山出煤的事情。

> 年余以来,计勘得煤矿、石膏、芒硝、耐火土等不下十余处,正著手开探者有鼎锅山之煤矿,已于昨见煤。如地下水不多,日产四五十吨或非甚难,其余或须钻探,或须复勘,事涉专门,决解不易。②

后来根据赵文珉的调查,认为"此矿区中煤有相当储量,煤之可采者有'三层炭'及'独层子'二层,三层炭总厚约二尺余"③。鼎锅山的煤炭储量并不大,但至少能解决一些工厂生产用煤和员工生活用煤。当时每月可无偿配给每个家庭100公斤烟煤,就不必总去山里捡柴火烧了。

鼎锅山煤矿不仅能满足自用,甚至还能对外提供一些支援。西迁到乐山的武汉大学就曾给永利发去一函,希望买些煤炭:

> 敝厂旧存焦煤行将用罄,现开学在即,实习班次加多,需用甚夥,拟向外埠购办而运输困难,缓不济急。因闻贵公司自制焦煤,存量尚多,拟请价让数吨以资应用。④

---

① 李悦言:《五通桥黄卤水之富集作用》,《地质评论》,1943年。
② 1941年1月14日,傅冰芝致黄汲清信,原件存乐山市五通桥区档案馆。
③ 赵文珉:《炼焦厂预备及试验工作近况》,原件存乐山市五通桥区档案馆。
④ 1941年10月17日,武汉大学致永利川厂函,原件存乐山市五通桥区档案馆。

开发鼎锅山煤矿很符合永利的长远发展需要。在最艰难的时期，范旭东采取了"高筑墙，广积粮"的策略，即积极储备资源，为将来发展做准备。他说："将各厂将来必需之原料，如煤、焦、硫磺、耐火土料等，依据历年实施勘查结果先行投资开发，一面接济战时各方之急需，且预作本厂原料之准备。"①

在范旭东看来，"煤、焦、硫磺、耐火土料等"就是永利必需的战略储备资源，要不断勘查、开发和储存。如今煤炭已有着落，接下来就得解决硫磺的需求缺口了。硫磺是生产硫酸铔的重要原料之一，所以对硫磺资源的寻找和开发就是永利必须完成的任务。

1940年9月底，黄海社研究员赵如晏"奉命赴叙南诸县产磺区域，主要目的在调查土法炼磺，以供我厂小规模炼磺方法之参考"②。他的调查区域是江安县、珙县等地，都是历史上主要的产磺地区。9月26日，他坐船出发，穿行于宜宾和泸州之间各县乡，沿途的小冶炼厂和抗战后新兴的工厂，以及永利在泸州蓝田坝设置的转运停车场等，均在他的走访范围。

赵如晏回到新塘沽后，写了一篇调查汇报，侧面反映了永利在四川艰苦创业的情形，同时也展示了抗战以来川南一带的工业发展状况。这样的记录堪称珍贵，其途中经历照录如下：

> 在宜勾留四日，访叙南磺务管理所所长贾恭忱，接洽调查事宜，承备函介绍该所驻梅桥采购委员陈玉书，参观马鞍山中元造纸厂、资委会宜宾电厂。十月一日，登民贵轮赴江安，当日船因故未开，二日到江安，过江至县府临时办公点访苏县

---

① 1940年10月22日，范旭东致永利同人书，天津渤化永利股份公司编《范旭东文稿》，2014年。
② 赵如晏：《叙南旧法炼磺调查报告及其改良意见》，原件存乐山市五通桥区档案馆。

长，承公函介绍梅桥乡长王委之。三日，乘滑竿行七十里至底蓬住宿，访区署，籍悉五月间廿三厂杨伟先生曾过此往梅桥；四日，行五十里到达梅桥，访磺务管理所采购委员陈玉书及王委之乡长，承介绍当地驻军十八师二旅高从仁连长及有关磺务士绅。陈委员陪往对角垭参观王、常、廖三厂。五日在镇探询有关各情。六日，陈委员、高连长等随带士兵四名陪同赴沙槽，由当地陈局长绍先引导参观。七日，廖绍谦君陪往对角垭参观矾砖厂、方解石产地，并详细观察炼磺方法。八日，上午整理笔记，下午到河坝木船码头调查运输情形，查看附近地质。九日，雨中离梅桥，宿怡乐镇。十日双十节上午抵江安县城，因候船不便，乘木船抵泸州。十一日，到罗汉场廿三兵工厂参观。十二日，到蓝田坝永利停车场。十三日晚登民贵轮。十四日抵宜宾，在宜宾驻留廿日候王子百先生同赴珙，其间曾参观土硝厂、白矾厂、真武山煤矿、南广煤田、德生窑矿，赴珙准备一切，由王子百先生偏劳办理。十一月四日，同何熙曾、王子百两先生启程赴珙，另有刘德辉、廖长云二君随行保护，当日行百廿里，宿沙河驮。五日，行八十里抵珙县城，到县府访问，吴县长接洽，承介绍驻洛表第三区秦区长及兴文县长李仲阳，借到珙县前清旧县志一部，当晚宿县城。六日，经底洞浦，上罗罗星渡，强行百廿里，抵洛表时已晚九点。七日，访磺务管理所驻洛表采矿处委员刘万春，刘委员陪往洛亥，兴文县李县长、三区秦区长及附近各乡长在洛亥开冬季联防会议，均得洽谈。八日，午前赴穿山洞察看黄铁矿及炼磺厂，午后赴花竹林制罐厂，宿洛亥。九日，刘委员陪往中兴场，沿途察甘坝大小窝坑一带黄铁矿及磺厂；到中兴场邓家河察看铁矿，宿中兴场杨乡长家。十日，清晨调查附近煤矿、黄铁矿、炼磺厂；午后返至洛表，继行三十五里宿上罗。十一日，冒雨至珙县。十二日，经龙湾、花滩桥，宿沙河驮。十三日返宜宾。廿三日返厂。①

此文只是概括性记录，赵如晏在给傅冰芝的信中透露了更多细节。如 10 月 4 日，文中所记不过一句话——"四日，行五十里到达梅桥"，而在信中则比较详细地描述了途中的场景："四日由底蓬至梅桥五十里，中无村庄，路绕大山比较荒凉，中有几家店子，看来是专做过往旅客生意的。憩气间滑竿夫谈着乡客②的故事，听后不禁为之忐忑。还好昨日梅桥当场今日当地驻军保商至底蓬，一路行人不少，午后安抵梅桥。"③

几年以前，赵如晏不会料到自己会在崇山峻岭中辛苦奔波，永利也绝不会去四川的大山里去寻找煤炭和硫磺。在公私交困、疲敝至极的危亡之际，永利存在的意义究竟在哪里？范旭东一语道破："现时中国需要工业是为救国。"④

小厂之兴

鼎锅山煤矿投产后，永利并没有声张，但还是引来了一些麻烦。犍为县金粟乡公所以缴纳"地方事业经费"的名义让永利每月上缴 5000 元，这让厂里十分为难，最后答应给 1000 元了事。但在给对方的函文中，还是有一番耐心的解释。

---

① 赵如晏：《叙南旧法炼磺调查报告及其改良意见》，原件存乐山市五通桥区档案馆。
② 乡客，指一起客居在外的同乡。这里指被当地人勒索欺诈的对象。
③ 1940 年 10 月 25 日，赵如晏致傅冰芝信，原件存乐山市五通桥区档案馆。
④ 1940 年 1 月 1 日，范旭东致永利同人书，永利历史档案资料"自抗战至解放人事组织卷"。

敝厂为担负国防化学工业,呈请政府开采煤矿,专供自用。本年(购买)设备开始,大水期后始见煤斤。目前大厂建设虽未完成,然各小厂应时林立,需煤日有增加,对外以少量让价应酬,实为暂时之计,不足以言营业。①

其实,从这段函文中还能够看出此时永利的生存状态,即"大厂"(指碱厂和酸厂)未完成,而"小厂"已经纷纷建起来了。小厂指的就是鼎锅山煤矿、电厂、炼焦厂、炼油厂等一批陆续投产的小型生产项目。

1940年4月,赵文珉提出想搞一个"小规模铅室法硫酸厂",用铅皮来生产硫酸,每日可产500公斤,总投资为10万元,硫酸锅和硫酸罐都可以自制。但这个想法后来没有实现,多半是厂里拿不出这么多的资金。

1941年6月,鲁波又给傅冰芝提了一个"最小精纸厂"的计划,不用公司多花一分钱,利用现成的器材和工具即可,如锅炉、打浆机、压紧机、烘干机、压光机、马达等,就能把厂办起来。用他自己的话来说就是"波可设法因陋就简,以省开支,自觉已有把握也"②。鲁波对此事极为上心,认为这是一个创举:"中国在此类机件早晚终应自制,我公司实应首倡,而波及李祉川愿尽力辅其成功也。总之,波视此事为一应作之事业,早晚应有开始。"③

鲁波与李祉川都是海归人才,在川厂也是技术骨干,办起这样的小厂可以说是大材小用了。二人承诺,生产精纸过程中所需的生棉、碱、

---

① 1942年12月28日,永利川厂致犍为县金粟乡公所函,原件存乐山市五通桥区档案馆。
② 鲁波:《最小精纸厂成本预算》,原件存乐山市五通桥区档案馆。
③ 1941年6月1日,鲁波致傅冰芝信,原件存乐山市五通桥区档案馆。

石灰、松香、明矾、漂粉、白石粉、胶等原材料均由自己筹备，仅需 7 名工人，厂房就是尚未启用的炼水室，流动资金也由个人承担。他们为何要主动去做这件事呢？鲁波的说法是："可减轻旭公之烦矣。"①

确实，那段时间正是范旭东最为苦闷烦恼的时期："公司生利机能现皆停顿，创办事业尚在中途，年来工程所需及日常费用皆取给于重息借来之资金。"② 就在这样的情况下，鲁波愿为公司分忧，实是一种无私的行为。最小精纸厂解决不了永利的大问题，但也许能给企业带来些活力。鲁波对这个能生产出高级纸张的小厂也充满期待："希望此厂成为将来国内之最小精纸厂，虽未必成，但愿植其基，以待后来者。"可惜的是这个创业想法最终并未实现，主要是因为永利的本业优势和地方资源之间没有形成良好的连接。

1941 年 10 月，四川省建设厅想利用犍乐盐场来开发食盐副产品，首先就想到了与永利和黄海社合作，"确可为本省新辟一重要资源"③。在传统制盐过程中，往往耗费甚多，而那些下脚料其实有很大的利用价值。

> 煎盐时所遗留之母液甚多，此液土名曰胆汁。查就犍乐两场二十八年度产量推算，每日卤水产量约有五十吨之多，历来各灶户对于胆汁除用极少量供制胆巴外，余皆弃。诸沟壑查胆汁内所含物质为溴、钾、镁、钙等有用元素，自应加工制造，以资利用。当兹抗战期间，外货来源断绝，前方后方需求孔殷，尤宜本自力更生之旨，急起直追实行设厂制造，以供当前之

---

① 1941 年 6 月 1 日，鲁波致傅冰芝信，原件存乐山市五通桥区档案馆。
② 1940 年 10 月 22 日，范旭东致永利同人书，天津渤化永利股份公司编《范旭东文稿》，2014 年。
③ 四川省建设厅关于食盐副食品工厂的提案，原件存乐山市五通桥区档案馆。

迫切需要。①

食盐副产品工厂拟设在五通桥、牛华溪、金山寺这三地中的某处，原因是三地皆有旺卤。这个厂计划投资50万元，钱就从四川省建设厅该年度的160万元总预算里出。这笔钱本来是要用在14家"模范工厂"上的，但光这一家厂的预算就占了近三分之一，足见其受重视程度。永利也非常支持这一项目："贵厅令于抗建中，拟在犍乐场利用药物组设食盐副产品工厂，欲藉该社技术上充分之贡献。敝公司与该社本互助之义，固欣然为之赞助，祷祝贵厅开辟此项资源早日实现也。"②

通过这项合作也让永利在食盐副产品生产领域有了创业的想法，该项投资小，见效快，还能发挥永利的科研优势。后来永利确实也做过一些尝试，如1943年在自流井创办了三一化学制品厂，生产氯化钾、硼砂、溴化物等，赵如晏担任厂长，黄海社的吴冰颜任副厂长。"这个厂，实为黄海化学工业研究社的一个社办工厂。主要目的，一则可作为黄海的实验工厂；二则赚些钱解决黄海经费紧张的问题。"③

永利进入了一个兴办小厂的时期，犹如在大船没有造好前，先造一些小舟渡河。技术骨干们纷纷把研究方向转为利用当地资源谋求发展，试图通过考察、调查来探讨切实可行的路子，以拓展永利的生存之域。最能反映这一变化的是《海王》旬刊的报道。如在第11年第27期和28期上，就刊登了《采用川省原料设立小规模轻化学药品及染料工厂之可能性》《新生火砖工厂参观报告》《酱油制造的研究》《久大副产课两年来之经历》《石板溪玻璃厂参观记》等几篇文章。连侯德榜也加入了进来，1939年11月，他抽空去了北碚，回来后写了篇《北碚黄

---

① 《四川省工业试验所食盐副食品工厂计划书》，原件存乐山市五通桥区档案馆。
② 1941年12月23日，永利川厂致四川省建设厅函，原件存乐山市五通桥区档案馆。
③ 赵志：《自贡"三一"化学制品厂创建始末》，《自贡文史资料选辑》第14辑，1984年。

桷树大鑫火砖厂参观记》，其中提到了参观路线："先由北碚雇划船，至嘉陵江，至一小村名黄桷树，大鑫火砖厂在焉。"①

永利川厂每一幢房屋上均刻有修建时期，此幢厂房建于1940年

在《海王》上登出来的这些文章并非纸上谈兵，而是积极在引路，如钟履坚已经将全华酱油厂红红火火地办了起来。又如在建设新塘沽的过程中，为了盖房子，永利成立了制窑部和炼铁厂。"李仲模先生考察川省各地铁矿后，现奉令在綦江筹办铁矿，一切在计划进行中。"②炼铁厂很小，总预算才9万元，有一座3吨炼铁炉，是为川厂建设用铁而兴建的。

不仅如此，一些项目还发展成为特色产业。如制窑部不久后就改为砖窑部，这是因为永利又上马了制造陶瓷的项目。经过多轮试验后，成品足以进入市场参与竞争："试制本地通用之普通瓷器，而做小规模

---

① 侯德榜：《北碚黄桷树大鑫火砖厂参观记》，原件存乐山市五通桥区档案馆。
② 《海王》第11年第27期，1939年6月10日。

之研究。曾经多次之失败，后渐次增进始能与成都、乐山区域之瓷器相竞售。"①

永利开发陶瓷项目的根基在于当地有优质的陶土资源和先进的生产技术。岷江边的西坝在宋代时就是有名的大窑场，生产的碗、盏、杯、盘、瓶等行销西南各地，以"西坝窑"闻名。当然，陶瓷生产并非永利主业，办厂更多还是为了谋生存。一位经办人道出了其中的苦辛："追随于公司有十余年之久，当知公司方面处处维持之苦衷及恩德。"②

砖窑部每月烧两窑瓷器，花色品种比较丰富，颜色调制上更有独到之处，产品色泽光洁，颇受青睐。他们还给来往密切的客户送了一些产品，聊表心意。比如给国民政府经济部资源委员会下属的犍为焦油厂送了"菜碗二十个、饭碗二十个、调羹廿二套、汤碗二个，聊供贵厂同人膳堂之需"③。很快，永利瓷器的名声就传了出去，同是西迁到新塘沽附近的川康毛织厂马上就找上了门来，"委制上等染色瓷罐87个，中等者13个"④，同时还订制了纺织生产专用品"磁圈2000个、磁梭眼100个、磁板100个"⑤。

永利自身有技术优势，不仅闯出多条生路，也为周边地区的工业生产带来诸多便利。1942年5月18日，永利主动给附近的工矿企业发去函文，表示愿意承接各种业务。

> 敝厂为协助后方各界增加生产，以利抗建起见，愿以铁工、电工、翻砂、模样、砖磁等部门之余力，承揽各种机器、

---

① 1942年4月25日，《砖窑部之进行方法及方针》，原件存乐山市五通桥区档案馆。
② 同上。
③ 1942年12月27日，永利川厂致犍为焦油厂函，原件存乐山市五通桥区档案馆。
④ 1943年1月19日，永利川厂致川康毛纺厂函，原件存乐山市五通桥区档案馆。
⑤ 1942年10月18日，永利川厂致川康毛纺厂函，原件存乐山市五通桥区档案馆。

抽水机、水管、干电池、生铁轨等制件。最近贵厂扩充生产，如欲添配机件及用具，敝厂可尽绵薄，接受订货，价格从廉。[1]

不过，在这些项目活跃的背后，实是永利的生存困境。为了"以备将来之大难"[2]，只得千方百计寻找出路。

---

[1] 1942年5月18日，永利川厂致萧凤来煤厂，原件存乐山市五通桥区档案馆。
[2] 1941年1月3日，范旭东致永利各部长函，天津渤化永利股份公司编《范旭东文稿》，2014年。

第十章　困境

抵御米荒

到了抗日战争的第四个年头，正是最为艰难之时，经济崩坏，民不聊生。对永利来说，除了建设问题和生产问题，更大的问题是在粮食供应越来越紧张的状况下，如何不让员工受饿。

当时的粮食供应以地方为单元，永利川厂地处五通桥，粮食供应主要来自竹根滩。那里是岷江中下游的粮油米业的中转地，米厂和米仓林立，有四十多家商号。可以说，竹根滩粮价的涨跌，会直接影响周边地区的粮食供应。在米价高涨的情况下，囤积居奇的不良米商随处可见，品质不一、使用私斗等不公平交易现象比比皆是。永利公司不堪其扰，就想到外地去采购大米。1941年年初，永利川厂给生产事务局垦殖处发去一函，请求对方协助解决购米问题。

> 敝厂现有员工约二千名，大半系川省附近数县民籍，计月食米约三百担，兹以粮食腾贵，桥滩及金粟镇各市，均告无米采购。爱筹措款项，拟向乐山、新津、眉山等处采购食米，专供敝厂员工食用，即恳贵局鉴察敝公司担负国防化学工业维持工作情形，惠予发给食米采购运输各证，俾资采运，而

维工食，无任感祷之至！①

慎重起见，向赞辰被专门派去接洽。他先去了竹根滩，此地有米市坝，每日开市所售之米均由新津、眉山、夹江等地运来。犍为全县的大米产量每年仅够供给 4 个月，不足之时可以靠运销来解决。但如今出现了新的情况——老龙坝附近建起了永利川厂、岷江电厂、川康毛纺厂等，常住人口陡增，每天需米 300 多石（即 3600 多斤），供应缺口很大。但更要命的是外面有米也运不进来。因为宜昌失守后，湘米的米源断绝，新津产米区就被划归军供，仅新津一县每月就得供给多达 8000 石的军米。特别是新津正在建军用机场，动用了 10 余万名工人，按每人每天供应 1 斤米来算，每天需米近 10 万斤。所以政府严令在机场未修好前，一颗米都不准外运。

向赞辰随后又去了乐山，那里的米荒同样严重。乐山每年所产之米仅够全县 6 个月民食，平时也要从新津、眉山、夹江三县采购。但如今新津运不出来，加之要供给修建乐（山）西（昌）公路数万工人的口粮，夹江和眉山的米也被全部买断。如今每天仅有 120 石米可供乐山城郊的苏稽镇所用，而光牛华溪一地每日的需求量就非 400 石不可。

截至 1942 年 11 月，永利川厂共有职员 120 人，工人 848 人，工役 16 人，合计 984 人。② 如果加上他们的家眷，总人数超过 2000，每月最少要消耗大米 500 石。为了掌握市场动向，永利专门给驻成都和宜宾两地的办事处发函，令他们"将贵处上、中、下等米价及供需情形详示"③。

---

① 1941 年 2 月 10 日，永利川厂致生产事务局垦殖处函，原件存乐山市五通桥区档案馆。
② 1942 年 11 月 21 日，永利川厂员工人数统计，原件存乐山市五通桥区档案馆。
③ 1941 年 2 月 10 日，永利川厂致宜宾运输处等函，原件存乐山市五通桥区档案馆。

> 近以桥滩食米来源缺乏，供不应求，致价格高涨，采购维艰。敝厂员工众多，需量甚巨，自应未雨绸缪，以利工作。敝合作社理监会，爰于日前集议关于购粮进行程序，有所决定，除呈请财务部予以备案外，并分别执行议决案之第四条："函请宜站联处、蓉处每周通报食粮行情一次"，相应函知，务期鼎力襄助，共济时艰。①

粮食危机其实在1940年年初就严峻起来，缺粮问题已暴露无遗。1940年3月18日，翁文灏在日记中写道："昨日蒋手令，责平市价。"②这也是他当天召集财政部政务次长徐堪、四联总处副秘书长徐柏园、经济部常务次长何淬廉、经济部商业司长章元善等人开会的缘由。众人商议出了《平定粮食及日用必需品价格办法》，这是国民政府在抗日战争中出台的第一个与粮食管理相关的重要政策。办法共12条，要点有：停止政府在四川等地囤粮计划；密查川省各处囤米；取缔囤积居奇以及仓飞、期货交易；限制金融机构货物放款等。从中看得出，四川的米价乱象已到必须整治的程度。果不其然，不久就查出了几只"硕鼠"。1940年12月，成都市市长杨全宇、四川粮政局局长康宝志、安县县长江东等人因囤积粮食、抬高米价，被判处死刑。此举虽然起到了一定的震慑作用，却未解决根本问题，米价之烈与米荒之盛已危及国家的经济安全。

显然，米价高涨导致了米荒，而米荒又助推了米价继续高涨，形成了恶性循环。就在这一期间，卢作孚短暂当过全国粮管局局长，人们对这位精干的、极具商业思维的官员寄予厚望，但沉疴难除，他上任后并无多大建树。在这种情况下，就有了前面永利向国家粮食部门

---

① 1941年2月10日，永利川厂致宜宾运输处等函，原件存乐山市五通桥区档案馆。
② 1940年3月18日，《翁文灏日记》，北京：中华书局，2010年。

申请开源接济、发给采购运输各证自行采购的函文。但永利的想法明显不太切合实际，因为这与强抑米价的统制政策是相抵触的，也就是说政府根本不可能允许民间自由采购大米。永利的那封求助信，必然得不到任何回应。

1941年6月起，为了解决粮食危机、抑制通货膨胀，国民政府采取了"田赋征实"的政策，即农户不再缴纳货币形式的赋税，而是直接上缴谷物。与此同时，国民政府又设立了粮食部，负责军供民食的收购、运输、调拨等任务，由原财政部政务次长徐堪任部长。1941年12月，范旭东专门写信给徐堪，恳请按月售给平价米。徐堪当即批准，批文如下：

> 该公司在犍为县属五通桥新塘沽工厂及在重庆职工月需食米，准饬四川民食第一供应处及陪都民食供应处分别查明职工本人实需米量，按月价售成本米，以资接济。仰迳向各该处洽购可也。至请配售面粉一节，查四川民食第一供应处所辖区内面粉并未统制，应毋庸议，并仰知照。①

有了这份批文，永利便派消费合作社经理刘景歔前去采购。所谓的消费合作社是专门为员工设立的，其目的就是让大家享受到便利和经济的物质生活。消费合作社有独立的理事会，设有理事和监事，每一届理事会均为选举产生。可查的档案资料中显示，1945年由李祉川和刘本慈两人担任主席，赵显斋、李滋敏、屈义旬、章怀西、鲁波、谢为杰、孙洪恩等人是理事，监事是郭觊宾、吴览菴、刘尔毅；1946年则是由谢为杰担任主席，秦自壮、吴雪菴、张捷峰、张寿祺、李祉川、

---

① 1941年12月27日，徐堪致永利川厂函，原件存乐山市五通桥区档案馆。

刘尔榖、侯虞簏、李晓风等人是理事，监事是欧阳传、卢鹏翔、刘景敉。① 可见这是一个运营规范的机构。米荒时期，消费合作社承担了保证粮食供应的重任。这次要采购的平价米数量可不少："敝厂员工计共七百八十人，每人每月以食米二斗五升计，每月共需米一百九十五石。"② 遗憾的是，因为要买平价米的机构太多了，刘景敉空跑了一趟。

不久，粮食部四川民食第一供应处犍乐供应站就通知各单位开会，永利派了王公谨去参加，他带回了两条信息：一是平价的定义——"以五日的市价平均市价平均算出，再低于当日市价十余元不等"；二是要按需申购，不能虚报名额——"向该处请购者已达万余石，如我厂要购请先造册送去，以便汇送监委员审核"③。永利很快就按照要求给犍乐供应站发去函文，将每月需要食米总量填列成表，随函附送。

田赋征实的政策最终得到了落实，1941 年后国民政府将大量粮食控制在自己手中，在一定程度上缓解了危机。但一波三折的购米经历让永利深深地感觉到，如果不自力更生，饥饿的威胁随时都可能降临。如何保证员工及其家眷共 2000 多人的口粮，将是川厂的头等大事。

开办农场

新塘沽本是按照建立华西化工中心的目标去设计的，一旦建成，其体量和规模毫无疑问是当时西部第一的工业基地。但是，永利川厂的建设进度因战事一再推延，建好的设施仅占地 200 亩，只用了所征之地的九分之一，尚有大量土地未被开发，一直闲置。于是有人就出

---

① 《永利公司员工消费合作社三十五年度理监事姓名录》，原件存乐山市五通桥区档案馆。

② 1942 年 1 月 24 日，永利川厂致粮食部四川民食第一供应处犍乐供应站，原件存乐山市五通桥区档案馆。

③ 1942 年 4 月，刘景敉致永利川厂函，原件存乐山市五通桥区档案馆。

主意说，在碱厂和钚厂尚未开建之前，可以拿出1000亩地种粮食，400~600亩地种经济作物。

经历了1940年到1941年的粮食采购困难后，永利终于下决心设立专门机构，推行农工联合事业计划，开垦经济农场。1942年9月，永利请来了时任金陵大学园艺系主任的著名园艺学家胡昌炽，让他来做新塘沽经济农场的整体规划。

胡昌炽是苏州人，生于1899年，自幼喜爱种树栽花，曾两度到日本东京大学学习农科和园艺学。1928年回国后创建金陵大学园艺系，这是我国大学设置园艺系的开端。抗日战争爆发后，金陵大学西迁成都，他也随之来到了四川。

胡昌炽到了新塘沽后，连续考察了几天，就有了初步的想法。他把目光放得很长远："以化学工厂生产之肥料药剂及制造之农具为主体，配合农业改良之种子与经营之技术，实行科学方法之农事经营。"[①] 他认为化肥生产本身就是永利事业的一大基础，而这个农场可以起到科学试验田的作用，通过工农结合，对科学研究和产品研制有很大的帮助。

> 永利化学工业公司有廿余年之历史，于民国廿年着手制造人造化肥事业，对于吾国农事之改良有伟大之贡献。盖农事耕种植改良以种子、肥料、病虫防治之药剂、农具、农产制造、水利等问题为最重要，其中多数材料须得于化学工业之大规模制造与供给。农者须应用化学工业生产之肥料药剂，而始获改良与增加农业之生产，此在工农关系至为密切。若永利公司设立农事部，注重示范农场之经营，鼓励用科学方法经

---

① 胡昌炽：《建议永利化学工业公司设立农事部，推行农工联系事业之计划》，原件存乐山市五通桥区档案馆。

营农场，对于国计民生关系至为重大。①

其实永利在沽厂和宁厂都配置有农场，只是规模没有川厂这么大，仅仅是种植一些瓜果作为员工福利，同时也起到美化厂区的作用。但胡昌炽认为应在厂内设立专门的农事部，把经济农场模式推广到全国，根据不同地区的特色物产来做相应的科学研究。也就是说，这可以当成一个事业来做，农事经营大有作为。他在计划书中又接着写道：

> 农事部中应分耕种、畜牧、制造等三个。耕种组注重之作物：稻麦、大豆、落花生、棉、茶、烟草、蔬菜、果树、林木、牧草等。畜牧组：乳牛、豚、鸡鸭、羊等。制造组：酿造、罐藏、干制品等。以此三组之事业，归纳计划，设施应用科学方法，经营农场。示范农场之设立，应以农业生产分区为标准，例长江流域为稻、茶、蔬菜产区；珠江流域为稻、柑橘区；黄河流域为小麦、棉、苹果、葡萄、烟草生产区。各设立一处或数处之农场，经营事业成功后，可做一些农学上之研究，贡献国家与人类，例如肥料与饲料问题之研究，大有科学上的追求也。②

胡昌炽是不是过于理想主义、将永利的经济农场当成一个田园乌托邦来经营了呢？其实他仍然是基于实际来规划的，有相对细化的设计。他认为在农事部之上应成立一个事业委员会，由农学专家和厂内行政人员组成，设技师及技术员若干人，由事业委员会来决定农场的

---

① 胡昌炽：《建议永利化学工业公司设立农事部，推行农工联系事业之计划》，原件存乐山市五通桥区档案馆。

② 同上。

规划和经费预算。经济农场内部还要根据不同农事种类分出几个小农场，单独经营。每个农场设主任一名，主任要把经营情况分日报、旬报、年报交农事部事业委员会审核，有盈余时则提部分资金为事业扩充费，其余悉缴厂方。农场须有严密的经济管理制度，财产登记明晰，工作日记、事业分项分析记录等应有案可查。

1943年5月28日，傅冰芝写了张便条，通知李滋敏、赵显斋、章怀西、刘尔毂、刘本杰、秦子庄和黄灼晟等人开会："为地产收入事，请于即日三时半至紫云宫客室会谈。"[①]这本是一个正常的工作例会，但后来却拥有了不平凡的意义——永利兴办经济农场的计划从此拉开了序幕。

参加这次会议的有个陌生面孔，那就是黄灼晟，他是永利请来主办经济农场建设的专家。他到了新塘沽后做的第一件事，就是用了一整天时间考察了农场各处。他的感受是："以场址占地广大，零星分散各处，自营与佃租皆有，而栽种作物种类未明，创轫伊始，责任重大。"[②]

就在28日这天的会议上，黄灼晟拿出了他写的《草拟永利化学工业公司经济农场计划》，文中对农场土地的特质进行了深入分析，找出了土壤问题所在，并提出了因地制宜的解决办法。

> 本场面积广大，山地、丘陵地、平地及沙滩地皆有，土壤之变异性甚大，同一块地或同一畦地内所见生长作物皆有不同，土壤之肥力颇劣，土层甚薄，其中一部为新垦地，表土分化力甚强，只有数寸至一尺余厚之泥土，而地下土则为石块，排水不良，不易深根作物。故栽种作物种类须重视土壤之性质及肥力而定，总之本场大部之土壤为沙质粘土，缺乏腐殖质，

---

① 1943年5月28日，傅冰芝致李滋敏等人便条，原件存乐山市五通桥区档案馆。
② 黄灼晟：《草拟永利化学工业公司经济农场计划》，原件存乐山市五通桥区档案馆。

为今后施肥及改良之一重要问题。①

黄灼晟以"臻于农业科学化与合理化之农场经营"②为目标,将农场的发展计划分为几个专项。

一是集约经营生产项:包括果树(利用丘陵地种植经济果树,栽种三年生苗木,五年满园结果)、蔬菜、花卉(供观赏及出售种子)、特种作物(除虫菊、甘蔗、玉米等)、采种作物(用一部分土地来采收种子)、粮食作物(增加粮食收入)。

二是观赏园艺项:在厂址、办公室、住宅区域附近种植花草。

三是渔牧经营项:在百亩湖中养鱼,并利用岷江边的草地放牧牛羊。

四是肥料制造项:主要是利用工厂生产剩余或消耗的化学原料生产副产品,如痰质肥料(油枯、硝酸钙),钾质肥料(草木灰、烟囱屑),氮磷肥料(骨粉、棉籽饼)等。

五是农具制造项:利用铁工厂生产喷雾器、修剪刀、锄头、手铲、碾草机、除草耙等。

这些项目均以"以经济生产为目的,使地尽其用不虚废,以谋同人之福利及增加本厂之利益"③,为此黄灼晟又提出了设立相关管理机构的建议。如在场长之上还应成立场务委员会,农场应由生产、会计、业务、总务四个部门组成;而生产是最重要的部门,应设置果木股、蔬菜股、花卉股、渔牧股、肥料股、农具股、农业制造股等。

黄灼晟的建议在会上得到了众人的认可,当场就确定了各管理部门的负责人:生产部由黄灼晟负责,财会部由刘本杰负责,业务部由刘尔毂负责,总务部由李滋敏和赵显斋负责。

---

① 黄灼晟:《草拟永利化学工业公司经济农场计划》,原件存乐山市五通桥区档案馆。
② 同上。
③ 同上。

会后，黄灼晟的经济农场计划就算正式开始了。那么，农场经营得如何，是否有成效？由于时间久远，已少有人能具体回忆起当年情景了。但在三年后永利给农林部农业推广委员会的三封信函里，可以了解农场的一些生产情况。

8月5日的函文中称，永利川厂已种植了20亩蔬菜，其中甘蓝6亩、花椰菜3亩、芜菁2亩、胡萝卜3亩、菠菜3亩、洋葱2亩、芹菜1亩。①

10月21日的函文中称，永利川厂领到了布鲁门斯菠菜种子半磅、钱泰来胡萝卜种子半磅、早球白（甘蓝）种子四分之一磅，并按约在农场中播植并推广。这些都是农林部农业推广委员会赠予的"蔬菜佳种"。②

12月2日的函文中称，永利川厂同农林部农业推广委员会签订了特约培育美国蔬菜种子的合同一份，之前的赠予的"各种种子已播殖发芽"。③

1945年8月，犍为县金粟乡乡公所致函永利川厂，要求其捐献粮谷400石，理由是"查本乡地瘠民贫，大户寥寥，膏腴之地多为工厂"④。乡公所实有刮削之嫌，但永利还是认捐了110石（约13200斤）黄谷。这也从一个侧面说明永利农场的粮食有了收成，甚至略有盈余。

共存之地

塘沽碱厂配有附属医院，医疗条件数一数二，解决了厂内职工和当地百姓的看病就医问题。不仅如此，工人和家属还享受免费医疗和

---

① 1945年8月5日，永利川厂致农林部农业推广委员会函，原件存乐山市五通桥区档案馆。
② 1945年10月21日，永利川厂致农林部农业推广委员会函，原件存乐山市五通桥区档案馆。
③ 1945年12月2日，永利川厂致农林部农业推广委员会函，原件存乐山市五通桥区档案馆。
④ 1945年8月22日，犍为县金粟乡乡公所致永利川厂函，原件存乐山市五通桥区档案馆。

年度体检，永利明星小学的学生每年开学时也可免费体检一次。南京铔厂开办后，也于1935年建起了卫生院，医生、护士、助产士共19人，院长是从协和医院出来的李淑大夫。如今永利扎根新塘沽，大量员工随之迁入，人丁逐渐兴旺，同样面临着组建厂内医疗机构的问题。

1939年6月，永利川厂建设正如火如荼的时候，许重五已经借用道士观的庙宇把诊所办了起来。他是留学德国的医学博士，医术精湛，本来可以留在大医院工作，却选择了偏僻的五通桥。一是因为许重五与范旭东算是远亲，其父许炳锜是范旭东妻子许馥的堂兄，也是久大驻汉口的经理。范旭东是湖南人，重乡梓感情，"永久黄"中有个"湖南帮"——李烛尘、余啸秋、范鸿畴、李侗夫、阎幼甫、唐汉三、许重五、许滕八、王子百、石上渠、杨运珊、周孟庵、李滋敏等都是湖南老乡。许重五和许滕八（时任永利川厂副厂长）还是亲兄弟，许家父子三人都为永利效力，也是一段佳话。除了亲缘关系之外，许重五留在五通桥的另一个原因就是他有小儿麻痹症后遗症，腿脚不便。"八一三淞沪抗战开始，同业多参加野战病院之救伤工作，我则因两腿患疴之故，既不克献身，又不甘为虏，乃避地后方。"[1] 黄海社的方成对他的印象颇佳："德国留学的许重五，很和善的湖南人，腿残，以轮椅代步，和我们都很要好。"[2]

这时又传来好消息，陈秉常、林钰侊俪已到香港，正在办理入川事宜。两人都是大夫，也有留洋背景，他们还从英国带回了医疗器材和一些特效药[3]。

有了诊所之后，川厂的医疗事业开始起步。但条件仍然有限，更多是针对常见病、多发病进行治疗，同时积极推行卫生宣传工作。许

---

[1] 许重五：《四川蛔虫病之可惊》，《海王》第11年第26期，1939年5月30日。

[2] 方成：《黄海忆旧》。

[3] 参阅《海王》第11年第30期，1939年7月7日。

重五就在《海王》上发表文章，对蛔虫病进行科普，引导大家养成良好的卫生习惯。他写道："川中蛔虫病传播之广，生菜、咸菜嗜好之浓，或为原因之大者。积极方法当不外清洁饮食、祛除蝇蚋，尤以发展人工肥料之制造与应用，不使含蛔虫卵之粪便加诸田亩之间。"①

永利办医疗，既服务于企业内部职工，同时也照顾到周边群众看病就医的需求。内外无别且收费低廉，这与"永久黄"四大信条中"我们在精神上以能服务社会为最大光荣"②的宗旨是一致的。当时，五通桥老龙坝一带云集了一批西迁或新建的企业，如岷江电厂、川康毛织厂、美亚绸厂、犍为焦油厂、中国化工企业公司第一厂等，永利与这些企业同处一地，实有患难与共的意味，这在对友商的医疗援助上就有体现，其中当以川康毛织厂最为典型。

当年，太原毛织厂工程师王达甫为避战祸流亡到川，发现川康一带盛产羊毛，便与纺织专家盛绍章联合起来创业。四川金融巨头之一聚兴诚银行的老板杨粲三对此极为看好，决定投资。但在国外采购的设备因道路封锁而无法运回，一度陷入困境。正在这时，汉口裕华纱厂西迁入川，杨粲三与其老板苏汰馀一拍即合，联手在五通桥建起了大型毛织厂，取名为川康毛织厂。该厂以裕华纱厂的强大技术和人才为基础，生产"峨眉山牌"粗呢绒和毛毯。1941年投产后产品供不应求，使五通桥成为当时四川最重要的纺织基地之一。

川康毛织厂与永利川厂相邻，相距不过一两里地。1940年年底，

---

① 许重五：《四川蛔虫病之可惊》，《海王》第11年第26期，1939年5月30日。

② 1933年12月10日，《海王》旬刊在第6年第9期上发布了征集"永久黄"团体信条的消息，其标准是"第一要提纲挈领，为大家必循行的路线；第二要简明切实，不宜碎碎，也不能偏于理想。"后经联合委员会的认真评选，最后确定为"四大信条"："我们在原则上绝对地相信科学；我们在事业上积极地发展实业；我们在行动上宁愿牺牲个人顾全团体；我们在精神上以能服务社会为最大的光荣。"并于1934年9月20日的《海王》（第7年第1期）上公布。1936年，范旭东亲自手书四大信条，将其正式作为"永久黄"的企业精神纲领。

川康毛织厂还在兴建中,同时在场施工的有上千人,但它没有配套的医疗条件,只好求助于永利:"贵厂附设有完善医院,毗邻各厂职工有恙,多叨德便。……至于医药各费,由敝厂负担,随诊随付,或每月清结一次。"① 从此川康毛织厂的职工身体不适之时,首选就是去永利诊所就诊。

例如某日,川康毛织厂的木工沈富成不慎伤到了手指,他开始以为是小问题,挺一挺就过去了,但两天过后,疼痛感反而加剧。他便去了永利川厂的诊所,在那里得到了热情的诊疗服务。

两家厂形成了固定的医疗合作关系,下面便是永利寄给川康毛织厂结账的函文之一:

> 查贵厂员工本月份在敝厂卫生院诊病十一次,用药费计国币三百二十二元整。兹开具诊病结算清单。特约诊病凭单十一张,统祈察收,并惠予付款是荷。②

其实,永利对川康毛织厂的支持不止于医疗上,在物资、器材、技术等方面也进行了无私援助。如1943年6月23日,川康毛织厂便向永利求助:"敝厂硫酸缺乏,承允惠予价让三百磅济用。"③ 永利收到函文后,发现本厂并不生产此种硫酸,但仓库中正好有一些,便马上回函:

> 查敝厂购存之此种硫酸,原系兵工署廿三工厂出品。今贵厂既急于需要,自应本艰难共济之义,匀奉二三百磅,即请

---

① 1940年12月22日,川康毛织厂致永利川厂函,原件存乐山市五通桥区档案馆。
② 1943年7月26日,永利川厂致川康毛纺厂函,原件存乐山市五通桥区档案馆。
③ 1943年6月23日,川康毛纺厂至永利川厂函,原件存乐山市五通桥区档案馆。

贵厂派员携罐自行装去。①

这纸函文显示了永利的慷慨,正所谓"艰难共济之义",十分难能可贵。永利对待其他工厂也一视同仁,来者不拒,这个"义"又具有普遍性。

永利不仅在医疗服务上优势明显,在机件制造方面也同样突出——因为拥有一家设备优良、技术先进的铁工厂。这可是周边工厂竞相追捧的"香饽饽",经常接到加工制作器具机件的委托。从上海迁来的美亚绸厂就是常客,1941年6月11日,它在永利加工了"滑轮脚2只、武林龙头花柱头架8个、梭箱铁打眼1个、华姆螺丝2个、道子滑轮8个"②;1943年8月16日,又"委制疲盂共40只,业已交清"③。

1941年6月,中国化工企业公司第一厂向铁工厂求助:"敝厂各种设备殊为简陋,需要添置与修理者为数较多,拟请贵厂铁工房临时赐予修配。"④第一厂是在五通桥的一家制革厂的基础上建起来的,开办之初面临诸多困难,特别是设备配件奇缺。永利不仅帮助其加工机件设备,就连员工也与其"共享"。当时永利有一支纪律严明的武装护厂队,第一厂便请求借调警卫人员:"一切秩序均有赖于贵公司借调之卫营班长张宝珠、警士费绍彬、陈国华等三名协力维持,使敝厂工作能顺利推进。"⑤

范旭东创办"永久黄",深受其胞兄范源濂的影响。黄汉瑞就曾在给傅冰芝的信中说过:"团体能顺利发展,受静先生的那股'秀才'的

---

① 1943年6月25日,永利川厂致川康毛纺厂函,原件存乐山市五通桥区档案馆。
② 1941年6月23日,永利川厂致美亚绸厂函,原件存乐山市五通桥区档案馆。
③ 1943年8月16日,永利川厂致美亚绸厂函,原件存乐山市五通桥区档案馆。
④ 1941年6月11日,中国化工企业公司第一厂致永利川厂函,原件存乐山市五通桥区档案馆。
⑤ 1941年8月4日,中国化工企业公司第一厂致永利川厂函,原件存乐山市五通桥区档案馆。

风度影响很大。"[1] 范源濂为中国近代著名的教育家,不仅参与创办了清华大学和南开大学,也助力了静生生物调查所的诞生[2],对近代中国的科学与教育事业功不可没。永利在新塘沽也继承和发扬了这样的传统,与周边的高等教育机构保持学术上的交流,建立了互助关系。

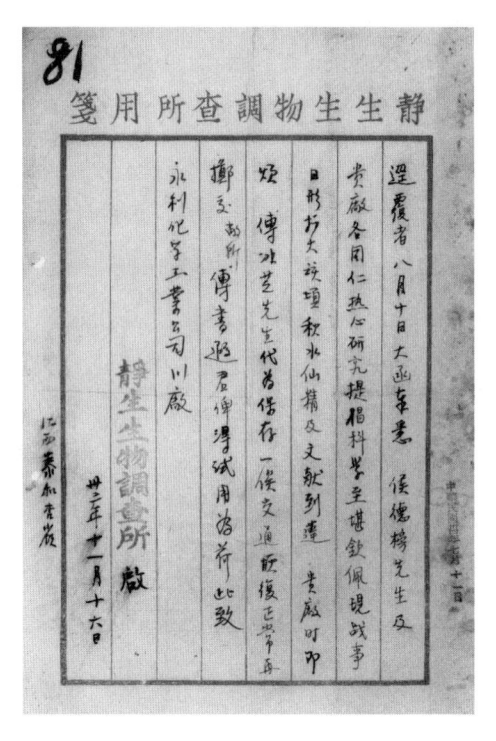

1944 年 11 月 16 日,静生生物调查所致永利川厂函

武汉大学是 1938 年迁到乐山的,与新塘沽相距不过 20 公里,二者有不少的来往与合作。如 1941 年 10 月,武汉大学校长王星拱就致函永利川厂,想得到一些"新凿之盐井矿石"。

---

① 1947 年 12 月 17 日,黄汉瑞致傅冰芝信,《海王》第 20 年第 12 期,1948 年 1 月 10 日。
② 静生生物调查所 1928 年 2 月 28 日成立于北平,是中国科学院动物研究所和植物研究所的前身。取名静生,是为纪念建所前去世的中国生物学早期赞助人范静生(源濂)。

查敝校矿冶系因需矿石材料，以供研究，前曾托该系教授丁道衡先生向贵厂接洽，承允以新凿之盐井矿石相赠，至为感纫！兹特派员前来领取，至祈查照惠予发给为荷！①

　　当然，永利川厂也有求于武汉大学。1941年8月，为搞清"生铁及建筑用砂石之强度"，永利就请求武大工学院材料实验室代为测试："亟欲明了砂石抗压强度，特派敝尹学进君奉上样石七块，敬祈代为试验，赐示结果是感。"②又如1941年11月，永利向武大工学院借设备："敝厂现急需测量用转镜仪一套，连同标杆两根，拟恳贵院协助，准暂借用一周。"③

　　在"穷困和简陋"下，各机构之间雪中送炭、解囊相助，构筑了一种温情的互存关系，因为都怀有"将来的希望"。在永利与武大开展交流的过程中，其他机构也参与了进来，我们可以通过下面的信函来往，了解当时的一些情况。

　　1940年10月9日，新开办不久的国立中央技艺专科学校找到永利川厂，将一台飞机发动机交给对方，"拟请贵厂安置气炉试验运转"④。

　　1941年，乐西公路正在修建中，其工程处常常到永利川厂借物。11月27日，总工程师孙发端就写了一张借条："第一桥工事务所需用七分钢丝绳一根、滑轮两个，拟向贵公司暂借一用，半月内即行归还。"⑤

　　1942年5月25日，永利川厂收到了来自国民政府经济部资源委

---

① 1941年10月23日，王星拱致永利川厂函，原件存乐山市五通桥区档案馆。
② 1941年8月14日，永利川厂致武汉大学工学院函，原件存乐山市五通桥区档案馆。
③ 1941年11月20日，永利川厂致武汉大学工学院函，原件存乐山市五通桥区档案馆。
④ 1940年10月9日，国立中央技艺专科学校致永利川厂函，原件存乐山市五通桥区档案馆。
⑤ 1941年11月27日，乐西公路工程处致永利川厂函，原件存乐山市五通桥区档案馆。

员会下属的犍为焦油厂的赠品:"时届夏令,荷赠贵厂出品来阿尔三打、消毒臭水四打半,裨益敝厂员工卫生。"永利为了表达谢意,也回赠了一些物资:"赐下沥青壹小桶,业交敝厂电工部试用。"①

在最困苦的时期,任何无私的支持都如金子般闪亮。从那些看似琐屑的事情中,我们看到了一种紧密的、开放的关系。在抗战大后方,大家礼尚往来,互相帮助,抵御外侮,生死共存。

侯氏制碱法诞生

在侯盛铮的印象中,爷爷侯德榜整天都在工作,即便回到家中也只是待在自己的房间里,到了吃饭的时候才出来。"不喝酒,不抽烟,也不喝茶,更不会跳舞。"他说。

位于新塘沽职工住宅区内的 1 号公馆,过去为侯德榜一家居住

---

① 1942 年 5 月 25 日,永利川厂致犍为焦油厂函,原件存乐山市五通桥区档案馆。

孙女侯盛欣说:"爷爷虽然是留洋的博士,但是个非常传统的人。他好像也没有什么爱好,就喜欢吃小虾米,装在一个小瓶中,没事就倒几粒出来嚼,边嚼边琢磨事情。这是他唯一的爱好。"

在他们的描述中,侯德榜是个工作热情远高于享乐心的人,他把一生都献给了科学事业,把人生中最黄金的时光奉献给了永利。

侯德榜,出生于1890年,福建闽侯人。从小就聪明过人,曾以十门功课全满分的成绩获得清华大学保送美国麻省理工学院的资格。他写的《纯碱制造》一书,是足以影响世界化工界的权威学术著作。当时,作为世界上最优秀、最有前途的年轻科学家之一,侯德榜一回国就加入到了永利,成为"永久黄"历史上的一大传奇人物。1943年12月18日,范旭东在新塘沽办的庆祝侯德榜荣膺英国化工学会名誉会员的活动上,就谈到了这个"传奇"是如何诞生的。

当年,久大想利用盐来制碱,而最早倡导此事的是蹇念益。在范旭东的眼里,蹇念益是"一位最关心久大事业的朋友"。[1] 此人是活跃于清末民初的政治人物,早年留学日本,与梁启超、范源濂等有很深的交往。他的父亲蹇子振曾受四川总督丁宝桢的重用,于光绪九年(1883年)至光绪十四年(1888年)间主持犍厂盐务。他在任期间,颇具政声,"迨公殁,遂设位于盐井祠,春秋附祭,至今不替"[2]。那时蹇念益也随父在四川读书生活,他极有可能在五通桥待过,至少是非常熟悉此地。后来,蹇念益大力支持国内的化工事业,吴次伯、王小徐、陈调甫这几个人就是他引荐给范旭东的。范旭东说过:"永利这个名称,是他们当初指定的。"[3]

---

[1] 范旭东:《中国化工界的伟人——侯博士》,天津渤化永利股份公司编《范旭东文稿》,2014年。
[2] 参见龚静染《流官的夷疆宦旅》一文,载《昨日的边城》,成都:四川文艺出版社,2022年。
[3] 范旭东:《中国化工界的伟人——侯博士》,天津渤化永利股份公司编《范旭东文稿》,2014年。

吴次伯

永利的创建者之一吴次伯是个精明的商人,他在1905年于苏州创办了瑞记荷兰水厂,中国的第一瓶汽水就是该厂生产的。生产汽水离不开碳酸钠(纯碱),因为汽水中的气就是由小苏打(碳酸氢钠)释放出来的,而碳酸氢钠则是由碳酸钠合成的。当时瑞记是通过上海的药房购买碳酸钠,花费奇高,所以吴次伯就想自制纯碱。于是他找到机械专家王小徐——此人有留英背景,还给瑞记设计过灌装机,王小徐又辗转联系到了他的学生、当时在东吴大学化学系任教的陈调甫。因为他曾听说陈调甫用盐和石灰等原料在实验室里试制出了高纯度的纯碱。三人一拍即合,吴次伯提供场地,让他们用瑞记荷兰水厂的设备进行小型制碱试验。三个月后,制碱初获成功。但想实现批量生产就得投入巨额资金,瑞记以一己之力难以承担。怎么办呢?吴次伯此时想到了好友蹇念益,想通过他从中牵线与范旭东合作。1916年10月27日,吴次伯主动给范旭东写了一封信:

> 由寒季常君述及先生有意于造碱,弟为造碱事走奔数载,今得同志,欣慰万状。然与先生缘悭一面,欲趋教而不得,又未知驻节何地,怅甚!然此事必须与先生面谈始有头绪,可否请赐一缄,示知会晤地点,最妙在苏,缘苏地亦有同志数人……①

就是这封信,拉开了创办永利碱厂的序幕。陈调甫认识范旭东后,为其远大志向和过人胆识所折服,产生了投身永利的想法。1918年,他去美国学习制碱,临行前专门给范旭东写了一封信:"弟在美对于接洽工师、购置仪器、参观工厂等事均可竭力效劳。到美后当专研求与制碱有关之学科,或进碱厂实习,庶将来开办可胜任愉快。故谓弟之此行之为,专为永利而往。"②

范旭东为陈调甫的真诚打动,主动包揽了对方在美国的一切费用,并且将设计永利碱厂的图纸以及选聘人才的重任交给了他。陈调甫也是尽心尽力,做了一件足以影响永利百年的大事。

1919年11月,陈调甫请来窦凡尔(A.L.Duvol)博士担任碱厂设计顾问,并另聘5名留学生协助他,这其中就有正在哥伦比亚大学攻读博士的侯德榜。陈调甫与侯德榜因此相识,此后相交甚笃,"有如昆弟"③。回国后陈调甫即推荐侯德榜加入永利,而范旭东当即同意:"我们将提供总技师职位给他,薪水为300元,工作从9月开始。"④侯德

---

① 1916年10月27日,吴次伯致范旭东信,永利历史档案资料"筹办碱厂函卷"。
② 1918年6月30日,陈调甫致范旭东信,永利历史档案资料"筹办碱厂函卷"。
③ 1920年12月23日,陈调甫致范旭东信,天津渤海化工股份公司编《钩沉:"永久黄"团体历史珍贵资料选编》,2009年。
④ 1920年12月18日,范旭东致侯德榜电文,天津渤海化工股份公司编《钩沉:"永久黄"团体历史珍贵资料选编》,2009年。

榜正式加入永利是在1921年年底，到1951年为止，他为永利工作了整整30年。按照范旭东的说法，侯德榜从进入永利那天，"多少辛酸，从此开始，以后侯先生奋不顾身，寝馈于工厂，从事死拼"①。

范旭东（右一）、侯德榜（左一）等在新塘沽职工住宅区合影

侯德榜不仅为永利的建设和发展做出了巨大贡献，他在制碱方面也取得了令国人自豪的成就。永利在塘沽碱厂用上了苏尔维制碱法，打破了苏尔维公会独霸专利的局面，就是侯德榜的功劳。但西迁后，四川的生产环境同沿海迥异，难以继续使用苏尔维制碱法。"从前苏尔维之特长，一到华西，皆难应用。塘沽盐价，等同沙土，其他灰石、煤焦，无不取携自如，殆无限制。加以市场宽泛，远及国外，大量生产，不虞滞销，皆非目前华西所能想像者。"②受形势所迫，1939年春，侯德榜只得到德国洽购察安制碱法专利，但遭到拒绝。在回国的途中，

---

① 范旭东：《中国化工界的伟人——侯博士》，天津渤化永利股份公司编《范旭东文稿》，2014年。
② 永利化学工业公司设计室：《新碱技术之新贡献》，永利历史档案资料"侯氏制碱法卷"。

侯德榜痛下决心要设计出一种新的制碱法，不再受外国人所制。后来郭锡彤、谢为杰、张燕刚、黄炳章等人在侯德榜的带领下，通过两年多的艰苦奋斗，在香港范旭东的家中、上海法租界和五通桥永利川厂三地进行数百次试验，在1941年年初终获初步成功。为此川厂专门向当时身在纽约的侯德榜发去贺电：

> 本公司在华西复兴化工首创碱业，先生抱负恢弘，积二十年深邃学理之研究与献身苦干之结果，设计适合华西环境之新法制碱，为世界制碱技术辟一新纪元，其荣幸孰有过之？民国三十年三月十五日全厂同人集会，决定本厂新法制碱命名为"侯氏碱法"，译称"HOS PROCESS"，聊表崇德报功之忱，藉为本公司永久之纪念。[①]

侯氏制碱法确立之后，侯德榜进一步扩大试验规模，成立了半工业化试验厂。工厂于1943年秋开工，利用1942年停建的重碱厂的石灰石车间，分3班24小时连续试验，总负责人是谢为杰。他们通过大量试验证明了侯氏制碱法的优点：盐利用率达98%以上，设备比苏尔维法减少三分之一，而纯碱成本降低40%，又免除了排放废液的问题。它最大的贡献在于"设法将碱、铵两工业联合起来，辟改革化学工业之创例"[②]，"同时利用一厂之废料，以为他一厂的主要原料，如氨厂的废料CO_2用作碱厂的主要原料；碱厂的无用的氯根 CI 用以固定NH_3，作为氮气肥料，至合经济"[③]。也就是说，范旭东说的基础化学的酸与碱这两只"翅膀"，从此可以在一厂合于一身。

---

① 1941年3月15日，永利川厂致侯德榜电，永利历史档案资料"侯氏制碱法卷"。
② 侯德榜：《公私合营永利化学工业公司三十六来完成碱酸工业之经过》。
③ 1951年8月23日，侯德榜致雷树人函，永利历史档案资料"侯氏制碱法卷"。

在永利川厂进行侯氏制碱法试验的部分设备

这年 12 月,中国化学会第 11 届年会在五通桥举行。与会者听取了郭锡彤代表侯德榜所做的报告,并参观了永利川厂的试验车间,对侯氏制碱法给予了高度评价——侯德榜"制碱大王"的称号就得于此。1943 年 12 月 8 日,永利川厂职工聚在一起庆祝侯氏制碱法问世,每人还分到了永利经济农场收获的柑橘一颗。范旭东现场慷慨激昂地致辞:"中国化工能够登上国际舞台,侯先生之贡献,实当首屈一指!"[1]

虽然侯氏制碱法成功了,但是转为大规模生产却殊为不易。滇缅运输线目前仍被日军切断,国外采购的物资运不进来,川厂建设难以继续推进,这一先进技术暂时还不能转换为成果。但川厂并没有因此

---

[1] 范旭东:《中国化工界的伟人——侯博士》,天津渤化永利股份公司编《范旭东文稿》,2014 年。

停止制碱，他们改进了路布兰制碱法①，利用四川当地盛产的芒硝、石灰石、煤焦来生产小规模的纯碱，满足大后方的需求。那时，在岷江中常常可看到运送永利产品的船只，如1943年5月，由高永洲押运的一艘船上就载着重庆客户购买的"红三角牌"纯碱："重庆经济部工矿调整处——纯碱8吨，计160袋；重庆四海化工社——纯碱2吨，计40袋；重庆远东制药厂——小苏打960公斤，计24袋。"②

前方和后方

1944年，抗日战争已经到了第七个年头。在外漂泊日久的范旭东，无日不在思念故乡。5月17日，他从重庆珊瑚坝坐飞机到了桂林，第二天就坐火车去了衡阳，又马上折转耒阳。耒阳当时是湖南的临时省会，也是军政重地。

范旭东之所以冒着前线的炮火前往耒阳，是因为早前永利就有在株洲建厂的计划，如今又出现了新的契机。他在为此事奔忙时还见到了从长沙逃难到耒阳的岳母黄萱祐，她是一位乡村教育家，于1903年创办了影珠女学堂，是长沙最早的乡村女校。她告诉范旭东，日军三次打到长沙，老师和学生因此伤亡数十人。

范旭东此次到前线是为了与余剑秋见面，此人是余啸秋的胞弟，时任湖南省建设厅厅长。他对余剑秋说："我们约好，等到湘北第四次胜利，无论如何，一定赶快进行。"③可就在几天之后，日军便分三路南

---

① 1791年，法国医生路布兰以食盐为原料制得了纯碱，称为路布兰制碱法。但由于此法所制产品的成分不纯、原料利用不充分、价格较贵等，在20世纪20年代后逐步被淘汰。永利川厂改良路布兰制碱法，是在战时特殊状况下进行小规模生产的无奈选择。
② 1943年5月29日，永利川厂致宜宾运输处函，原件存乐山市五通桥区档案馆。
③ 范旭东：《重庆—耒阳来往一趟》，《海王》第16年第32期，1944年7月30日。

进，欲强行打通湘桂线。6月18日长沙失陷，8月8日衡阳失陷，8月31日耒阳失陷，抗战形势再度危急。

但范旭东坚信日本侵略者已是强弩之末，中国必胜。1944年1月，苏军彻底扫清德军对列宁格勒的威胁，重创德军北方集团军群；2月，中国远征军在缅甸发起全面反攻，在孟关大败日军，全歼第18师团。正是听闻了这样的战场喜讯，范旭东才认为抗日战争胜利在望，开始为久大和永利的前途筹谋，他的湖南之行显然就是在这样的背景下进行的。

从湖南飞回重庆时范旭东还有一番"奇遇"。一个被俘的日本空军领队也在同一架飞机上，他是在桂林之战中被俘虏的，将被押送重庆。此事让范旭东很兴奋："这次我好似凯旋将军，载俘而归，不胜荣耀。"①

范旭东此时又想起了那个久违的"海洋梦"。久大西迁至今已六年，虽然对当地的盐业有不小的贡献，但难言大的发展。所以在1944年久大举办成立三十周年纪念活动之时，他们就打算创立一个海洋研究室："将以化工学术，从事海洋资源之研究而开发之，以确定本公司第二个三十年工作之标的。"②

在旁人看来，这个海洋研究室似乎太超前了一点儿。一是抗战并未结束，形势在1944年6月后还更加恶化——日军在几个月内迅速占领了河南、湖南等省的大部分土地，并直逼广西、湖北。"湘鄂区域战事正在紧张，各支店同人因抢救物质，保护账册，疲于奔命。"③二是久大仍在川南的丘陵里艰难求生，离大海有千里之遥。

然而，设立海洋研究室并不是为眼下，而是向未来的。范旭东是这样说的："我们在渤海、胶澳，以及淮北各处海岸都有广大盐田，每

---

① 范旭东：《重庆—耒阳来往一趟》，《海王》第16年第32期，1944年7月30日。
② 范旭东：《创设海洋研究室缘起》，《海王》第16年第31期，1944年7月20日。
③ 《海王》第16年第31期，1944年7月20日。

处动逾几万亩,这样规模宏大的盐场,全世界还是数一数二。并且一旦停战,我们绝对有权请来政府责令敌人吐出辽宁、海洲沿海的盐产,赔偿损失。力量愈加雄厚,海宽地阔足够翱翔,不为何待。"①

显然,范旭东已在做战后的安排了。蛰伏四川是为了走出四川,最终仍是要回到大海。久大、永利、黄海皆起源于海,大海才是最终的归宿。范旭东说:"海量无极,海藏至宏……唯有向大自然进展之事业,始能可久可大。"②

海洋研究室成立后,彭九生担任主任,谢光邃任副主任,李鹤兴任电机部研究员,唐士坚、祁和生、高钧为机械部研究员,李良序、陈啸如、李文明为化学部研究员,唐士选为助理研究员。唐士坚与唐士选是兄弟俩,都是唐汉三的儿子。他们也如许炳锜、许重五、许滕八父子一样,一家都在为永利做事。唐士坚毕业于清华大学,很得侯德榜的赏识,还带着他在印度塔塔公司做项目设计。

1944年7月18日,永利川厂得到了一个意外的福利——员工们有电影可看了。负责接洽这件事的是孙明经和吕锦瑷夫妇。孙明经当时是金陵大学理学院影音部副主任,他随金陵大学西迁,在川康一带拍摄了极为珍贵的影像,是中国早期纪实摄影的先驱。联合国下属的影闻宣传处将在中国的电影宣传放映事宜委托给了金陵大学理学院,由其影音部承办,"分发Q型袖珍放演机一具,并于每月换供新片"③。永利当时有一个大型俱乐部,内设600个座位,可容纳800名观众,新塘沽小学校、大饭厅、工人室、住宅区、农场、大操场等地还能放露天电影。

---

① 范旭东:《重庆—耒阳来往一趟》,《海王》第16年第32期,1944年7月30日。
② 范旭东:《创设海洋研究室缘起》,《海王》第16年第31期,1944年7月20日。
③ 1944年7月18日,孙明经、吕锦瑷致谢为杰、李一非函,原件存乐山市五通桥区档案馆。

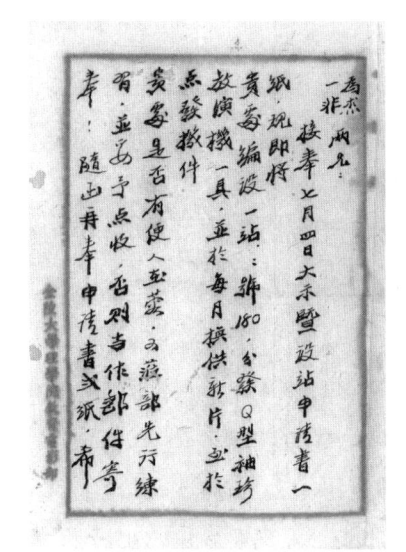

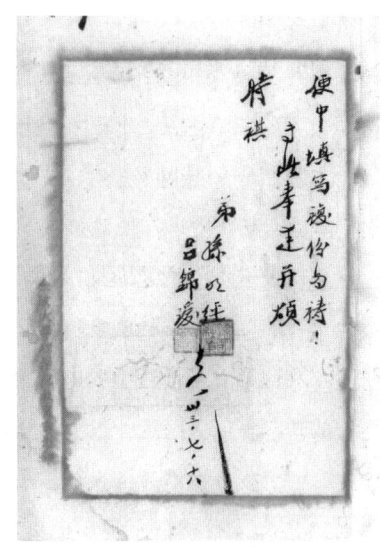

1944年7月，为在新塘沽设置放映点，孙明经给永利川厂的函

建了放映站后，永利便源源不断地得到新片拷贝。1944年9月19日，收到了彩色影片《狗与婴孩》《鹦鹉希特拉》[1]；1945年5月12日，收到了《新年献词》《八莫的克服》《缅甸之战》《战地新闻（第一辑）》[2]；1945年5月26日，收到了《太平洋上的丛林战》《英国努力作战》《非洲黄金海岸的官妓》《苏联生活集锦》《战地新闻（第六辑）》等[3]；1945年6月18日，又收到了《海上游击队潜水艇》《联合国的前哨》《伞兵的训练与作战》《战时英国广播公司》《西北驿运》《同舟

---

[1] 1944年9月19日，联合国影闻宣传处成都区流通处放映借片字据，原件存乐山市五通桥区档案馆。

[2] 1945年5月12日，永利川厂致联合国影闻宣传处成都区流通处影片函，原件存乐山市五通桥区档案馆。

[3] 1945年5月26日，永利川厂致联合国影闻宣传处成都区流通处影片函，原件存乐山市五通桥区档案馆。

共济》等影片①。

影片的种类很多，有纪录片、故事片、科教片和动画片，大大丰富了员工的业余生活。"每月可能放映十次至二十次，估计观众人数在二千人以上……技师及技术工友欢迎国内外工程建设、工艺制造等题材；普通工友及附近居民欢迎故事题材及五彩卡通式映片；小朋友欢迎童话题材及五彩卡通之映片。"② 特别是那些反映战场局势的纪录片，对战争形势的判断和抗战的宣传都起到了积极的作用。

永利照顾到当地百姓看电影的需求，也会主动到桥沟和五通桥镇两地去放映，在厂区附近一般会选择在紫云宫外的空坝上放映。放映员李一非、何云程、徐沙风三人总是在各处奔波，带着放映设备忙个不停。

1945年4月初，永利川厂事务部长赵显斋到成都出差，见到了美国大使馆新闻处成都分处的编辑主任郑南渭，便委托他搜集一些资料以供宣传："祈贵处认可设置宣传站一单位，经常供给书志、照片及其他宣传品。"③ 显然，这是得到了放映站的启发。后来川厂又以同样方式致函英国大使馆新闻处成都分处，请求借一些时事照片以供展览。1945年7月2日，借来的71张照片"已在敝厂及附近市镇九个单位巡回展览完毕"④。9月份的时候，他们又用借来的98张新闻照片以及18张彩色印刷画片，办了个小型图片展。"均已在敝厂及附件市镇八个单位，巡回展览完毕，总计观众约三千左右。"⑤

---

① 1945年6月18日，永利川厂致联合国影闻宣传处成都区流通处影片函，原件存乐山市五通桥区档案馆。
② 1945年11月10日，联合国影闻宣传处致永利川厂函，原件存乐山市五通桥区档案馆。
③ 1945年4月16日，永利川厂致美国大使馆新闻处成都分处函，原件存乐山市五通桥区档案馆。
④ 1945年7月2日，永利川厂致英国大使馆新闻处成都分处函，原件存乐山市五通桥区档案馆。
⑤ 1945年9月11日，永利川厂致英国大使馆新闻处成都分处函，原件存乐山市五通桥区档案馆。

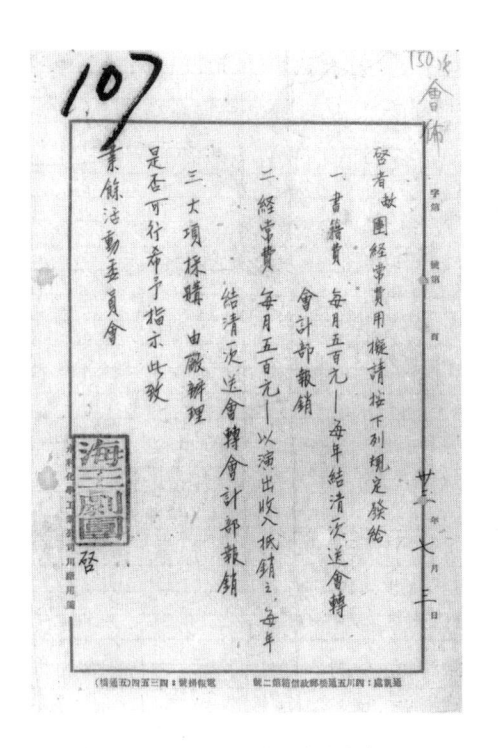

1944年7月3日，海王剧团为申请资金而致永利川厂员工业余活动委员会的函

从放电影和办图片展的情况来看，新塘沽的氛围是非常活跃的，永利职工的文娱活动不断，形式也比较丰富。还专门成立了"员工业余活动委员会"，下属有龙虎剧社、海王剧团、新塘沽平剧团等文艺团体。1944年7月，新塘沽平剧团就跟员工业余活动委员会打报告，申请每月1000元的活动费，"添置戏装物什"①。

有了这些文艺团体，大大小小的活动就陆续办起来了。1944年9月27日，为筹备"双十"节活动，谢为杰、鲁波、赵显斋、刘本慈、李滋敏、李祉川等6人开了个小会，定了"十日上午十时在大操场举

---

① 1944年7月7日，新塘沽平剧团致永利川厂员工业余活动委员会函，原件存乐山市五通桥区档案馆。

行庆祝仪式；十日下午六时在大饭厅举行游艺会，小学表演半小时、龙虎话剧一小时、平剧团平剧二时半"①。总负责人是鲁波、李祉川，会场负责人是吴览菴、李一非，后台负责人是孙泽溥，前台负责人是赵显斋，可谓组织有序。

反法西斯战争胜利后，联合国影闻宣传处的职责也宣告完成，机构被撤销。永利为此专门致函，对他们的工作表示诚挚的感谢："敝厂在过去承贵处协助设站，迭换新闻影片，放映以来，对于联合国战时一切伟大成就，恍如目睹，获益良多！"②

"十厂"计划

进入1943年后，抗战形势逐渐发生变化，人们已经看到了一点儿胜利的曙光。永利人也不例外，他们敏锐地认识到战争一旦结束，重建工作将大规模启动，绝不能失去这个先机。永利在1943年9月26日致国民政府军事委员会的函中写道："为争取时间，必当及早准备，尤以国外设计采购部分为最重要，一旦停战，各国势必倾全力于复兴，彼时器材之迫切需要或甚于现金。"③

永利作为中国化工的领头企业，不仅要为自身的发展考虑，也担负着推动中国工业发展的重任，具有强烈的民族工业振兴意识。所以，他们在布局未来时已经有了创办"十厂"的清晰规划：

公司计划停战后五年之内，拟择西南、西北原料丰富，农

---

① 1944年9月27日，永利川厂员工业余活动委员会报告，原件存乐山市五通桥区档案馆。
② 1945年11月29日，永利川厂致英国大使馆新闻处成都分处函，原件存乐山市五通桥区档案馆。
③ 1943年9月26日，永利公司致国民政府军事委员会函，永利历史档案资料"筹办十厂建设卷"。

>工业急待开发区域添设硫酸铔厂四所，每年产量共五十万吨；纯碱厂二所，每年产量共十二万吨；炼焦厂四所，每年产量共二十四万吨。所产焦炭专供铔、碱厂自用，而以其副产品制成炸药、染料及药品，以树立中国煤膏工业之始基。三种工业互相联系作用，是为基本化工。①

建设任务包括扩充塘沽碱厂、修复南京铔厂、完成川厂中断的工程，以及新建南京塑形厂、株洲水泥厂、青岛电解厂、株洲硫酸铔厂、南京新法碱厂、上海玻璃厂和株洲煤焦厂等7家工厂。如果均能实现，中国近代化工的基础布局就形成了。

永利毕竟是当时中国最大的化工企业，谁都没有它这样的雄心和气魄。当时中国的化学工业还处于非常落后的阶段，也需要永利这样的企业来改变和引领。但是要建10个大型工厂，不能只靠嘴说，需要巨大的投资。那么，到底要花多少钱？共需资金1427万美元——永利做过比较详细的预算。钱要分期投入，工厂也分两期建设，第一期要建的有7家厂，其中的"五通桥深井与新法硝酸肥料厂"，指的就是新塘沽。计划在1946—1948年在美购买设备，其中深井机件及套管总机设备、运输费、保险费等共计30万美元，新法硝酸肥料厂设备等共计50万美元，总计80万美元。范旭东的梦想是把永利做成中国的托拉斯，既要守住新塘沽继续深耕，也要在天津、南京、上海、株洲、青岛等地开花结果。

那么，钱从哪里来？在抗战的四五年中，永利筚路蓝缕、艰难创业，保住了企业的根基，基本维持了企业的运转。虽然在人才培养、科研延续、西南地区化工基地建设、支援抗战的生产供应等方面收获不小，

---

① 1943年9月26日，永利公司致国民政府军事委员会函，永利历史档案资料"筹办十厂建设卷"。

但并没有攒下钱来。范旭东非常清醒,没有钱做不成事,而这么大笔的投资非政府而不能为之,向政府借债是唯一的出路。

所以,永利要做的工作就是努力说服政府,为了寻求发展,甚至可以放弃财权。"此举关系确定中国化工基础,百年长策,此其起点。……公司同人于世俗荣利无所萦怀,仅为办事便利,故主张借债兴办。出货之后,将来财产谁属,经营谁来,一凭政府主持,绝无成见。"[①]

永利做出如此之大的让步也是形势所逼,因为战争中货币的急剧贬值就是对企业经营最大的威胁,所需资金必须尽快筹集到位。"预计所需资金因战时物价高涨,为数至巨,若能赶急着手,与美国厂商预商收买战后彼方不用之现成器材,加以本公司自有之图样设备,较之从新设计制造至少可省五分之二,有一千万美元可够,务恳准援民国廿七年十一月最高国防会议决议公司创建四川各厂成例,转请财政部由美国借款项下借给,指由纽约世界贸易公司或中国国防供应公司随时拨付,以利进行。"[②]

从1943年开始,范旭东就开始调动各种社会关系,在重要人物之间走动游说,进行项目公关。9月26日,他甚至直接给蒋介石发了一封电函,报呈"十厂"计划,希望得到最高决策者的支持。10月7日,"中正酉虞侍秘"回电:"所拟筹设化学工厂十所请由政府资助经费一节原则可行,希先与孔副院长及翁部长切商具体办法呈核可也。"[③]这让范旭东大喜过望,他迅速于11月11日将"创建化工工厂十所办法大纲"送呈翁文灏和孔祥熙。

除了筹措资金,人才培养也是范旭东一直挂心的问题。因为这些厂一旦建起来,就需要大量的高级技术人才。从1945年开始,"永久黄"

---

① 1943年9月26日,永利公司致国民政府军事委员会函,永利历史档案资料"筹办十厂建设卷"。
② 同上。
③ 1943年10月7日,蒋介石致范旭东电,永利历史档案资料"筹办十厂建设卷"。

中的刘福远、高钧、张燕刚、刘嘉树、郭炳瑜、赵博泉、章维中等9人被派到美国学习技术,一年后,吴冰颜、魏文德、孙继商等人又坐上了去美国的"美琪将军号"轮船。

为培养精英人才,黄海社先后派出人员去美国留学深造(左一为赵博泉、左二为吴冰颜、右二为孙继商、右一为魏文德)

1944年3月1日,翁文灏在给范旭东的信中提出了三条意见:

一、所拟新设各厂中先核准株洲铔厂及硫酸铔厂,请由政府拨借一部分资金,原则上可予通过,但该厂建设之计划必须先呈政府核定,政府所允借之资金亦必须于购置器材有需要时方得动用。

二、永利公司所办川西各厂,希能至适当期间,依照原定办法建设完成。

三、如与外人商订合作办法均须先行呈请政府核办。[1]

第一条"先核准株洲铔厂及硫酸铔厂",正是这条促成了范旭东当年5月的湖南之行。第二条实际是要求永利保证新塘沽的建设不能半途而废,在四川打下的基础要守住,政府显然担心永利顾此失彼。最重要的是第三条,就是说既然与政府产生了借贷关系,就不能再与外国人合作。正是这一条导致了后来的分歧。

事不宜迟,3月15日,永利便给国民政府军事委员会去函:"拟恳代请财政部准许公司以川厂全部资产作抵向四行息借六千万元,其中四千万元完成国内工程,二千万元准购美金一百万元,汇去纽约补够越缅境内所损失之器材,以备海道开通时内运。"[2]

但从政府手中借钱不是一天两天就能办成的,范旭东想不如趁此到国外去考察一番。7月,他带着"富有学识经验之工程师"解寿缙出发了,打算先去美国,一面料理公司所制购之大宗器材,一面考察国外的国防化工事业。拟在美待三个月,再转道英、苏考察学习,预计共用时半年左右。

这一趟考察之旅,竟然有意外之获。1945年年初,范旭东与美国银行界经过多次磋商后拟定了一个"长期放款办法":永利可借到1600万美元,用以实现"十厂"计划。借款分15年摊还,以所购器材做抵,条件至优。

范旭东认为从美国银行融资比找国民政府借钱要更可靠一些——美国银行的信用度更高,借贷的额度更大,利息也低,还不用费心经营复杂的人际关系。但是,这么大笔的贷款,外国银行要求必须由中国政府做担保。

---

[1] 1944年3月1日,翁文灏致范旭东函,永利历史档案"筹办十厂建设卷"。
[2] 1944年5月3日,永利公司致国民政府财政部函,永利历史档案"筹办十厂建设卷"。

1945年2月9日，范旭东给蒋介石发了一封电报，道明这一机会来之不易，机不可失。同时，范旭东还强调了从美国银行贷款的重大意义："战后此举成功不啻为吾国工业建设利用外资开其先河，意义十分重要。"[①] 其实，他急着把事情定下来还有一层原因——马上就要举行大选了，风传重要部门的官员均有变动，"深虑全功尽弃，焦灼不堪"[②]。

1945年5月1日，永利在华盛顿顺利与美国银行签署了借款协议。6月29日，范旭东兴冲冲地给翁文灏报告这一喜讯："合同于本年五月一日在华盛顿该行签字，即于当日摘要提前电报钧部，藉释垂念，计早邀鉴及。"[③] 如今只要把政府关系走通，即可大功告成。范旭东专门在函文中附上了借款合同原文及译本，希望经济部尽快备案并予以担保。

范旭东美国之行的收获不只是贷款有了着落，他还得到了美国威斯康星大学的支持，对方愿意将最新的合成硝酸技术无偿交给永利使用。巴西政府也递来橄榄枝，希望永利帮助他们设计日产150吨的苏尔维法制碱厂。后又接到印度塔塔公司的邀请，请求助其下属碱厂进行技术改良，这就促成了后来侯德榜的印度之行。范旭东发现，永利这些年的努力没有白费，在全球的影响力正与日俱增，成为一家国际化大企业集团指日可待。

然而就在大家欢欣鼓舞之际，永利突然得到行政院消息，与美国银行的贷款协议"未予通过"。好端端的一件事被无端叫停，让精心运作了近两年的"十厂"计划戛然而止。

---

① 1945年2月9日，范旭东致蒋介石函，永利历史档案资料"美借款卷之一"。
② 同上。
③ 1945年6月29日，范旭东致翁文灏函，永利历史档案资料"美借款卷之一"。

第十一章 动荡

战地归去来

永利在建厂征地之时,就与犍为县金粟乡公所发生过矛盾,不过五六年过来,永利对地方多有帮扶,双方也算是相安无事。但随着抗战进入中后期,粮食、弹药、兵源等出现严重不足。特别是打仗造成伤亡不断,需要源源不断地补上新人,这征兵任务就落到了地方最基层组织乡公所的头上,由此矛盾再起,葛蔓又生。

1943年9月9日晚上,有5名士兵护送一队"中签壮丁"去乡公所办理验交,据说走到半路被永利的工人拦下了。"竟擒去护送壮丁之国民兵吴永清一名;打伤国民兵杨正铭一名,该兵受伤沉重,命在旦夕;夺去护送壮丁汉阳步枪一枝,又散失步枪四枝,打散中签壮丁四名。"①

然而据永利一方所称,真实情况是驻扎在金粟乡的士兵荷枪实弹,强行带走了鼎锅山煤矿的矿工张英权,又有多名便衣来势汹汹地闯入川厂工人室。混乱中工人何登贵和吴永兴被拉走,工人周光顺在逃跑途中被枪弹打伤右脚。

这就是活生生的抓壮丁的场景。

连年征战中,四川的人口资源被掠夺得最严重,一说多达350万

---

① 1943年9月10日,犍为金粟乡公所致永利川厂函,原件存乐山市五通桥区档案馆。

人上了战场,战死 257 万。从 1943 年 9 月开始,金粟乡奉令紧急征兵,派定役额 90 名。于是,乡公所就盯上了永利川厂的青年工人。"多属适龄壮丁,既未依照保甲条例编册,亦未办理申请免缓役,再查兵役法规,无论任何技术员工及公务员均须事前依据,申请免缓役核准,否则应强制入营。"① 也就是说,凡是没有被证明可免缓役的壮丁,逮住就送军营。

1943 年 11 月 26 日,住在小东坝的永利川厂动力部工程师张金荣,于晚上 8 时许被抓走。② 1944 年 3 月 6 日,川厂的运输工陈长洪在从厂里到磨子场的途中被抓走。③

员工被抓走不说,永利还要承担"入营壮丁安家费",川厂在 1944 年就被征了 4 万元。"敝厂积年建设尚未完成,目前员工生活饔飧不继,安己安人力有弗逮。兹尊重嘱望,勉认国币贰万元。"④

1944 年下半年,日军从湖南长驱直入,一度打到贵州边上,陪都重庆岌岌可危。四川的征兵压力越来越大,对小小的金粟乡而言,永利川厂是其辖区内最大的企业,自然是要"重点关照"的。

1945 年 3 月 1 日,鼎锅山煤矿工人张金良等 6 人又被拉走,一时间人心惶惶,新塘沽已成一个人人自危之地。为此,永利跟员工约法三章:技术员工要按手续办理缓役;为便于管理,工人原则上要居住在厂内,因公出厂须佩带证件;不要去茶店、酒肆、赌场。

就在张金良等人被抓走半个月后,金粟乡将征集来的 45 名壮丁送到五通桥镇验交。正行至新塘沽一带,突然冒出了很多人,"恃以人多

---

① 1943 年 11 月 1 日,犍为金粟乡公所致永利川厂函,原件存乐山市五通桥区档案馆。
② 1943 年 11 月 26 日,永利川厂致犍为金粟乡公所函,原件存乐山市五通桥区档案馆。
③ 1944 年 3 月 7 日,永利川厂致犍为金粟乡公所函,原件存乐山市五通桥区档案馆。
④ 1944 年 2 月 28 日,永利川厂致犍为金粟乡公所函,原件存乐山市五通桥区档案馆。

势众,乱石混击,竟将征送壮丁全部击散"①。嘉峨师管区司令部司令黄占春闻讯后震怒,要求严肃查办闹事者,并将逃跑的壮丁全数抓回。

其实永利川厂与这件事并没有瓜葛,当日厂内正巧停电,全体员工都放假了。中国化工企业公司第一厂职员王开悌后来做证,他当日去位于川厂职员楼的朋友家中玩耍,"忽听山下呐喊之声,复见公路两旁人群众多,继之枪声大作,流弹乱飞"②。另外还有证人张俊文和刘义元,两人是参与护送的金粟乡十三保民兵。他们回忆道:"行至塘沽小学校外,后面有人投石,护送人鸣枪示威,尽至壮丁散逃。"③经调查,这次事件是所抓壮丁中有人想逃避兵役而引起的。但当地政府对永利颇有些怨言,认为永利有挑唆群众之嫌。

1945年6月,金粟乡的乡长秦昌瑗听说范旭东近日将到川厂,于是就给他写了一封信,称要在中山堂举行欢迎大会,请他去坐坐。秦乡长在信中极尽赞誉,但最终还是落到"厂址租借问题""开采煤矿及兵役诸事"上。

> 溯自全面抗战,国府西迁,蜀中既为华族复兴根据地,吾乡僻处边陲,贵公司不远千里移厂来斯,巍峨建设,屹立苍穹,使一般新兴工业相继偕来,为国家边防增产,为敝邑僻壤增辉,同乡人士,感兴交并!光阴荏苒,倏尔六年,抗战资源,敢不拥护,劳工民众,彼此相安。惟贵公司厂址租借问题,迄未圆满解决,贵厂开采煤矿及兵役诸事,均有详切商榷之必要。④

---

① 1945年3月16日,文国琳致黄占春函,原件存乐山市五通桥区档案馆。
② 1945年3月25日,王开悌证词,原件存乐山市五通桥区档案馆。
③ 1945年3月23日,张俊文、刘义元证词,原件存乐山市五通桥区档案馆。
④ 1945年6月30日,秦昌瑗等人致范旭东信,原件存乐山市五通桥区档案馆。

但范旭东要出席重庆举行的国民参政会,无法参加乡里办的活动。他专门在7月7日抗战八周年纪念日这天,给对方回了信。

> 永利事业,弟以国运民生所关,众议所托,自忘简陋,肩负巨艰。民廿七在本乡建厂以来,蒙各级政府官长之督导,复承我犍为父老昆季之赞助,倏忽七年,虽建厂工作因海防与仰光沦陷,器材损失,未克如期完成,而职工众多得能安居于岗位苦撑,实拜诸君子直接间接、有形无形所以维护周至之惠!此则弟虽因猬务丛身,疏于诣条,然对于诸君子之诚挚合作,实深铭感!来日方长,重工业成功,可以福利地方,此旨久在明照,亦弟梦寐不忘者。兹因国民参政会已与本日开幕,本人应即赶往出席,未能在此久留,实非得已!诸公盛意,谨此拜谢,至于诸公关怀各端,特请敝同事李滋敏先生代表前诣尊处,恭聆雅命,当地教育公益等项,敝厂同人,时在萦念,不论艰苦如何,总当惟力是视,期竭绵薄,决不袖手,至负公望。①

范旭东没有正面回应金粟乡的那些现实关切,但态度也是非常坦诚的。新塘沽是永利借以保存实力、养精蓄锐的地方,六年时间培养出了患难与共的感情。在目前可查的档案文献中,这应该是范旭东为这片土地写的最后一封信,蕴含着苦痛和挣扎、希望和梦想、道义和感谢等复杂的内涵。

一个月后,日本宣布投降,抓壮丁的情形自然消失。在国家存亡面前,苦民之策实在让人痛心。有人不愿当兵,也有人想上前线,保

---

① 1945年7月7日,范旭东致秦昌瑗等人信,原件存乐山市五通桥区档案馆。

家卫国。

1945年年初,为响应"一寸河山一寸血,十万青年十万军"的号召,29岁的川厂技术员张崇瑜自愿从军,最终加入青年军第203师。他是北平人,是地地道道的知识青年。永利对他的爱国举动很支持,也很关心他的安危,后来还主动联系部队,问询入伍后的情况。"闻已在贵师报到入营,但未知其何日入营?入何部队?担任何种工作?待遇若何?"[1]

一名叫沈学森的技术员也加入了青年军,在西安郊外的一支部队中任翻译。"于七月偕美员十八人来河南前线,曾实际参加战斗。在敌后(南阳附近)以袭击敌据点及交通线为主要工作,使用火箭炮等新式武器。"[2] 他的这封信是8月20日写的,但由于信件寄送缓慢,等傅冰芝收到时已是两个月后了。

还有位叫侯俊乐的年轻人,也是自愿加入青年军。他对永利充满了感恩之情,把工厂当成自己的家,在行军途中都不忘给老厂傅冰芝写信汇报生活。抗战胜利后,青年军的命运发生了巨大的变化,"青年军不日即将出发,所派驻地址有下列三处:一、东北;二、台湾;三、日本。这是可靠的消息,现在我们行军的一切,已准备好了"[3]。这封信中充满着这个年轻人对未来的美好期盼,以及对新塘沽那段难忘生活的怀念,他还在信封中放了一张自己穿军装的照片:"兹奉小照片一张,作为公司之纪念。"[4]

---

[1] 1945年5月5日,永利川厂致青年军第203师函,原件存乐山市五通桥区档案馆。
[2] 1945年8月20日,沈学森致傅冰芝信,原件存乐山市五通桥区档案馆。
[3] 1945年9月30日,侯俊乐致傅冰芝信,原件存乐山市五通桥区档案馆。
[4] 同上。

范旭东骤逝

范旭东与卢作孚都是民国时期大名鼎鼎的实业家,两人虽然交往时间不算久,却是一见如故。当年卢作孚到塘沽碱厂参观时,范旭东正好去了北平,闻讯后专程赶回来,去卢作孚下榻的旅馆拜会。两人畅谈许久,从此结下终生的友谊。

抗战爆发后,他们的交往就密切了起来。在长江航线运力极度紧张的情况下,卢作孚及时伸出援手,帮助永利西迁,危难中更见真情。1944年12月,卢作孚在重庆北碚创办中国西部科学院,自任院长,范旭东任理事,这也是他们友谊的见证。

1945年年中,卢作孚得知范旭东的"十厂"计划之后,还帮他的朋友李劼人牵线,希望永利能拿出40万美元投资嘉乐纸厂。他们打算宴请范旭东,并请来金城银行重庆分行经理戴自牧做担保。李劼人当时满怀期待,以为此事水到渠成。但就在饭局定下来没几天后的10月4日,早晨他打开报纸,就看到了一条醒目的讣告:范旭东在重庆沙坪坝南园病逝![1] 范旭东去世的消息迅速传遍了整个中国,举世皆惊。陶行知说:"中国新兴工业之一颗光辉的巨星落下来了。"[2]

就在不到一个月前的9月7日,卢作孚曾宴请黄炎培和范旭东。黄炎培参加追悼会时想到此事,不觉感慨万千:"某日午,卢作孚君招餐,先生舍其所陪餐之客,而来陪我,纵谈时事,忧乐交并,见于词色。不一月,先生下世矣。"[3]

其实谁也没有想到范旭东会突然离去,病逝前他一直在为抗日战争胜利后的物资接收工作而忙碌。当日本宣布无条件投降的消息传来

---

[1] 参见龚静染《李劼人往事:1925—1952》,北京:商务印书馆,2020年。
[2] 陶行知:《范旭东先生之死》,原载《民主星期刊》,1945年10月13日。
[3] 《黄炎培日记》第9卷,北京:华文出版社,2008年。

时，他下令久大、永利、永裕在天津、南京、青岛等地曾被日本人强占的工厂必须马上派人接手，唯恐中途生变。永利重庆分处马上给经济部去函陈情，同时派李烛尘去塘沽接收碱厂，派寿乐去南京接收铔厂，派李倜夫去上海接收"永利化学工业株式会社上海总公司"，"其他工作人员，一俟交通稍复，随即赓续前往"。①

战争终于结束了，范旭东对未来充满了期待。在8月15日于重庆举办的庆捷会上，他热情洋溢地说道："希望'永久黄'团体同人在庆祝胜利的时候，准备更新的任务，建立更新的事业，把眼光放大点，不以我们过去小小荣誉为满足，我们应当不辜负以往的一点历史，去创造，去发扬更新的未来。"②

8月19日，也就是日本代表河边虎四郎到马尼拉签署投降书的那一天，范旭东又给永利同人发去一封公函，他写道："切记没有中国的积弱，绝对不能培植日本的富强，互为因果，至堪痛心！此次中国从死里逃生，可谓侥幸，今后万万不能不振作，不能再贫再弱。"③同时他也明确指出了战后内政工作的重点："接收沦陷区，安定秩序，一切一切的复员措施都是顶复杂不易办的事，办得好不好，关系建国的根本。"④

他之所以这样说，是因为对民众的劣根性有深刻的了解："专制低下生活惯的国民，只图苟安，缺乏进取创造的勇气，尽管受着外来潮流的刺激，甚至被人宰断了手脚，也不过口里喊着痛，希望他不再来宰割罢了。沓泄偷生，不自振作，世间哪有这种便宜？"⑤所以，他呼吁同人要记住这八年之痛，"要把那些偷惰、苟安、发财、享福……的

---

① 1945年8月17日，永利总管处重庆分处致国民政府经济函，永利历史档案资料"铔厂抗战后接收卷"。
② 《海王二十年》，《海王》第20年第1期，1947年9月20日。
③ 同上。
④ 同上。
⑤ 《海王》第17年第36期，1945年9月10日。

一切旧习，痛痛快快的根本革除，代以负责、守法、廉洁、勤劳……的新生活"①。

范旭东深感成功道路之漫长，今后责任之艰巨："此次创巨痛深的教训，吃亏是科学落后，国防与民生工业太无根基。"②所以，他对永利同人说的最后两句话是："打起精神做人，集中力量建国！"③他强调的是"做人"，要改变一个国家，首先要从改变人开始。

范旭东死于"急性胆化脓症"，坊间有传言称他是因为贷款失败而气死的。在1952年黄海化学工业研究社发表的《本社接受国民党反动政府补助费的经过》中就持有这样的观点："当1945年抗战胜利的前夜，范旭东在美国借成了一千六百万美金，打算实现他的'十厂'计划，抱着兴奋无比的精神，赶回祖国。可是反动政府不予批准，抑郁而死。"④范旭东在多年战争的折磨下本就积累了郁闷和愤怒的情绪，战争结束后的混乱局势和焦灼的心态更是加重了他的病情。陶行知感慨道："救命的万灵丹药他没有得着，于是闷在肚里。天才燃烧自己，精神的血管破裂，于是胆化脓，生变死，一代的创业天才被迫着关进棺材。"⑤

何熙曾是为范旭东送行的人之一，他当时正在成都处理公务，忽见报载范旭东在重庆病重，便马上乘坐一辆吉普车，日行400公里赶到了沙坪坝，只见到对方最后一面。"他是急性黄疸病，而当时留德初回国的青年萧医生不知急性黄疸的厉害，治疗欠当，致病急变，三日三夜即死去。"⑥可见直接导致他去世的原因是起病突然，外加医治不当。

---

① 《海王》第17年第36期，1945年9月10日。
② 范旭东：《欣闻胜利》，《海王》第17年第34期，1945年8月20日。
③ 《海王》第17年第36期，1945年9月10日。
④ 黄海化学工业研究社：《本社接受国民党反动政府补助费的经过》。
⑤ 陶行知：《范旭东先生之死》，原载《民主星期刊》，1945年10月13日。
⑥ 何熙曾：《"永久团体"杂忆》，《文史资料选辑》第80辑，1982年。

范旭东之死，引发了社会的广泛关注和思考。1945年10月9日《中国日报》的社论中写道："我们不知道范先生突然弃世是否由于忧虑前途，但我们只知胜利来到，人人高兴，然而先天不足的民族工业此时正遇到极度的困难，不容我们不加注视。"同时，该文还认为范旭东之死"使八年来忠贞报国的民族工业在胜利声中淹没"。①

许涤新在10月21日发表的《悼范旭东先生》一文中也写道："范先生的半生坎坷，象征了数十年来中国的民族工业的坎坷！中国如果不能独立自主，中国的政治如果不能走上民主大道，则民族工业，是没法发展，甚至没法存在的。"②

陶行知的文章更为尖锐，他指出了范旭东之死不仅仅是因为身患重病，更是情绪极度压抑和精神的崩溃导致的：

> 据医生说，他是死于"胆化脓"，但是根据"社会的医生"的诊断，他是害了血压高——"精神的血压高"。在不合理的经济管制之高压下，他从美国带来的新计划被压得不能抬头，他还缺少他所需要的"甲种维他命"。民主第一！整个中华民族需要民主来救命。他和他的伟业同样需要民主，需要这"政治的经济的甲种维他命"来滋养，支持发挥他的生命。③

范旭东一生从事实业，虽然与当政者有复杂而密切的往来，但从未扮演过任何政治角色。蒋介石曾经两次邀请他担任经济部长，都遭婉拒。范旭东不是不懂政治，而是他想全身心地把中国的化学工业搞起来，这就是他最大的"个人政治"，并贯穿到了"永久黄"的创办过

---

① 毕庆康：《顾念民族工业，悼范旭东先生》，重庆：《中国日报》，1945年10月9日。
② 许涤新：《悼范旭东先生》，重庆：《新华日报》，1945年10月21日。
③ 陶行知：《范旭东先生之死》，原载《民主星期刊》，1945年10月13日。

程中。在当时很多人的心目中，他是中国最有理想和抱负，也是最为正直和无私的实业家。陶行知就说："真的民主来到时，假使我也有资格投一票，我会举他为中国工业五个五年计划的总司令。"①

1950年11月，"永久黄"主要负责人在范旭东先生纪念碑落成仪式上合影
（左四为孙学悟，左五为李烛尘，左六为侯德榜，右二为黄汉瑞）

1945年10月21日下午，范旭东的追悼会在重庆南开中学午晴堂进行。蒋介石题写了四字挽联："力行致用。"身在上海的卢作孚也委托郑东琴和郑璧成前往吊唁，并送去一副挽联："塘沽既成，犍乐又成，不朽清辉光史乘；为建国惜，为人群惜，岂仅私痛哭先生。"毛泽东送的挽联是"工业先导；功在中华"。周恩来送的挽联是"奋斗垂卅载，

---

① 陶行知：《范旭东先生之死》，原载《民主星期刊》，1945年10月13日。

独创永利久大，遗恨渤海留残业；和平正开始，方期协力发展，深痛中国失先生"。会场里的花圈和挽联堆积如山，《新华日报》的记者在现场注意到了一副独特的挽联，不知是何人所赠，其内容却让人过目不忘，深深被震撼："已矣失却建国家之豪杰；起来不愿做奴隶的人们！"①

10月15日，侯德榜、孙学悟、范鸿畴、余啸秋、萧豹文等5人在重庆相聚，定下了两个最重要的共识：一、范先生对中国化工致力40年，其手创"永久黄"三事业，应维持完整不堕；二、范先生对本团体各事业已领导步入国际路上，同人应本其遗志，继续努力。②

10月22日，永利董事会在重庆保安路108号举行会议，公推侯德榜为继任总经理，在侯德榜出国期间，由范鸿畴代理总经理职务。这意味着"后范旭东时代"开始了。

复工大潮

抗战结束，所有西迁到大后方的企业、学校、机构都开始准备回撤，人潮涌动，永利自然也不例外。但它的情况更为复杂，人员众多，且分散在几处，还涉及接收日占工厂、抢救财产等棘手问题。

最先启程去接收产业的是李俱夫。1945年9月1日——日本正式签署投降书的头一天，他就去了三井洋行大楼上的永礼化学工业株式会社上海总公司，找到玉置丰助谈判移交事宜。就在几天前，隶属该公司的两部汽车已经被人毫不客气地开走了。"收条亦无，现正分别交涉索还。"③从这件事可以看出，如果动作稍慢，就可能被人捷足先登。

---

① 《遗恨渤海留残业——陪都各界追悼范旭东》，重庆：《新华日报》，1945年10月22日。
② 1945年10月15日，范旭东先生后事会议记录，永利历史档案资料"永利董事会办事函卷"。
③ 1945年9月27日，李俱夫致经济部苏浙皖特派员张兹闿函，永利历史档案"抗战胜利后接收函卷"。

时隔八年再次进入塘沽碱厂、南京铔厂、青岛永裕等工厂，才发现厂房已经被日本人糟蹋得面目全非。"将工厂大量成本卖尽，所存各种原料用完，损失之大难以数计。历年来经敌人酷用机器，致残废不堪，并毫无添设之设备，故敌人侵占时代产量日见减少，不到原来生产量三分之一。"① 更有甚者，南京铔厂下属硝酸厂的全套设备都被日本人运走，装在了日本九州大牟田东洋高压株式会社的工厂里，如今每日还能生产20吨硝酸。工厂已经完全变成兵营，里面住了1700个已经被缴械的日本兵，74军58师的3200名国军也在里面安营扎寨，负责看守他们。

接收过程困难重重，手续繁多，工厂迟迟不能恢复正常经营。为此，李烛尘专门给蒋介石写了一封信，请求政府协助收回位于天津、南京、青岛各地的永利公司产业。他写道："今国家胜利，政府对此艰难缔造之事业及愚忠尽职之人士未加鼓励，反而以种种法令束缚之，使不能全部复员，未免使正义之士寒心，是岂国家事业前途之福？"② 他的这封信到底起到了作用，1946年7月23日，苏浙皖区敌伪产业处理局驻京办通知永利公司："奉经济部批，准予担保将工厂发还。"③ 而此时距离日本投降已经过去了10个月有余。8月底，追讨南京铔厂内硝酸厂全套设备之事才有了进展，日方最后同意在"一月后即可拆卸，在日本海港交货"。④

---

① 1946年3月25日，永利致经济部冀热察绥区特派员办公处函，永利历史档案"沽厂抗战后接收卷之二"。
② 1946年7月7日，李烛尘致蒋介石函，永利历史档案"抗战后接收卷之二"。
③ 1946年7月23日，苏浙皖区敌伪产业处理局驻京办致永利函，永利历史档案"铔厂抗战后接收卷"。
④ 1946年8月20日，国民政府外交部致永利电，永利历史档案资料"铔厂硝酸厂设备被日敌运往日本及归还等卷"。

从日本索回的硝酸设备重新投入生产

接收工厂和恢复生产等工作逐渐进入正轨，工厂的人力缺口很大，很多老员工纷纷报名前去支援。如湖南邵阳人李文，曾做过南京铔厂铁工房的技术员，抗日战争爆发后并没有随永利到四川，而是回到老家附近的工厂工作。这次他听说铔厂缺人就马上报名。永利回复他："台端愿返南京敝公司铔厂工作，自所欢迎！在最近期内可自行径往铔厂报到，听候指派工作，当可在京复职。"① 又如陕西宝鸡人陈辉汉，回铔厂后级别还提高了一级——"至职位可升任正技师，待遇依本厂技师薪级办理。"② 还有一个叫陈东的人也收到了永利的复函："职位可提升任助理技师，至待遇一项，应可超过叁万元，实数依助理技师薪级定之。"③ 招兵买马，重整河山，已成为永利这一时期的重头工作。

1946年2月25日，塘沽碱厂开始恢复生产，每天出碱20吨，此

---

① 1946年1月17日，永利川厂致李文函，原件存乐山市五通桥区档案馆。
② 1946年1月17日，永利川厂致陈辉汉函，原件存乐山市五通桥区档案馆。
③ 1946年1月17日，永利川厂致陈东函，原件存乐山市五通桥区档案馆。

时市场形势也是一片大好："不论纯碱、烧碱，不拘数量多寡，请尽量装运来沪"[①]。南京铔厂为了尽快复工复产，临时留用了日籍技术人员井上幸藏等7人。运输部长严志伟在汇报工作的信中写道："一俟煤焦运到亦可开始出货，公司于万难中闻此好消息，殊足庆贺也！"[②]

技术骨干陆续离开后，新塘沽便显得有些空落。1947年8月15日，是黄海化学工业研究社成立25周年纪念日，但社长孙学悟和副社长张子丰均在外地奔忙，最后是由方心芳接待各方来客，举行了一个简单的庆祝仪式。

孙学悟当时是去了南京铔厂视察，同人们感慨道："老博士百感交集，在倾盆时大有'盗寇狂歌外，形骸痛饮中'的情绪。"[③]而张子丰和刘养轩则一同到了青岛永裕，入眼皆是一片破败的景象，多年失修的宿舍里甚至还有黄鼠狼出入。接着，他们又去了北平，站在这座久违的古城面前，张子丰感慨万千："十年一别，真令人有故燕归来之感。"[④]这一路奔波下来，9月15日到了塘沽后，张子丰就病了，住进了永利的附属医院，在那里他见到了从五通桥诊所回来的陈秉常和林钰夫妇。开起五通桥诊所的许重五也去南京铔厂卫生院支援了，川厂的诊疗方面就显得人才空虚。为此，傅冰芝在离开五通桥之前，专门给在重庆歌乐山上海医学院附属医院的章修华医师写信，欲聘一位内科医师，要求是"来厂后最好能长期服务"[⑤]。

除了招聘医生，技术人员也亟须得到补充。1946年3月23日，永利川厂分别致函西北工学院和国立武汉大学，拟招聘几名技术人员。

---

① 1946年3月4日，永利秘书处致永利驻南京办事处函，永利历史档案资料"永利往来私函卷"。
② 1946年3月4日，严志伟致范鸿畴、余啸秋信，永利历史档案资料"永利往来私函卷"。
③ 《海王》第20年第1期，1947年9月20日。
④ 同上。
⑤ 1946年（月日不详），傅冰芝致章修华信，原件存乐山市五通桥区档案馆。

函文如下：

> 查敝厂拟聘用机械工程及电机技术人员职员各一人，土木工程技术员一人，矿冶工程技术员一二人，以身体强健，学行优良，能忍苦耐劳，愿轮流值班（敝厂规定日夜廿四小时分三班工作），并愿留本厂工作三年以上者为合格。职别技术员，待遇视物价涨落而定（卅五年一月份薪津约四万五千元），膳费自理（月约万余），得免费享受宿舍、住宅、水电及员工子弟小学、医院等福利。来厂旅费自入川境起至抵达敝厂止，可实报实销。①

让永利没有想到的是，这个消息一经传出，很多学校都主动来联系，想把他们的毕业生介绍到厂里。一时之间职位竟然供不应求，不得不婉拒掉一些推荐。如在给西南联合大学工学院的函中就写道：

> 敬启者：本月十八日大函，奉悉。查敝厂各部技术人员均告满额，承介绍之化工系毕业生未能聘用，歉疚良深！将来倘有借重之处，当另函奉邀。特此函达，敬祈亮詧是荷！②

从1946年开始，永利川厂和久大贡厂都在为复员工作而忙碌。两地的人员要在泸州会合，然后统一坐船回老家。五通桥的员工是"搭本厂运碱木船去泸"③，自贡的是用车送到泸州。

愿意留在五通桥的人也不少。有一份永利川厂员工消费合作社年

---

① 1946年3月23日，永利川厂致西北工学院、国立武汉大学函，原件存乐山市五通桥区档案馆。
② 1946年5月22日，永利川厂致西南联大工学院函，原件存乐山市五通桥区档案馆。
③ 1946年2月，永利川厂致久大盐业公司自贡制盐厂函，原件存乐山市五通桥区档案馆。

度理事会名录，登记在册的都是扎根川厂的骨干——谢为杰、秦自壮、吴雪菴、侯虞簏、张捷峰、张寿祺、李祉川、刘尔縠、李晓风、张大修、韩庆祥、李邦粹、王明扬、欧阳传、卢鹏翔、刘景攽、夏亦寒、鲍玉山……39岁的谢为杰代理厂长并兼任技师长，副技师长是侯虞簏和邹孟范（主管鼎锅山煤矿）。这时川厂还有37名技术职员、44名普通职员和800多名工人，算上他们的家眷，仍然是2000人左右的规模。

虽然技术骨干少了一些，但川厂的生产仍在正常进行，在有余力的情况下还去帮助当地提高盐业生产技术。1946年6月，五通桥顺河街新生灶的老板就找上门来，希望把他的天福井改成电力推卤。于是永利川厂便派技师赵鸣銮、黄力行前往勘查，帮助其改良生产工具。① 厂里的文娱活动一如既往地搞得有声有色，1946年8月5日，永利川厂对附近岷江电厂和川康毛纺厂的员工发出邀请："八、九两日下午七时半，在职员俱乐部映演有声文教电影片，欢迎惠临指导。"②

1947年10月，"永久黄"的复员工作已大体完成。位于天津的塘沽新村又住进了不少人，为了便于管理，还专门成立了村公所；干线道路也有了新的路名，其中的"旭东一路"到"旭东五路"就是为了纪念范旭东。召开了久大股东会和永利临时股东会后，永利做出了重大人员调整：总经理是侯德榜，副总经理是范鸿畴（兼人事部长），协理是余啸秋（兼会计部长）、李侗夫（兼财务部长）和傅冰芝（兼南京铔厂厂长）。永利总处天津分处的处长是李烛尘，永利碱厂的厂长是佟翕然，铔厂技师长是章怀西和谢为杰，永利总处华北区总视察是王子百。永利湘厂也有了筹备处，处长是杨仲孚，打前战的仍然是当年最早在铔厂和川厂做前期工作的李滋敏，他的职务是湘厂事务部长，正好发挥他善于与人打交道的长项。刘声达则任土木部长，这也是他的特长。

---

① 1946年6月3日，永利川厂致五通桥新生灶函，原件存乐山市五通桥区档案馆。
② 1946年8月5日，永利川厂致岷江电厂、川康毛纺厂函，原件存乐山市五通桥区档案馆。

川厂新上任的厂长是许滕八,之前他从川厂复员到了南京,此时又奉命回到了五通桥。

人员调整完毕后,永利、久大、永裕、黄海联合发布了一个通告,划定了各自的分工:所有学术研究,由黄海社负责;所有技术改造由侯德榜指导;财务由范鸿畴筹划;同政府的接洽,由李烛尘负责;各机构之内部行政,仍各自分别处理。① 也就是说,永利确立了最核心的领导层,就是侯德榜、范鸿畴、李烛尘和孙学悟这四位。

永利从此进入了一个新的时代,这从诸多的细节中就可以看出来。

首先是业务这块出现了积极的调整迹象。钟履坚新任久大协理兼业务部长,他在商界磨砺多年,相当沉稳老练,"酬应春风盈面目"②。1947年11月27日,他把南京经理杨胤侯、汉口经理薛献之、重庆经理李佛钦、长沙经理何季纯、常德经理林受祜、安徽经理鲍雁宾等召集在一起,在海上转了一天,主要议程就是未来的业务拓展,据说讨论之热烈前所未有。

其次是业余的文娱生活也陆续开展起来了。川厂的屈义旬是有名的老票友,热心公益,常为此奔走。回到南京铔厂后他也同样活跃,厂里的音乐团、话剧团、平剧团接连成立,均有他的参与。有人便说,从此以后《空城计》《斩马谡》《失街亭》等戏本,可以踏踏实实、一出接一出地唱起来了。

最后是教育。南京铔厂下属的"旭东小学"其新校舍经过一年的修建,终于落成了。可以容纳628名职工子弟就学,"男女学生一律黄咔叽衬衫,蓝布工装裤,整齐活泼,个个像小工程师"③。

11月20日,许重五在南京度过了50岁生日。他在四川时没有庆

---

① 参见《海王》第20年第7期,1947年11月20日。
② 《炉边竹枝词·东风集》,《海王》第20年第16期,1948年2月20日。
③ 《海王》第20年第9期,1947年12月10日。

祝过一次生日,这次可要好好补上。"在俱乐部公宴,到一百余人,情绪热烈。"① 有人还为他写了一首诗:"积学多年医术深,疑难奇症显神针;紫云宫里留遗爱,产妇群钦博士林。"②

三天后,余啸秋也迎来了60岁大寿。按说是要大办一回的,但他为人比较低调、节俭,说"国家多故,物力维艰,不惊动同人"③,宴请的人并不多。但还是做了一件有意义的事情,他将亲属带去苏州游览,一同登上了灵岩山顶,那里有"长寿亭"一座。人们恍然大悟,专此一游,原来自有吉祥的寓意。

也是在这个月里,傅冰芝和孙学悟从南京去了天津。"孙、傅二公离开北方已十余年,此番旧地重游,与阔别十余年之老同事,欢聚一堂,洽谈甚快。"④ 也是这次回津,傅冰芝才头一次见到亲孙子——战争中他的儿子傅勤先一直留守天津,父子俩已多年没见面。有人还为傅勤先写了一首诗:"战争离乱阻烽烟,倭寇丛中困八年;尝尽人间亡国痛,维持生活以勤先。"⑤ 当日傅冰芝听到孙子跑过来叫他爷爷,心中百感交集:"享受天伦乐趣,实不易也。"⑥

熊十力的"哲学部"

当永利同人纷纷奔赴天津、南京、上海、北平等大城市的时候,却有一个人悄然去了小镇五通桥,他就是熊十力。

熊十力是一位哲学家,是中国近现代具有重要地位的国学大师。

---

① 《海王》第20年第9期,1947年12月10日。
② 《炉边竹枝词·东风集》,《海王》第20年第16期,1948年2月20日。
③ 《海王》第20年第9期,1947年12月10日。
④ 同上。
⑤ 《炉边竹枝词·东风集》,《海王》第20年第16期,1948年2月20日。
⑥ 《海王》第20年第9期,1947年12月10日。

他有个夙愿,就是想创办一个民间性质的"哲学研究所"。他这次到五通桥不为它事,正是为此而来。

早在1931年,他就向北京大学校长蔡元培提起办学之事,但没有下文。1939年,他与马一浮到乐山乌尤寺开办复性书院,这个书院有点儿哲学研究所的意思,但由于两人的思想观念分歧很大,结果不欢而散。1946年6月,徐复观将熊十力所著《读经示要》拿给蒋介石看,蒋感叹其才学,令何应钦拨款法币200万元资助之,但被熊十力拒绝了。这次是孙学悟专门邀请他到五通桥,主持黄海社的哲学研究部。孙学悟告诉熊十力,当地"清溪前横,峨眉在望,是绝好的学园"[①]。这一次他慨然应允。

为什么熊十力会如此取舍呢?他认为"有依人者,始有宰制此依者;有奴于人者,始有鞭笞此奴者"。[②]

孙学悟与熊十力是老朋友,请他来不单是出于友情或个人喜好。孙学悟认为,"哲学为科学之源,犹水之于鱼、空气之于飞鸟"。这个观点也深得范旭东认同。范旭东的猝然去世,给孙学悟很大刺激。他下决心要赶紧把哲学研究所办起来,以免再留遗憾。"今旭东先生长去矣,余念此事不可复缓。爰函商诸友与旭公同志事、共肝胆者,拟于社内附设哲学研究部。"[③]

孙学悟作为黄海社的带路人,在一个搞科学研究机构内创设哲学部,实为中国科技界的一大盛举。这个哲学部虽然只是黄海社下属的一个部门,但它将承担的却是"置科学于生生不已大道,更以净化吾

---

① 孙学悟:《黄海化学工业研究社的使命》。
② 熊十力:《十力语要》,上海:上海书店出版社,2008年。
③ 孙学悟:《黄海化学社附设哲学研究部缘起》,《黄海·发酵与菌学特辑》第1卷第1期,1939年。

国思想于科学熔炉"[1]的重任。当时有人为孙学悟写了一首诗:"实验圈中廿五年,而今白发已盈巅。苍茫黄海无边岸,哲学回头到自然。"[2]说的正是他对哲学的重视。

1946年8月15日,熊十力在黄海社的哲学研究部正式开讲,进行了一番洋洋洒洒的开场白。演讲内容后来经人整理发表在杂志上,又题《中国哲学与西洋科学》,系统阐述了哲学与科学的关系,强调"夫科学思想,源出哲学。科学发达,哲学为其根荄"。在结尾,他说道:

> 余与颖川先生平生之志,唯此一大事。抗战八年间,余尝筹设中国哲学研究所,而世方忽视此事,经费无可筹集。今颖川与同社诸公纪念范旭东先生,有哲学部之创举,不鄙固陋,猥约主讲。余颇冀偿夙愿。虽学款亦甚枯窘,然陆续增益,将使十人或二十人之团体可以支持永久,百世无替。余虽衰暮,犹愿与颖川及诸君子戮力此间,庶几培得二三善种子贻之来世,旭东先生之精神其有所托矣。[3]

黄海社专门给哲学研究部制定了工作简章,分"学则"和"组织"两部分。学则包括教学宗旨和课程设置,教学宗旨为"上追孔子内圣外王之规""遵守王阳明知行合一之教""遵守顾亭林行已有耻之训",并"以兹三义恭敬奉持,无敢失坠。原多士共勉之"。哲学研究部的主课为中国哲学、西洋哲学和印度哲学,兼治社会科学、史学、文学。要求学生须精研中外哲学大典,历史学习以中国历史为主,还应广泛

---

[1] 孙学悟:《黄海化学社附设哲学研究部缘起》,《黄海·发酵与菌学特辑》第1卷第1期,1939年。
[2] 《炉边竹枝词·东风集(上)》,《海王》第20年第15期,1948年2月10日。
[3] 熊十力:《中国历史讲话·中国哲学与西洋科学》,上海:上海书店出版社,2008年。

阅读外国文学。①

熊十力（后排留胡须者）与部分师生在五通桥的合影

哲学研究部拥有完整的组织机构，设有主任和副主任职务，另有主讲一名，研究员和兼任研究员若干。兼任研究员不驻部、不支薪，原黄海社的研究员也可于哲学部兼职，也不另外支薪。还有总务长一名，事务员三名，分办会计、庶务、文书等事项，但创业之初均由研究员兼任。学员方面则不定额招收研究生："其资格以大学文、理、法等科卒业者为限。研究生之征集，得用考试与介绍二法。研究生修业期以三年为限。"研究生能获得一定津贴，待遇跟一般大学里的研究生相当。也招收"特别生"，不受学历限制，高中生也可，只要系可造之才，就可以入学。除此之外还设有学问部，"凡好学之士，不拘年龄，不限

---

① 熊十力:《中国历史讲话·中国哲学与西洋科学》，上海：上海书店出版社，2008年。

资格"都可以入学问部,但要膳食自理。①

熊十力到五通桥后,追随他而来的人也不在少数。

王伯尹和王星贤本是马一浮的得意弟子,当年他们除了跟马一浮学习以外,还负责复性书院的事务、书记、缮校等工作。1945年复性书院东归杭州,这两人就进了哲学研究部,成了熊十力的学生。熊十力的著述中对他们多有提及,如王伯尹为他整理了《王准记语》,王星贤曾协助他汇编《十力语要》卷三和卷四等,这些都在五通桥期间做的事。

1946年10月6日,已经回到杭州的马一浮专门给两人写了一首诗,以表思念之情:

秋日有怀·寄星贤伯尹五通桥

五通桥畔小西湖,几处高陵望旧都。
九月已过犹少菊,江东虽好莫思鲈。
游船目送双飞燕,世路绳穿九曲珠。
却忆峨眉霜抱月,一天烟霭入看无。

当年马一浮与熊十力在办复性书院的时候有过不谐,最后各奔东西。但马一浮在寄送这首诗时在最后加了一句"熊先生前敬为问讯",可见他早已经解开了心中的疙瘩。在很多人眼里,熊十力是个怪人。他的学生曹慕樊就说:"熊先生通脱不拘,喜怒无常,他与人处,几乎人最后皆有反感。"但当年他收到熊十力的信后,毫不犹豫地就到了五通桥,跟随先生学习佛学及宋明理学。《十力语要》中收录的《曹慕樊记语》就是他当年为老师记录整理的文字。

---

① 熊十力:《中国历史讲话·中国哲学与西洋科学》,上海:上海书店出版社,2008年。

废名与熊十力是同乡,两人曾经住在一起讨论学问,但常常争得面红耳赤,时不时还要老拳相向。但隔一两天后又和好如初,谈笑风生。周作人就记过这样的事情:"废名平常颇佩服其同乡熊十力翁,常与谈论儒道异同等事……(两人)大声争论,忽而静止,则二人已扭打在一处,旋见废名气哄哄的走出,但至次日,乃见废名又来,与熊翁在讨论别的问题矣。"① 熊十力到了五通桥后,几乎每天与废名通一信。每次拆开对方的来信,总见他哈哈大笑。他的笑声也非常独特,如婴儿之笑不设防。在旁人看来熊十力颇不通人情世故,但这也是他独特的人格魅力所在。

也有不少朋友和学生专程到五通桥去看望他,唐君毅就是其中之一。当时他在华西大学教书,乘船顺岷江而下,两日便可达。师生见面自然高兴,但熊十力每次都不谈其他,只谈学问,激情似火,言语炽烈,有时让唐君毅实在吃不消。但走后不久又想再回去聆听熊先生的"疯言狂语"。

从1946年夏到1947年初春,熊十力在五通桥待了大半年时间。1947年1月15日,他给朋友钟山写了一封信。当时便流露了去意:"吾开春欲回北大,但不知路上便利否?"在信的最后他难掩茫然的情绪:"世局不复了,我仍不知安居处。"②

2月份他便辞去教职,去重庆找梁漱溟了。"十力先生自五通桥来勉仁,小住匝月。"③ 他的离开既有经济上的原因,也有社会环境的原因。黄海社不事经营,除了永利的资助外,几乎没有别的经济来源。所以,当惯了"穷社长"的孙学悟总把钱捏得紧紧的,理事会的简章中就说得很明白:"哲研部为发展研究工作购书或印书等事需要重款,不能仅恃

---

① 周作人:《怀废名》。
② 1947年1月15日,熊十力致钟山信,原件为嘉德拍卖会上之拍卖件。
③ 《梁漱溟日记》,上海:上海人民出版社,2014年。

社款拨给时,本会得向外募集。哲研部经费除由本社按月拨发正款外,应更筹募基金。"① 除了工作人员的薪俸,其他支出卡得很严,连笔墨信笺之类的办公用品都常常得不到满足,这让熊十力感到很尴尬。

熊十力离开五通桥后,还是有不少势力在争取他,他的人生轨迹最终还是并入了社会变革的滚滚洪流中。改朝换代中的人们似乎已经不怎么关心学问了,他所执着的旧学更是无人问津,这已经注定了他日渐寂寥的命运。

孤岛时光

在"永久黄"同人的心中,塘沽是发源地,是"团体的耶路撒冷";而位于五通桥的新塘沽是"流亡技术"的汇聚地,也是华西化工事业的缔造之所。② 从塘沽到新塘沽,是救亡图存,也是延续和发展。

1938—1948,永利扎根四川已经整整 10 年,艰辛无比、一点一滴地经营着新塘沽。在西迁员工的眼中,五通桥算是边城,道士观就是一座孤岛。"边城山峦重重绕,滩急不容驻蘋藻。崎岖道路不堪行,雾锁孤城疑是岛。"③ 这是住在紫云宫职工宿舍里的某位女员工写的诗,字里行间不无愁苦之色。

1947 年 5 月,永利召开董监联席会,侯德榜在汇报川厂情况时说道:"川厂自战事停止后,以川中工业多已东迁,碱之用途顿减,不得已于去年年终停顿。惟鼎锅山煤矿则仍然开采,但亦因井盐难与海盐竞销,灶户停业者甚多,煤之销路更受影响。至发电厂、铁工厂、翻

---

① 黄海化学工业研究社:《哲学研究部理事会简章》。
② 参见《1948 年海王新年献词》,《海王》第 20 年第 11 期,1948 年 1 月 1 日。
③ 《海王》第 20 年第 11 期,1948 年 1 月 1 日。

砂厂虽未停工，然亦不过小规模工作而已。"①

战时川厂为了保住永利碱的品牌和市场，不得不因陋就简，用已经过时的制碱法从事生产。而战争的结束彻底改变了营商大环境，到了不得不停产的时候。下面这封信函就反映了当时的情况。

> 查敝厂制碱部分，原为抗战期中供应后方各厂商之需求而设，采用罗卜郎法，日出纯碱数吨，现抗战胜利，国土重光，敝公司各厂次第复员，塘沽碱厂已恢复开工大量产碱，敝厂小规模制碱，因成本过高，实无继续存在之价值，拟于八月上旬将该部结束，并遣散一部分工人。②

然而，"遣散一部分工人"的举动却成了导火索。川厂一下子要裁员300名，这是永利在西迁后最大规模的一次裁撤，实属无奈。被裁的工人愤懑不平，有人开始闹事，堵塞厂区道路，不让产品出厂，谈判和调解均没有任何结果。在此期间，甚至还传出一个可怕的消息："工人在八月十五日左右，有大规模之政治性暴动，警局方面指出工人中有政治性之嫌疑。"③

面临重重危机的并非只有永利川厂，附近的岷江电厂与它同病相怜，远在自贡的久大也深陷经济困境。被派去支援的李佛钦感叹道："头寸寸寸紧，蜀道道道难，天天三十过年关。"④南京铔厂的情况也不好，卸甲甸的对岸已是饿殍遍野，"对江难民，流亡悲惨"；而天津则是"岁暮天寒物价涨，民困如洗不聊生"，永利和久大的职工甚至把1948年

---

① 1947年5月22日，永利第五次董监联席会会议纪要。
② 1946年7月27日，永利川厂致犍为县政府函，原件存乐山市五通桥区档案馆。
③ 1946年9月4日，永利川厂第209次常务会议记录，原件存乐山市五通桥区档案馆。
④ 《海王》第20年第13期，1948年1月20日。

元旦的聚餐费都节省出来用于赈灾了。青岛盐厂的处境更是大为不妙："永裕海四区盐场，因胶东局势无法进行修复。闻大沽河方面不靖，将影响我胶澳东区盐场，我们的一群又将走向何方？"[①]

就在这样的情况下，1948年2月10日出刊的《海王》上破天荒地刊登了一首长诗，占了整整一版。这首诗的名字叫《黎明的企望》，最后一段是这样写的：

  呵！我听到，我听到
  整个宇宙，
  歌唱而迎接黎明。

  ——因为她正在来临，
  突破黑夜的包围，
  迈着战斗的步伐，
  走向期待了一个黑夜
  又一个黑夜的人们。
  带来——
  我们所以渴望的自由与和平……[②]

文字炽热而直白，与现实的艰难和煎熬形成鲜明的对比，此时太需要通过《海王》去鼓舞人心了。

海王社于1947年7月从乐山洙泗塘搬到南京大悲巷，主编阎幼甫从9月起就身体不适，但也查不出究竟是什么毛病，只是状态一日不如一日。他当时未满60岁，却已露垂垂老矣的衰相。不仅是主编失去了

---

① 《海王》第20年第12期，1948年1月10日。
② 叶金：《黎明的企望》，《海王》第20年第14期，1948年2月10日。

生气，连当年让人喜闻乐见的《海王》其内容也变得清汤寡水，大部分都是摘录来的科普文章，反映职工生活的趣闻轶事几乎不见。大概是现下并不明朗的社会环境和沉重的生活压力，让大家幽默不起来了。海王社也意识到了这个问题，主动致函永利、久大、黄海、鼎昌、永业、建业等公司，以及下面的各大管理处、分处、经理处，征求稿件。其告示虽以调侃的语调说出来，反而却让人感到了一丝苦涩："海王重联系，各地少消息，十天一封信，并不太费力，琐事无材料，编辑干着急。"[①]

危难之中，人心不安，却正是考验一个团体的时候。永利意识到，员工的精神意志不能散，团结才是最有力的武器。1948年1月22日，永利、久大、永裕、黄海联合召开了协进会，选傅冰芝为总干事，黄汉瑞为干事，让他们想办法促进团结。

黄汉瑞本来是永利西迁的开路先锋，在工厂选址中也出过一份力，但后来因为人事关系离开了永利，去重庆教书。但他毕竟是范旭东的老部下，其祖父黄大暹又是久大最早的股东，一直在关心永利的发展。在集体需要的时候，黄汉瑞便又回到了"永久黄"。在回归之前，他与傅冰芝频繁通信，信中多有忧虑之思。1947年12月，傅冰芝在给黄汉瑞的回信中写道："自范先生去世，侯先生肩负范先生付托之重，固常夙夜矢志，求其完成。以弟悬揣，今后至少五年多或十年，不仅公司中人，即整个团体，断宜一心一德，以侯先生为中心，尽力协助，庶大部建设可有眉目，技术人才可望辈出，然后或可言'老一辈的交代'。"[②]

在这个协进会上也做出了一个重要的决定，即在台西镇永裕第六厂设立黄海化学工业研究社青岛分社，负责永裕化验部研究工作。这个永裕第六厂其实是永利刚刚用77亿元法币购买的青岛官办化成厂。此时黄海社还在五通桥维持着正常运转，但通过设立分社这件事也可

[①] 《海王》第20年第15期，1948年2月10日。
[②] 1947年12月，傅冰芝致黄汉瑞之第二封信，《海王》第20年第12期，1948年1月10日。

看出，黄海社这次真的要重回大海的怀抱了。

这次协进会过后，张子丰专门去青岛落实分社的社址，黄海社又在青岛以16亿元法币购买了华东火油厂作为扩充实验室之用。这些举措反映了范旭东对海洋资源的重视，之前成立的海洋研究室与黄海青岛分社都是"我们的事业在海洋"精神的具体呈现。

不久，黄海社又有了新的变化——新设盐碱和生理化学两大部门，侯德榜任盐碱部指导研究员，著名的生物化学家、刚刚当选中央研究院第一批院士的吴宪担任生理化学部指导研究员。黄海社的业务扩大了，走出小城势在必行，但众人都没有放弃五通桥的意思："复员计划定于今年夏天实行。现在青岛已取得小小根据地，准备回到海上。但四川原社址已经留下了永远的纪念，并不放弃。"[①] 五通桥的黄海社作为"永久黄"的一个分支机构，仍然专注于西南化工的研究。方心芳等人就一直在那里继续研究菌学，直到1950年。

值得一说的是方成，他是黄海社里的异类，学的是化学，却喜欢画画。在工作之余，方成经常在小城的江边、码头上、茶馆里画一些速写，也常常为川厂和黄海社当义务"画工"。1946年夏，方成离开五通桥去了上海，为《观察》杂志画插图，从此走上职业绘画生涯。方成在漫画艺术上的成就不小，在上世纪80年代，同丁聪、廖冰兄一起被誉为中国漫画界的"三大家"。方成后来曾两次回到五通桥黄海社的旧址，寻找从前生活的痕迹，因为那里曾留下过他短暂的化学梦。

看见黑卤

永利西迁，是为了保住中国基础化工的火种，同时也扛起了华西

---

① 《海王》第20年第17期，1948年2月30日。

化工中心建设的大旗。制盐和制碱是永利事业的基础,但淘取四川的井盐却颇多掣肘之处。生产成本直接取决于盐卤的浓淡,凿办深井、获取浓卤几乎是永利复兴大业中通往成功的唯一途径。

川厂从1940年3月正式启动深井工程,到1942年9月才发现天然气和浓卤,可以说已经取得了阶段性的成功。但由于处在战时,一些打井工具和材料一直不能运到,工程建设时断时续,导致在1943年6月再次停工,而这一拖,就到抗日战争胜利之后了。按说此时不再受战争的影响,深井工程终于可以继续推进了,但时势又发生了巨大的变化。

1946年,川厂大部分人马东归,佟翕然也被调去了天津,担任塘沽碱厂的厂长。这年4月,嘉峨师管区司令部编印《川南工业参观记》,要求永利汇报深井工程的概况,于是就有了下面这段总结。

> 本厂于抗战后从美国定购锉凿深井机件及其各种导管与工具,总重约250公吨,经海防内运,煞费周折。幸于万分艰难中,自1941年1月20日起正式开工,第一号深井地点系在五通桥杨柳湾吟峨寺三块碑地方。惟以历年大战,海运不通,致深井所用特种工具,经使用磨损,无法外购补充,影响工程,殊非浅鲜!深井机系美国 National Suyyily.Co 出品的沃尔什梁式钻孔机,截目前止已凿成3605英尺。工程过程中,黄卤、天然气及上层黑卤均有发现,目下因待美购新铜丝绳,一俟运到,当即继续下凿,以求深探。①

因为"待美购新铜丝绳",就耽搁了数年之久,现在看来实在不可

---

① 1946年4月,永利川厂致嘉峨师管区司令部函,原件存乐山市五通桥区档案馆。

思议，但这正是抗战中创业的艰难实情。

时隔四年，1947年11月初，哈君又踏上了中国的土地。川厂的厂长许滕八亲自到重庆接他一起回五通桥。此时，负责深井工程的人已经换成郭炳瑜，永利又从南京派了郭仲瑾和林仲藩两名工程师前去协助。12月29日，继续下凿深井。到一周之后的1月6日，报告深度已达到了3654英尺（约1114米），再次发现了新的盐卤。其浓度为18%，比1942年发现的16%更高。

1948年4月，许滕八将川厂新上任的副技师长杨之刚送到深井工程处，顺便视察工程进度，心中很是欣喜："工作紧张，同人兴奋，不久可能有最好之消息报道。"[①] 工人们也不无轻松和幽默，他们在现场贴出了一份告示："一、严禁吸烟；二、凡易动肝火者，恕不接待。"此时，深井已经凿到了3960英尺（约1207米），数次发现浓卤，且浓度已近饱和，由黑卤转为白卤，"不含钡质，极合化工原料"[②]。

3月30日，工人们从井下提取90多罐卤，准备用来化验，就在这时，只听见"井内天然气沸腾作响"。哈君一看大惊，下令立即停止钻探。"谓再向下提，天然气有喷出地面无法抑制之虞。"当晚他们做了一个试验，将导气管口点燃了。"火光烛天，几同白昼……燃火时，焰高数丈，声大刺耳，附近民众群趋逃避，以为井中石油着火，势将燃及彼等房屋，于是小儿哭喊，老人抖颤。同时，五通桥警察局以为火警，立即出动消防人员。竹根滩民众伫立关木桥上，向北瞭望。牛华溪、冠英场居民，亦颇惊其火光之大。"[③]

原来这口井中不仅有黑卤，还有石油。厂长许滕八与副厂长侯虞篾得知消息后立刻赶到现场，两人不禁感慨万千，十年梦想，今日方

---

① 《海王》第20年第25期，1948年4月20日。
② 同上。
③ 同上。

成。哈君在油井工作了 30 多年，有丰富的钻探经验，但看到五通桥发现的石油，也连连称赞，说堪与西维吉尼亚州（今称西弗吉尼亚州）油质媲美。已经沉寂数年的新塘沽真是一举惊天下，它又再次因为矿藏而沸腾了。

深井最终定格在了 3968 英尺（约 1209 米）这个深度。

当时最关注这件事的是翁文灏，当他听到永利深井打到石油后，非常兴奋，要求把具体情况赶紧告诉他。川厂在信中汇报："按盐卤浓度而言，在质的方面，则颇觉乐观，惟量的方面，尚待美购探测机流量器材到厂，方可试验。"①

1948 年 7 月，永利启动第二口深井的开凿工作。勘测工作委托给了中国石油公司四川勘探处，测井设备已陆续运到五通桥。但就在这时，哈君因积劳成疾，胃病加重，赶到成都华西医院检查后，被医生留了下来。

这个月里连日暴热，久不下雨，田土龟裂，极端天气与人们的焦灼心态形成了映照。当时经济形势恶相环生，崩溃迹象越来越明显。永利川厂为了给职工发薪，专门派刘宪远去重庆提现，还要专门用卡车把钞票拉回来，甚为荒诞。《海王》上刊有一首打油诗："频年物价飞天涨，大票如今值几丝。"永利从开厂以来第一次出现了欠薪的情况，在 1948 年 8 月 7 日王公谨给嘉乐纸厂董事长李劼人的信中就有反映：

> 钞荒严重，此间更甚，每月仅盐场即需万亿以上，而工厂不与焉。因成渝各地贴现，有水商人均携现款上路，以致各行无收，只有停汇。敝厂开支约需数百亿，纯由渝处汇来，近各行拒汇，致七月份以来，职工一文未发。好在有米，不然

---

① 1948 年 4 月 27 日，永利川厂转致翁文灏函，原件存乐山市五通桥区档案馆。

无法渡过,但如本月再不通汇,虽米亦不能维持矣。停开两难,不知如何了结,月余不发薪工,开厂以来尚为第一次也。①

许滕八接手川厂厂长一职后,工作颇有建树。在他的任内深井开凿成功,更让人感到多年的功夫没有白费。他制定了两大工作任务,第一项就是落实"杨柳湾盐卤运厂之计划"。第一口深井离新塘沽工厂尚有七八里之遥,需要安装输卤管道或是购置运输车辆及船只。第二项是提出了改善职工生活环境的"美化葱茏山及百亩湖之计划",川厂的职工宿舍区主要在山坡上,种植树木、栽种花草是为了给落寞的工厂增添一点儿生机。他甚至还想在厂区里造一个"八景"出来,将之变成一座花园般的工厂。②

此时的中国已经处在巨变的前夕,外部危机四伏,但新塘沽仍如一个兀自独立的乌托邦一样,在浓云翻滚的天空下,留下了中国近代工业最后一抹余晖。

---

① 1948 年 8 月 7 日,王公谨致李劼人信,原件存乐山市五通桥区档案馆。
② 参见《海王》第 20 年第 33 期,1948 年 8 月 10 日。

第十二章　守望

　　铔厂、碱厂、久大、永裕等工厂被接收之后，设备、人才、市场等均需重新调整和部署，以尽快恢复正常生产。这几家厂的经营占据了工作重心，与此同时，湘厂的建设也拉开了序幕。在这种情况下，川厂就有被冷落之嫌。但川厂的贡献无疑是巨大的，它为永利储存了战后重启的能量。没有熬过寒冬的树枝，就没有春天绽放的新芽。它的贡献主要集中在以下三个方面。

　　一是设备。抗日战争结束后，川厂在战中订购却滞留外地的大部分机件都没再继续运往川厂，而是运去南京，补充了铔厂的损耗和不足。不仅如此，川厂还拆卸了自身的部分设备，发往南京。如1947年11月9日，"所需锅炉器材共计130件（重71,881公斤），已于本月一日运渝转往贵厂"[1]。又如1947年11月23日，"所需锅炉器材共计306件（重38,099公斤），已于本月八日运渝转往贵厂"[2]。从可查的历史档案中，单在1947年10月至11月间，川厂就给南京发去了4批设备。

　　二是人才。在复员大潮中，从川厂调往南京铔厂的人就有傅冰芝、郭锡彤、章怀西、吴骏侯、谢为杰（一度又调回川厂代理厂长）、赵文珉、

---

[1] 1947年11月9日，永利川厂致南京铔厂函，原件存乐山市五通桥区档案馆。
[2] 1947年11月23日，永利川厂致南京铔厂函，原件存乐山市五通桥区档案馆。

鲁波、张迭卿、陈景藩、刘本慈、萧志明、江国栋、姜圣阶、孙洪恩、卢鹏翔、李树梧、李开福、陆焕章、洪庆云、向赞辰、寿乐、陈俊西等。他们都是所在部门的技术骨干，是川厂为永利保存下来的人才。从永利走出的院士、部级领导、大型科研院所总工程师数以百计，是中国化工界名副其实的"黄埔军校"。

1946年10月29日，永利川厂第三批发往南京永利铔厂的物资清单表格

三是财务。战中永利以川厂的名义向四联总处贷款2000万元，购置了大量设备，大部分以美元结算。后来国内币值剧跌，却仍可按之前的金额还款，很是得了一些便宜。永利一直对金融业务都非常重视，可以说金融领域就是永利的另一个战场，范旭东精准的运筹帷幄让永利在这方面占得了不少先机。如果没有新塘沽这个巨大的实体打下的基础，永利在战争结束后就会两手空空，想在短时间内重新站起来并

非易事。

此外，一直到1947年，川厂还没有停止对外援助。铔厂重新投产后，每月需要2000吨焦炭和3000吨烟煤，虽四处订购，但往往难以满足。这时人们想到了遥远的川厂，那里正好存有大量煤焦却暂无销路，完全可以调用。3月4日，川厂收到了傅冰芝从南京发来的一封电报，请求急运煤焦，以解生产之困：

> 虞麓兄：此间缺煤焦停工，拟运川厂焦济急，月需焦二千吨，何日起运，量几何，盼切实计划一切电复，冰。①

傅冰芝发去电报的次日，铔厂便因缺煤停工，损失巨大。川煤东运这件事操作起来并不复杂，只需要先把煤焦设法运到重庆，然后交民生公司承运到南京即可。但傅冰芝还是有不少担心和疑虑：首批煤焦何时能起运，数量有多少，能否保证供应，川厂至重庆一段需要多长时间，每吨运费是多少……

川厂也计算了所有可能发生的成本、设想了沿路运输的种种问题，建议"暂以炼焦试运一时期之性质行之……勿在短期内嘱令停制，致管理困难及经费之损失"②。

毕竟间隔千里之遥，豆腐都盘成了肉价钱。此事也让南京铔厂决心自建原材料基地，以确保供应，防止再次出现停工的危机。1947年4月，傅冰芝想把李悦言从川厂调到南京以协助其筹备基地。川厂不仅慷慨送人，还让他把勘探设备也一同带走："奉派李悦言先生钻探南京附近煤矿及湘赣一带原料，连同钻杆、工具等设法拨交一全套。"③

---

① 1947年3月4日，傅冰芝致侯虞麓电，原件存乐山市五通桥区档案馆。
② 1947年3月，永利川厂致永利铔厂函，原件存乐山市五通桥区档案馆。
③ 1947年5月7日，永利川厂致南京铔厂函，原件存乐山市五通桥区档案馆。

而此时的川厂内部又是什么样的光景呢？1948年2月，《大公报》的记者克林来到了新塘沽，他在采访后写道：

> 工人大部遣散，技术人员大部东下。生产仍在进行的，只有民国卅年在距离四五里的棉花沟设立的煤矿，每天产煤80吨。此外，在厂内还有一小规模炼焦厂……永利川厂在沉默着，烟囱不冒烟，发电所冷冰冰的，只有在岷江电厂停电时，它那600kW的发电机才偶尔发电，供应这一区的工业用电。大规模的铁工厂里只剩下几部重机之类，作些零碎的工作，越发显得厂房之空阔。
>
> ……
>
> 十年苦干，新塘沽已有了极大的工业规模。一大片巍峨，坚固的厂房、制碱厂、发电所、铁工厂；再加湖滨小丘山一座座玲珑的住宅，气象伟大……在厂外临山镌石，今日仍可见斑斓的红字。塘沽已光复两年半了，但连天的烽火使那临海的小镇失去了光辉，看见"新塘沽"的石刻，使人涌起无限的感想。[1]

1948年2月17日，萧志明与吴览菴、邹孟范、姜圣阶、刘本慈、吴骏侯等人坐上轮船，踏上了去美国纽约进修的旅途，这批人中工龄最短的也已经为永利工作了12年。"凭栏西望，人人心头都涌出了一种惆怅的情绪。"美琪轮"载着这许多人的离愁别恨，也似乎不胜负荷，缓慢地沉默地驶向大海。"[2]

萧志明是带着一种非常复杂的心情离开祖国的。作为永利川厂的

---

[1] 克林：《永久黄在四川》，重庆《大公报》，1948年2月13日。
[2] 萧志明：《怀着怅惘离开祖国》，《海王》第20年第19期，1948年3月20日。

优秀员工,他除了技术水平出色以外,也是川厂教育委员会的副总干事和新塘沽小学教育委员会的常务委员,还是海王剧团的团长。他热心公益,能歌善舞,是个非常活跃的人。他深知当下国内形势波诡云谲,工厂前景阴霾四伏,此时出国并非最好的时候。

一行人在一月后抵达美国,开始了新的工作,这时川厂深井打出石油的消息也传到了大洋彼岸,让他们深感欣慰。但是,随之而来的还有一条不幸的消息:4月18日,傅冰芝因查出胃癌而入院做手术,然而病情没有好转,仅过了10天就去世了,享年62岁。

傅冰芝其实一直在带病工作,他曾在给黄汉瑞的信中写道:"卅四年,弟在川厂精神困态,范先生有函嘱弟多活几年,谓民国好戏在煞尾看。弟今日仍抱信心,愿看侯先生在川所演好戏也。"[①] 他说的好戏,指的是侯氏制碱法在川厂实际应用于生产,以及深井工程能够出成果,这是他生前对川厂最大的希望。

《海王》旬刊为他专门撰写的悼词中称:"在这风雨飘摇、暗礁重重,海王团体正遭受空前的磨难和考验时,失去了这一支守正不阿的力量,其损失之大,无以数计。"[②]

当时侯德榜正在纽约,他认为傅冰芝之死,相当于永利的天又塌了一块。"维护公司大局最有力者,冰兄也。……川厂方面赖兄维持;抗战期间,社会纷扰,人心涣乱,兄苦心撑持,卒置川厂于磐石之安。"[③]

李烛夫还专门创作了一首悼诗:

> 人生何仓促,乐少忧愁多,
> 忆自一月前,有事共商磋。

---

① 1947年12月,傅冰芝致黄汉瑞信,《海王》第20年第12期,1948年1月10日。
② 《海王失去了良友——傅冰芝先生!》,《海王》第20年第24期,1948年5月10日。
③ 侯德榜:《哭傅冰芝兄》,《海王》第20年第25期,1948年5月20日。

> 君为二□侵，岂料是沉疴？
>
> 犹将作壮游，问我意如何？
>
> 临别有所托，语重心复婆；
>
> 谁知转瞬间，惊闻蒿里歌。
>
> 老臣忽凋谢，涕泗相滂沱。①

1948年5月1日，也就是在傅冰芝去世后三天后，侯德榜在美国宣布南京铔厂的厂长由李承干继任。他在电文中说："铔厂规模为各厂冠，复旧扩充，未竟大业，一刻不能无人。"②

李承干是湖南长沙人，早年留学日本，曾经当过金陵兵工厂和兵工署21兵工厂的厂长，此时已满60岁。他在中国军工界是德高望重的人物，能力自然不容置疑。7月，李承干与侯德榜同船抵达天津，正式上任。但他的到来，并没有让动荡中的永利稳住阵脚，反而令内部矛盾激化，甚至让他在1948年8月和12月两次拂袖而去。

1948年后，永利的经营状况越来越艰难，销售停滞，资金链断裂，濒临倒闭。1950年5月16日，侯德榜给重工业部长何长工的信中写道："永利今日流动资金业已赔光，只有存货与继续生产而无法出售，又无周转资金，使其不倒闭、不停工殆不可能。现情势万分严重，两厂职工因为工薪无着，枵腹从公，已在叫嚣，包围索欠，所欠银行各债，亦已届无可再展，而供给我原料、燃料各公司，自月初起，即已临门坐索，不予立决，势即关门。"③

永利成了一个危重病人，"急需动用手术，藉以保全生命"④。手术

---

① 李侗夫：《吊傅冰芝兄》，《海王》第20年第24期，1948年5月10日。
② 《海王》第20年第24期，1948年5月10日。
③ 1950年5月16日，侯德榜致何长工信，永利历史档案资料"合营委员会卷"。
④ 同上。

方案有且仅有一种：公私合营。

曾经有人把"永久黄"的事业称为中国化学工业的孤臣孽子，如今，已经营长达八年之久的新塘沽会不会成为永利的孤臣孽子？

在抗日战争时期，新塘沽几乎是永利全部的希望，那里有上千亩地、大量厂房和住宅区，还有不少工人仍留在那里。如果放任不管，无异于让新塘沽步入孤立无援、自生自灭的命运。

其实，范旭东在"十厂"计划中早有预见，他知道复员后人员势必被分散，抗战中积累的那股元气难免泄失。"五通桥深井与新法硝酸肥料厂"就是为新塘沽的未来发展而设计的，他认为决不能放弃新塘沽，它要成为华西的化工中心、"永久黄"在西部的根据地。

那么，"十厂"计划的后续如何呢？1946年3月20日，永利召开了一次董事会，决定重启范旭东与美国进出口银行谈下的1600万美元贷款合作协议，并报请政府由中国银行担保。计划的再提出其实跟范旭东之死有很大的关联，当时社会上都在传范旭东是因为政府不愿意配合贷款而被气死的。国民政府迫于民意压力，最终同意配合。11月9日，永利终于取得了向美国银行借资的合法手续，"十厂"计划的融资问题终得解决。1947年5月正式签订还款协议，于1952年开始还本付息，1958年偿还完毕。

那么，永利到底向美国银行借了多少钱呢？1956年，永利公司致函中国银行总管理处，提出偿还美国出进口银行剩余借款本息。相关资料显示最终借款总额是170万美元，实际动用了143万余美元。这笔钱已于1956年9月14日提前还清。

范旭东当年做的计划中足足有1700万美元的预算，而从实际来看，总耗费仅占设想的十分之一。为什么会出现这种情况呢？因为"十厂"计划已不适应新的形势。公私合营后，永利的财产归国家所有，经营模式也彻底改变，工厂的发展路线要由国家统一部署。这意味着川厂的蓝图化为白纸，就连已启动的永利湘厂建设也只好停下来，从此再无下文。

且说在1948年永利川厂的第一口深井发现了石油后，开发利用工作一直难以往下推进。主要是因为深井工程对外国设备的依赖性太大，所有器材几乎都得从国外进口。1949年后，国际关系发生巨变，中国的对外贸易受限颇多，已买未运的机件如深井钻杆、管子等全部滞留美国。而那些运回国的设备因为配件不齐，无法使用，只好折价转让给了中国石油公司，深井工程从此搁置。

1948年8月30日，侯德榜来到了新塘沽，专门去深井视察了一番，这是他最后一次到川厂。[①] 其间，侯德榜见到了刚刚出生不久的孙女侯盛欣，即侯虞篪的女儿，她是新塘沽最后出生的"西迁孩子"之一。

如今，在五通桥永利川厂旧址上，侯家居住过的小洋楼仍保存完好，那是当年范旭东为他专门修建的住宅，永利历来有礼遇人才的传统。侯氏制碱法取得工商部的15年专利之后，侯德榜宣布将专利权捐献给永利，这也是他对永利的感恩和回馈。

川厂毕竟距总部千里之遥，脱离永利的经营重心之后，生产销售一落千丈，无人问津，甚至一度与总部失去了联络。在1949年2月12日召开的永利第13届董监联席会上，就有人称"该处与总处隔绝已久，现时尚未解放，消息不通，情况不明，无从报告"[②]。

1950年2月，永利派范鸿畴到五通桥了解情况，他去之后才知道川厂基本陷于停产，留守员工生活艰难，欠薪许久未发。1951年6月，在永利第15届董监联席会上，为了帮川厂解困，有人提议利用永利川厂原有设备改建硝酸钡厂，以响应西南的肥料市场需求，具有良好的

---

① 参见《海王》第20年第36期，1948年9月10日。
② 1949年10月9日，永利公司第13届董监联席会议记录。

市场前景。1952年1月,永利总管理处由天津迁到北京,并与重工业部化学工业管理局签订公私合营协议,成立合营委员会。6月23日,任命董新山为永利川厂的厂长。

1950年1月1日《永利工人》创刊号,这标志着永利新的时代来临,也标志着《海王》办刊历史的结束

吴宪加入黄海化学工业研究社非常偶然。1944年,范旭东在美国华盛顿特区遇到他,便邀请他加入黄海社,但被婉拒。到了1947年,侯德榜也去邀请他加入黄海,称打算在社内成立人类生理研究所,让他来主持。这次吴宪居然爽快地答应了。

吴宪博士毕业于哈佛大学,原在北京协和医学院做教授,是当时中国顶尖的生物化学家和医学教育家。他不仅答应加入黄海,甚至还自带办公场所——他要把位于北平东城芳嘉园一号的房产无偿赠送给黄海社。这处房产可不小,占地近10亩,有140多间房。吴宪是个纯粹的学问人，房产是从祖上继承过来的。捐赠之举只为踏实地在黄海社做研究，不带任何功利目的。但侯德榜认为不能白白接受这样大额的私人馈赠，便提出以20万美元购买下来，分10年付清，每年付2万美元。实际上这时的黄海社根本没有钱来支付，只是个口头协议。最后黄海社在1948年拿出了8万美元，权作房款。这个钱是谁给的呢？侯德榜。他把帮助印度塔塔公司做设计的报酬全部捐给了黄海社，黄海社在北京终于有了自己的家。

但事与愿违，原计划由吴宪主持的人类生理研究所最终并没有建起来。中途他作为访问学者去了美国，却在1952年突发心肌梗死，只得留在美国养病。最后他定居波士顿，直到1958年于当地病逝。也因为此，他卖给黄海社的房产有一些遗留问题没有处理好，直到1949年，黄海社才彻底搬到北平。

孙学悟是在1947年去的南京，他的社长室就设在铔厂。但很快社长室又被迁到了上海，1949年10月才落地北京。他给尚留在五通桥的儿媳刘爱璧的信中就提到："黄海去年在京购置之房产，现因未买以前有的纠纷，社中尚未应用。所以社长在京的房子也未确定，我现在住永利办事处。"① 待他住进芳嘉园一号后，散落在各地的人马才开始往北京集中。

最后一批黄海人离开五通桥是在1950年，也就是说，黄海社在五通桥待了足有11年。方心芳是1949年12月底去的北京，其家眷暂留在四川。他的行程在孙学悟的信中有准确记录："方先生单人月初由桥上抵渝，五日乘船往汉口，搭京汉直达车，十七日安抵北京。"② 方心芳一到北京就开始工作，他主持的发酵与菌学研究室分得了7间房屋，又招收了几名新研究员。1950年3月，方心芳随重工业部的调查团去

---

① 1949年12月1日，孙学悟致儿媳刘爱璧信，《政协威海市环翠区文史资料》第4辑，1988年。
② 1950年1月20日，孙学悟致儿媳刘爱璧信，《政协威海市环翠区文史资料》第4辑，1988年。

了大连，而这时他的家眷才从五通桥迁到北京，住进了芳嘉园一号。

1951年5月，黄海社召开了董事会，决定调整机构组成以适应新的形势，撤销青岛分社和五通桥的旧社，成立北京总社。

1952年2月25日，黄海社致函中国科学院，申请接管。3月1日，接到中国科学院的同意函，黄海化学工业研究社从此更名为中国科学院工业化学研究所。"任孙学悟先生为该所所长，张承隆先生为副所长，所有人员待遇照旧。"①

这样一来，黄海社所有人马和财产全部并入中国科学院。后来又经过一番调整，发酵与菌学研究室归中国科学院管理，其余的划归重工业部，更名为重工业部综合工业试验所。这个结局乃是大势所趋，"按照政府统一管理学术研究机关的政策，黄海势必亦在归并之列"②。其实范旭东早有此胸怀，他曾说："邀集几个志同道合的人关起门来，静悄悄地自己去干，以期岁月，果能有些成果，一切归之国家，决不自私。"③他的理想最终变为现实，黄海社在最为艰苦的环境下为中国的化工业留下了一批优秀人才，周恩来总理就说过永利是个"技术篓子"。

正当黄海社经历转型的时候，孙学悟却于1952年6月15日因胃癌去世，享年64岁。

在范旭东的心中，孙学悟是一位"纯洁的导师"，为了事业全身心付出，没有私心杂念。1942年，在纪念黄海社成立二十周年时，范旭东曾对孙学悟说："现在'孩子'大了，老兄平日教他有志趣，有骨头，有向学的恒心，有优良的技术，他一点点都做到了，丝毫没有使老兄失望，这绝不是偶然的！"④

---

① 1952年3月3日，中国科学院《同意黄海社改为本院工业化学研究所函》。
② 1951年10月7日，永利公司第18届董监联席会议记录。
③ 范旭东：《黄海二十周年纪念词》，天津渤化永利股份公司编《范旭东文稿》，2014年。
④ 1942年8月15日，范旭东致孙学悟电，天津渤化永利股份公司《范旭东文稿》，2014年。

孙学悟曾说:"黄海自成立近三十年来,可说是一页坚忍死守的奋斗史。死守的是什么?死守的是一点信念——科学非在中国的土壤上生根不可!"[①] 此时,就像一首曲子的结尾部分,孙学悟随着它的最后一个音符走了。

黄海社的原成员也随着机构的转型而逐渐分散到了全国各地。方成说:"一想起他们,就怀念不已,怅然若失。"[②] 后来他去了《人民日报》任漫画记者,远离了化工界,但他仍然想念着黄海那个曾经的"家"。他在个人回忆录中写道:

> 新中国建立后,有一年我在上海,住在锦江饭店,正遇化工部在那里开会。我想其中会有"永久黄"的朋友,便到他们集会的地方看望。一进去,触目多属老相识,从副部长侯德榜到与会其他诸友一一握手寒暄。我知道谢为杰任司长,萧志明是广东省化工厅总工程师,郭保国任河北省化工厅总工程师,侯虞麓任天津市化工局总工程师,刘嘉树是大连化工部一位总工程师,李祉川后来是大连市人大常委,魏立藩是化工部一位总工程师,黄力行和程日华都是扬子化工集团总工程师,杨建猷任天津碱厂厂长。一次在北京开会时遇见姜圣阶,他任四机部副部长,为我国导弹与核工业效力,后来主持核能工业工作……总之,"永久黄"为我国培养了不少化工人才,共同为新中国服务着。[③]

---

① 参见《政协威海市环翠区文史资料》第4辑,1988年。
② 方成:《黄海忆旧》。
③ 方成:《"黄海"就是我的家》。

公私合营后，永利川厂迎来了一丝转机。

为了继续利用川厂的资源，永利董事会决定将川厂改建为硝酸铔厂，计划投资1700亿元，分三年期，第一期投资163亿元。

从1951年9月到12月，政府给永利川厂共计拨付了108亿元，用于硝酸铔厂建设前期的调查、设计和修建，其中仅南京铔厂所支援机器的运输费就占了50亿。此时的川厂由于得到了资金支持，重新恢复了活力，工作逐步开展起来了。然而在1952年7月19日召开的永利第19届董监联席会上，却宣布建设硝酸铔厂的计划要延至1954年。后来因为在国外购买设备不顺利，再延期到1956年。

1952年冬天，新塘沽的冬天格外阴冷，枯草遍野，这里已经很久没有生产迹象了。就在这时，公私合营后的永利董事会又决定暂停川厂原有基建，要重新调查研究、勘查新厂址。因为"原址地点偏僻，交通不便，原料供应、成品运输均欠适宜"[①]。

1954年1月26日，在北京金鱼胡同召开的永利第20届董监联席会上宣布了一个重大的决定：原定在五通桥新塘沽原址上改建的硝酸铔厂要转到四川巴县西彭乡另起炉灶，原来的永利川厂改为留守处。当时厂里还有800多名职工，他们的出路是"大部分组织学习技术、文化和政治，为新厂建设准备力量，其余除行政人员外，一小部分进行农场生产"[②]。而永利川厂的全部房屋、部分深井及附属设备将无偿交给五通桥盐务局使用2年。

也就在这个会议上，还宣布了一项重要决定——同意年仅53岁的范旭畴辞去永利董事和副总经理职务，回家休养。陈调甫在会上提议"范旭畴先生服务公司多年，不无劳绩，现因病退休，迄未恢复，境况

---

① 1954年1月26日，永利公司第20届董监联席会议记录。

② 同上。

艰难，拟请酌给补助作为养病贴补"①。但此项提议并没有获得通过。同年12月6日召开的第21届董监联席会上又宣布，因公司性质改变，范旭东遗属的生活费停发。②

1954年，准备在巴县西彭乡兴建的新川厂据说要迁到成都东郊。1955年，又宣布迁回西彭乡。直到1956年最终方案才定了下来：中央化工局西南办事处以及中央化工局四川新厂筹备处与永利川厂合并，组建四川化工厂，厂址定在金堂县，董新山任党委书记、厂长，鲁波任总工程师兼副厂长，许滕八任副总工程师。

鲁波和许滕八在抗日战争中一直在永利川厂工作，是新塘沽建设的功臣。战争结束后，鲁波曾被派到日本九州大牟田去交涉退还被劫掠的钜厂设备，1951年任南京钜厂厂长，1953年调到北京重工业部工作，这次又重回四川。许滕八则早在1934年就当过天津碱厂的厂长兼技师长，后在川厂当了几年留守厂长，于1953年调到了南京任钜厂副总工程师，这次也被抽调回了四川。可能连他们本人也没有想到，自己居然成了华西化工中心这场梦的最后延续者。

也就在1956年，在五通桥的永利川厂留守处完成了使命。人员被疏散，厂房空置，昔日繁忙的生产场面再也不见，临江的永利码头冷冷清清，而那座曾经被永利使用多年的道士观，又成为了一座空庙……

新塘沽时代一去不返了，在接下来近十年的时间中，这里又重新成了一片荒芜之地。它再度热闹起来则是在二十世纪六十年代后，作为三线建设的工业基地而被利用，但这已经是完全不同的两个时代。就像这块土地和土地上走过的人一样，它们都有各自的命运。

2023年7月14日定稿于成都

---

① 1954年1月26日，永利公司第20届董监联席会议记录。
② 1954年12月6日，永利公司第21届董监联席会议记录。

文献征引目录

一、著作：

丁恩：《改革中国盐务报告书》，北京盐务署刊行，1922年。

色伽兰：《中国西部考古记》，北京：中华书局，1955年。

李祉川、陈歆文：《侯德榜》，天津：南开大学出版社，1986年。

张同义：《范旭东传》，长沙：湖南人民出版社，1987年。

李涵等著：《缪秋杰与民国盐务》，北京：中国科学技术出版社，1990年。

冰心：《冰心自传》，南京：江苏文艺出版社，1995年。

周佛海：《周佛海日记全编》，北京：中国文联出版社，1998年。

李约瑟、李大斐著：《李约瑟游记》，贵阳：贵州人民出版社，1999年。

陈歆文：《中国化学工业的奠基人——范旭东》，大连：大连出版社，2003年。

董振平：《抗战时期国民政府盐务政策研究》，济南：齐鲁书社，2004年。

黄汲清：《我的回忆：黄汲清回忆录摘编》，北京：地质出版社，2004年。

陈歆文、周嘉华：《永利与黄海——近代中国工业的典范》，济南：山东教育出版社，2006年。

黄炎培：《黄炎培日记》，北京：华文出版社，2008年。

熊十力：《中国历史讲话·中国哲学与西洋科学》，上海：上海书店出版社，2008年。

熊十力：《十力语要》，上海：上海书店出版社，2008年。

翁文灏：《翁文灏日记》，北京：中华书局，2010年。

侯德榜：《跨越元素世界》，天津：百花文艺出版社，2011年。
钱昌照：《钱昌照回忆录》，北京：东方出版社，2011年。
孙越崎科技教育基金委员会：《孙越崎传》，北京：石油工业出版社，2012年。
张守广：《抗战大后方工业研究》，重庆：重庆出版社，2012年。
赵津、李健英：《中国化学工业奠基者"永久黄"团体研究》，天津：天津人民出版社，2014年。
程光胜：《方心芳传》，长沙：湖南教育出版社，2017年。
陈歆文、李祉川：《中国化学工业的先驱：范旭东、侯德榜传》，天津：南开大学出版社，2021年。
龚静染：《李劼人往事：1925—1952》，北京：商务印书馆，2021年。
龚静染：《花盐》，成都：四川文艺出版社，2022年。

二、中文档案资料：

乐山市五通桥区档案馆档案资料，乐山市五通桥区档案馆藏。
天津永利碱厂档案资料，天津渤化永利化工股份有限公司藏。
南京永利铔厂档案资料，中国石化集团南京化工有限公司藏。
永利川厂、嘉阳煤矿、犍为盐场盐业档案资料，四川省犍为县档案馆藏。
永利川厂、岷江电厂、嘉乐纸厂、全华酱油厂档案资料，乐山市档案馆藏。
南京永利铔厂、日占时期永礼公司档案资料，南京中国第二历史档案馆藏。
国立武汉大学西迁嘉定档案资料，武汉大学档案馆藏。

三、其他中文资料：

海王社编：《海王》旬刊（1928年—1949年）。
黄海化学工业研究社编：《黄海》杂志（1939年—1951年）。
张心雄：《川滇井盐概述》，《旅行杂志》，1940年3月。
张毅甫：《久大盐业公司自贡制盐厂略忆》，《四川文史资料选辑》第11辑，1964年。

陈调甫：《范旭东与黄海化学工业研究社》，《文史资料选辑》第80辑，1982年。

何熙曾：《"永久团体"杂忆》，《文史资料选辑》第80辑，1982年。

黄汉瑞：《回忆范旭东先生》，《文史资料选辑》第80辑，1982年。

林继庸：《民营厂矿内迁纪略》，《工商经济史料丛刊》第2辑，1983年。

陈况仲：《盐务稽核所纪略》，《自贡文史资料选辑》第14辑，1984年。

刘延干：《自贡久大盐厂的前前后后》，《自贡文史资料选辑》第14辑，1984年。

伍培基：《久永黄创始人、民族工业家范旭东》，《自贡文史资料选辑》第14辑，1984年。

朱光延：《我在久大的亲身经历和见闻》，《自贡文史资料选辑》第14辑，1984年。

赵志：《自贡"三一"化学制品厂创建始末》，《自贡文史资料选辑》第14辑，1984年。

全国政协文史和学习委员会编：《化工先导范旭东》，北京：中国文史出版社，1987年。

天津碱厂厂史编写组编：《天津碱厂七十年》，1987年。

徐博泉：《抗战时期乐山武汉大学师生生活一瞥》，《乐山文史选辑》第3辑，1987年。

威海市环翠区文史资料研究室编：《孙学悟专辑》，1988年。

乐山市五通桥区政协文史委员会编：《五通桥文史资料》第3辑（盐业专辑），1989年。

四川省盐业公司乐山分公司编：《乐山盐业运销志》，1989年。

天津碱厂编：《碱花似雪》，1989年。

犍为县志编撰委员会编：《犍为县志》，成都：四川人民出版社，1991年。

乐山市五通桥区县志编撰委员会编：《五通桥区志》，成都：巴蜀书社，1992年。

四川峨眉山盐化工集团股份有限公司编：《五通桥盐厂厂志》，1992年。

中国人民政治协商会议湘西土家族苗族自治州委员会文史资料研究委员会

编：《李烛尘资料专辑》，1992年。

南京化学工业（集团）公司编：《南化志》，北京：中华书局，1994年。

自贡市政协文史委员会编：《自流井盐业世家》，成都：四川人民出版社，1995年。

黄立人编：《卢作孚书信集》，成都：四川人民出版社，2003年。

乐山市地方志办公室印：清同治三年版《嘉定府志》，2003年。

天津碱厂编：《钩沉："永久黄"团体历史珍贵资料选辑》，2009年。

四川省文物局编：《永利川厂旧址》，2009年。

自贡市政协编：《因盐设市记录》，成都：四川人民出版社，2009年。

赵津主编：《"永久黄"团体档案汇编——永利化学工业公司专辑》（上中下三册），天津：天津人民出版社，2010年。

赵津主编：《"永久黄"团体档案汇编——久大精盐公司专辑》（上下两册），天津：天津人民出版社，2010年。

天津渤化永利化工股份有限公司编：《范旭东文稿》，2014年。

天津渤化永利化工股份有限公司编：《创举：纪念天津渤化永利化工股份有限公司一百周年》，2014年。

乐山市地方志办公室印：民国二十三年版《乐山县志》，2015年。

犍为县地方志办公室印：清嘉庆十九年版《犍为县志》，2015年。

犍为县地方志办公室印：民国版《犍为县志》（校勘本），2015年。

全国政协文史和学习委员会编：《回忆范旭东》，北京：中国文史出版社，2015年。

丁宝桢撰、曾凡英等校注：《〈四川盐法志〉整理校注》，成都：西南交通大学出版社，2019年。

刘未鸣等编：《范旭东：民族化工奠基人》，北京：中国文史出版社，2019年。

孙世杰等编著：《黄海钩沉：黄海化学工业研究社与社长孙学悟》，北京：人民出版社，2022年。

塘沽之忆（代后记）

> 前日大雪，前新村道上，清晨发现大梅花脚印，一般研究家咸谓是狗熊之脚迹，确否待证。

这是1933年3月在永利自办杂志《海王》旬刊上登载的一则"家常琐事"。此消息一经发出，便引起了热议。有人专门去考证了塘沽一带历年来的野兽出没情况，在一月后的《海王》上便有了《塘沽兽迹》一文。说民国七年（1918年）冬天的时候，久大精盐公司在塘沽买了三副盐滩，负责实地测量的工人在近海的地方就发现过狼的踪迹。这一下唤起了人们对历史的兴趣，再一深挖，便发现《阅微堂笔记》中对此早有记载。书中称塘沽一带过去荒无人烟，常有野狼出没。后来盐工们在此烧荒，取盐之法由煮海改为日晒，野狼无遮身之处，从此销声匿迹。

那么，《海王》上所说的大梅花脚印，到底是狗熊的还是野狼的呢？这一带并无狗熊出没的记录，何况狗熊倘若敢来"光顾"工人新村，等于"送货上门"，被那些年轻力壮的光杆汉发现了，非得让活剐炖汤不可。最大的可能就是野狼了。不久后，久大公司大浦分厂的经理杨子南就对人说，他刚从英国购得一杆鸟枪，正好用来打狼。

截至那条逸闻发布为止，久大和永利已经在这片海滩上耕耘了十几年。塘沽不再是狼群横行、人迹罕至、出产"仅有咸腥两味"的蛮荒之地，而成了一个新兴的工业区。工人们建起了车站、农贸市场、明星马路、大马路、后新街等基础设施，也有了工人室、太平村、联合村、新村等住宅小区；还有雅致的新村后花园，里面有亭榭、小桥、假山、风车、游艇、游泳池和运动场。

能有这番景象，要归功于一个人——范旭东。1914年年初，范旭东第一次踏足塘沽，他是为筹建精盐厂选址而来。塘沽虽是弹丸之地，但位置却极为重要。它位于渤海湾中部，距离北京仅一百五十多公里。既是近代中国面向海洋文明的窗口，也是西方侵略者威胁京畿重地的入口。《大公报》的总编辑王芸生曾在《海王》旬刊上发表过一篇名为《怀塘沽》的文章，节选如下：

> 塘沽这地方，在近百年史上，给北中国运进了西洋文明，同时也吞入了不少国耻。英法联军时，外兵经过那里摧毁了我们的首都。顶到庚子之役，八国联军又从那里打进来，一个辛丑条约作了十九世纪中国不平等条约的总代表，削平了大沽炮台，中国从此没了海防。

塘沽同时也是天然盐都，原盐储量极为丰富。这就是范旭东把精盐工厂建在此地的决定性原因。1914年7月，他呈请北洋政府批准在塘沽设立久大精盐公司。一年之后的1915年12月，久大的第一家工厂投产。在四年时间里，久大又开起了二厂，久大三厂也在1920年顺利开张。也是在这一年，杨子南提出要筹办久大的化学室，这就是后来闻名世界的黄海化学工业研究社的前身。1921年，科学奇才侯德榜加入创办中的永利碱厂，让范旭东的事业如虎添翼。1923年，北洋政府从日本人手中收回了被占的青岛地区盐产，久大、济南东纲公所和胶澳盐商三家共同出资组建青岛永裕制盐公司，范旭东的事业由此进一步做大。1934年，也就是久大成立二十周年时，范旭东已经拥有了永利、久大、黄海、永裕四家企业。由于永裕是合营性质，一般提到范旭东创办的化工企业团体时，都习惯以"永久黄"代称。

1935年7月，一名刚刚参加工作的久大新员工，分享了他眼中塘沽盐场的景象：

> 一望无际的盐田，闪耀着一道富丽的金光。张着八片布帆的风车，在轻柔的晓风里飞转；工人把洁白的盐粒收集起来，堆成像白玉一样的金字塔。成群结队的海鸟，扇着长健的翅膀……（让《入厂的一周间》）

八十多年后，我也见到了那些一望无际的盐田，景象没有发生太大的变化，只是"八片布帆的风车"不见了。一格格的"盐旺子"仍倒映着蓝天和流云，洁白的盐坨正等着被船运走，天上依然飞翔着成群的海鸟，它们更像是这里的主人。

我曾经用了十多年时间去寻找发生在这片土地上的故事，在像纸一样发黄的故地、在老人们断断续续的回忆中、在尘埃漂浮的档案馆里，一点点地拼接那些散失的碎片。实地考察、人物口述、档案文献已经构成这本书最为坚实的基石，我差一点儿就抓住这个故事了——但就像放在柜子上的糖，就在我伸手的一刻，垫脚的凳子却突然消失不见。

2023年暮春，我来到了塘沽。其间，我去了黄海化学工业研究社的旧址参观，西式两层小楼仍保存完好，水磨石地面因日久而更显光亮，扶梯上的暗红油漆里还留着岁月的深沉。1935年时，卢作孚也曾走进这栋小楼，参观了各种化学实验，并由衷地发出"中国的真正人才，范旭东先生要算一个"的感慨。这片地最早其实是永利的网球场，为了建这个"工业学术之枢纽"，便慷慨出让。在抗日战争时期，小楼沦入敌手,成了日军宪兵的指挥部。原栖身于此的科学家们只好被迫西迁四川,在一个偏僻的地方艰苦创业。那天我站在小楼前,旁边的香椿树发出了一股类似花椒的浓烈香味,让时空变得恍惚、缥缈起来。

小楼左侧原本还有一栋建筑,那是永利曾引以为豪的图书馆,里面藏有上万册的图书,以国外原版的化工科学类为主,堪称当时中国最好的专业图书馆之一。可惜图书在西迁途中损失大半,而图书馆建筑也早已不存,只能在老照片中一睹旧时倩影。小楼右侧原本还有一家医院,是永利自办的附属医院,同时也为当地民众服务,惠及了四代人。所聘用的医生很多都留过洋,据当地人讲,有位姓司徒的大夫总是笑容可掬,他送走每一个病人时都会说"再见",让人受宠若惊;而有的传统妇女见妇科诊室里坐着的是男医生,拔腿就跑,一度被传为笑谈。

我又去了明星小学旧址,它曾居永利所办的八大教育机构之首,取"明星"二字实是树永利的希望,给孩子以荣耀。原校舍已经没有了,现在这一片叫作永利街。

塘沽如今是天津市滨海新区的一部分,永利碱厂也并入渤海化工集团、整体迁到了新区。过去的厂区已成为城市的一部分,被高楼大厦和交错的道路所覆盖。紫云公园便在永利旧址上建的,公园里的小山就是用碱渣堆积而成,一片葱茏的景象下面埋藏着永利的过去。在这个城市的角角落落里,仍然可以发现不少过去的痕迹,一段残墙、一栋旧楼、一块标识,无不显示永利的存在感。逛紫云公园的时候,永利的朋友告诉我,离我们站立的地方不远,过去就是海边。这确实让我吃惊不小,沧海桑田,倏忽之间。

我想到了那些早已不在的永利故人,范旭东、侯德榜、李烛尘、孙学悟、范鸿畴、李俌夫、傅冰芝、唐汉三、张子丰、谢为杰……他们一定也在这个地方站过,眺望过大海。这是一群热爱大海的人,范旭东说，我们的事业在海洋。确实，"永久黄"永远带着海的气质，而它本身就是一部海的传奇。

那一天，我们在塘沽的夜摊上吃烧烤，尽情地喝着啤酒，空气中有隐隐的海的气息。我们聊着那些从前的故事，酩酊大醉。这是此书行将完稿的前夕，而这样的踏访实是跨越时空的相见，我突然感到，过去的时光并未走远，正如潮汐席卷重来。

走在塘沽旧地，一场大梦遽然降临。

龚静染

2023 年 7 月 24 日于成都

图书在版编目（CIP）数据

燕云在望："永久黄"西迁往事 1937—1952 / 龚静染著. 商务印书馆，2024
ISBN 978-7-100-24053-6

Ⅰ.①燕… Ⅱ.①龚… Ⅲ.①纪实文学－中国－当代 Ⅳ.①I25

中国国家版本馆CIP数据核字（2024）第110307号

权利保留，侵权必究。

燕云在望："永久黄"西迁往事 1937—1952

龚静染 著

商 务 印 书 馆 出 版
（北京王府井大街36号 邮政编码100710）
商 务 印 书 馆 发 行
山 东 临 沂 新 华 印 刷 物 流
集 团 有 限 责 任 公 司 印 刷
ISBN 978-7-100-24053-6

| 2024年7月第1版 | 开本 889×1194 1/16 |
| 2024年7月第1次印刷 | 印张 27¼ |

定价：85.00元